魔女の組曲
下

ベルナール・ミニエ
坂田雪子 訳

N'ÉTEINS PAS LA LUMIÈRE
BY BERNARD MINIER
TRANSLATION BY YUKIKO SAKATA

ハーパー
BOOKS

Published by K.K. HarperCollins Japan, 2020

魔女の組曲 下

おもな登場人物

マルタン・セルヴァズ——トゥールーズ署の警部。犯罪捜査部班長
クリスティーヌ・スタンメイエル——〈ラジオ5〉のパーソナリティー
ジェラルド——クリスティーヌの婚約者。航空宇宙高等学院の研究者
レオナール・フォンテーヌ——元宇宙飛行士
パヴェル・コロビエフ——元宇宙飛行士
ミラ・ボルサンスキ——元宇宙飛行士
トマ——ミラの息子
セリア・ジャブロンカ——自殺した写真家
コルデリア——〈ラジオ5〉の研修生
マーカス——コルデリアの恋人
マックス——ホームレスの男性
マドレーヌ——クリスティーヌの姉。故人
ヴァンサン・エスペランデュー——セルヴァズの部下。警部補
サミラ・チュン——セルヴァズの部下
ボーリュー——トゥールーズ署の警部補
マルゴ——セルヴァズの娘
シャルレーヌ——エスペランデューの妻
ジュリアン・アロイス・ハルトマン——スイスの殺人鬼。元検事

第一幕（承前）

おまえの魂に今すぐ
天罰がくだされんことを！

――『蝶々夫人』

22　『ラクメ』

マックスが目を開けるまで、クリスティーヌは揺さぶりつづけた。誰かが家に侵入したのであれば、マックスはその人物の姿を見ていたに違いない。なにしろ、マックスはずっとこの建物や通りを見張っていたはずなのだから。そう考えて、クリスティーヌははっとした。マックスが不審な人物を見かけていたなら、コップの位置が右になっているはずだ。歩道を見ると、はたしてコップはマックスの右側に置かれていた。さっき家に入ったときには、マックスが酒を飲んだことに腹を立てて、コップの位置を確かめなかったのだ。

「ねえ、マックス、起きて！」クリスティーヌは声を張りあげた。

その声にようやくマックスが目を開けた。ぼんやりと探るような視線をあたりに向けている。頭から毛布をかぶった姿は、アラブの遊牧民族みたいだった。

「ああ、クリスティーヌ。今、何時だい？」

「そろそろみんなが起きはじめる頃よ。朝の七時くらいかしら」クリスティーヌは言った。吐く息が白く立ちのぼった。「あなたに訊《き》きたいことがあるの。家で待っているわ。五分以内に来て。温かいコーヒーも用意しておくから」

マックスの目に驚きの色が浮かんだ。だが、それにはかまわず、クリスティーヌは家に戻った。すると、三分後、呼び鈴の音が聞こえた。

「ひどく疲れた顔をしてるが、大丈夫かい」ドアを開けるとすぐに、マックスが言った。「それにしても、なんて寒さだ。温かいスープも悪くないね」

なかに入ると、マックスはまっすぐにリビングに進んでいった。まるで自分の家のようだ。クリスティーヌは嫌味を言ってやろうかと思ったが、その気持ちをぐっとこらえた。マックスは椅子も勧められないうちから、ソファに腰をおろしている。汚れたコートの裾には泥や雪がついていた。ズボンのうしろのポケットからは、おそらくハンカチとして使っているのだろう、汚らしい布きれが見えた。反対のポケットからは、ページの端が折られた本が飛びだしている。作家の名前が見えた。トルストイだ。

「眠っていたでしょう。誰かが来たっていうのに」コーヒーを差しだしながら、クリスティーヌは言った。

その言葉に、マックスは心外そうな顔をした。それから、ひげがかゆいというように（本当にそうなのだろうが）、ごま塩の顎ひげをかいた。

「夜は眠るさ。二十四時間休みなしの監視が必要なら、警備会社に頼めばいい」

確かにそのとおりだ。クリスティーヌはコップのことを訊いてみることにした。

「コップを右側に置いていたでしょう？　誰か不審な人物がいたの？」

それを聞いた瞬間、マックスの顔に怯《おび》えが走った。マックスはコーヒーをかきまぜたスプーンを口にくわえると、そのまま考え込むような顔をした。

「いや、この通りを何度も行ったり来たりする男がいてね。そいつは歩きながら、何度もこの部屋を見あげていたんだ。それから、通りを渡って、しばらく建物の前でじっとしていたが、ふいと扉のほうを向くと、なかに入っていった。暗証番号は知っていたようだ」

「それなら、ここの住人じゃないの？」

「違うね」マックスはきっぱりと首を横に振った。「この建物の住人のことはみんな知っている。一人残らず、どこの階に住んでいるのかもね。あの男はここの住人じゃない。あんたが捜しているのは、たぶん、あの男だ」

「どうして、そう思うの？」

マックスはスプーンを口にくわえたまま答えた。

「見るからに、やばそうな男だからね。賭けてもいい。やつは危険な男だ。あんな男につきまとわれているとすると、あんたもそうとう……」

「どうして、危険だってわかるの？」マックスの言葉をさえぎって、クリスティーヌは尋ねた。顔が青ざめたのが自分でもわかった。

「実際、やばい目にあったからね」スプーンを口から放して、マックスは答えた。「どんなやつか確かめようと、ズボンの裾をつかんで、金をねだってみたんだ。そしたら、何があったと思う？　あの男はこっちに体を寄せると、首をつかんでこう言ったんだ。『その手を放せ。もう一度触れやがったら、おまえの指を錆《さ》びたナイフで切り落としてやる。一本ずつ、十本ともだ。声が出ないように、猿ぐつわをかませて。みんなが寝静まった頃に、どこか人気《ひとけ》のないところに連れていってな』と。そのときの男の目ときたら……。あれは悪魔の目だね。やつはほんの数センチのところまで顔を近づけて、こっちの目をじっとのぞきこんだんだ。その目を見て、おれにはわかったね。これははったりなんかじゃない。本気で言ってるんだ。こいつは暴力を楽しむ男だと……。もし、あんたがあの男に狙われているなら、今のうちに忠告しておくよ。警察に行ったほうがいい。直接、関わりを持つなんて、もってのほかだ」

クリスティーヌは胸に鉛が詰まったような気持ちになった。警察に行くなんて、そんなこと、できるわけがない。

「ほかにできることはないかしら？　警察に行くんじゃなくて……」

それを聞くと、マックスの目にまた驚きの表情が浮かんだ。

「どうして警察に行くのが嫌なんだい？」

「警察はだめなの」

マックスは釈然としないといった顔を見せていたが、それでも言った。

「それなら、しばらくのあいだ、どこかに身を隠したほうがいいな。やつに見つからないように。それにしても、やつは何者なんだ？」

クリスティーヌは首を横に振った。

「知らないのよ。マックス、あなたは見たんでしょう？　どんな感じなの？」

マックスは信じられないといった顔をした。

「知らないって。そうか、じゃあ言うが、年齢は三十代だろう。小柄な男だ。たぶん百六十センチもない。いかれた目をして……そうだ、首に変わったタトゥーがあった」

タトゥーと聞いて、クリスティーヌはびくっとした。コルデリアの腕と太腿にあったタトゥーを思い出したからだ。でも、それとは別に最近、どこかでタトゥーを見た気がする。たしか小柄な男だった。マックスから見れば、頭一つは小さいだろう。いったい、どこで見たのか……。

「タトゥーって、どんなタイプの?」クリスティーヌは尋ねた。

「ロシアの聖画《イコン》だ。〝光輪をともなった聖母〟と言われるタイプのものだ。アンドレイ・ルブリョフという名前を聞いたことはあるかい?」

クリスティーヌはまた首を横に振った。

「十五世紀ロシアの画家でね。数多くの聖画《イコン》を残しているんだが、そいつのタトゥーはルブリョフの聖母像に似ていた」

そう、自分が見たのも確かに聖母のタトゥーだ。でも、あれはどこで見たんだろう? いつ? その瞬間、クリスティーヌは思い出した。そうだ、グランドホテル・トマ・ヴィルソンだ。レオと会ったあと、エレベーターから急いで外に出たあのとき……。あのとき、首に聖母のタトゥーをした小柄な男にぶつかったのだ。誰にも尾行されていないと思ったのに、あの男はずっと自分のことを見張っていて、最後はわざと姿を見せるようなことをしたのだ。そこまで考えて、クリスティーヌは愕然とした。

あの男は自分とレオの関係にも気づいたのだろうか？

そのとき、マックスの声が耳に入った。

「これはどうしたんだい？」

見ると、手にCDを持っている。

「その曲、知っているの？」

「ああ、またオペラだな」

それだけ言うと、マックスは口をつぐんだ。クリスティーヌはじっとマックスを見つめた。

「また自殺の話なんでしょう？　そうよね？」

「ああ……。ラクメというのはイギリス統治下のインドに暮らすヒンドゥー教徒の若い娘でね。恋に落ちた相手のイギリス人将校ジェラルドが自分のもとを去ろうとしていることを悟って、猛毒のダチュラの花を口にして自殺するんだ」

クリスティーヌは心臓が止まったような気がした。顔が青ざめていくのがわかる。

「どうした？　何かおかしなことを口にしたかい？」マックスが心配して声をかけてきた。

「今、ジェラルドって言わなかった？」震える声で、クリスティーヌは尋ねた。

「ああ、言ったけど……。それがどうしたんだ？　誰かそういう名前の知り合いでも？

ああ、なんてことだ、クリスティーヌ。本当に大丈夫か？　顔が真っ青だ」

薄れゆく意識のなかで、クリスティーヌはマックスのその言葉を聞いた。

「ほら、少し口にするといい。気を失ってしまったんだよ。医者を呼ぶべきだ」

気がつくと、マックスが水の入ったグラスを手に、こちらをのぞきこんでいた。

「いいえ、もう大丈夫。そう、気を失ってしまったのね」

マックスが差しだしたグラスを受け取り、一口、水を飲むと、クリスティーヌは答えた。

「ジェラルドという知り合いがいるんだね？」

クリスティーヌは首を縦に振った。

「そのジェラルドがタトゥーの男なのかい？」

今度は横に振った。

「そうか。その話はしたくないんだな？」

ためらったすえ、クリスティーヌはうなずいた。

「今はまだちょっと……。でも本当にありがとう、マックス。いろいろ手助けしてくれて。それにさっきは、つまらない文句を言ってごめんなさい。いろいろとまだ心の準備ができていないのよ」

すると、マックスは心配そうな目でこちらを見た。

「クリスティーヌ、最初に話を聞いたときには、こんな深刻な問題だとは思っていなかったがね。でも、あの男を見てわかった。あの男の目を見て……。あれは悪魔の目だ。おれはそれなりに長いあいだ、生きているからね、ああいった連中のことはわかるんだよ。狙った獲物はとことんいたぶる。決して容赦することはない。あの男は危険だ。もしあの男に狙われているのなら、このまま放っておくと大変なことになる。やつは血に飢えた狼《おおかみ》のようなものなんだよ。だからこそ、警察に助けを求めるべきなんだ。クリスティーヌ、頼むから、警察に行ってくれ」

「助けなら、もうあなたにお願いしたわ」クリスティーヌは答えた。「それから、もう一人、別の人にも……。あの人なら大丈夫。そのタトゥーの男にだって負けないわ」

それを聞くと、マックスが眉をひそめた。いや、それは思い違いか。クリスティーヌはマックスに辞去をうながした。

「じゃあ、そろそろいいかしら。一人になりたいの」

「わかった」マックスはゆっくりと立ちあがった。それから、戸口でいったん足を止め、こちらを振り返って言った。

「用があったら、また声をかけてくれ。いつでも助けになるから」

一人になると、クリスティーヌはマックスから聞いた情報について考えてみた。気持ちが動揺して、なかなか収まらない。マックスの言葉が確かなら、おそらく、そのタトゥーの男が家に入ってきて、CDをかけていったのだろう。その男はどうやら裏社会の人間のようだが、いったいどんなことをしているのだろうか。泥棒？　殺し屋？　ロシアの聖画《イコン》のタトゥーをしていることからすると、ロシアのマフィアだろうか？　南米のマフィアかもしれない。たしかテレビでそんなニュースをやっていた気がする。

そのとき、ふいにジェラルドのことが頭に浮かんできて、急にまた鉛を飲み込んだような気持ちになった。胸の奥がざわつく。蛇がそっととぐろを解いて、動きだしたかのようだ。わざわざ『ラクメ』を選んだのは、ジェラルドのことをほのめかそうとしたのだろうか。あるいは恋人のジェラルドが去ったために自殺したラクメのように、わたしに自殺しろと言っているとか……。ジェラルドとドゥニーズの写真を撮って、送りつけてきたのも、そのタトゥーの男なのだろうか？　でも、その男はジェラルドとわたしの何を知っていると言うのだろう。いえ、もしジェラルド本人がこの出来事に関わっているとしたら？　じゃなかったら、ドゥニーズが？　ドゥニーズがマフィアを雇って、わたしを脅しているという可能性はないだろうか？　わたしに嫌がらせをして、自殺に追い込もうとして……。まさか、そんな馬鹿なことは……。妄想はだめよ。クリスティーヌは即座にその考えを打ち消した。だが、そこでまたネガティブな心の声がした。

あら、はたして、それは妄想かしら？　番組に呼んだ弁護士の先生だって言っていたでしょう？　嫉妬とか復讐のためなら、人はなんでもするって。

だめ。その声の言うことを聞いてはだめ。今度はもう一つの声がした。確かに嫉妬や復讐のためなら、人はなんでもするかもしれない。でも、クリス、この場合はあなたの妄想よ。たいした根拠もなしに、そんな妄想に振りまわされていたらだめ。気持ちが沈むだけだから。ここは前に進まなければ……。

その声に、クリスティーヌはなんとか平静さを取りもどした。考えを続ける。

ともかく、今、わかっていることは、タトゥーをした男――悪魔の目をした男が家に入ってきたことだ。〝悪魔の目〟という言葉に、クリスティーヌは自分が『ローズマリーの赤ちゃん』でヒロインを演じたミア・ファローになったような気がした。赤ちゃんではないが、その悪魔の目をした男は自分がいないあいだにやってきて、玄関先に放尿し、イギーをダストシュートに放り込んで脚を骨折させ、暖房の温度をさげて、ミニコンポにオペラのCDを入れて、かけっぱなしにしたのだ。これが事実だ。まずはこの情報をレオに伝えて、知り合いの私立探偵に調べてもらおう。首元に聖母の聖画《イコン》のタトゥーをした小柄な男という手がかりがあれば、なんとかその男の素性を突きとめてくれるだろう。そうすれば、裏に誰がいるかもわかる。でも、今日は日曜日だから、レオに電話をすることはできない。レオは家族と一緒にいるはずだから。それを思うと、クリスティーヌは悲しくなった。ああ、レオのほうから電話をしてくれたっていいのに。いろいろ調べて、手を回してくれると言ったんだから……。

だが、そんなことを言っていてもしかたがない。レオから連絡が来るまでのあいだ、自分にできることは？　そうだ。マックスが勧めてくれたように、しばらく、この家から出ることだ。悪魔の目をした男は、暗闇のなか、こちらが眠っているあいだにも、家のなかに忍び込んでくるのだから。扉に鍵をかけようが、家具で戸口をふさごうが、まったく関係がない。

でも、どこに行けばいいと言うの？　クリスティーヌは考えた。こんなとき、両親の家に行ければ、どんなにか楽なのに……。すると、またネガティブな心の声が現れた。両親の家ですって。冗談もほどほどにして。歓迎されずに、がっかりするのがオチだから。それに、いったいなんて言うつもり？　気分を変えにきたとでも？

クリスティーヌはため息をついた。今度ばかりは、この声の言うとおりだ。両親は「どうして帰ってきたの？」と言って、戸惑いを隠そうともしないはずだ。自分たちの日常生活に娘が戻ってくるなんて、リタイア暮らしのプランに入っていないからだ。こちらだって、何が起きたのか、両親に話すことはできない。両親はきっと、娘の頭がおかしくなったと思って、精神科医に診せようとするだろう。実際、子どもの頃に、そうしたことがあったのだから……。クリスティーヌは両親にマックスのことを話したら、どんな顔をするだろうと考えた。特に父親は。ホームレスを家にあげたことを知ったら、父親は露骨に嫌な顔をするだろう。そうして、姉と違って、どうしてこの娘はだめなのだろうと思うに違いない。この娘の代わりに、マドレーヌが生きていてくれたらよかったのにと。そうだ。そうに決まっている。だって、お酒を飲むたびに、姉が死んでしまったことを嘆いているのだから。母親のほうは、きっと自分が子育てに失敗したと思うに違いない。娘の失敗は自分の失敗だと考えて。

そういう話じゃないのに……。

クリスティーヌはリビングに戻ると、カップいっぱいにコーヒーを入れた。家のほうはレオが言っていたように、どこかのホテルに泊まるしかない。もちろん、イギーを連れて。時計を見ると、朝の七時半過ぎだった。今日は日曜日だけれど、もちろん、ラジオ局は放送をしている。局の人たちはいつものように、仕事に出かける支度をしているに違いない。何事もなく、わたしなど最初からいなかったような顔をして。そう思うと、淋しくて、局の誰かに起こったことを知らせたくなった。誰かに電話して、この二日間に起こったことをぶちまけ、どんなに苦しかったか、わかってもらいたかった。相手には迷惑だろうし、自分とは話したくもないだろうけど……。でも、誰に？　局の人間で電話をかけられそうな人と言ったら、一人しかいない。

携帯を取りだすと、クリスティーヌはイアンの番号を押した。この時間なら、まだ家は出ていないだろう。

「クリスティーヌさん？」呼び出し音のあとに、イアンの声がした。

その声の調子から、クリスティーヌはイアンが自分のことをどう思っているのか、その感情を読みとろうとした。自分に対して怒っているのか、あるいは突然、電話をかけられて用心しているのか。だが、その声にはただ驚きしか感じられなかった。

「忙しいのに、ごめんなさい。あれから、いろいろあって、困っているの。だから、相談に乗ってほしくて。あんな騒ぎのあとで、こんなこと言える義理じゃないんだけど、お願い、あなたしか局で頼れる人はいないの」

そう言うと、クリスティーヌはイアンに返事をする隙を与えず、これまで起こったことを一気に説明し、イアンの言葉を待った。イアンはずいぶん長いあいだ、黙っていたが、やがて言った。

「約束はできませんが、何ができるかは考えてみます」

そのとき、電話口で小さな女の子の声がした。

「パパ、誰から電話？」

「誰でもないよ」

イアンがそう言ったとき、割り込み電話が入った。クリスティーヌはイアンにそのことを告げ、礼を言って電話を切った。それから、かかってきた電話に出た。

「もしもし？」

「クリスティーヌか？　ギヨモだ」

その声を聞いたとたん、心が一気に沈んだ。外に降る雪のように、冷たい声が聞こえた。

「警察から昨日、電話があったよ。きみについていくつか質問を受けた。それから、きみがしたことも聞いたよ。夜になってからコルデリアに電話をしたんだが、警察の言ったとおりだと、週末に起きたことを話してくれた。きみから暴行を受けたので、警察に訴えたと。まあ、訴えはこれから取りさげるつもりだと言っていたがね。だから、きみはこの電話に出られたんだろう？　それにしても、まったくひどいことをしたものだ。どうして、あんなことができるんだ。きみがろくでもない性格なのはわかっていたが、それでもだ。あれはひどい。ひどすぎる……」

そう言うと、ギヨモは黙った。電話の向こうで歯ぎしりをする音が聞こえる。しばらくして、ギヨモが続けた。

「自宅待機と言っていたが、それは取り消しだ。きみはもう局に来る必要はない。明日もあさってもだ。局はこれからきみの解雇手続きに入る。おそらく、きみを告訴することになるだろう。コルデリアは訴えを取りさげたかもしれないが、局は違う。きみの破廉恥《はれんち》なふるまいのせいで、局のイメージが傷つけられたんだからな。まあ、腕のいい弁護士を探すことだ。この馬鹿女が……」

23

ライトモチーフ

一面の雪景色のなか、セルヴァズは車を走らせていた。ちょうどカーラジオからは、気象状況の解説をする男性の声が聞こえている。どうもこの冬は例年になく大雪らしい。はたして、この大雪は地球の気候変動と関係しているのだろうか。寒さ、熱さ、洪水《こうずい》、干ばつ。何かが起こると、ジャーナリストたちはすぐに地球温暖化と結びつける。気象情報が終わると、あとはいろいろなニュースが続いた。経済危機やアラブの革命、銀行の経営破綻、宝石強盗……。

目の前には純白の平原が広がっていた。その真ん中には冬化粧をした木立のあいだに一本、国道が通っていて、セルヴァズはその道を運転していた。目的地はトゥールーズの郊外にあるセリア・ジャブロンカの両親の家だ。一緒に行く人はいない。旅の道連れはマーラーの音楽だけだ。前方に広がる空が灰色の海のように見える。その海に雲の島が浮かんでいる。同じフランスの南西部でも、このトゥールーズのあたりはあまり自然の景観に恵まれていない。南に行けば、天然の要塞《ようさい》のようにそびえたつピレネー山脈の山並みを見ることができるし、北のアルビのほうに行けば、森と谷の多い、豊かな自然が広がっている。

また、もっと東に行けば、やがては地中海に注ぐオード川の美しい渓谷を楽しむことができる。だが、ここにあるのは起伏のない単調な景色だけだ。

しばらくして、まっすぐに続く国道に途中で別れを告げると、セルヴァズは今度はずっと道幅も狭く、舗装されていない道を走りはじめた。やがて三キロほど行ったところの右手に細長い建物が見えてきた。コンクリートの打ちっぱなしで、色は塗られていない。その前にはトラクターが一台置いてある。その建物を目指して雪道を進みながら、セルヴァズは思った。もし雪にタイヤをとられて、ここで立ち往生したら、あのトラクターに助けてもらうことになるのだろうか。

だが幸いそうなることもなく、無事に建物の前まで来ると、セルヴァズは車をとめて外に出た。

その瞬間、湿った冷たい風に吹かれて、思わずコートの襟を立てた。

あらためて、建物を見つめる。セリア・ジャブロンカはここで育ったのだ。入り口に向かうあいだ、セルヴァズはセリアが少女だった頃の姿を思い浮かべた。十五、六歳だった頃のことを。まさに思春期というその年齢で、こんなさびれた場所で暮らすのは不満だったろう。そう思うと、セリアの野心的な性格が理解できた。現実と自分の理想が違いすぎて、ここの暮らしに耐えられなかったに違いない。

ふと顔をあげると、セルヴァズは戸口のところに女性が立っているのに気づいた。いかにもブロンドに染めたという髪をしている。たぶんセリアの母親だろう。ここを訪れることは電話で知らせていたので、様子を見に外に出てきたのだろうか。しわの奥に光る、用心深い目つきで、こちらを見つめている。歓迎とはほど遠い雰囲気だ。同じく歓迎とはほど遠い雰囲気で、犬が吠えた。鎖を引っぱって、今にもこちらに飛びかかってきそうな勢いだ。

「こんにちは、トゥールーズ署のセルヴァズ警部です。ジャブロンカさんとお約束をしたのですが」

それを聞くと、女性は何も言わずに、顎をしゃくった。見ると、三十メートルほど離れたところに牛小屋がある。トラクターのタイヤの跡か、小屋までの地面には雪と泥の混じった轍《わだち》が残っている。小屋の近くには飼料の山があって、そこには白っぽいシートがかぶせられ、重しとしてタイヤが何本ものせられていた。塔形の小さなサイロやいくつかの農業機械もある。そのあいだを抜けて、セルヴァズは小屋の入り口までたどり着いた。大きく開いた金属製の扉を通って、小屋のなかに入る。茶色っぽい液体が何本かの溝を湯気を立てながら流れていて、鼻をつまみたくなるようなにおいが立ちのぼっていた。

「こっちだ」

左のほうから声が聞こえてきたので、セルヴァズは顔を向けた。小屋の隅に小さな事務所があって、そこに白髪の男の姿が見えた。セリアの父親だろう。父親はパソコンの前に座り、青い手袋をした手でマウスを操作している。まるでホラー映画に出てくる外科医か医療技師のようだ。セルヴァズはそっと事務所に入っていった。父親の背中からパソコンをのぞきこむと、画面には何かの数字を示す円柱グラフがあった。机の上には資料やメモが散乱していて、壁にかかったホワイトボードはさまざまな書き込みで埋まっている。まるで警察署のオフィスみたいだ。

と、パソコンの画面を見ながら、父親が言った。

「悪いんだが、ロボットのチェックをしなければならなくてね。夜のあいだに、きちんと作業が行われたかどうか、確かめなくてはならないんだ」

「ロボットですか?」

「そうだ。搾乳ロボットだよ」そう言うと、父親は初めてこちらに顔を向けた。「ジャブロンカ。セリアの父親だ。電話をしてきた警察官だね? まあ、見ればわかるが。身分証を見せてほしい」

最初からそう言われると思っていたので、セルヴァズはあわてなかった。上着のポケットに手を突っ込むと、身分証のカードを取りだし、相手に渡す。父親は母親と同じように用心深い目つきで、カードの写真とこちらを見比べていたが、カードを返すと、またパソコンの画面に視線を戻した。

「もう少し待ってくれ。さっきも言ったが、夜のうちにロボットがちゃんとやってくれたかどうか確かめる必要があるんだ。やり残しがあったら、またセットしなくちゃならないんでね」

セルヴァズはうなずいた。

「どうぞ続けてください。私のほうは時間がありますので」

「それはありがたい」

父親はしばらく作業を続けていたが、やがて言った。

「全部は終わらなかったようだな。まだ十頭ほど残っている」

「搾乳ロボットということは、つまりロボットが雌牛の乳を搾るということですか？」

好奇心を抱いて、セルヴァズは尋ねた。

「そうだ。ついてくるかい？　やり残した分を見せてやろう」

その言葉と同時に、父親は立ちあがって、部屋から出ると、中央の通路を進んでいった。セルヴァズはそのあとについていった。すると、柵で囲まれた狭い場所に十頭ほどの牛が一列に並んでいるのが目に入った。牛たちの前には檻《おり》のような大きな機械があって、父親が機械のスイッチを押すと、檻のゲートが開き、先頭の牛が自分からなかに入っていった。あとの牛たちは自分の順番が来るのを待っている。まるで洗車機の前に並ぶ車のようだ。

「こいつが搾乳ロボットだ」父親が言った。

先頭の牛は檻に入ると、いちばん前まで進んでいった。そこには濃厚飼料の入った給餌機があり、牛はそこに鼻を突っ込むと、たちまち餌を食べはじめた。それと同時にロボットアームが伸びてきて、牛の乳房の下に入り込み、先についた円筒状のブラシで、乳房を洗いはじめた。それがすむと、機械から発射された赤いレーザー光が乳房の上で点滅した。そして、最後にまたロボットアームが伸びてきて、先についた円筒状のケースを乳首にはめ、勢いよく乳を搾りだした。プラスチックのチューブを通って、乳が流れていくのが見える。そのあいだ、牛は抵抗しない。まったく当たり前のようにじっとしていた。

「赤い点が乳房の上で光ったろう？　あれはレーザーが乳首の位置を検出していたんだ。ロボットアームを正確な位置に運ぶためにね」父親が説明した。

「何頭、飼育しているんですか？」

「百十二頭さ」

「こういった設備にはどれくらいかかるものですか？」

「機械にもよるが、十二万ユーロから八十万ユーロといったところだな」

その数字を聞いて、セルヴァズは酪農家の現実を思い知った気がした。借金が原因で酪農家が自殺したという話もときおり聞くが、その裏にはこういった設備投資の問題もあったのだ。

「あの牛たちはいつ外に出すんですか？　近くに放牧する場所があるのでしょう？」

「いや」包丁で何かを切り落とすように、短い答えが返ってきた。

つまり、牛たちはずっとこの小屋に入れられっぱなしということだ。しかし、それで大丈夫なのだろうか？　まったく日の光を浴びないと、牛たちにとっても、精神衛生上、悪いと何かで聞いたことがある。それにこのあたりでは夏になると、ブロンド牛やリムーザン牛などの肉牛や、ここいるような乳牛が牧場でのんびりしている光景がよく見られる。どうやら乳牛の世界も平等ではないようだ。セルヴァズは思った。もっとも、酪農家の人たちも大変だ。パソコンを使って、カメラやレーザー光を備えたロボット機械を操作し、給餌やら搾乳やらをITで管理するのだから。酪農というとすぐに牧場を思い浮かべてしまうが、実態はそれとはかけ離れているようだ。

「ところで、なんの用だね？」父親が言った。「牛の話が聞きたくて、来たわけじゃあるまい」

セルヴァズは相手の顔を見つめた。年齢は六十代、青い目に、日に焼けた肌。しわは刻まれているものの、引きしまった顔つきをしている。父親が続けた。

「警察は自殺だと結論を出したんだろう？　捜査を再開するのか？」

「いえ、そうではありません。私はこの件について、細かいことを確認しにきただけです」

「どうして、そんなことを？」

「お役所仕事ですからね、そんなものですよ」

「だが、どうしてこの件なんだ？」

その問いには答えず、セルヴァズは逆に質問した。

「娘さんはここで育ったんですよね？」

それを聞くと、父親は引きつったような笑いを見せた。

「あんたが考えていることはわかるよ」

「と言うと？」

「娘のしていたことと、ここの暮らしが違いすぎると言うんだろう？　おれは牛乳っていう、実際に存在しているものを売っている。投機という名で、実際には存在しない金をやりとりして儲けているわけじゃない。本当は暮らしに必要ないものを必要だと思わせて買わせているわけでもない。現実に存在しているものに向きあって、朝から晩まで働いて暮らしているわけだ。その意味では〝世界が現実に存在している〟ってことを知っている最後の世代になるのかもな。数字のやりとりだけじゃなく、実際に物が動いて世界が回っていると知っている最後の世代に……。まあ、いずれ消えゆく世代というわけだ。で、おれのほうは、子どもの頃からそういう世界で牛の世話をして生きてきたから、あまり勉強もしなかったし、本も読まなかった。でも、セリアは違う。あの子は本が好きでね。さっき、前を通ってきたろう？　あっちの建物には今でもあの子の部屋があるが、その部屋は本でいっぱいだ。あの子は本に囲まれて大きくなったんだ。おれたちはそれが自慢でね。おれも妻もあの子には本を読むように勧めていた。こんな田舎から抜けだして、望みを叶えてほしいとか、親よりもいい生活をしてほしいと思ったからじゃない。ただ、本を読む娘が自慢だった。それに、あの子だって、ここが嫌いじゃなかった。都会の暮らしに疲れて、息抜きしたくなると、あの子はいつもここに戻ってきたんだ。春になると、このあたりはきれいだからね。あの子はここの景色が好きだったんだ」

父親の話を聞きながら、セルヴァズはふと牛のほうに目をやった。檻のなかには新しい牛が入っていて、ロボットアームが乳首に搾乳ケースをはめようと、前後左右に動いて、位置を調整しているところだった。やがてその位置が決まると、円筒状のケースが乳首にはまり、搾乳が始まった。牛は何もしない。ただじっとしているだけだ。牛に嫌だという権利はないのだ。

「娘さんはこの小屋にもよく来ましたか？　それともここは避けていたとか？」

父親の目が険しくなった。と、背後から女性の声がした。セリアの母親だ。

「ここには足を踏みいれませんでしたよ。セリアはこの機械を入れることに反対していましたから。ええ、あの子は牛たちをずっと閉じ込めておくのは非人道的だと言っていたんです。わたしもそのとおりだと思いますよ」その声には夫に対する非難がこもっているように思えた。「セリアは賢い子でした。心身ともに健全で、バランスのとれた子でした。少なくとも、あの男とつきあいはじめる前までは……」

その言葉に、セルヴァズはうしろを振り返った。

「あの男とは？」反射的に尋ねる。

「誰なのかは、よく知りません。わたしたちは会ったこともないので……。ですが、既婚者だと思います。それに社会的な地位のある人のようでした。そのせいもあって、あの子は話したくなかったんでしょう。ただ、ある人に出会ったと言っただけでした。なんでも、特別な才能を持っている人だということで。でも、その人とつきあっているうちに、だんだん精神状態がおかしくなっていったんです」

父親が口を挟んだ。

「あの子は勉強好きのおとなしい子だったんだ。思春期の子どもだったら誰もがするような馬鹿な真似もしなかった。くだらない恋愛沙汰《ざた》とか、妊娠騒ぎとか……。たぶん、その反動だろう。大人になると、変わってしまった。業界のやつだかなんだか、ろくでもないやつらとつきあいだしてね。家にも二人か三人、連れてきたが、どれも軽薄なタイプだった。でも、おれはそれを認めたよ。思春期のときにやらなかった馬鹿騒ぎを大人になってからしているんだと思っていたから。そのうちに、あの子は本当に変わった。たぶん、写真家として成功したことも大きかったんだろうな。華やいだ雰囲気で、幸せそうで……。おれはあの子とは仲がよかった。一人娘だからね。小さいときから甘やかして育てたんだ」

これまで胸にたまっていた思いを一気に吐きだしたのだろう。父親の声には怒りがこもっていた。娘を失った怒りが……。話しおわると、父親は日焼けしたたくましい自分の手の甲を見つめた。そこにはくっきりと静脈が浮きあがっていた。

母親が話を元に戻した。

「確かに以前は男の人をここに連れてきたこともありましたけど、ここ数年は誰とつきあっているとか、そういう話をすることはありませんでした。こちらからも訊きませんでしたし。でも、その人とつきあいだしたときは——そのときはすぐに口にしたんです。素敵な人と出会ったと。ええ、きっとわたしたちも気に入るはずだと言って……。でも、ちょっとした差しさわりがあるので、まだ紹介することはできないとも言っていました。そこで、相手が既婚者だとピンと来たんです。たぶん、そのうち離婚するからとでも言われたのでしょう。騙されているとも知らずに……。そんな言葉に騙されるなんて、まだ子どもだったんです。大事に育てて、せっかく大人になったと思ったのに」

そこまで話すと、母親はいったん口をつぐんだ。それから、言葉を続けた。

「最後はすっかりふさいでいました。でも、わたしたちが何を尋ねても、答えてはくれませんでした。いつも何かに怯えたような顔をして……。じゃなかったら、誰かに怯えていました。でも、まさか、あの子が……。あの子が……」

セルヴァズは牛のほうを見た。チューブのなかを流れる乳の勢いが弱まったようだ。

「その男の人については、本当に何も話さなかったんですか？」母親に尋ねる。

すると、父親のほうが返事をした。

「いや、一度だけ、おかしなことを口にしたな。『あの人はカウボーイなの。宇宙カウボーイなのよ』と。おれにはなんのことやら、さっぱりわからなかったがね。だが、セリアはときどき、そんな謎めいた言葉を口にすることがあったんだ」

宇宙カウボーイ――その言葉を聞いたとき、頭のなかに国際宇宙ステーションの写真が思い浮かんだ。謎の人物から送られてきた写真が……。これでセリアと宇宙がつながった。父親はじっと下を向いていた。だが、再びその顔をあげたとき、怒りに満ちた形相になっているのに気づいて、セルヴァズはびっくりした。父親が言った。

「でも、警察は娘が自殺したと結論したのだろう？　それなのに、一年もたって、あのことを訊きにくるなんて、いったい、何があったんだ。その宇宙カウボーイが娘を殺したという証拠でも出てきたのか？」

「いいえ。最初に言ったように、これはただの確認作業で……」

「いい加減なことを言うもんじゃない。おれはどうしてそんな確認作業をしているのかと訊いているんだ。娘を殺した犯人が出てきて、捜査が再開されることになったのか？　もしそうなら……」

「いいえ。捜査は再開されません。この件はもう結論が出ていますから」

「結論が出ている？」

「ええ」

「結構だ。じゃあ、これで帰ってくれ。警部だか、警部補だか、階級は知らないが、なんにもしてくれないのなら、あんたに用はない。とっといなくなってくれ」

　一時間後、セルヴァズはトゥールーズ宇宙センターの入り口の建物のところまで来ていた。高速道路の料金所を大きくしたような建物で、上部には地球と打ちあげロケットをデザインしたシンボルマークが掲げられている。

　宇宙センターはトゥールーズ市内の南部、ポール・サバティエ大学（トゥールーズ第三大学）の東にある総合施設で、広大な敷地のなかに航空宇宙高等学院などの学校や、人工衛星のコントロール・センター、ＣＡＤＭＯＳ（微小重力状態での活動を研究する開発援助センター）など、さまざまな機関が集められている。航空関連の企業も入っていた。

建物の脇にある車両用ゲートの前で車をとめると、セルヴァズは窓ガラスをさげて、詰め所のなかにいた守衛に、センター長と面会の約束をしていることを告げた。すると、守衛は身分証を渡すように言って、それと引き換えに訪問先の名前が記されたＩＤバッジを渡してくれた。訪問先の名前が記されているのは、なかで迷ってうろうろしているときに、すぐに案内してもらえるようにするためだろう。ゲートを開ける前に、守衛は「ここを通って左に曲がったすぐのところに駐車場があるので、車はそこにとめるように」と教えてくれた。

言われた場所に車をとめると、小雪が舞って、外気は冷たかったが、セルヴァズは少し敷地のなかを歩いてみることにした。学生やエンジニアなど、若い人の姿が目立つ。自転車に乗って、通りすぎる者もいた。まるでアメリカの大学のようだ。広い道の両脇には街路樹が植わり、ところどころにこんもりとモミの木立が繁っている。全体に開放的なスペースが多く、小さな照明塔の並んだ広場や、芝生に覆われた広場があちらこちらにあった。航空機やロケットの模型を設置した広場もある。ロケットの模型の前には巨大なパラボラアンテナが設置されていた。パラボラアンテナはいくつかの建物の屋上にも取りつけられていた。建物はさまざまだが、どれも機能的で、多目的に使えそうだった。十字形の建物。鉤《かぎ》形の建物……。外壁に細長いコンクリートの板を何枚も並べて貼りつけ、窓の部分が銃眼のように引っ込んでいる斬新なデザインの建物もあった。見たところ、敷地内に特別な警備システムがあるようには思えなかったが、入り口の建物で身分証を預かるくらいだから、それなりの対策はしているに違いない。

センター長のオフィスは管理者棟と呼ばれる建物のなかにあるということだった。向かいには有名な数学者の名前をとったフェルマー棟があり、そのなかにはヨーロッパ共同開発の宇宙ロケット、〈アリアン〉によって打ちあげられた人工衛星のコントロール・センターがある。すぐ隣にはCADMOSの建物もある。

管理者棟のなかに入ると、セルヴァズは案内板でセンター長のオフィスの位置を確かめた。ここに来たのは、もちろんセリア・ジャブロンカについて訊くためだ。セリアの両親の家を出たあと、セルヴァズは司法警察の刑事だと名乗って、宇宙センターに電話をかけた。そして、センター長に取りついでもらうと、セリア・ジャブロンカについて何か知っていることはないかと単刀直入に切りだしたのだ。セリアは自殺をした女性写真家で、以前、宇宙をテーマにした写真の個展を開いたことがあるのだが、と言って。すると驚いたことに、センター長は「セリア・ジャブロンカさんなら、取材でこちらにいらしたことがありますよ」と答えた。そうして、「あまりお役に立てるとは思えませんが、少しでしたら、お時間をつくりましょう。といっても、こちらもスケジュールが詰まっているので、ほんの少しですが」と言って、面会を約束してくれたのだ。話の最後に、センター長は、セリアの件で「これまで警察から問い合わせを受けたことはありません、あれは自殺ではなかったんですか？」と訊いてきた。どうやら、警察に知り合いはいないらしい。勝手に捜査をしている身なので、その点については、セルヴァズはほっとした。

　三分ほどの電話のあいだ、センター長の口調は自信にあふれていた。セルヴァズは電話を切ったあとに、センター長の経歴をネットで調べてみた。理工科大学校《エコール・ポリテクニーク》の一九七七年入学生で哲学の博士号を持ち、スタンフォード大学の理系の修士号も取得している。エリート中のエリートだ。それなら、ああいった口調になるのも、うなずける。

　そのときの会話を思い出しながら、管理者棟の廊下を進んでいくと、ようやくセンター長のオフィスに着いた。センター長は太った男で、なかなか愛想のよい男だった。小さな目にユーモアの光を浮かべながら、太った手を差しだしてくる。その手は少し湿っていた。

「どうぞ、おかけください」

　そう言ってこちらに椅子を勧めると、センター長は自分のデスクの椅子に腰をおろした。デスクの上はすっきりと片づいている。中央にパソコン、左側にはアームライトがあり、その下には書類が数通、きれいに重ねて置かれている。飾りと言ったら、打ちあげロケットの模型くらいだ。センター長は首につけた水玉の大きな蝶ネクタイを両側から引っぱりあげていたが、にこやかな目でこちらを見つめると、ネクタイから手を離して言った。

「何をお訊きになりたいのかはわかりませんが、警部、どうぞお尋ねください」

　セルヴァズはからめ手から攻めることにした。

「こちらのセンターでは何をなさっているのでしょう？　まずはそのあたりからお聞かせねがえますか？」

それを聞くと、センター長は顔いっぱいに笑みを浮かべた。

「トゥールーズ宇宙センターは、パリに本拠のあるCNES――フランス国立宇宙研究センターの研究部門として、宇宙開発に関係する研究や企画立案を行っています。人工衛星のシステムの開発や、軌道の調整などもここで行われています。地球観測衛星の〈スポット〉とか、偵察衛星の〈ヘリオス〉の名前は聞いたことがあるでしょう？　宇宙ロケット〈アリアン〉の名前も。〈スポット〉や〈ヘリオス〉は〈アリアン〉が打ちあげたのです。それから、アメリカが火星の表面を調査するのに使った〈キュリオシティー〉という探査車もご存知のはずだと思います」

セルヴァズは黙ってうなずいた。

「〈キュリオシティー〉の先端には化学分析カメラが搭載されていて、火星の岩石などにレーザー光を照射することによって、岩の元素組成などを調べることができるようになっています。ええ、これまでに八万回もレーザーを当てて、分析を行っているのです。実はその化学分析カメラを開発したのがこの宇宙センターなのです。あのカメラはCNESと、この近くに本拠のあるＩＲＡＰ（天体物理学・惑星学研究所）が共同開発したものです。化学分析カメラの操縦テストも、この宇宙センターで行われました」

トゥールーズの町は昔から航空機と縁がある。その歴史は二十世紀の初頭、一九一七年にピエール＝ジョルジュ・ラテコエールがトゥールーズに航空機会社を設立したところから始まる。その翌年には同じくラテコエールによって設立された航空郵便会社アエロポスタル（設立時の名前はソシエテ・デ・リーニュ・ラテコエール。エールフランス社の母体となった会社の一つ）がトゥールーズとスペインのあいだを結ぶ航空郵便サービスを始める。やがてその路線が拡大され、トゥールーズ＝ダカール航路やアフリカ航路、南米航路ができると、ジャン・メルモーズやサン＝テグジュペリなど、伝説の飛行士たちが活躍した。センター長の話を聞きながら、セルヴァズは少年の頃に読んだサン＝テグジュペリの『人間の土地』や『南方郵便機』のことを思い出した。サハラ砂漠、カサブランカ、ダカール、サン＝ルイ、パタゴニア、無線電信、南十字星など、そこには行ったことのない土地や、見たこともないものがたくさん出てきて、世界が急に開けたような気持ちになった。おそらく、宇宙に進出するというのも、そういうことなのだろう。

そんなことを考えていると、センター長の声が耳に入った。

「でも、こちらにお見えになられたのは、人工衛星とか火星探査の話を聞くためではないのでしょう？」

「ええ。電話でもお話ししたように、セリア・ジャブロンカさんのことを伺いたいのです。このセンターでジャブロンカさんが特に興味を示したことはなんですか？」

すると、所長は両手を組んで、その上に顎をのせて、言った。

「ジャブロンカさんは、すべてに興味を示していました。好奇心旺盛でね。頭もよく――それに美人でもありましたが――その点はともかく、見るもの、聞くものすべてに興味を持って、知識を吸収しようとしていました。なんでも知ろうとして、なんでもカメラに収めたがっていました。もちろん、機密に関するものがあるので、撮影を許可できないものもたくさんありましたが……」

「お会いになったとき、精神的な問題を抱えているようには感じませんでしたか？」

「さあ、私は精神科医ではありませんので。それに、実際に会ったのは二回だけですから。でも、どうしてそんなことをお訊きになるんです？」

その質問には答えず、セルヴァズは別のことを尋ねた。セリアの両親の家で聞いたことを確かめてみようと思ったのだ。

「ジャブロンカさんは、おそらくこの宇宙センターで、誰かと知り合ったのではないかと思うのですが。交際をするようになる相手と……。ジャブロンカさんのお父さんは、娘は〝宇宙カウボーイ〟とつきあっていたと言っていました」

その言葉を聞くと、センター長は眉をひそめた。

「宇宙カウボーイ？　つまり、宇宙飛行士のことですね。それならば、ここにいらしたのは間違いです。この宇宙センターで宇宙飛行士たちと顔を合わせることはありません。ヨーロッパの宇宙飛行士訓練センターはケルンにあるのですから。また、ＣＮＥＳや欧州宇宙機関《ESA》の本部はパリにありますから、事務的な手続きや会議その他で、ここに来ることもありません。もちろん、ジャブロンカさんがこの宇宙センター以外の場所で、宇宙飛行士と知り合いになったというなら、話は別ですが……。でも、ジャブロンカさんが宇宙飛行士と交際していたとして、どうしてそんなことに興味をお持ちなんです？」

「申し訳ありませんが、それはお伝えできないことになっています」

センター長の目に苛立《いらだ》ったような光が浮かんだ。セルヴァズは驚きながらも、満足を覚えた。

「何をお考えかわかりませんが、宇宙飛行士というのは精神的にも肉体的にも特別な人間なのですよ。さまざまな訓練を受けて、それに耐え抜いた人たちですからね。遠心力発生装置や回転椅子は、肉体的には拷問のようなものですが、超人的な体力でそれを乗り越えるのです。つまり、精神的にも強靭《きょうじん》なものを持っているわけです。心理検査もクリアしているはずですし。その宇宙飛行士が交際相手に何かするといったことは……」

「それはそうだと思いますが」セルヴァズはセンター長の言葉にはかまわず、もう一度、先ほどの質問を繰り返した。「でも、何かのおりに、ここでジャブロンカさんが宇宙飛行士の一人に出会ったということはありませんか?」

その質問に、センター長は明らかにいらいらした声を出した。

「それはないと申しあげたでしょう」

だがしばらく考えてから、続けた。

「そういえば、市庁舎《キャピトル》で行われたCNES主催のパーティーのときなら……。あのパーティーにはジャブロンカさんも出席されていましたからね。フランス人宇宙飛行士が勢ぞろいするパーティーで、『ご一緒にいかがですか?』と私がジャブロンカさんをお誘いしたのです。もっとも、パーティーの席上にタキシード姿の飛行士たちが登場したとたん、ジヤブロンカさんは隣に私がいることを忘れてしまったようですが」

そう言うと、センター長は太った体を揺らすようにして笑い声をあげた。

「では？」

「そう、ジャブロンカさんが宇宙カウボーイと知り合ったとしたら、そのパーティーでしょう。フランス人宇宙飛行士は全員、出席していましたから」

その声に、多少の嫉妬と恨みが交じっているのをセルヴァズは聞きのがさなかった。それはそうだろう。宇宙飛行士たちが姿を見せたとたん、パーティーに誘った女性がそちらに夢中になってしまったのだから。だが、いずれにしろ、これでセリアと宇宙カウボーイはつながった。そう思うと、心臓が早鐘を打ちはじめた。

「そのパーティーの日付はおわかりになりますか？」セルヴァズは尋ねた。

所長はすぐに受話器を取りあげ、秘書に確認した。そして、秘書から答えを聞くと、すぐに教えてくれた。

「二〇一〇年の十二月二十八日だそうです。あの晩でしたら、宇宙飛行士と知り合うのに苦労はいらなかったでしょう。選ぶのに迷うほどです。本当に、全員がそろっていたのですから」

宇宙センターを出ると、セルヴァズは市内の中心部に向かって、車を走らせた。途中でちょっとした買い物をすませ、市庁舎の近くまで来たところで車をとめる。二年前にCN

ＥＳが宇宙関係者を集めたパーティーの招待者リストが残っていないか、パーティーを担当した人に尋ねようと思ったのだ。もしそのリストが残っているようなら、見せてもらうつもりだった。

携帯を取りだして、番号を押そうとする。だが、ふと目の前の街の景色に、手が止まった。今日は十二月三十一日だ。まだ午後の四時を過ぎたばかりだというのに、街は夕暮れ色に包まれている。血のように赤い太陽が西の空に漂う雲を染めているせいで、街全体が光って見える。電飾で飾られたクリスマスツリーのように。窓を開けると、風が冷たかった。この凍てつくような風は、ポーランドの森から吹いてきたのではないか。セルヴァズは思った。

マリアンヌ。どうして、きみはまた私の人生に舞いもどってきたんだ？　きみのことはもう忘れようとしていたのに……。頭のなかでマリアンヌに話しかける。すると、マリアンヌが答える声がした。

「いいえ、あなたはわたしを忘れないわ」

「でも、きみは死んだんだ」

「ええ」

「もう、きみの顔も忘れている」

「そうやって、残りも全部、忘れるつもり？　わたしたちが交わした言葉も、約束も。キスも、一緒に過ごした時間も。一つひとつの仕草も、相手を待ったことも、愛も……。全部忘れるつもりなの？」

「そうだ。全部だ」

「だとしたら、生きることに意味はあるの？」

「死ぬことにも意味はない」

「それをわたしに言うの？」

「いや」

セルヴァズは我に返って、通りに目をやった。電飾や新年の飾りに彩られた通りを、人々が疲れた表情で家路に急いでいた。外のテラスでは、暖かそうなコートを着こんだ美しい女の子たちが笑い声をあげている。だが、その笑い声もいつか消えるだろう。電飾の明かりも……。そうして、この美しい女の子たちも年をとり、しわが刻まれ、死んでいくのだ。セルヴァズは携帯を持ちなおすと、市庁舎の番号を押した。

「もしもし？」女性の声がした。

セルヴァズはトゥールーズ警察の刑事だと言って、自分の名前を告げ、二〇一〇年の十二月二十八日に開かれた宇宙関係者のパーティーについて尋ねた。

「そのパーティーの招待者リストが残っている可能性はありませんか？」

「二年前のパーティーの招待者リストですか？　さあ、わたしの担当ではなかったので、誰かわかりそうな者におつなぎします」

その言葉を聞いて、セルヴァズは嫌な予感がした。わかりそうなということは、わかる者がいるかどうか、わからないということだからだ。しばらくモーツァルトの曲を聴かされながら待っていると、その予感は当たった。

「ご用件はなんでしょう？」

そう訊かれて質問を繰り返すと、こちらを非難するような言葉が返ってきた。

「いいえ。こちらの部署ではそのようなことはわかりません。いったい、どうしてこちらにかけていらしたんですか？」

「いいえ、最初に電話に出てくださった方が、わかりそうな方につないでくださるということだったので……」

すると、相手の声が少しやわらいだ。

「わかりました。それでは、誰かほかの者に訊いてみましょう。わかる人がいるかどうかはわかりませんがね。なにしろ、今日は十二月三十一日ですから」

それから、またモーツァルトを聴かされて、また「こちらではわかりません」と言われ、またモーツァルトを聴かされ、とうとう四人目で、わかりそうな人が出てきた。

「もしもし、二〇一〇年の十二月二十八日のパーティーについて、お問い合わせだということですが……。招待者リストが残っているかどうかということですね？」声は小さく、自信がなさそうだった。

「ええ、宇宙関係者のパーティーです」

「わかっています。わたしもその会場にいましたので。あの……残っているかどうか確認してまいりますので、このままお待ちいただけますか？　それとも、もう一度、お電話していただけるでしょうか？」

もし、電話をかけなおすことになったら、またたらいまわしにされて、二度とこの担当者の女性と話をすることはできないかもしれない。そう考えると、セルヴァズは言った。

「このまま待ちます」

「わかりました」

そして、またモーツァルトの曲を聴かされながら、セルヴァズは担当者の女性が電話口に戻るのを待った。だが、十分たっても、女性は戻ってこない。もしかしたら、こちらのことは忘れて、大晦日《おおみそか》のパーティーに出かけてしまったのではないか？　電話機を保留にしたまま……。そう思った矢先、携帯の向こうから女性の声がした。

「ありました！」声は得意そうだった。

「本当ですか？」

「はい。すべて保管してありました。写真もあります」

「写真？　どんな写真ですか？」そう尋ねたものの、答えが返ってくる前に、セルヴァズは続けていた。「すぐにうかがいますから、そのままそちらで待っていてください」

「今からですか？」相手は驚いた声を出した。「でも、その……三十分後には勤務が終了しますし、それに、今日の夜は大晦日なんですよ！」

「市庁舎のすぐ近くにいるんです。だから、時間はかかりません。とても重要なことなんです」セルヴァズは強引に言った。

「そういうことでしたら……」

ほとんど消えいりそうな小さな声で、女性は答えた。

24 声

目が覚めると、午後七時四十六分だった。新年を迎えるまでには、まだ四時間ほどある。開いた窓からは、キャピトル広場のざわめきが聞こえてきた。窓は荷ほどきをするときに開けて、そのままにしていたのだ。外の気温はおそらく氷点下になっているに違いない。部屋のなかも冷えきっていた。クリスティーヌはベッドに横になったまま、その開いた窓から外を眺めた。手すりの向こうには、広場を挟んでライトアップされた市庁舎が見える。ここはグランドホテル・ド・ロペラ——トゥールーズでも指折りの四つ星ホテルだ。五十以上の客室に、二つのレストラン、サウナ付きのスパにトルコ式浴場《ハマム》、マッサージルームがある。部屋は壁もソファも床も赤で、天井とベッドと扉だけが白かった。

ふと隣を見ると、イギーが気持ちよさそうに眠っていた。この部屋に入ると、イギーは首につけたエリザベスカラーをあちこちにぶつけながら、玄関や浴室を点検していたが、それに満足したあとはベッドの上に飛びあがって寝てしまったのだ。

自分のほうも、持ってきたスーツケースから荷物を取りだし、ベッドに転がったところで、そのまま眠ってしまったらしい。それまでずっと張りつめていた気持ちが急に緩んだのだろう。

このホテルを紹介してくれたのは母親だった。昨日はギヨモから電話があったあと、あまりのショックに寝こんでしまったのだが、今日になって、あのタトゥーの男から逃げるために、早く家を出なければと思いはじめた。そこで、母親にどこかいいホテルはないかと電話で尋ねたところ、「支配人と知り合いだ」ということで、このホテルを教えてもらったのだ。ただ、どうして急にホテル住まいをしなければならなくなったのかを説明するのは大変だった。母親は「父親には内緒にしておく」と約束してくれたが、かといって、本当のことを話すわけにはいかない。結局、自分がいないあいだに泥棒が入ったので用心のためだと説明して、その場を切り抜けたものの、勘の鋭い母親が何か言ってくるのではと、そのあいだ気が気ではなかった。

と、近くにあるサン・セルナン大聖堂から八時の鐘の音がした。大聖堂だけではなく、そのまわりにある小さな教会もいっせいに鐘を鳴らしている。人々の叫び声や笑い声、ときには苛立たしげに鳴らされるクラクションの音も聞こえるなか、鐘の音はトゥールーズの街角に響きわたっていた。それを聞いているうちに、クリスティーヌは自分が聖なるものからも、街の喧騒《けんそう》からも、一人だけ切りはなされてしまったような気がした。

それにしても、どうしてレオは電話をくれないのだろう？　昨日は日曜日だったので、レオに電話をすることができなかった。今日は大晦日なので、やっぱり電話をすることができない。レオは自宅にいるはずだからだ。でも、いろいろと考えているうちにとうとう我慢できなくなって、クリスティーヌは携帯を取りだした。履歴を探して、そこから電話をかける。だが、電話は呼び出し音が四回鳴ったあと、すぐに留守電電話に切り替わってしまった。「どうして出ないの？」クリスティーヌは腹を立てて、電話を切った。それから気を取りなおして、もう一度電話をかけたところで、今度は相手が出た。

「クリスティーヌか？」

「そうよ。もしかしたらバッテリー不足で電源が切れているあいだに、あなたから電話があったかもしれないと思って……。電話をくれた？」クリスティーヌは嘘をついた。

「いや、していないよ」

その声を聞いて、クリスティーヌは胸を締めつけられた。あまりに冷たくて、よそよそしかったからだ。

「そう。でも、わたしは待っていたのよ。公安の知り合いには話をしたの？　私立探偵には調べてもらった？　私立探偵はなんて？」

けれども、その言葉はすぐにレオにさえぎられた。

「わかっていると思うけれど、今、きみと話をすることはできない」

「誰から？」少し離れたところで、女性の声がした。レオの奥さんだろう。一度、パーティーで顔を合わせたことがある。

「仕事の電話だよ」レオがそちらの声に答えた。

クリスティーヌは相手の声にかぶせるように言った。

「いつ会えるかしら？　私立探偵と会うことはできたの？」

沈黙が流れた。

「いや、その話なんだが……」レオが言いよどんだ。

「どうしたの？　私立探偵には会えなかったの？」クリスティーヌは尋ねた。

「いや、会って、少し調べてもらった。ゆっくり説明している時間はないから、手短に言うと……私立探偵は警察に探りを入れたあと、きみについても調べたらしいんだ」

「どういうこと？」クリスティーヌは気色《けしき》ばんだ。

「それによると、きみはあのコルデリアという娘に暴力をふるって、怪我をさせたというじゃないか。それで私立探偵もびっくりして、きみのことを調べたら、きみが一家のかかりつけの医者に暴力をふるって、精神科の診察を受けたことがあるという事実を突きとめたというんだ」

「だって、それはわたしが十二歳だったときのことよ。それに、わたし、コルデリアに暴力なんてふるっていない。あれはあの娘《こ》のでっちあげで、陰謀のうちなのよ」

開いた窓から冷たい風が入ってきて、カーテンをひるがえした。窓の外を何かが飛び去っていくのが見えた気がした。

「クリスティーヌ」レオが言った。「いいかい？　私は何があってもきみの味方だ。しかし、こんな報告があると、最初から考えなおしてみないといけない」

「どうしてわたしの言うことを信じてくれないの？　コルテリアに暴力はふるってないと

言ってるでしょ？」

だが、レオは耳を貸してくれなかった。

「ともかく、考えなおしてみないと。連絡はこちらからするよ。いいね？」その言葉と同時に電話は切れた。

クリスティーヌはもう一度、電話をかけた。このまま話を終わらせるわけにはいかない。怒りで息が詰まりそうだった。なんなのよ。このあいだはあんなに親切だったのに。あれはもう一度、わたしと寝たかったから？　どちらにしろ、レオはちゃんとわたしの話を聞く義務がある。だってわたしたち、一緒に寝たのよ。このあいだだけじゃなくて、これまでも。そう、百回も。呼び出し音が鳴っているあいだ、クリスティーヌは心のなかで叫んだ。けれども、電話はそのまま留守番電話に切り替わった。

携帯をしまうと、クリスティーヌはレオが言っていた精神科の診療のことを考えた。それを受けるきっかけとなった出来事のことを。

あれは十二歳の夏、一九九三年の七月二十三日のことだった。あの夏は病気のせいで、ひどい悪夢と幻覚に悩まされていた。だから、その出来事がそういった悪夢か幻覚の一つだったのか、それとも現実だったのか、今でもわからない。でも、その光景はしっかりと目に焼きついている……。

病気というのは、伝染性単核球症という感染症のことだ。この病気はキスをするだけで感染し、喉が痛くなったり、リンパ節が腫れたり、疲れやすくなったりする。熱も三十八度以上になって、そんなときは悪夢にうなされたり、幻覚症状が出ることもある。

　悪夢を見たり幻覚症状が出てくるのは、かかりつけの医師のアレル先生がいけないのだと思っていた。アレル先生が毎晩、注射をするせいで、そんなものが出てくるのだと。まあ、十二歳の子どもだから、しかたがなかったのだけれど。クリスティーヌはさらに考えた。あの光景を見たのも、だから注射のあとだ。あの悪夢か幻覚か、それとも現実かわからない光景を見たのも……。あの日、アレル先生が注射をして帰ったあと、わたしを寝かしつけたのはパパだった。ママはおばあちゃんの看病に行っていて、家を留守にしていたから。パパは枕元でしばらくわたしの様子を見ると、わたしが病気なのを忘れてしまったみたいに「おやすみ、小さなキヌザルちゃん」と軽い調子で言って、部屋から出ていった。もちろん、明かりを消して。それで、わたしは暗い寝室に一人残されてしまった。怖くて、心臓がどきどきした。でも、そのうちにまた熱が出てきて、頭がぼんやりしてきた。

　そのときだ。プールのほうから誰かがささやくような声が聞こえてきたのは。わたしはとっさに、これは夢だと思った。自分は今、夢のなかにいるのだと。プールから聞こえてくる声には、とうてい現実とは思えない響きがあったから。それに、普通だったら、プールで誰かがささやいても、そんな小さな声はわたしが寝ていた部屋まで聞こえてこない。もしそうなら？　ああ、でも、あの夏は、夜になっても気温が三十度もあるほど暑かった。だから、窓が開けっぱなしになっていたのかもしれない。ということは……。やっぱりあれは現実？

あの夜、窓を見ると、空は真っ暗じゃなかった。だから、きっとプールの水中照明がついているのだろうと、わたしは思った。耳を澄ますと、声の代わりにヤシの葉が風に揺れる音が聞こえていた。プールの水音もした。でも、人の声はもうしなくなっていた。目覚まし時計のほうに顔を向けると、夜中の十二時だった。

熱のせいか、頭のなかでは太陽が燃えているようだった。そのとき、また声が聞こえていた。ささやくような、謎めいた声。その声は、プールのなかから聞こえてくるようだった。わたしは恐ろしくなった。夜のプールは昼のプールとは違う。そこは近寄ってはいけない、危険な場所――立ち入り禁止の場所だ。プールには水中照明の設備があって、その照明をつけると、真っ暗な夜のなかで、水の色が淡いブルーから濃い赤に、それから穏やかな緑に変わるようになっていた。夜、部屋の窓から、四角いプールが刻々と色を変えていく様子を見ると、その妖《あや》しい色の変化に胸が騒いだものだった。

シーツを押しのけて、部屋を出ると、わたしは階段をおりて、一階のリビングに入っていった。リビングには誰もいないのに、明かりが煌々《こうこう》とついていた。

わたしはどうしてもプールのことが気になっていた。あの声のことが気になっていた。熱にうかされていたせいなのか、頭のなかには、「水」とか「火」とか「魚」とか「不安」とか「嫌悪」とか「欲望」とか、まるである言葉が別の言葉を連れてくるように次々と浮かんでいた。プールはわたしにとって、魅力的なものだったけれど、抑圧されたものや、我慢しなければならないものの象徴でもあった。リビングを通り抜けると、わたしは裸足のまま、中庭に通じる引き戸を開けた。そうして、星のまたたく、熱い夜のなかに足を踏みいれた。

そのとたん、喜びと不安が同時にわきおこってきて、肌が粟立《あわだ》った。水中照明の光に照らされて、プールは刻々と色を変えながら、静かに波立っていた。わたしは誰かがプールにいることに気づいた。女の人だ。その人は長い髪を海藻のように漂わせながら、虹色に輝く波に身を任せていた。姉のマドレーヌだった。マドレーヌは一糸まとわぬ姿で、あおむけに浮かんでいた。わたしはマドレーヌのつるつるしたVゾーンに目を奪われた。

「マディ」わたしは姉に声をかけた。

すると、姉は両手でバランスをとりながらプールの底に足をつき、わたしを見た。

「クリスティーヌ、そんなところで何をしてるの？　何時だと思ってるの？」

「マディこそ、何をしているの？」

ふいに、どこから飛んできたのか、たくさんの蛍がプールの上にやってきて、マドレーヌのまわりをふわふわと飛んだ。それはまるで夢のような光景だった。きっとこれは夢に違いない。わたしはまたそう思った。

と、姉が言った。

「あっちへ行って、クリスティーヌ。ここから離れて。ベッドに戻って」

「でも、マディ。マディは何をしているの？」

「聞こえないの？　戻って、寝なさいって言ったでしょ！」

その声には、普段の姉からは想像もできないくらい強い響きがあった。それと当時に、苦痛の響きも感じられた。わたしは姉にひっぱたかれたような気がした。やっぱり、これは夢だ。そう思いながら、その場に立ちつくしていた。

「マディ、マディ」

わたしはとうとう泣きだしていた。なんだか恐ろしいことが起こるような気がしてしかたがなかった。そしてその予感を裏づけるように、黒い大きな蛇がプールの水面を這うようにして、姉に近づいていくのが見えた。反射的に、「蛇」「毒」「危険」という言葉が浮かんだ。

わたしはすぐに姉に危険を知らせようとした。でも、声が出なかった。蛇は姉のそばまで行くと、そこで止まり、水面にゆらゆら漂った。大きくて、長い蛇。その蛇の姿を頭のほうから尻尾《しっぽ》のほうまで見ていったとき、わたしはびっくりした。蛇の尻尾はまだプールサイドにあって、そこから垂直に黒っぽい影が伸びていたのだ。黒い人影。プールの水面に漂っている蛇は、その人の影だった。

誰だろう？　そこに立っている人は……。わたしは思った。そして、すぐに気づいた。パパだ。

顔は暗くて見えなかったけれど、肩や腕、胸やおなかの感じはシルエットだけでわかる。

「パパ？」わたしは声をあげた。

人影は動かなかった。返事もなかった。

ううん、パパのはずはない。わたしは思った。だって、パパは今頃、寝室で寝ているはずだから、と。そうだ、あれは別の人だ。パパに似た別の人なんだ。でも、マディと一緒で、この人も裸だ。それに気づいたとき、わたしは息が苦しくなって、その場から逃げだしたくなった。

いったい、マディは裸のままプールのなかで何をしていたのだろう？　それも、パパに似た裸の男の人と一緒に。ああ、これは夢なんだ。わたしは思っていた。アレル先生の注射のせいで、夢を見ているんだ。じゃなかったら、幻覚か。だから、もうしばらくしたら夢から覚めて、ベッドのなかでぐったりしている自分に気づくはずだ。でも、そう思っても、夢はなかなか覚めてくれなかった。

「お願い、クリスティーヌ。部屋に戻って寝てちょうだい。すぐに行くから……」

姉の声がした。その声は懇願するような、深い悲しみに満ちていた。わたしはプールに背を向けると、リビングに入る引き戸を開け、寝室に戻った。足がふわふわしていたのを覚えている。ベッドに入ると、窓からはまた、あのささやき声が聞こえてきた。その声を聞きながら、うとうとしていると、突然、プールに飛び込む水の音が聞こえ……そこで、ようやく目が覚めた。じゃあ、今のはやっぱり夢だったんだ、よかった――そう思いながら、わたしはパパがいつも言っていた言葉を思い出した。「夜のプールは危険だから、決して行ってはいけないよ」という言葉を。そして、また眠りについた……。

空気が冷たい。クリスティーヌは毛布を引きよせ、また考えた。

あのとき見た光景は、夢だったのか、幻覚だったのか、それとも現実だったのか？　いまだにわからない。ただ、思い出すたびに、胸がざわつくだけだ。

いずれにしろ、翌日は熱がさらにあがって、三十九度五分になっていた。アレル先生に暴力をふるったのは、その日のことだ。先生がまた注射をしようとしたから。わたしは全力で拒否した。また昨日のような夢を見たくなかったから。でも、アレル先生は無理やり注射をしようとして……。気がつくと、わたしはアレル先生から注射器を奪い、針の先を先生のお尻に突き刺していた。そうやって、暴れて泣きわめいたせいで、精神科の診察を受けることになったのだ。精神科にかかったほうがいいと勧めたのはアレル先生だった。パパもママもそれに反対しなかった。

こうしてあらためてあのときのことを思い出してみると、クリスティーヌにはレオの態度が理不尽なものに思えた。あれは注射のせいで悪夢や幻覚を見るようになったと思ったから、ちょっと激しく抵抗しただけだ。まだ十二歳で、前日の夜に嫌な夢を見たあとなのだから（夢だったと思うけど）、それほど騒ぎたてるようなことではない。そもそも、あれくらいのことで精神科の医者に診せるほうがおかしいのだ。それなのに、レオときたら、そんな二十年前に起きたことを持ちだして……。コルデリアに暴行を加えたという話だってそうだ。あの人は警察の話をそんなに簡単に信じてしまったのだろうか。この二年間、深い関係を続けてきたのに、そんなことはどうでもいいことだと言うのだろうか。少なくとも、こちらの説明を聞いてくれたっていいはずなのに。それとも、あの人はただ遊びでつきあっていただけなのだろうか。勝手にこちらの人生に現れて、こちらを夢中にさせ、飽きたら捨てていく、そんな人だったのだろうか。けど、あの人を捨てたのは、あなたのほうだけど、心のなかで意地悪な声が言ったが、その声は無視して、クリスティーヌは考えつづけた。ああ、でも、レオが助けてくれなかったら、いったいどうすればいいの？　マックスに頼る？　いえ、マックスにはどうにもできない。

気づくと、さっきまで鳴り響いていた鐘の音がやんでいた。クリスティーヌは窓を閉めにいこうと立ちあがった。部屋はすっかり冷えきっていた。窓の下に目をやると、暖かそうな格好をした人々が新年のイルミネーションに彩られた広場を歩いている。広場には大勢の人がいた。と、そこで一人の男に目が引きつけられた。年は四十代半ばだろうか。シャンパンの瓶とフルートグラス一つを手に、広場の真ん中で途方に暮れている。そばには誰もいない。きっと一緒に年を越して、新年を祝う人がいないのだろう。わたしと同じように孤独なのだ。

そうだ。わたしと同じように……。クリスティーヌはつぶやいた。正真正銘、一人ぼっちになってしまった。そう思った。

25　対位法

キャピトル広場の地下駐車場に車をとめると、セルヴァズは階段をのぼって、広場に出た。目指す市庁舎は、この広場に面して建っている。建物の下部に開けられた、木の扉のついた門をくぐると、そこには四方を建物に囲まれた小さな中庭がある。〈アンリ四世の中庭〉だ。大晦日で浮かれる人々や観光客に混じりながら、セルヴァズは中庭の突きあたりにある建物の下まで行った。

その建物の上部にはアンリ四世の浮彫像《レリーフ》が彫られた壁龕《へきがん》があって、そのまわりは鮮やかなイルミネーションで彩られていた。アンリ四世は饗宴が好きだったことで知られているので、こんなふうに人々が笑い興じるなかにいるのは、嫌ではないに違いない。レリーフの下には、アンリ四世の死後二百年近くたったフランス革命のおりに加えられたというラテン語の碑文が刻まれている。いわく〝民衆は王を愛し、王がこの世を去ったときには、皆涙した〟。

セルヴァズは思わず苦笑した。歴史というものは後世の人によって歪められる――その実例を目の当たりにしたような気がしたからだ。アンリ四世は幼くしてユグノー（カルヴアン主義プロテスタント）の盟主となったため、カトリックを奉じるフランスの民衆からは最も敵対視された王の一人だった。その後、王位に就いてからカトリックに改宗したもののカトリックとプロテスタントを融和させる政策をとったことから、その肖像画は焼かれ、一六一〇年に狂信的なカトリック教徒であるフランソワ・ラヴァイヤックに暗殺された。もしラヴァイヤックに殺されていなかったとしても、アンリ四世を暗殺しようとしていた者は大勢いたので、結局は同じ運命をたどっていただろう。その王のレリーフの下に、こんな碑文をつけるとは。

市庁舎の入り口まで行くと、セルヴァズは両側に開いた木製のドアの先にあるガラスの二枚戸を引いて、なかに入った。奥のほうに職員専用のスペースに入る鋳鉄《ちゅうてつ》製の美しい柵があり、そこを抜けると、上部の壁に〈選挙・行政手続課〉と金色の文字で刻まれたプレートを掲げる扉があった。二年前のパーティーの招待者リストとパーティーの写真が残っていると教えてくれた女性職員はその扉の向こうにいるはずだ。

扉を開けてなかに入ると、はたして女性はそこにいた。紫色の奇抜なスウェットシャツを着ていて、背は低く、それと同じくらい横幅がある。簡単に挨拶を交わしたあと、女性は先に立って小さなオフィスの並ぶ廊下を右に曲がったり、左に曲がったりしながら歩いていき、とある部屋の前で立ちどまってドアを開けた。そこはなんの飾りもない小さな部屋で、デスクが一つ置いてあるだけだった。デスクの上には、パソコンが一台、据えられている。そのパソコンの画面を示して、女性が言った。

「すべて、そこに入っています。二〇一〇年の十二月二十八日に開催されたパーティーの写真です。それから、招待者リストはこのファイルのなかにあります」

女性からファイルを受け取ると、セルヴァズはパソコン画面に並んだ写真のサムネイルを指さして訊いた。

「全部で何枚くらいあるんですか？」

「およそ五百枚です」

「五百枚？」

セルヴァズはデスクの前の椅子を示すと、そこにかけてもいいかと尋ねた。女性職員は心配そうな目つきで腕時計を見た。

「あの、どれくらいかかりそうでしょう？」

「見当もつきません」セルヴァズは答えた。

女性は一瞬、顔をゆがめ、それからおずおずと言った。

「あの、わたし、年越しのパーティーの時間には帰りたいんですけど……」

すでに窓の外は暗くなっていた。部屋には天井に小さな照明があるだけなので、薄暗い。

「もしよろしければ、こちらで鍵をかけておきますが」セルヴァズは提案した。

だが、女性はすぐさま首を横に振った。

「そんなことはできません」そして、またおずおずとした口調で尋ねた。「それは本当に大事なことなんでしょうか？」

セルヴァズは相手の目をまっすぐに見つめて、うなずいた。

「今すぐにやらなければならないほど？」女性が念を押すように訊いた。

セルヴァズはもう一度、うなずいた。女性はがっくりと肩を落とした。

「わかりました」

そう言うと、くるりと向きを変え、部屋から出ていこうとする。小さな足に、蛍光イエローとオレンジ色のバスケットシューズを履いているのが見えた。が、ドアのノブに手をかけたところで、女性は振り向いて尋ねた。

「コーヒーはいりますか？」

「ありがとう」セルヴァズは答えた。「ミルクも砂糖もなしでお願いします」

女性が部屋から出ていくと、セルヴァズはマウスをクリックしては一枚一枚写真を見ていった。だが、それから三十分もすると、絶望的な気分になった。パーティーの招待客は二百人以上もいたからだ。それに加えて当日、特別なはからいで、招待状がなくても入場を認められた者もいる。写真に写った人数は二百五十人くらいにはなるだろう。そのなかから、その日、セリア・ジャブロンカと初めて出会って、その後、特別な関係を持った宇宙飛行士を見つけるにはどうすればいいのか？　女性職員が持ってきてくれたコーヒーを飲みながら、セルヴァズは考えた。

もちろん、いちばん最初にすべきことは、セリアの写っている写真を探しだすことだ。相手の男がこのパーティーでセリアと知り合ったなら、セリアと一緒に写真に写っている確率がかなり高いからだ。そう思って探していくと、セリア・ジャブロンカが写っている写真を見つけるのは、それほど難しいことではなかった。その日、来場した女性のなかで、セリアは特別に目立つ存在だったたからだ。セルヴァズはすぐにその姿を発見した。写真のセリアはうっとりするほど美しく、若さにあふれていた。背中が大きく開いたパーティードレスに身を包み、髪はうなじのあたりで小さくシニョンにまとめ、ピンク色に輝くパールの髪飾りを挿している。たぶん高級なヘアサロンで、時間をかけてセットしてきたのだろう、シニョンの両脇に幾筋か垂らした髪がおしゃれに見えた。

だが、問題はセリアが数多くの写真に写っていて、セリアと一緒に写っている人物の数も多いことだ。まあ、これだけ美しい女性が会場にいたら、カメラマンが注目するのは当たり前だろう。セリアはパーティーの華なのだ。だとすれば、そのまわりに大勢の男が集まってくるのもうなずける。一緒に写っている男たちのなかには、宇宙飛行士のほかに、市長や議員、大臣もいるはずだ。宇宙センターの技術者や宇宙開発企業の社員だって、機会さえあればセリアに近づいたことだろう。実際、写真にはセリアが宇宙センターのセンター長と一緒に写っているものもあった。このなかから、どうやって〝宇宙カウボーイ〟を見つければよいのだろうか？

そのとき、頭のなかに閃《ひらめ》くものがあった。招待者リストを入れたファイルには、たしか宇宙飛行士たちの集合写真があったはずだ。その宇宙飛行士たちの写真と、セリアと一緒に写っている男の顔を照らしあわせれば、宇宙カウボーイたちの誰がその日セリアと話をしたか、突きとめることができる。もちろん、なかには写真に写っていないところでセリアと話をした宇宙飛行士もいるかもしれないが、まずは確実な線から攻めていくしかない。

そう考えると、セルヴァズはすぐ目の届くところに、宇宙飛行士たちの写真を置いた。残念ながら、写真には一人ひとりの名前が記されていないので、それだけでは誰が誰だかわからない。そこで、セルヴァズは宇宙飛行士たちの顔とリストの名前を照合するのはあとにして、まずは写真を眺め、その顔を徹底的に目に焼きつけることにした。宇宙カウボーイたちの顔を。写真はおそらくプレス用に撮られたものだろう。公式の場にお揃いのスーツで現れるサッカーのフランス代表の写真を思わせた。誰もが笑顔で、目が生きいきとしている。そして、なぜか顎が角ばっていた。全員が日焼けして、カリフォルニアのサーファーのようにも見えた。だがもちろん、よく見れば、一人ひとりの顔は違っていた。

そうやって、宇宙飛行士たちの顔を頭に叩き込むと、セルヴァズはセリアが誰かと一緒に写っている写真を一枚一枚見ていった。その結果、セリアはそのパーティーで三人の宇宙飛行士と話をしていたことがわかった。写真に写っていたかぎりでは、ということだが、今の段階ではこれを手がかりにしていくしかない。セルヴァズはまず一人目の宇宙飛行士の写真を見た。見たかぎりでは、ごく普通に談笑しているだけで、二人のあいだに何かがあるとは思えない。セリアと一緒にその宇宙飛行士が写っているのは一枚きりだ。二人目の宇宙飛行士の写真は二枚あって、こちらはセリアともう少し長く話したようだ。年は四十歳くらいだろうか。この宇宙飛行士はセリアに惹かれたらしく、猛アピールしているように見える。一方、セリアはそれほどこの男に関心がなく、適当にあしらっているようだった。三人目の宇宙飛行士は、セリアと一緒にいるところを三回、写真に撮られていた。しかも、すべて違う場所だ。ということは、一緒に場所を移動したにせよ、違う場所で顔を合わせるたびにまた話し込んだにせよ、お互いに関心があったということになる。それは何よりも、三枚目の写真が示していた。その写真を見たとき、セルヴァズは心拍数があがるのを感じた。カメラマンは望遠レンズでこの二人を撮影していたが、相手を見つめるセリアの瞳孔が大きくなって、すべての意識を目の前の人物に向けているように思えたからだ。しかも、二人は普通のやりとりをするには不必要なほど、顔を近づけている。この距離が心理的な距離であるのは明らかだ。そこには二人だけの世界が写っていた。セリアか、あるいは宇宙飛行士が相手のほうに一歩、踏みだした瞬間をとらえたものだろう。この直前に、二人のあいだで何かが起こったのだ。

頭のうしろで手を組むと、セルヴァズはどっかりと背もたれに寄りかかった。そう、二人はパーティーで惹かれあった。しかしだからといって、その後、特別な関係になったという保証はない。

そんなことを考えていると、ドアが開いて、先ほどの女性職員が顔を出した。

「あの、もう終わりましたか？」

セルヴァズはあわてて椅子に座りなおし、パソコン画面をのぞきこむふりをした。くつろいだような体勢でいるときに不意打ちを食らって、ばつが悪かったのだ。

「いや、まだです。時間をください、あともう少し」

するど、女性は思いがけないことを尋ねてきた。

「警部さんは年越しのお祝いをしないんですか？」

セルヴァズは一瞬、言葉に詰まったが、気を取りなおして答えた。

「いや、別にそういうわけでもないですよ。もうそんな時刻ですか？」

「七時です」女性はきっぱりと言った。

セルヴァズはふと思いついて、三人目の宇宙飛行士について訊いてみることにした。最初に電話をかけたときに聞いた、この女性の名前を思い出して呼びかける。

「ええと、セシルさんでしたね。ちょっと訊きたいことがあるんですが」

「なんでしょう？」

セルヴァズはパソコン画面を指さした。

「この顔に見覚えがあるんですが、誰だか知っていますか？」

その言葉に、セシルがこちらにやってきた。紫色のスウェットシャツを着た大柄な体が狭いスペースを巧みに抜けてくる。画面をのぞきこむと、セシルが言った。

「テレビでご覧になったことはありませんか？」

「あいにくテレビは好きじゃないもので」

それを聞くと、セシルは驚いた顔をして言った。

「レオナール・フォンテーヌですよ」そうして、セルヴァズがまだわからないといった顔をしてみせると、こうつけ加えた。「宇宙飛行士ですよ」

「そうか。そうでしたね」セルヴァズはその名前を頭に叩き込んだ。

「ところで、警部さんは結婚されているんですか？」いきなり、セシルが尋ねた。

「離婚してますよ。もう一度、挑戦したいとは思ってますけどね」

それを聞くと、セシルは笑い声を立て、再び腕時計に目をやった。

「もう本当に閉めなければならないんです。よかったら、USBに写真を全部コピーしてお渡ししましょう。ファイルのほうもお預けします。誰かがそのファイルを見たいと言いだすことは、まずありませんから。最初からそうすればよかったんですけど、もっと早く終わると思ったので。でも、本当にもう閉めなくちゃいけないんです」

市庁舎を出ると、セルヴァズはいったんキャピトル広場の地下駐車場まで戻った。ハンドルを前に、これからどうするかぐずぐずと考える。このまま療養施設に戻るのは嫌だった。施設では年越しのパーティーをしているだろうが、自分はそこで誰とも交わらず、一人離れて隅っこにいるだろう。ほかの連中がダンスと称して、体をくねくねと動かしているあいだ、不機嫌な顔をして。やはり、施設に戻るのはやめておこう。

では、どうするか？　街は新年を祝う雰囲気に満ちている。紙テープや紙吹雪《ふぶき》が舞うなか、いきなり知らない人たち（たぶん数組の夫婦からなる友人グループ）から声をかけられ、一緒にお祝いをしようと、仲間に入れられるのも嫌だ。そこでうっかりうなずきでもしたら、妻たちのほうからダンスを強要され、閉口することになる。施設にも戻らず、街で見知らぬ人と一緒に新年を迎えるのも嫌なら、どこか人のいないところで、一人で飲んだほうがいい。どこか人気《ひとけ》のない公園で……。

そう考えると、セルヴァズはいちおう新年のお祝いのために買っておいたシャンパンのボトルとプラスチックのフルートグラスを持って、車から出た。グラスのほうは一つだけで、残りは車に残しておいた（あとでどこかに捨ててしまうつもりだった）。地下駐車場の階段をのぼって、キャピトル広場に出る。広場にはカップルや家族、友人のグループなど大勢の人々がいた。そのなかをシャンパンのボトルとグラスを手に、セルヴァズは足早に歩いていった。ときおり、すれちがうカップルの女性が、目を丸くして足を止めた。大晦日の夜だというのに、この人はこんなところで一人で飲んでいるのかしら――その目には、はっきりとそう書かれていた。それを見ると、男性のほうは女性の腕を引き、肩をいからせながら、脇を通りすぎていった。自分はあんな男とは違うぞと言わんばかりに。

セルヴァズは市庁舎の反対側にあるシャルル・ド・ゴール公園まで歩いていくと、主塔《ドンジョン》（十六世紀に建てられた公文書館で今は観光案内所になっている）の下にあるベンチに腰をおろした。シャンパンをグラスに注いで、口をつける。一人きりだった。暗闇のなか、目の前の主塔《ドンジョン》を見あげていると、いろいろな思いが浮かんでくる。だが、そういった思いにとらわれればとらわれるほど、気持ちが沈んでいった。

それから、どのくらい時間がたったろう――ふと気づくと、ポケットのなかで携帯が振動していた。セルヴァズは誰からかかってきたかも確かめずに、電話に出た。

「どこにいるんです、マルタン？」

エスペランデューの声だ。ヴァンサン・エスペランデュー。親友にして、部下、そしてシャルレーヌの夫。

「今、市庁舎から出てきたところだ」

なるべく明るい調子でそう答えたあと、時計を確認して驚いた。市庁舎を出てから、もう一時間半が過ぎていたのだ。

「市庁舎って、こんな時間にですか？　そんなところで何をしてたんです？」

セルヴァズは答えなかった。そこに突然、暗闇のなかからホームレスが現れた。半分ほど中身の入ったこちらのフルートグラスをちらちらと見ている。セルヴァズは目で合図をして、ホームレスにグラスを差しだした。

「よいお年を！」グラスを受け取ると、ホームレスが言った。

「誰かと一緒にいるんですか？」エスペランデューの声が聞こえた。

「いや、誰とも一緒じゃないよ。きみはパーティーをしているんだろう？」

だが、言ってから、しまったと思った。これでは呼んでくれと言っているようなものではないか。

「そうなんです」エスペランデューが答えた。「それで、ボスにも来てもらおうと思って。シャルレーヌがどうしてもって言うんです。もちろん、僕も来てくれたら嬉しいですよ。

仲間うちの小さなパーティーなんですけどね。ほかのみんなも、まもなくやってくるはずです。一緒に新年を祝いましょうよ」

「気持ちはありがたいが、でも……」セルヴァズは言いよどんだ。

「待ってください。シャルレーヌが合図を送ってよこしてるんで、代わります。ともかく、こっちに来てください。市庁舎の前でそのまま年を越すんじゃ、淋《さび》しすぎますよ」

電話の向こうからは音楽が聞こえていた。エスペランデューのお気に入りの一つだろう。いや、違う。これはもっと甘ったるい感じだ。尻尾を踏まれた猫のような声でシャウトする女性ボーカルの声。たぶん、十歳になる娘のメガンが選んだのだろう。

「マルタン？」

女性の声が聞こえてきた。ベイリーズ・アイリッシュクリームを思わせるような温かくて柔らかな声――シャルレーヌの声だ。

「やあ」セルヴァズは返事をした。

「どう調子は？」

「申し分ないよ」

「じゃあ、どうして来ないの？」音楽に負けないようにするためか、シャルレーヌは声を張りあげている。「みんな会えるのを楽しみにしているのよ。あなたの名づけ子だって会いたがっているわ」

ふいに音楽が聞こえなくなった。たぶん、場所を移動したのだ。シャルレーヌが今度はささやくように言った。

「ねえ、来て。お願い」

「シャルレーヌ……」

「お願い。このあいだ画廊ではちょっと話したけど、ここ数カ月、ゆっくり話せなかったでしょう？　あなたに会いたいの。ともかく、会いたいのよ、マルタン。会いたくてたまらないの。困らせるようなことはしないから」

そう言うと、シャルレーヌはくすくすと笑いはじめた。

酔っているんだ。セルヴァズは静かに電話を切った。電源もオフにする。胃がキリキリと痛んだ。シャンパンのボトルをつかんで、口の近くまで運ぶ。だが、そこで療養施設にいるアルコール依存症の警察官たちの姿が頭に浮かんだ。アルコール依存症になると、飲めば飲むほど、酔いから覚めたときに辛い状態になる。いったいどのくらい飲むとそうなるのだろう？　飲むのはやめて、セルヴァズは立ちあがった。ふと、小道の反対側を見ると、地べたに座ったホームレスの集団がいた。さっきフルートグラスを渡した男もいる。グラスはもう空だった。そのグラスを持ちあげると、男はこちらに向かって合図をよこした。まわりにいた仲間たちもこちらに向かって頭をさげた。ボトルにまだ三分の二くらい、シャンパンが残っているのを見逃さなかったのだ。

ホームレスたちに近づくと、セルヴァズはボトルを差しだした。

「よいお年を！」声をかける。

ホームレスたちは歓声をあげて、拍手で応えた。だが、そのとき、なかの一人が不機嫌な声をあげた。

「よお、おっさん。そんなに気前がいいなら、煙草は持ってねえか?」

半ば挑発的で、半ば反抗的なその口調に、セルヴァズは思わずその男を見つめた。眉や唇、鼻や耳にびっしりとピアスをつけた若者だ。こんな若者がホームレスになっていることに驚きながら、セルヴァズはジャケットから煙草の箱を取りだして、相手に差しだした。もう吸わないが、いつもポケットには入れてある。

「ありがとよ」そう言いながらも、若者は悪意のこもった目で、こちらを見つめ返した。

「どういたしまして」セルヴァズは若者から目をそらさずに答えた。

結局、先に目を伏せたのは若者のほうだった。ホームレスたちのグループから離れると、セルヴァズはキャピトル広場の地下駐車場に向かって歩きだした。


施設の門を入ると、セルヴァズは車のヘッドライトを消した。職員のエリーズか誰かに見つかって、パーティーに出るように強要されるのが嫌だったからだ。車から降りるときも、できるだけ静かにドアを閉めた。だが、それほど用心する必要はなかった。一階はどこもかしこも明るかったし、建物は大音量の音楽であふれていたからだ。ヘッドライトの明かりが建物を照らしても、車のドアを閉める音がしても、誰も気づかなかったに違いない。

雪に足をとられながらも、セルヴァズは施設の玄関まで歩いていった。なかに入ると、食堂のほうから、けたたましい音楽が聞こえてきた。拍手や歓声、笑い声もする。セルヴァズは誰にも見つからないように、壁にぴったり身をつけるようにして玄関ホールを横切り、奥にある階段をのぼっていった。そのまま部屋に入って、扉を閉める。腕時計を見ると、十一時五十三分だった。十二時まであと七分。下からはまだ音楽や歓声が聞こえてくる。いずれにせよ、当分寝られそうにない。そこで、セルヴァズはパソコンの電源を入れて、メールボックスを開いた。すると、malebolge@hell.comという知らないアドレスからメッセージが入っていた。

警部。差しあげた手がかりはお役に立ちましたか？　なかなか悪くない手がかりだったと思いますが、何をぐずぐずなさっているのでしょう？

内容からすると、ホテルのカードキーや宇宙ステーションの写真を送ってきた人間に違いない。今度はメールで接触してきたのだ。でも、誰なのだろう？　アドレスにあるmaleborgeというのは、ダンテの『神曲』に出てくる地獄の一つだ。だとすると、これは脅しだろうか？　もっとも、これくらいでは身の毛もよだつとまではいかないが。だが、この文面といい、小出しに情報を送ってくることといい、なんとも嫌な感じがする。まるで猫がねずみをいたぶるように、相手を追いつめていくようなやり方だ。こんなやり方をして、こちらを支配して、自分の思うように操ろうとでもいうのだろうか。とはいえ、どうしてこんなことをするのだろう？　この人物がセリアの自殺を殺人だと考えていて、捜査の再開をうながそうとしているなら、どうして自分の持っている情報をいっぺんにこちらに渡さないのだろうか？

もしかして、あの男か？　その可能性を思い、セルヴァズはぞっとした。鼓動が速まる。これはあの男の仕業だろうか？　あの男が自分を見つけてみろと、挑戦状を送ってきたのか？　いったん思いつくと、その考えは頭に取りついて離れなくなった。あの森の悪夢のように。だが、あの男がこの出来事の背後にいるなど、本当にそんな可能性はあるのだろうか。それとも、自分はあの男が気になるあまり、あり得ない仮説を組みたててしまったのか。

そのとき、下の階から歓声と拍手が聞こえてきた。年が明けたのだ。時計を見ると、十二時だった。今始まった新しい年が終わるまでには、この施設を出て、仕事に復帰しているだろうか。

そういえば……。セルヴァズはさっき携帯電話の電源を切っていたことを思い出した。きっとマルゴから新年のメッセージが届いているに違いない。ジャケットのポケットを探り、携帯を取りだすと、電源を入れた。思ったとおり、留守番電話の録音とメッセージが一件、入っている。留守番電話を再生すると、マルゴの声がした。「新年おめでとう、パパ。元気だと思うけど、今週、そっちに行くね。体に気をつけて。大好きだよ」。電話のうしろでは音楽が鳴り、誰かの声がする。マルゴは母親と一緒なのだろうか。メッセージのほうはシャルレーヌからだった。〈新年おめでとう、マルタン。来てくれると思っていたのに……。楽しく年を越せたのなら、いいけれど。またね〉。セルヴァズはメッセージを読み返した。だが、心はすでにそこになかった。携帯と一緒に、ポケットには紫色のスウェットシャツの女性職員が渡してくれたUSBメモリもあったので、そちらのほうが気になったのだ。

パソコンの前に座りなおすと、セルヴァズはUSBを差し込み、写真のファイルを開いた。セリア・ジャブロンカと、レオナール・フォンテーヌだという宇宙飛行士の写真をもう一度、確認する。あらためて見ても、二人はこのパーティーで親密な関係になったように思えた。三枚の写真のなかで、お互いの距離がしだいに近くなり、三枚目はほとんど相手に息がかかりそうなほど、顔を近づけているのだ。

それにしても、このレオナール・フォンテーヌというのは、いったいどんな男なのだろう? セルヴァズはグーグルで検索してみた。すると、この男の名前を知らないと言ったとき、市庁舎の女性職員がどうしてあれほど驚いた顔をしたのか、その理由がわかった。レオナール・フォンテーヌは、フランスの宇宙開発の象徴的な人物なのだ。宇宙に行った二人目のフランス人で、ロシアの宇宙ロケット〈ソユーズ〉に搭乗して、宇宙ステーション〈ミール〉に行き、そこで二百日以上滞在したという記録を持つ。もっとも宇宙滞在記録で言えば、ロシアのセルゲイ・クリカレフの合計八百三日というのがいちばんだが、それでもたいしたものだ（この記録は本書が書かれたあとの二〇一五年に同じロシアの宇宙飛行士ゲナディ・パダルカによって抜かれている）。与えられた勲章は、レジオン・ドヌール勲章三等、国家功労勲章五等、ロシア勇敢勲章、アメリカ航空宇宙局《NASA》が授与する宇宙飛行メダルが三つ、特別任務メダルが二つ。フランス国立航空宇宙アカデミーの評議員であり、アメリカ航空宇宙学会の会員、国際宇宙航行アカデミーの会員でもある。生まれ故郷にはその名前がつけられた中学校があり、テレビ番組にもしばしばゲストとして招かれている。この人物の名前が出てくるインターネットの記事を読むだけで、ひと晩はかかるだろう。

セルヴァズは謎の人物が送ってきた国際宇宙ステーションの写真を取りだして眺めた。ホテルの部屋のカードキーは、自殺の話からして、セリア・ジャブロンカを意味していると考えて間違いない。国際宇宙ステーションの写真は、宇宙飛行士であるレオナール・フォンテーヌを示している確率が高い。なぜなら、パーティーの写真を見たかぎりでは、宇宙飛行士のなかでセリアといちばん親密に話しているのはレオナール・フォンテーヌなのだから……。

だが、そう考えながらも、なぜかまだ違う可能性もあるような気がした。頭のなかで何かが引っかかっているのだ。ほどよく酒を飲んだときのように、軽く酔っているような感覚もある。こういうときは、何かをつかみかけているのだが。しかし、何を？　そうだ。パーティーの写真だ。自分はこれまでセリアの両親から聞いた〝宇宙カウボーイ〟という言葉に引きずられて宇宙飛行士ばかりに注目していたが、国際宇宙ステーションの写真という手がかりだけからすれば、もっと範囲を広げてもいいのではないだろうか。宇宙飛行士とは別に、パーティーでセリアと仲良くしていた男の写真を見なかっただろうか？　いや、見た気がする。それをもう一度、確かめなければ……。

そう決心すると、セルヴァズは五百枚の写真を最初から見なおしていった。だが、それらしい写真は見あたらない。いつしか階下の音楽はやんでいた。パーティーに参加していた面々はみんな部屋に帰ったようだ。時計を見ると、午前一時二十三分になっている。セルヴァズはまた最初から写真を見なおしていき――ついにその写真を見つけた。それはセリアがビュッフェ用のテーブルの上部にある大きな鏡に映り込んでいる写真で、そのなかでセリアは若い男と向かいあって、親しげに話していた。

男はセリアに顔を近づけて、夢中になって話しかけている。セリアのほうも、別に嫌がってはいない。セリアの指には男から受け取ったばかりの名刺が挟まれていた。「まったく、ひと晩で二人の男と親密になるなんて、まるできみのためのパーティーのようじゃないか」セルヴァズはひとりごちた。男の年齢は三十代だろうか。眼鏡をかけていて、髪は短い。コートの下はグレーのジャケット、その下には青いシャツを着ていた。その服装や眼鏡からして、宇宙飛行士とはまったく違うタイプだ。むしろインテリタイプで研究者のように見える。「おまえは誰だ？」セルヴァズは写真の男に問いかけた。男は日焼けした手に、グラスを持っていた。グラスの中身はクラッシュアイスをたっぷり入れた緑色の飲み物――カイピリーニャだ。

26　筋書き

一月一日の火曜日。新たな年が始まった。年があらたまったせいで、気分まで変わったのだろうか。なんだか前向きに生きていけそうな気がする。セルヴァズは目が覚めると同時に、ベッドから抜けだした。事件のことが気になり、昨日の続きを調べたくてうずうずしていた。だが、すぐにそれは難しいということに気づいた。今日は一月一日なのだ。いくらこちらがやる気になっていても、質問に答えてくれる人などいるはずがない。とはいえ、明日まで待たなければならないとなると、今日一日、何をして過ごせばいいのだろう。部屋のなかに閉じこもっていたら、また気分が落ち込みそうな気がする。それなら、相手に迷惑がられるのは承知で、やるだけやってみよう。

何よりも調べなければならないのは、レオナール・フォンテーヌという宇宙飛行士のことだ。セリアが誰かからモラル・ハラスメントを受け、自殺に追い込まれたとしたら、その相手はレオナール・フォンテーヌである確率が高い。昨日、最後に写真で見たカイピリーニャの男という可能性もあるが、まずはできるところから始めよう。そこで、セルヴァズは宇宙センターのセンター長の名刺を探した。センター長なら宇宙飛行士について何か知っているはずだからだ。名刺が見つかると、セルヴァズはしめたと思った。そこには携帯の番号が書いてあった。

腕時計を確認すると、八時一分だった。センター長がベッドから起きだすにはまだ早いだろう。なにしろ大晦日の翌日なのだ。電話をするのはもう少し待たなければならない。それまでのあいだ、セルヴァズは下のラウンジでコーヒーを飲むことにした。エスプレッソをデミタスで。だが、階段をおりて、ラウンジの手前にある食堂に足を踏みいれたとたん、あまりの惨状にびっくりした。ラウンジの床には紙吹雪や紙テープが散らばっていて、テーブルの上には紙コップやプラスチックのフルートグラス、それに空き瓶が転がっていたからだ。部屋のなかには果実臭が漂っている。ワインのにおいだろうか。セルヴァズはテーブルに近づくと、空き瓶に目をやった。知らない銘柄だったが、おそらくシャンパンだろう。けれども、アルコール依存症の患者もいるこの施設で、シャンパンなど飲んでもよいのだろうか？ そう思ってよく見ると、ラベルの下のほうに〝０％〟という表示があった。

食堂の隅のコーヒーメーカーでエスプレッソを淹れると、セルヴァズは北側にある小さなラウンジへ向かった。昨日、遅くまで騒いでいたせいで、みんなまだベッドにいるのだろう。ラウンジには誰もいなかった。セルヴァズはソファに座り、リモコンでテレビをつけた。けれども、どのチャンネルにしても、新年を祝う人々の映像が次から次へと流れるのを見て、すぐに消してしまった。

しかたなく、窓の外に目をやると、雪だるまが目に入った。昨日、帰ってきたときにはなかったはずだ。きっとパーティーで浮かれた連中が外に出て作ったのだろう。雪だるまは口をへの字にして、どことなく淋しげな顔をしている。そのまま胴体に目を移すと、そこにはＭＡＲＴＩＮ（マルタン）の文字が見えた。セルヴァズはラウンジを出て、部屋に戻った。

そしてそれから三十分ほど、何もすることのない時間を過ごして、きっかり九時になったところで、宇宙センターのセンター長に電話をした。

「まったく、今日は何の日だかご存知ですか？」電話に出るなり、びっくりした声で、センター長が尋ねた。

「いいえ、何の日です？」

すると、センター長は呆れたように言った。

「わかりました。それでは手早くすませてください。何をお知りになりたいんですか？」

「宇宙飛行士のレオナール・フォンテーヌについて教えてください」

「また宇宙飛行士の話ですか！　本当にしつこい人だ。それでフォンテーヌの何を知りたいんです？」

「スキャンダルです。ハラスメントの訴えがあったとか、何かネガティブな話が出たことはありませんか？　ちょっとした悪口や噂《うわさ》話でもいいのですが」

センター長はうっと声をあげて、そのまま黙り込んでしまった。重苦しい時間が流れる。

やがて怒ったような声で、センター長が言った。

「どういうおつもりですか、警部さん？　そんなことを本気でおっしゃっているんですか？　もしそうなら、名誉棄損で訴えられることにもなりかねませんよ。いずれにしろ、宇宙飛行士についてはこちらの管轄ではありませんので、何もお答えできません。だいたい、もし何かそういったスキャンダルについて知っていることがあったとしても、私からお話しできるわけがないでしょう。私は宇宙センターのセンター長なんですよ」

「ごもっともです。でも、それはつまり、そういったスキャンダルがあったということですね？」

そのとたん、プチンという音がして、電話を切られた。こうなってはしかたない。セルヴァズはほかの方法で調べることにした。でも、いったいどうすれば？　誰に聞けば、そういった種類の裏話を教えてくれるのだろう。まったく見当がつかないまま、セルヴァズはとりあえず情報の糸口を探すために、インターネットで検索してみた。検索ボックスに、レオナール・フォンテーヌを含めて、昨日わかった十三人の宇宙飛行士の名前を入れてみる。だが、それぞれおびただしい数の検索結果が出たものの、スキャンダル関係の情報は見つからなかった。そこで今度は方向を変え、「宇宙飛行士　スキャンダル」「宇宙飛行士ハラスメント」「宇宙飛行士　噂」という言葉を検索ボックスに入れてみた。しかし、出てきたのは、たとえば〝アポロ計画の噂を検証する〟といった宇宙飛行士のスキャンダルとは関係のないものが多かった。もっとも、この記事はそれなりに面白く、ついつい読んでしまったのだが。この噂はいわゆる都市伝説の一つで、「アポロ計画によって人類は初めて月に降りたったと言われるが、それは嘘で、実際は地球にある巨大なセットで撮影された」というものだ。記事はその噂の根拠となっているものを検証して、一つひとつつぶしていた。例をあげると、「噂の根拠の一つは、月には空気がないはずなのに、宇宙飛行士たちが月面に立てた旗が風にはためいているのはおかしいというものだが、それがわかっていて、巨大なセットで風を吹かせてしまうほうがおかしい。あれは旗がだらんとしないように、針金を入れていたのだ」という具合だ。また、そんな噂が流れた背景として、ウォーターゲート事件のスキャンダルやベトナム戦争の泥沼化で、アメリカ政府に対する信頼が失墜していたことがあげられていた。

そうやって、ときには寄り道をしながら、セルヴァズは検索用語を何度も変え、ネットを調べていった。そして、「宇宙飛行士　黒い噂」という検索用語で出てきた十一番目のページで、とうとう興味深い記事を見つけた。それは『宇宙飛行士たちの黒い事件簿』と題された書籍について紹介した記事だった。著者はJ・B・ヘニンガーという人物だ。その名前を検索ボックスに入れてみると、それから十分足らずで、著者の電話番号がわかった。詳しい住所はわからないが、ピレネー山脈のふもとの小さな町に住んでいることもわかった。山脈を越えたスペイン側の町だが、トゥールーズからなら、それほど離れていない。道のりにして三百キロ以内だ。それなら、今日中に行けない距離ではない。だが、その前に、このヘニンガーの今日の予定を確かめなければ……。セルヴァズはすぐに電話をかけた。

だが、しばらく待っても、呼び出し音がするだけで、相手は出ない。かといって、留守番電話に切り替わるわけでもない。もうこの電話番号は使われていないのだろうか。そう思ったとき、甲高い声が鼓膜を突いた。

「もしもし」

相手の声の大きさに、セルヴァズは思わず耳から携帯を遠ざけた。これだけ大きな声を出すということは、もしかしたら相手の男は耳が遠いのだろうか？　そう考えて、セルヴァズは自分も大きな声を出した。

「ヘニンガーさんですか？」

「ええ、そうです」

「セルヴァズと申します。トゥールーズ警察の警部です。ちょっとお伺いしたいことがあるのですが」

「なんでしょう？」

「あなたが書かれた『宇宙飛行士たちの黒い事件簿』という本についてです」

「お読みになったんですか？」

「あの……いいえ。本のことは今さっき知ったところです」

「そうでしょうね。その本の読者は、まさにその本に名前が出てきた宇宙飛行士たちだけですから」

「それで、ご著書に関していくつかお尋ねしたいのですが」

「どうぞ」

「この本で、あなたは宇宙飛行士について、いろいろ書かれていますね。その……宇宙飛行士たちが起こした事件について」

「そのとおりです」

「そのなかにフランス人宇宙飛行士について書かれた部分もありますか？」

「いいえ。フランス人宇宙飛行士について、何が知りたいんです？」

「スキャンダルです。モラル・ハラスメントをしたとか、暴力をふるったとか。ネットで調べても、なかなかそういった情報は出てこないものですから」

するとと、電話の向こうから、小さく笑う声が聞こえた。

「そりゃそうでしょう。で、あなたはつまり、ネットや本などには出てこない、いわば裏の話を知りたいわけですね」

「そうなんです」

しばらく沈黙が流れたあと、ヘニンガーが言った。

「誰のことなのか、名前をお聞かせください。スキャンダルがあったかどうか知りたいのは、どの宇宙飛行士ですか？」

セルヴァズは名前を伝えた。また沈黙が流れた。さっきよりも長い。しばらくして、電話の向こうから声が聞こえた。

「そういうことなら、電話ではお話しできませんので、直接、こちらにいらしてください。住所をお教えします。それと、いらしたときに身分証を確認させてください」

セルヴァズは鳥肌が立つのを感じた。その宇宙飛行士の名前を告げたとき、ヘニンガーが驚きを見せなかったからだ。

「それでは、いつお会いできますか？」セルヴァズは尋ねた。

「いつでもかまいません」

「今日でも？」

「かまいませんよ。それとも、今日は何かほかのご予定でも？」

急いでシャワーを浴びて、支度を整えると、セルヴァズは車に乗って、南へと出発した。国道に乗ったところで、天気予報を確認してこなかったことを思い出し、急に心配になった。トゥールーズからピレネー山脈の向こう側に行くには、標高二千四百九メートルに及ぶエンバリラ峠を越えていく必要がある。国道20号線をずっと南下して、フランス側のピレネー越えの出発点とも言えるアクス＝レ＝テルムから一気に山道をのぼり、アンドラ公国のパス・ダ・ラ・カザの北にあるエンバリラ・トンネルを抜けていくのだ。アンドラ公国に入るまでの峠の道やエンバリラ・トンネルは雪の影響で通行止めになっていないだろうか？　なにしろトンネルは標高二千メートルの高さにあるのだから。

そんな心配をしながら、ピレネーのふもとにある温泉療養地、アクス＝レ＝テルムに着いたのは、出発してから二時間半後だった。エンバリラ峠はここから三十キロほど離れた南にある。そのあいだに、標高七百五十メートルからトンネルの通る二千メートルの高さまで、国道20号線、22号線と乗りついで、山道をのぼっていくのだ。道の勾配はしだいにきつくなり、路肩の雪の壁もどんどん高くなっていった。ようやく目の前に、フランスとアンゴラ公国の国境にある税関が姿を現したときには、セルヴァズはほっとした。エンバリラ・トンネルはこの数キロ先にある。トンネルの全長は二千九百メートル。ヨーロッパでいちばん高いところを通るトンネルだ。

幸い、トンネルは封鎖されていなかった。そこを抜けて、それから二十キロほど美しい山の景色のなかを走りつづけると、車はアンドラ・ラ・ベリャの町に着いた。アンドラ公国の首都だ。アンドラ公国はピレネー版のモナコ公国のようなものだが、その意味からすると、アンドラ・ラ・ベリャはピレネーのモンテカルロと言ってよいだろう。真新しいビルに高級店や最先端のブランドショップが入り、そこでの買い物は免税になる。タックスヘイヴンの国なので、銀行やホテルも立ち並ぶ。道が混雑しているところも似ていた。この町を抜けると、セルヴァズはヘニンガーの住むラ・セウ・ドルジェイの町を目指して、山道をくだっていった。ラ・セウ・ドルジェイは標高七百メートル、バリラ川とセグラ川が合流する付近にある町で、人口は一万三千人あまり、アンドラ・ラ・ベリャからはスペインとの国境を越えて、南に二十キロほど行ったところにある。

町に入ると、セルヴァズはヘニンガーが教えてくれた住所を確認した。地図によると、ラ・セウ・ドルジェイの町中ではなく、もう少し南に行ったカタルーニャ地方最大の自然公園であるカディ・モイセロ公園のエリア内にあるようだ。実際、その場所まで行くと、ヘニンガーの住まいは渓谷を見おろす高台にあった。まわりは欧州アカマツやカバノキ、ヤマナラシなどの雑木林で、まるでカナダの大自然のなかにいるような気がする。セルヴァズは車から降りて、新鮮な空気を胸いっぱいに吸い込んだ。耳を澄ませば、動物たちの営みが聞こえてきそうだ。あれはビーバーが木をかじっている音だろうか。熊が木の幹で爪をといでいる音だろうか。そう考えると楽しかった。こんな場所になら、数週間、いや数年間、暮らしてもいい。

ヘニンガーの家は丸太造りで、まわりの自然と調和していた。テラスは南向きで、渓谷に張りだしている。

と、その家の扉が開いて、なかから男が出てきた。身長は百三十センチにも満たないずいぶんと小柄な男だった。手にした杖を雪のなかに差し込み、その杖に寄りかかるようにしながら、こちらに歩いてくる。足どりはしっかりしていて、体つきもたくましい。体が小さいだけで、特に虚弱だということはないようだ。ひげだらけの顔に笑みを浮かべると、男は手を差しだしてきた。その手は鋼のように固かった。

「ヘニンガーです。ここまで来るのは大変ではありませんでしたか？　でも、あなたはついている。ちょうど昨日、除雪されたばかりなんですよ」

電話で話したときと同様、声は大きかった。軟骨無形成症だ――セルヴァズは思った。

この病気は低身長症の原因となる疾患の一つで、中耳炎にかかりやすく、それが繰り返されると慢性的な難聴になりやすい。耳が不自由なのはそのせいだったのだろう。だが、ここには隣人がいないので、いくら大きな声を出しても問題はあるまい。そのとき、ヘニンガーがこちらをじっと見つめて言った。

「警察官ということですが、どちらの部署ですか？」

「トゥールーズ司法警察の犯罪捜査部です」

「では、今日いらしたのは、犯罪捜査部の刑事さんとして、宇宙飛行士に興味があるということで、よろしいですね？」

「ええ。でも、ここは寒いので、なかに入れていただいてもよろしいでしょうか？」

　それを聞くと、ヘニンガーは目を輝かせて、話を続けた。

「これは失礼しました。どうぞ、どうぞお入りください。いや、電話をいただいたときから、あなたのお話にがぜん興味がわきまして。ご到着を心待ちにしていたんですよ」

　案内されて家に入ると、なかの様子は外観にもまして素晴らしかった。本当に何年でも暮らしたくなるほどだ。丸太造りの壁、栗材の床板、ゆったりとして心地よさそうな古いソファ、そして暖炉。暖炉には大きな三本の薪がくべてあり、燃えさかる炎の下からパチパチとはぜる音が聞こえてきた。その隣には銅製品の並んだサイドボードがあった。大きくとられた窓からは林が見える。反対側の壁には本棚があって、そこに入りきらない本は部屋のいたるところに積まれていた。

部屋を見まわしながら、セルヴァズは尋ねた。

「どうして、ここに住むことにしたのですか？」

「それはつまり、フランス人なのに、どうしてフランス側ではなくスペイン側のピレネー山麓に住んでいるのか、ということですか？　まあ、言葉も違うのですから、そう質問なさるのはわかります。ですが、理由は簡単なんですよ。フランスからスペインに向かって飛行機でピレネー山脈を越えようとするとき、ピレネーの手前では雲の絨毯《じゅうたん》に邪魔されて、下の景色が見えないでしょう？　セオデン王（トールキンの『指輪物語』の登場人物）の城に押しよせたサルマンの兵士たちで、城壁が見えなくなってしまったように……」

「なんの兵ですって？」

「ああ、いや、気にしないでください。ともかく、フランス側から見ると、ピレネーの上空は雲で覆われているのです。ところが、飛行機がいったんピレネーを越えて、スペイン側に入ると、上空からは川の流れや道路、村の集落や湖が広がる景色がいっぺんに目に飛び込んでくるのです。雲の絨毯なんて、跡形もなく消えてしまってね。車を使って、フランスのほうからエンバリラ・トンネルを抜けるときもそうですよ。トンネルに入る前は雲が低く垂れこめていたのに、トンネルを抜けた瞬間、からりと晴れた青空のもとに、美しい景色が広がるのです。三回に二回はそうですね。だから、ピレネーのこちら側に住もうと思ったのですよ。まあ、いつでも空が晴れていれば、星を眺めることもできますし」

セルヴァズは窓の近くに据えてある大きな天体望遠鏡に目をやった。確かに晴れる日が多ければ、この望遠鏡も活躍することだろう。望遠鏡の脇の壁には、あの月面着陸の白黒写真も貼られていた。一九六九年の七月二十一日に、人類が初めて月に降りたったときの写真だ。棚にはそのときに宇宙飛行士たちを月まで運んだ〈アポロ11号〉の模型も飾られていた。その隣にはロシアの宇宙ロケット〈ソユーズ〉や人工衛星〈スプートニク〉の模型もあった。

ヘニンガーに勧められて、セルヴァズは肘掛のついたソファに腰をおろした。ヘニンガーも向かいのソファに座る。その姿は大人用の椅子に座った子どものようだった。

「宇宙に興味を持ったのは七歳か八歳の頃でした」ヘニンガーが言った。「ええ、宇宙飛行士になりたかったんです。宇宙服やロケットの絵ばかり描いていました。惑星の絵とかね。それで、自分の部屋の窓から月を見ては、いつかあそこに降りたってやると思っていたのです。ですが、あるとき、こういうことになりまして、自分が宇宙飛行士にはなれないことを理解したんです」

そこまで話すと、ヘニンガーはふと笑みを漏らした。一瞬、黙って、それから話を続ける。

「おそらく、そのことでかえって宇宙飛行士や、宇宙そのものに対する興味が高まったのでしょうね。決してこの地球を離れることができないことがわかった以上は、下からその世界を夢見るしかない。地球から遠く離れた場所で、宇宙飛行士たちは何をしているのだろうかと、想像力をふくらませることになったのです。なので、思春期の頃には、宇宙関連の本を読みあさりましたよ。宇宙科学やロケット工学の入門書をね。SF小説にも夢中になりました。宇宙は頭のなかで体験するものでしかなかったからです。それでも、実は体で体験することにも挑戦したんですよ。エアバスA三〇〇による無重力体験飛行のツアーに参加したのです（飛行機を放物線を描いて飛ばすことによって、宇宙に行かなくても、短時間のあいだ無重力状態、正確には微小重力状態をつくりだす、その体験飛行）。五千九百八十ユーロの大枚をはたいてね。無重力状態になったときには、本当に足が浮きましたよ。もちろん、宇宙飛行士が宇宙で体験するものとは違うでしょうがね。宇宙旅行というのは人類にとってこれ以上はない、最後の冒険ですから、普通の人にはできません。なにしろ、地球を離れるんですからね。でもまあ、先のことはわかりません。長生きをすれば、いつかは我々のような普通の人間でも宇宙に行ける日が来るかもしれませんね。実際、民間企業がそういった計画を立てはじめていますから」

そう言うと、ヘニンガーは遠い目をしたが、すぐに元の表情に戻って言葉を続けた。

「でも、警部さんがいらしたのは、そんな天上の話ではなく、地上の話ですね。もっと俗っぽい話をお聞きになりたいのでしょう？」

「ええ、フランス人宇宙飛行士のスキャンダルに関する話です。具体的には、レオナール・フォンテーヌがセクハラ、モラハラなどのハラスメントやDVなどの暴力に関わっていたかどうかを知りたいのです」

「特にレオナール・フォンテーヌを名指しする理由は？」

そう問われると、確かにフォンテーヌを名指しする特別な理由はない。あのパーティーでセリアと会った宇宙飛行士は、ほかにもたくさんいるのだ。

「特にと言われると……。では、ほかのフランス人宇宙飛行士も含めてということで。何かそういった類《たぐい》の事件に宇宙飛行士が関係したという話をご存知ありませんか？」

ヘニンガーは瞼《まぶた》を閉じて、しばらく考え込むような顔をした。それから、おもむろに口を開いた。

「そのお話をする前に、まずは次のことをご理解ください。宇宙飛行士というのは高学歴のエリートで、厳しい訓練に耐え抜くだけの、強靭な精神と肉体を持つ人々です。心理状態を確かめるために、定期的に心理検査も行われます。宇宙という過酷な状況で、限られたメンバーと一緒に共同生活を送っていかなければならないのですから、それはまあ、当然だと言えるでしょう。宇宙飛行士は精神的にも肉体的にも高い能力を持ち、また心理的にもつねに安定した状態を保ちつづける必要があるのです。けれども、それは逆に言うと、訓練にしろ、宇宙での生活にしろ、宇宙飛行士たちは本当に過酷な状況に置かれるので、なかにはそれに耐えきれず、さまざまなトラブルを起こすケースも出てくるということを意味します。そこで、あなたのおっしゃるスキャンダルが発生するわけですが……」

セルヴァズは黙ってうなずいた。ヘニンガーが話を続ける。

「といっても、宇宙開発というのは国家的な事業ですから、そういったトラブルが発生したとき、国や関係機関はそのトラブルを表に出そうとはしません。むしろ、あらゆる手だてを尽くして、火消しに走るのが普通です。それはロシアのスターシティでも、アメリカのヒューストンでも、フランスの宇宙センターでも同じです。ええ、宇宙機関というのは、諜報機関と同じくらい機密を持つ場所なのです。だから、基本的にはそういったトラブルの情報が外に出ることはないのですが、それでも、そのうちのいくつかはマスコミに漏れることがあります。ロシアがまだソビエト連邦だったときに、二人の宇宙飛行士が深刻な精神疾患を患っていたこととか、国際宇宙ステーションに滞在していたアメリカ人宇宙飛行士が抑うつ状態になった話とか。まあ、私はそういった話を集めて、『宇宙飛行士たちの黒い事件簿』を書いたわけですが、そのなかで、大々的なスキャンダルとして表沙汰になったものが二つあります。二〇〇〇年のジュディス・ラピエールの事件と、二〇〇七年のリサ・ノワックの事件です。どちらも地上で起きたものですが」

そこまで言うと、ヘニンガーは急に身を乗りだした。

「ジュディス・ラピエールの事件とは、セクシャル・ハラスメントに関するスキャンダルです。事の発端は、ロシア生物医学問題研究所が行ったシミュレーション訓練でして、これは宇宙で孤立状態に置かれた宇宙ステーションの滞在者たちがお互いにどんな反応を示すのか、宇宙ステーション〈ミール〉の実物モデルのなかで実験をしたものです。実験の対象者たちは、一九九九年の末から二〇〇〇年の初めまで、この模擬ステーションのなかで、百十日間、過ごすことになりました。メンバーはロシア人宇宙飛行士が四人、これにオーストラリアの男性飛行士と日本の男性飛行士、そしてカナダの女性飛行士、ジュディス・ラピエールが途中から加わることになりました。ラピエールは三十二歳、保健衛生科学の博士号を持つ才能あふれる女性で、カナダ宇宙庁から派遣されてきた人物です。ロシア人四人は夏からそこにいて、ほかの三人が参加したのは十二月三日のことでした」

そこでヘニンガーは話をやめ、サイドボードのほうに歩いていった。それから、マリファナの葉とローリングペーパーを手にソファまで戻ってくると、慎重な手つきで巻きはじめた。

「あなたもいかがです？」こちらに向かって尋ねる。

「いいえ。結構です」セルヴァズは答えた。「私が警察の人間だということをお忘れのようですね」

「あなたのほうこそ、ここがスペインだということをお忘れのようですね。つまり、マリファナは合法なのですよ」

そう言いながら、ジッポーのライターを取りだし、ふたを開けると、ヘニンガーは手慣れた手つきで、ライターの炎をマリファナに近づけた。一服してから、話を続ける。

「事件は新しいメンバーが来てから、一カ月もしない年越しパーティーのときに起こりました。この実験チームの隊長であるロシア人宇宙飛行士が、酔っぱらってジュディス・ラピエールに無理やりキスをしたんです。その男はカメラの死角になる場所にラピエールを連れていって、性的関係を迫ることまでしました。それだけでも大変なことですが、そのあとでまた別の事件が起こりました。この隊長ともう一人、別のロシア人宇宙飛行士のあいだで喧嘩が起こり、流血騒ぎになったのです。ラピエールはそのとき壁に飛び散った血の写真をメールで自宅に送っています。喧嘩になった宇宙飛行士たちは、二人ともラピエールに性的な関心を示していたようで、次の日も互いに『殺してやる』と罵《ののし》りあう騒ぎが起こり、別の宇宙飛行士がキッチンから持ってきたナイフを手に、止めに入らなければならないくらいでした。この騒ぎで日本人宇宙飛行士とオーストラリア人宇宙飛行士は実験を中止し、模擬ステーションから外に出ましたが、ジュディス・ラピエールのほうは、こんなことで任務からおりるのが嫌だったので、自分の部屋に鍵をつけてもらって、模擬ステーションに残ることにしました。この一連の出来事のあとで、この実験計画を立てたロシアのワレリー・グーシン博士は、キスを嫌がったことによって、現場の雰囲気を悪くしたと言って、ジュディス・ラピエールを非難しています。その伝でいけば、性的関係を拒否したのもいけないということになりますが……。ジュディス・ラピエールのほうは、カナダに帰国後、ロシアの実験に派遣しておきながら、自国の宇宙飛行士が窮状に陥ったときに救いの手を差しのべなかったということで、カナダ宇宙庁を訴えました。この裁判は五年間続き、最終的にラピエールが勝利を収めました」

そう言うと、ヘニンガーは目をきらきらさせながら、いっそう身を乗りだした。

「二つ目の事件は、リサ・ノワックという宇宙飛行士が起こしたものです。ノワックはNASAの飛行士で、ディスカバリーにも搭乗したほど経験豊かな女性ですが、その宇宙飛行士がなんと若い女性に暴行を加え、誘拐を企てたとして、警察に逮捕されたのです。事件が起こったのは二〇〇七年二月五日のことで、ノワックはフロリダ州のオーランド空港で、アメリカ空軍の女性将校コリーン・シップマン大尉に暴行を加えました。シップマン大尉は宇宙飛行士のウィリアム・オーフェリンと関係を持っていたのですが、ノワックは同僚でもあった、このウィリアム・オーフェリンと不倫関係にあり、その直前に別れたばかりだったのです。そうなると、動機は嫉妬ということになると思いますが……。いずれにせよ、ノワックはその日、シップマン大尉がヒューストンから空港に到着して、駐車場に置いてあった自分の車に乗ったところを狙い、車の窓から催涙スプレーを噴射しました。相手がひるんだところを拘束して、そのまま誘拐しようとしたらしいのです。けれども、シップマンがすばやく車を発進させ、空港にいた警察官に助けを求めたため、ノワックは逮捕されました。警察が発見したとき、ノワックは黒いサングラスとかつらで変装し、トレンチコートを着て、ゴム手袋をはめ、催涙スプレー、空気銃、刃渡り十センチのナイフ、それからゴムのチューブと大きなごみ袋を所持していたとのことです」

そこでひと息入れると、ヘニンガーはこちらを見つめた。

「どうです？　信じられないでしょう？　まったく非の打ちどころのない宇宙飛行士だと思われていた女性がこんな事件を起こしたのです。幸い、催涙スプレーをかけただけで終わりましたが、シップマン大尉が逃げなかったら、殺人に至っていたかもしれません。シップマン大尉も、『自分は殺されるところだった』と証言しています。ところが、宇宙飛行士という特別な人間に配慮したのか、検察は別の判断をしました。殺人未遂はおろか、誘拐未遂もなかったことにして、ほんの少し恋敵の顔に催涙スプレーをかけただけの罪で、二日間の禁固刑と一年間の保護観察という甘い処分を下したのです」

そう言うと、ヘニンガーは目を細めてこちらを見ながら、またゆっくりとマリファナを吸い込んだ。まったく、宇宙飛行士といえども決して超人ではないわけだ。セルヴァズは思った。ヘニンガーの話してくれた事件は、二つとも男女関係のトラブルが原因だ。つまり、その背後には嫉妬や欲望があり、それがハラスメントや暴力に結びついたということだ。

と、再びヘニンガーが口を開いた。

「もっとも、NASAのほうはこの事件を重大視して、宇宙飛行士たちの心理検査をより厳格なかたちで実施することにしました。また、宇宙飛行士たちのストレスレベルを調査するようになり、宇宙滞在中に飛行士たちが自殺をほのめかしたり、精神疾患の兆候を見せたときに、どんなふうにケアをするかという研究も行うようになりました。それと同時に、二〇〇九年には、国際宇宙ステーションで何か犯罪が起こったとき、どの機関がその犯罪を裁けばよいのか、裁判権を持つ機関をはっきりさせるべきだと問題提起をしたのです。国際宇宙ステーションにはさまざま国の飛行士が滞在しますから、当然、そうした問題も起こってくるわけです。これについては、各国のあいだで激しい議論が起きたようですが、私の知るかぎり、フランスがこの種の問題を検討したことはありません。というのも、これはフランスにとって都合の悪い話題ですからね」

セルヴァズは眉をひそめた。

「ということは、フランス人宇宙飛行士も何か事件を起こしたのでしょうか？　フランス人宇宙飛行士、つまりレオナール・フォンテーヌが男女関係のもつれといったことで……」

「男女関係のもつれ……ですか？」ヘニンガーがその言葉を繰り返した。それから、首を縦に振った。「ええ。そうですよ」

「いつのことです？」

「二〇〇八年です。場所はロシアのスターシティです」

マリファナの煙が立ちのぼっている。ヘニンガーは目を閉じていた。

「何があったんですか？」

そう訊くと、ヘニンガーは瞼を開けて、言った。

「その話をする前に、もう一つ、別の話をさせてください。宇宙への進出にあたって、女性飛行士たちがどんな立場、境遇に置かれてきたのか――女性宇宙飛行士の歴史とは、男性社会との闘いの歴史でもあったのです。人類の歴史上初めての有人宇宙飛行は、一九六一年に、ロシアの軍人ユーリ・ガガーリンによって行われましたが、その一年前の一九六〇年に、アメリカではウィリアム・ランドルフ・ラブレスという医師が『はたして、女性は宇宙に進出できるのか』という可能性について研究を行いました。ラブレス医師は当時、NASAが企画していた〈マーキュリー計画〉のために宇宙飛行士の選抜テストのプログラムを考案していましたが、それと同じ選抜テストをNASAとは関係なく、女性にも実施したのです。その結果、十三人の女性が素晴らしい成績で合格し、なかには男性の成績を上回る人もいました。それにより、この女性たちは男性の宇宙飛行士候補と一緒に、フロリダ州のペンサコーラ海軍医学校で行われる次の選抜テストを受けることになったのです。ところが、出発の二日前になって、突然、NASAとアメリカ海軍から『参加を認めない』旨の通達が届きました。その理由は、最初の選抜テストがNASAの要請ではなく、ラブレスの個人的な発案で行われたこと、選ばれた女性宇宙飛行士候補たちが軍人ではないことでした。しかし、その裏に女性を差別的に見る風潮があったことは明らかでしょう。アメリカが最初に地球周回飛行に成功したのはガガーリンの成功から十カ月後の一九六二年二月のことですが、そのときの宇宙飛行士ジョン・グレンは当時、こんなふうに語っています。『男性の役目は戦争に行き、宇宙に行くことだが、女性はそういった行動には向いていない』と。そして、アメリカの女性が初めて宇宙に行くには、一九八三年にスペースシャトル〈チャレンジャー〉号に乗船したサリー・ライドを待たなければならないのです。ライドは去年、二〇一二年に膵臓《すいぞう》がんで亡くなりましたが、そのときにNASAの長官の発した言葉は象徴的です。長官はこう言いました。『サリー・ライドはプロ意識のもとに、さまざまな壁を優美に打ちやぶり、文字どおりアメリカの宇宙計画を変えた』と」

そこまで言うと、ヘニンガーはこちらの顔をのぞきこんだ。

「いいですか？　『さまざまな壁を優美に打ちやぶり』ですよ。その壁とは男性社会で女性の前に立ちはだかる壁のことでしょう。実際、ガガーリンの最初の宇宙飛行から二十二年たった一九八三年の時点で、実際に宇宙に行った女性宇宙飛行士はこのライドを入れて、たった三人だけでした。では、ほかの二人はどうだったのか？　ご存知のように女性初の宇宙飛行士はロシアの——というより、ソ連のワレンチナ・テレシコワです。飛行中のコールサインが〝チャイカ〟、つまり〝カモメ〟だったので、地球との交信のおりに『私はカモメ』と呼びかけたことで有名です。飛行は一九六三年、テレシコワが二十六歳のときです。テレシコワは四百人を超える候補者から選ばれた優秀な女性ですが、その飛行はあまり順調だったとは言えません。その二年前に飛んだ男性宇宙飛行士チトフと同じように〝宇宙酔い〟にかかっていますし、ロケットの操作ができなくなったり、不安を感じさせるような行動もあったようです。それでも帰還したときには、テレシコワはソビエト連邦の英雄として迎えられたのですが、スターシティでの評判はあまりよくありませんでした。宇宙開発を担った男性たちは、テレシコワの行動から『女性が宇宙に行くのは時期尚早である』と判断したのです。テレシコワの実力がどうかということではなく、これで女性飛行士に対する偏見ができあがってしまったのです。その後もソ連は女性宇宙飛行士の育成は続けましたが、実際の飛行はいつも直前になって中止されました。ソ連で二人目の女性宇宙飛行士が誕生するのは、一九八二年のスベトラーナ・サビツカヤまで待たなければなりませんでした。

その後もロシアの状況はあまり変わっていません。ロシアで三人目の宇宙飛行士が登場するのは、一九九四年のエレーナ・コンダコワで、サビツカヤからは十二年、テレシコワからは三十一年もたっています。そして、このコンダコワのあと、ロシアの女性宇宙飛行士は訓練は受けても宇宙には行っていないのです（本書が書かれたあとの二〇一四年に四人目の女性宇宙飛行士として、エレーナ・セロワが国際宇宙ステーションに滞在している）。そうなのです。この五十年間で合計五十七人の女性宇宙飛行士が宇宙に行ったにもかかわらず、そのうちロシアの女性飛行士はたった三人なのです。二〇一〇年には国際宇宙ステーションが四人の女性宇宙飛行士を招きいれましたが、もちろん、そのなかにもいません。ナデジダ・クジェリナヤなどは優秀な飛行士として、一九九四年から十年間も候補になっていましたが、一度も宇宙に行くことはできませんでした。二〇〇一年にはほとんど飛行が決まりかけていたのに、世界で初めて自費で宇宙に行ったアメリカ人の富豪デニス・チトーにその席を奪われてしまったのです。もちろん、そういったときに男性宇宙飛行士の飛行が取り消しになることはありません」

そう言うと、ヘニンガーはため息を漏らしてから、話を続けた。

「どうやらロシアの宇宙関係者には女性に対する偏見が根強く残っているようです。実は一九七九年にフランスのジスカール・デスタン大統領がソビエト連邦を正式訪問したときに、時の最高指導者ブレジネフがソ連のロケットに同乗するかたちで、フランス人宇宙飛行士を宇宙に送りださないかと提案したことがありました。そこで、女性を含む四百人のフランス人志願者が厳しいテストを受けた結果、男性四人、女性一人の五人がテストに合格したのですが、実際に宇宙に行ったのは男性四人だけでした。ロシアの宇宙飛行士たちが女性飛行士が同乗するのを望まなかったからです。もっとも、現状を言うなら、男性宇宙飛行士と女性宇宙飛行士に格差があるのはフランスも一緒です。まあ、ロシアとフランスだけがちょっと特殊とも言えるでしょう」

「ということは、フランスでもロシアでも、宇宙飛行士というのは女性を一段下に見ていて、その結果、セクシャル・ハラスメントが起こりやすいということでしょうか？」セルヴァズは尋ねた。

　すると、ヘニンガーが激しくかぶりを振った。

「いや、いや、そうじゃない。女性に対する偏見というのは、『女性はかよわい存在なので、男性が守らなければならない』という、いわば騎士道精神のようなものです。まあ差別と言えば差別ですが。したがって、私が知っている大半の宇宙飛行士は紳士です。騎士道的な意味で女性を大切にするように教育を受けてきていますからね。ご質問にあったレオナール・フォンテーヌもそのはずです。宇宙飛行士として長いキャリアを持っていますから、古い世代から受けた教育が体にしみついていると思います」

「そのレオナール・フォンテーヌのことですが、実際のところ、何があったんです？」

「それが……あまりはっきりしたことはわからないのです。たぶん、フランス・ロシア合同の宇宙計画――いわゆる〈アンドロメダ計画〉の遂行中に何かが起こったのだと思いますが、ご想像のとおり、ロシアという国は何か不祥事があったときに、それを表に出すことはありません。また、そういったときに欧州宇宙機関《ESA》やフランス国立宇宙研究センター《CNES》が事実を解明して、公表しようとすることもありません。すべては闇に葬られてしまうのです」

「でも、何かがあったのでしょう？」

「ええ。たぶん、暴行かセクシャル・ハラスメントのようなことが。当時、ＥＳＡはフランス人宇宙飛行士をロシアのソユーズに乗せて国際宇宙ステーションに滞在させる計画を立て――それが〈アンドロメダ計画〉です――その計画のために、フォンテーヌともう一人、フランスとロシアの混血の若い女性宇宙飛行士をスターシティの訓練センターに送り込んでいました。二〇〇七年から二〇〇八年にかけてのことです。ところが、その計画の遂行中におそらく何かがあったのでしょう、戻ってきた女性飛行士がフォンテーヌを訴えたのです。それ以来、フォンテーヌが宇宙に行くことはなくなりました。今はマスコミ向けのイベントに出るなど、ＥＳＡの広報活動をしたり、自分で宇宙関連の会社を起こしたりしていますが、宇宙飛行士としてのキャリアは終わってしまったのです」

「そのことについて、ＥＳＡは本当になんの調査もしなかったのですか？」

「おそらくフォンテーヌのイメージを汚したくなかったのでしょう。だから、独自に調査をして、何かわかったとしても、隠蔽《いんぺい》することにしたのです。もちろん、スターシティは何も言いません。私も興味を持って調べてみたのですが、はっきりしたことは何もわかりませんでした」

「この件についてお調べになったのだとすると、もしかしたら、その若い女性にお会いになったことは？」セルヴァズは尋ねた。

「ありますよ。でも奇妙なことに、話が核心に触れそうになると、話すのを拒まれました」ヘニンガーは答えた。「本当に不思議でした。一方では話したくてたまらないのに、大事な部分については話すのを恐れているというか……。『暴力をふるわれたのか？』と訊くと、『そうだ』と言ってうなずくのに、『では、どんな種類の暴力か？』と尋ねると、そのまま黙り込んでしまうのです。結局、わかっているのは、その女性宇宙飛行士がレオナール・フォンテーヌを訴えて、すぐにその訴えを取りさげたことだけです」

セルヴァズは身震いした。もしレオナール・フォンテーヌが肉体的なものにしろ、精神的なものにしろ、その女性宇宙飛行士に暴力をふるっていたというなら、セリアに対しても同じことをしていた可能性がある。だが、ここは慎重にいくことにしよう。

「でも、フォンテーヌのような人物がそんなことをするでしょうか？　先ほど、あなたもフォンテーヌは紳士的だと言っていたではありませんか。まあ騎士道的な、という意味ですが……」

「その人がどういう人物かというのは、本当のところは誰にもわかりません。普段は紳士的にふるまっていても、騎士道的な精神の底にある差別意識が悪いほうに出ないとは限りません。それに宇宙飛行士だからといって、完璧な人間ではないんですよ。それはジュディス・ラピエールが無理やりキスされた話でも、リサ・ノワックが恋敵を誘拐しようとしたことでもわかるでしょう？　ある宇宙飛行士が自制心を失って、宇宙ステーションの〈ミール〉のハッチを開けようとしたので、ほかの飛行士たちが必死でそれを止めたという話もあります。宇宙飛行士だって、心の弱さを抱えているのです」

確かに人の心は闇に包まれている。セルヴァズはふと、その闇の深さを思った。それから、すぐに気を取りなおして尋ねた。

「その女性の住所と電話番号を教えていただくことはできますか？」

「もちろんです」

そう言って、ヘニンガーが部屋から出ていくと、セルヴァズはまた考えた。その女性が受けた暴力とはどんなものだったのだろう。レイプか？　モラル・ハラスメントか？　誰かに追いつめられて自殺をしたというなら、セリアがモラル・ハラスメントを受けていたのは間違いない。だが、それだけではなく、セリアはレイプも含めて、肉体的な暴力もふるわれていたのだろうか？　そんなことを考えていると、ヘニンガーが付箋を手に戻ってきた。そこにはこう書かれていた。

ミラ・ボルサンスキ　メテリ・ヌーヴ街道……

「ミラ・ボルサンスキというのは、スラヴ系の名前ですね」文字を見て、セルヴァズは言った。

「ええ、さっきも言ったように、この女性はフランスとロシアの二つの国籍を持っていますから。でも、そのせいで苦労もしたようです」ヘニンガーが答えた。ソファには座らず、そばに立っている。

「どういうことですか？」

「スターシティでの扱いが、ほかのフランス人女性宇宙飛行士やアメリカ人宇宙飛行士とは違うからです。たとえば、一九九六年にロシアの宇宙ステーション〈ミール〉に滞在したクローディ・エニュレは、同僚であるロシア人男性宇宙飛行士のことを『陽気で親切だ』と言って、スターシティの人々は誰もが『ちょっとした心遣い』をしてくれたと述べています。そして、世界で初めて宇宙遊泳をした、あのベテラン宇宙飛行士のアレクセイ・レオーノフのことも、『わたしのお気に入り』だったと言っています。また、アメリカ人女性宇宙飛行士のシャノン・ルシッドは長期間にわたって〈ミール〉に滞在していましたが、一緒に滞在していたロシア人男性宇宙飛行士と友好な関係を築き、『ロシア人宇宙飛行士は男性優位だと聞いていたが、決してそんなことはなかった』と話しています。けれども、それはエニュレやルシッドがフランス人だったり、アメリカ人だったりしたからで、その同じロシア人宇宙飛行士が自国の女性宇宙飛行士に対しては、まったく違った態度をとるのです。先ほどのアレクセイ・レオーノフも、米ソ共同ミッションで、一九七五年に〈ソユーズ19号〉が〈アポロ18号〉とドッキングを行うことになったときには、〈ソユーズ19号〉の指揮官として記者会見に出席し、『ソ連の宇宙飛行に女性は必要ない』と発言しています。そういったなかで、ロシア人女性飛行士たちは自分たちが宇宙飛行士として無視され、二流として扱われることを甘んじて受けいれていました。宇宙飛行士としてやっていくには、スターシティから離れるわけにはいかなかったからです。ミラ・ボルサンスキはどうだったかと言うと、フランス人というよりはロシア人とみなされていたようです。ええ、フランス国籍のほかにロシア国籍を持っていたために」

そう言うと、ヘニンガーはようやくソファに腰をおろした。

「もっと詳しくお知りになりたいのでしたら、直接、ミラ・ボルサンスキにお訊きください」

「わかりました。ありがとうございました」セルヴァズは答えた。

するとヘニンガーがこちらをじっと見つめながら、また口を開いた。

「それでは、今度は私がお尋ねする番ですね。あなたはどうしてレオナール・フォンテーヌに興味を抱いたのです？」

だが、セルヴァズはその質問には答えなかった。

「こちらは知っていることをすべてお話ししたんですよ」少し非難するような口調で、ヘニンガーが言った。

「公式の調査ではないものですから」

「どういうことです？」

「つまり……その、これは自分のための調査なんです」

それを聞くと、ヘニンガーは黙り込んだ。こちらの出方を待っているようだ。だが、とうとうしびれを切らしたように尋ねた。

「つまり、レオナール・フォンテーヌがなんらかの罪を犯したのではないかと、疑っているんですね」

セルヴァズはうなずいた。

「レイプですか？」

セルヴァズは首を横に振った。

「では、ハラスメント？」

今度は首を縦に振った。

「なんということだ」ヘニンガーは嘆息を漏らした。「でも、スターシティでの訓練中止の理由が私の推測どおりなら、つまりフォンテーヌがミラ・ボルサンスキにハラスメントをしたということであれば、警部さんの疑いもうなずけますね。そういったタイプの犯罪をおかす男はいつでも同じことを繰り返すからです。調査の結果、ほかにわかったことで、私に話してもよいということはありますか？」

「今のところはまだ」

「では、話せるようになったら、いちばんに知らせてください。約束ですよ」

「わかりました。お知らせします」

「いや、やっぱり一つだけ教えてもらえませんか。被害者の女性は、フォンテーヌにどんなハラスメントを受けたんです？」

「はっきりしたことはわかりません。なにしろ、死んでしまったもので」

ヘニンガーの目が好奇心で光った。

「死んでしまったとは、どういうことです？　殺されたんですか？」

「いいえ。自殺です。その女性はみずから命を絶ったのです」

27　歌姫

　午後三時四十五分、セルヴァズは再び車を走らせた。目的地はミラ・ボルサンスキが住むメテリ・ヌーヴ街道だ。この街道はトゥールーズから六十キロほど東にあるカストルの町の東郊外を走っている道なので、今日中に行けないことはない。

　ヘニンガーの家を出て、しばらく行くと、空がしだいに暗くなり、小雪が舞いはじめた。日が暮れるまでにはもう少し時間があったが、セルヴァズはスモールライトをつけて走った。ついでにワイパーもかける。やがて、ラ・セウ・ドルジェイの町を過ぎると、のぼり坂がきつくなってきた。そのせいで、あまりスピードは出ない。行けども行けども、目の前には雪に覆われた山々が立ちはだかり、日没までに越えられるものなら越えてみろと言っているかのようだった。ワイパーが動くのを見ながら、セルヴァズは考えた。

　レイプにしろ、モラル・ハラスメントにしろ、フォンテーヌがミラ・ボルサンスキになんらかの暴力をふるっていたのだとしたら、おそらく男女の関係にあったセリアに対しても、同じようなことをしていたのは間違いない。ヘニンガーが言っていたとおり、こういったタイプの犯罪をおかす男はいつでも同じことを繰り返すからだ。また、このタイプの犯罪者は事前に獲物になりそうな女性に目をつけて、相手のことをかなり調べあげてから、実行に移すことが多い。だが、フォンテーヌはミラとはスターシティの訓練センターで出会っている。セリアと出会ったのは、市庁舎で開かれたパーティーの席だ。どちらも出会いは偶然で、フォンテーヌが獲物にしようと狙いをつけて近づいていったわけではない。それなら、たまたま知り合ったなかで獲物になりそうな女性に声をかけたということだろうか。しかし、フォンテーヌほど有名ならば、たまたま知り合う女性は大勢いるだろう。ということは……。このタイプの犯罪者が同じことを繰り返すのであれば、ほかにも被害者がいるということだろうか。

前方でバスが数珠《じゅず》つなぎになっていた。追い抜こうにも追い抜けないまま、ようやく国境の税関を抜けてアンドラ公国に入ると、セルヴァズはいったん路肩に車をとめた。ミラ・ボルサンスキを訪ねるのであれば、あらかじめ電話でアポイントメントを取る必要がある。ヘニンガーが渡してくれたメモには詳しい番地や電話番号が書いてあったので、セルヴァズはその番号に電話をかけた。

すると、二度目の呼び出し音が鳴ったところで、相手の声が聞こえた。用心深く、控えめな感じのする声だ。もしミラ・ボルサンスキがレイプやモラル・ハラスメントの被害にあったとしたら、この声はうなずける。そういった被害にあうと、心の傷はいつまでも残るので、なかなか明るい調子で話せないのだ。ハラスメント関係の本を読んだとき、どこかにそう書いてあったような気がする。

「初めまして。マルタン・セルヴァズと言います。トゥールーズ警察の警部です。実はお目にかかって伺いたいことがあるのですが。この電話番号は、ジャーナリストのヘニガーさんから教えていただきました」

「どういったご用件でしょう？」

「レオナール・フォンテーヌの件です」

電話の向こうで、はっと息を呑む気配がした。しばらく沈黙が続く。そのあいだに、車の脇を乗用車が四台とトラックが三台、通りすぎていった。

「お話ししたくありません」ようやく、相手の声が聞こえた。

「あなたがレオナール・フォンテーヌを訴えて、あとでその訴えを取りさげたことは知っています。その件について、あまりお話しになりたくないようだということも。ですが、最近、新たな出来事が起こりまして……」

「どういうことです？」

「できれば直接お会いして、お話ししたいのですが」

突然、大きくクラクション鳴らしながら、トラックが通りすぎていった。

「わたしがお役に立てるとは思えませんが。わたしの件については、もう終わったことですし、今さら蒸し返したくありません。レオナールのことで、二度と嫌な思いをしたくないんです」

「それはよくわかります。ですが、マダム」

ますか？」

「では、マドモワゼル。ちょっとこう考えてみてください。レオナール・フォンテーヌがまた本性を顕《あらわ》して、別の女性を同じ被害にあわせていたらと。あなたはそれを放っておけますか？」

また沈黙が流れた。やがて、ミラ・ボルサンスキが言った。

「それは証明できるのですか？　確かにレオナールがやったことだと」

「はい、そう思います」

「レオナールを逮捕するということですか？」

「残念ながら、そこまではできません」

「そうですか。お話しくださって、ありがとうございます。ですが、警部さん、わたしはもうそういったことから距離を置きたいのです」

「お察しします」

「訴えを取りさげたのは、わたしの意思ではありません。周囲から途方もない圧力がかかったせいです。ですから、わたしがあの件を蒸し返しても、また圧力がかかるだけだと思います」

「私は圧力をかけた側の人間ではありません」

「わかっています。あなたはその新しい事件を熱心に調べていらっしゃるだけでしょう。ですが、それでも……」

「お話を伺うのは、五分ですみます。今、申しあげたように、ほかにも被害を受けた女性たちがいると考えられるのです。なんらかのかたちで、その女性たちがつながっていることがわかれば、レオナール・フォンテーヌを追いつめることができると思うのです」

今度は、四台の乗用車と二台のトラックが通りすぎるあいだ、沈黙が続いた。返事をうながそうと、セルヴァズは口を開きかけた。と、ミラが言った。

「わかりました。お待ちしています」


日がすっかり暮れた頃、セルヴァズは両側にプラタナスの木々が続く一本道を北に向かって進んでいた。やがて両側の視界が開けると、道の遠くに明かりのついた一軒家が見えてきた。近くまで来ると、ほとんど立方体と言ってもいいような三階建ての建物で、窓も正方形だった。おそらく昔は農家だったのだろうが、納屋や穀倉などはとっくに取りこわされたのに違いない。今はひょろ長いポプラの木に囲まれた広い空き地が残っているだけだ。明かりは玄関のランプだけで、窓には一つも灯っていない。車を門の前にとめて、外に出ると、あたりは静寂に包まれていた。周囲に家はない。まわりを見わたすと、一キロほど先に、小さな明かりが弱々しく光っているだけだった。

それにしても、ミラ・ボルサンスキはどうしてこんな場所に住むことにしたのだろう？ミラがレイプされたり、暴行を受けたりしたのだとしたら、こんな淋しいところに一人で住むのは危険だと思わなかったのだろうか？　だが、調べた本に書いてあったことを思い出してセルヴァズは考えなおした。いや、そんな目にあったからこそ、まわりから離れた一軒家に住むようになったのだろう。暴力の被害にあった女性は、しだいに外の世界は自分の敵だと思うようになり、結局、自分自身の殻に閉じこもるようになってしまうのだ。そうして、被害から何年か過ぎたあとでも、またそのときの状態に連れもどされてしまうのではないかと心配し、怯えながら暮らしている。もしそうなら、ここに自分がやってきたことは、その辛い出来事を思い出させ、不安な思いを募らせることにつながらないだろうか。

玄関の扉に向かいながら、セルヴァズは自動車の姿を探した。こんな場所に住んでいて、車がなければ生活できるはずかないからだ。見ると、十メートルほど向こうに、トタンでできた倉庫のようなものがあった。きっと、そこを車庫にしているのだろう。そう思って、玄関の石段に近づいていくと、扉が開いて、四角く切りとられたその空間に、女性のシルエットが浮かびあがった。背が高く、痩せた女性だ。ミラ・ボルサンスキに違いない。家の奥からの明かりに照らされて陰になっているので、顔はわからない。戸口に立ったまま、ミラは口を開こうとしなかった。セルヴァズは石段をあがっていった。そこでようやく声が聞こえた。

「どうぞ」

電話で聞いたときよりも、ずっとしっかりとした声に思えた。

家に入ると、セルヴァズはミラのうしろをついていった。暗闇のなか、坑道のような廊下が長く続いている。明かりといえば、奥の部屋から漏れている照明の光だけだ。その光が影をつくり、ミラは黒いベールをうしろに引きずって歩いているように見えた。まるで花嫁衣裳のように。いや、黒いベールなので、未亡人の葬儀のベールか。セルヴァズはそのうしろ姿を眺めた。宇宙飛行士の候補として肉体的な鍛錬《たんれん》を重ねたためだろう、体はスポーツ選手のように引きしまっていた。ぴったりとしたジーンズの下には余計な肉があるようには思えない。肩もがっしりしている。ただ、タートルネックのセーターからのぞく首はほっそりしていた。セルヴァズは廊下の様子も観察した。壁ぎわには古いセントラルヒーティングの暖房が設置してある。その上方にはかなり古い時代の絵画が何枚も飾られていた。それを見ながら、暗い廊下を延々と歩きつづけると、ようやく突きあたりの部屋に着いた。そこは現代的にリフォームされたリビングキッチンで、これまでとは対照的に天井に埋められた照明が二つ、まばゆいばかりの光を放っていた。

「ここにはお一人で？」セルヴァズは尋ねた。

「いいえ。息子のトマと一緒に二人で暮らしています」ぎこちない笑みを浮かべて、ミラは答えた。

勧められた椅子に座ると、セルヴァズはミラの顔を眺めた。煌々《こうこう》とした明かりのせいで、今度は顔がよく見えた。年齢は三十五歳くらいだろうか。褐色の髪に、栗色の瞳、そして高い頬骨。目尻に多少のしわがあるものの、美しい顔立ちをしている。くっきりとした輪郭の大きな唇、健康的な肌の色、えらの張った輪郭——特徴のある顔立ちだ。だが何よりも、そのまなざしにセルヴァズは引きよせられた。鋭いと同時に、深みのあるまなざし——ひたむきでありながら、寛容さも併せそなえたまなざしだ。それは人間の卑劣さと狭量さを知りつくしたうえで、すべて許すことにしたかのようなまなざしに見えた。目の前にいる女性が聡明であることは疑いようもなかった。

「コーヒーはいかがです? 申し訳ありませんが、アルコールは置いていないものですから」

「いただきます。ありがとうございます」セルヴァズは答えた。

ミラはこちらに背を向けて、調理台の上の棚に手を伸ばした。コーヒーを淹れて、カップをテーブルに置く。それからテーブルの反対側にまわると、そこに腰をおろした。テーブルは一度に十人くらい食事ができそうなほど大きかったので、反対側に座ると、かなり距離が遠くなった。おそらく、暴行の被害にあって以来、ミラは男性と会うときには、いつもこれくらいの距離をとっているのだろう。そんなことを考えていると、ふと二年前のパーティーの席で、フォンテーヌとセリアが顔をくっつけんばかりの距離で話していたときの写真が頭に浮かんだ。

「ぶしつけなお願いを聞きいれてくださって、ありがとうございます」セルヴァズは礼を言った。

「お話は伺いますが、質問にお答えできるかどうかはわかりません」

「それで結構です」

「では、どうぞ」そう言うと、ミラはまるでこれから水中に潜ろうとするときのように、大きく息を吸い込んだ。「たしか、新たな事件が起こったということでしたが……」

どうやら、どんな事件が起こったかということについては気になるらしい。電話で話したことが心に残っているのだ。

「今までにセリア・ジャブロンカという女性の話を聞いたことはありますか？」セルヴァズは尋ねた。

「いいえ」

「セリア・ジャブロンカは昨年自殺した若い女性写真家で、レオナール・フォンテーヌとつきあっていました。私はフォンテーヌがその女性の自殺になんらかの形で関与していたのではないかと疑っています」

「どうしてでしょう？　疑う理由は？」

「私の疑いが正しいかどうか確かめるために、あなたにお尋ねにきたのです。あなたに何があったのかわかれば、その疑いの正しさが証明されると思って……。ですから、今度はあなたにお話しいただかなくてはなりません」

ミラの鋭いまなざしがじっとこちらに注がれた。だが、そのまなざしには、今は荒々しさが混じっているような気がした。いずれにしろ、セリアが自殺をして、その原因がフォンテーヌにあるかもしれないと聞いても、ミラは怯えたようには見えなかった。ショックを受けたようにも、不安を感じているようにも見えない。逆に少し怒ったような口調で、ミラは言った。

「レオナールとつきあっていた女性がいて、その女性が自殺した。だから、レオナールがその自殺になんらかの形で関与しているかもしれない。たったそれだけの理由で、ここまでいらしたんですか?」

確かにそれだけの理由であれば、ミラが不審に思うのも無理はない。セルヴァズはきちんと証拠を示したうえで、フォンテーヌが怪しいと思った根拠を説明することにした。その証拠はいつも持ち歩いている。セルヴァズはポケットからホテルのカードキーと国際宇宙ステーションの写真を取りだすと、テーブルの上に置き、ミラのほうにすべらせた。

「なんですか?」ミラが尋ねた。

そのとき、セルヴァズは、もしかしたらこのカードキーと国際宇宙ステーションの写真は、ミラが送ってきたのかもしれないと思った。先ほど、ミラはまわりの圧力によって、フォンテーヌに対する訴えを取りさげたと言っていた。そうだとしたら、セリアの件で警察に捜査をさせようとしたと考えても不思議はない。セルヴァズは思いきってブラフをかけることにした。

「もしかしたら、あなたが送ってよこしたのでは?」

すると、ミラはなんのことかわからないというように、首を横に振った。それから、説明を待つように、じっとこちらを見つめた。

「このカードはホテルのカードキーです。セリア・ジャブロンカはこのホテルのこの部屋で自殺をしたのです。写真はご覧になればわかるとおり、国際宇宙ステーションの写真です。そして、このカードキーと写真は、両方とも匿名で、私宛に送られてきたものなのです」

カードキーと写真を手に取ると、ミラはしばらくのあいだ、それを眺めていた。セルヴァズはさらに訊いてみることにした。

「あなたはこのホテルにレオナール・フォンテーヌと一緒に行ったことはありませんか？」

それを聞くと、ミラはもう一度、カードキーを確かめ、それから首を横に振った。

「いいえ。レオナールとも、ほかの誰とも」

セルヴァズはそちらの方向で質問するのはあきらめて、説明を続けた。

「今のところ、誰が送ってきたのかはわかりませんが、その誰かは明らかに自分の身元を隠そうとしています。ただ、その人物の意図ははっきりしている。つまり、セリア・ジャブロンカの自殺の件は、国際宇宙ステーションに関係する人物と深く関わっている――そう私に思わせて、セリアの事件を再捜査させようとしたのです。捜査の結果、私はセリア・ジャブロンカがレオナール・フォンテーヌとつきあっていたと確信しました。そこで、フォンテーヌがセリアに対してレイプとか、モラル・ハラスメントをして自殺に追い込んだのだとすれば、ほかにも被害者がいるのではないかと思って……。それであなたにたどり着いたのです」

そのとき、奥の扉が開いて、赤と青のベロア生地のパジャマを着た、小さな男の子が顔をのぞかせた。そのとたん、ミラは表情をゆるめ、こちらに来るように男の子に手招きした。そうして男の子が膝にのっかってくると、柔らかそうな髪の上から、男の子の頭にキスをした。

「ご挨拶をして」男の子に言う。

「こんばんは」男の子が眠そうな声で言った。親指を口にくわえ、くっつきそうな瞼をしている。

「こんばんは。私はマルタンだよ、きみは？」

「トマ」

「はじめまして、トマ」

おそらく四歳くらいだろう。髪はブロンドで、瞳は母親譲りの美しい栗色だ。その年齢の子どもらしいふっくらした丸顔をしている。

「ねえ、ママ、ベッドまで連れてって」トマが言った。

「すみません、一分ほど……」

そう言うと、ミラはトマを連れて、リビングキッチンから出ていった。ミラが戻ってくるのを待つあいだ、セルヴァズは何かごく小さなことが頭に引っかかっていることに気づいた。何だろう？　そう思って考えているうちに、はっとした。トマは誰かに似ているのだ。最近、出会ったか、写真で見た誰かに……。そして、その誰かが誰なのか思いあたると、目の前に新しい景色が広がった気がした。ミラが戻ってきたところで、セルヴァズは尋ねた。

「トマはいくつです？」

「もうすぐ四歳になります」

つまり、二〇〇九年生まれということだ。ふとミラの顔を見ると、ミラもまたこちらをじっと見つめていた。まるで、こちらが考えていることを見抜いたかのようだ。目つきが険しい。しばらくして、ふっと息をついてから、ミラが尋ねた。

「あなたは、本当にその女性がレオナールのせいで自殺したとお考えなのですか？」

「はい、そう考えています。それに、ほかにもそういう女性がいると思っています。フォンテーヌの年齢からしたら、その数は二人や三人ではすまないでしょう。ただ、問題はセリアのように、追いつめられた結果、自殺したのだとすると、自殺を理由にフォンテーヌを有罪にすることはできないということです。仮にフォンテーヌのしたことが原因で、被害者が自殺したとしても、です。つまり、フォンテーヌを罪に問うには、あの男がほかに犯罪をおかしていて、それが時効になっていないことを証明する必要があるのです」

ミラがうなずいた。それを見てから、セルヴァズは話を続けた。

「あなたの場合はどうなのでしょう？　あなたがフォンテーヌを訴えて、それを取りさげたのは二〇〇八年です。もし単なる傷害とか、レイプにはいたってない性犯罪でしたら、時効は三年ですので、もう過ぎています。でも、レイプだったり、もっと悪質な犯罪であれば、時効は十年まで延びます」

ミラが再びうなずいた。こちらの言いたいことはわかっているという合図だ。

「ですから、ボルサンスキさん。フォンテーヌがあなたにしたこと次第では、今でも罪に問えます。たとえそうじゃなくても、あなたに起きたことがわかれば、ほかの被害者を捜しだして、まだ時効になっていない事件について、フォンテーヌを罪に問うことができるのです」

それを聞いても、ミラはまだ黙っていた。セルヴァズは無理に説得しようとはせず、相手に時間を与えて、自分から話そうという気持ちになるのを待った。やがて、ミラが言った。

「あなたは本当にレオナールを追いつめられると思っているんですか？」

「それは私がどんな手がかりを見つけられるかによります」

「では、手がかり次第では、その可能性があると？」

「きちんとした手がかりがあれば、十分、可能性があります。特に私が捜査をする場合は」

するとしばらく考え込むような顔をしたあとで、ミラがもう一度、うなずいた。それはようやく決心がついたというように見えた。

「わかりました。その手がかりをお渡ししましょう」

「何があったか、話してくださるのですか？」

「話すのは無理です。でも、書いたものをお渡しすることなら……。でも、それは誰にも見せないと約束していただけますか？」

「もちろんです」

それを聞くと、ミラは立ちあがって、リビングキッチンから出ていった。ミラの履いているバスケットシューズが階段をきしませ、上の部屋の扉が開く音がした。一分ほどして、またリビングキッチンに戻ってくると、ミラは手にしたものをこちらに差しだした。革のカバーがついた本のようなものだ。端がリボンで結ばれている。リボンを解いて、セルヴァズはその本を開いた。女性らしい丁寧な筆跡が目に入った。最初に日付が書かれている。日記だ。

「いつから、始まっているんですか？」

「あの出来事からです」ミラが答えた。

「起こったことは、すべてここに？」

「ええ」

「フォンテーヌを訴えて以来、宇宙飛行士をやめていますよね？　それはやめさせられたということですか？」

「ええ。『ここにはもうおまえの居場所はない』といった雰囲気になってしまいましたから。暴行を告発することは、暴行を犯す以上にいけないことのように言われるのです。『暴行を受けるからには、それなりの理由があるんじゃないか』とか、『ちゃんと抵抗すれば避けられたのに、避ける気がなかったんじゃないか』とか、そんなことを言われて……」

セルヴァズは、大きく息を吸い込んだ。

「つまり、その暴行とはレイプなのですね？」

「そう簡単には言えません。状況はもっと複雑なので。ともかく読んでください。それと、あなた以外の誰にも見せないと、もう一度、お約束ください」

「約束します」

「それでは、ほかにご用がなければ、そろそろお引きとりください。息子に本を読んでやりたいので」

セルヴァズは黙ってうなずくと、日記を手にして立ちあがった。それから、ミラに笑いかけて言った。

「なんの本ですか？」

「『星の王子さま』です」

「『きみにとって、ぼくの住む星は数ある星のうちの一つにすぎないだろう。でも、そのうちのどれかにぼくが住んでいると思ったら、きみはすべての星を眺めたくなる。そうやって、きみはすべての星と友だちになるんだ』」セルヴァズは暗誦《あんしょう》した。

ミラは少し驚いた顔をして、それから楽しそうにこちらを見つめた。

「トマの父親は誰ですか？」セルヴァズは思いきって、訊いてみた。

すると、ミラの目つきが再び険しくなった。

「あの人の子どもだと思っているんでしょう？　確かに似ています」

「父親は認知を拒否したんですか？」

一瞬ためらいを見せたのち、ミラはうなずいた。

「どうして拒否したんでしょう？」

「ともかく、それを読んでください。では、これで。おやすみなさい、警部さん」

28 間奏曲

服を脱ぎ、スリップだけの姿になって、洗面所で歯を磨くと、クリスティーヌは寝室に戻った。あいかわらずイギーはベッドの上で眠っていた。あの漏斗のような保護具の奥で、両目をつむり、クウクウと小さな寝息を漏らしている。フランス窓のほうを見ると、ぼんやりとした月の光が射し込んでいた。クリスティーヌは窓辺に近づいて、市庁舎の上に浮かぶ月を見あげた。マックスは今頃、何をしているだろう、と思った。歩道の奥で段ボールに囲まれて眠っているのだろうか？　身の回りの品を入れた袋を抱え込んで。月はこちらに微笑《ほほえ》みかけているようだった。それを見ているうちにふと、マックスは今頃、何をしているだろう、と思った。

もうレオも助けになってはくれない。残っているのはマックスだけだ。でも、そのマックスが実は裏で糸を引いていたりして……。「何を言ってるの。馬鹿ね。そんなこと、ないに決まってるじゃないの」

最後はそう声に出してつぶやくと、クリスティーヌは手のひらにのせた二つの錠剤を見つめた。水の入ったコップを口元に運び、そのままいっぺんに薬を流し込む。ドアの鍵はしっかりとかけていた。誰かが廊下を歩く音がすると、この部屋の前で立ちどまらないかどうか、そのあいだ、緊張して足音に耳を澄ましている。いったい、こんな暮らしがいつまで続くのだろう。いつになったら、家に戻れるのだろう。母親はここの宿泊代を払ってくれると言って聞かなかったが、だからと言っていつまでもここにいるわけにはいかない。だとしたら、どうすればいいのだろう。「あの男は危険だ。もしあの男に狙われているのなら、このまま放っておくと大変なことになる。やつは血に飢えた狼のようなものなんだよ」マックスもそう言っていたではないか。

昨日、このホテルに部屋をとってくれると、母親は今日は午前中にホテルにやってきて、ラウンジで一緒にコーヒーを飲んだ。そのときに、「ねえ、あなたひどい顔色をしているわよ。クリスマスに会ってから一週間しかたっていないのに、十歳くらい年をとったみたい」と言ったので、クリスティーヌはあれこれ詮索《せんさく》されるのではないかと心配した。だが、母親はせっかくホテルに来るのだからと、マニキュアやペディキュア、フェイシャルケア、マッサージに美容室など、あれこれと予約を入れていたらしく、コーヒーを飲むと、さっさとスケジュールをこなしにいってくれた。そこで、クリスティーヌは一人で部屋に戻って、善後策を考えたのだが、結局、どれもうまくいきそうになかった。たとえば、夫から暴力を受けた女性が逃げ込むためのシェルターに身を隠したらどうだろうとも思ったのだが、あれこれ考えると二の足を踏むことになった。というのも、実際に暴力を受けたわけではないし、シェルターを運営する人たちが自分のことを疑って警察に確認をとったりしたら、大変なことになるだろうからだ。自分の身は自分で守らなければと、護身用スプレーやスタンガン、ナイフなどを売っている店にも入ったが、店長の太った男が汗くさいにおいを発して近づいてきたので（野球帽をかぶって、ひげをはやした男だ）、襲われたらどうしようと、おかしな妄想にとらわれて、すぐに出てきてしまったりもした。太っていて汗くさいというだけで、そんなふうに思うのは偏見だが、ここ数日のあいだに起こったことを考えると、誰も信用できないし、誰にも優しい気持ちになれなかった。そして、そんな自分が嫌だった。

この世は地獄ね。あなたもその仲間入りってわけ。またネガティブな心の声がした。やがて、薬がきいてきたせいか、頭がぼうっとして、眠くなってきた。これからどうすればよいのかわからない。明日も、あさっても、このままあの男の影に怯えて暮らしていくのだろうか。マックスが見たという小柄で、タトゥーをした男の影に怯えて。明日からもずっと、その男から逃げつづけて、家にも帰れない暮らしをするのだろうか。クリスティーヌは思った。これじゃあ、まるで『逃亡者』の主人公——無実の罪を着せられて、警察から逃げつづける主人公のリチャード・キンブルみたいじゃないの。いえ、わたしの場合は警察から追われているわけではないけれど。でも、誰から逃げているの？　やっぱり、タトゥーの男？　『逃亡者』の真犯人のような片腕の男？　そうよ。片腕の男だわ。そうじゃないって、誰が言えるの？

そう心のなかで叫ぶと、クリスティーヌは声を出して笑った。瞼が重かった。その今にも閉じそうな瞼のあいだから、涙が頬に流れ落ちる。掛け布団とシーツのあいだに潜り込むと、クリスティーヌは両膝を腕で抱え、体を丸くした。それから、頬をマットレスに押しあてて、そのまま眠気に身を任せた。太陽の光に朝靄《あさもや》が晴れるように、しだいに恐怖が消えていく。だが、自分が向かっているのは光の世界ではない。闇が支配する眠りの世界だ。その眠りの世界で、自分はしばらくのあいだ、すべてを忘れることができる。クリスティーヌは眠りに落ちていった。

つかのまの休息を求めて。明日の朝まで……。

29
台本

ベッドの枕元に腰をおろすと、セルヴァズはマーラーの交響曲の音量を絞って、窓の向こうにある月を眺めた。サイドテーブルの上にあるミラの日記に手を伸ばす。

ふと思いついて、革のカバーをはずしてみると、日記の表紙にはバラの絵が描いてあった。ぽつんと離れた一軒家で暮らす褐色の髪の美しい女性と、金髪のかわいい息子。ミラとトマの顔が思い浮かんだ。トマはやはりレオナール・フォンテーヌの息子なのだろうか？　それを知るにはこの日記を読めばよい。いや、この日記にはもっと重要なことがたくさん書かれているはずだ。スターシティの宇宙飛行士訓練センターで、ミラ・ボルサンスキはフォンテーヌに何をされたのか？　それがわかれば、セリア・ジャブロンカに何が起きたのかを理解することができる。おそらく綴《つづ》られたページのどこかに、あらゆる疑問の答えが隠されているはずだ。フォンテーヌがどうやってセリアを自殺に追い込んだのか、またミラがどうして息子と二人、町から離れた一軒家で暮らさなければいけなくなったのか。はたして、フォンテーヌは怪物なのだろうか。地位も名誉もある立派な男として、優しく女性に近づき、ひとたび仲良くなると、本性を顕し、女性を追いつめるのだろうか。

ミラもセリアも聡明な女性であり、そう簡単に騙されるとは思えない。だとしたら、いったいどんなやり方でフォンテーヌは二人を支配下に置き、痛めつけたのだろうか？　前に本で調べた、あのモラル・ハラスメントのようなやり方をしたのだろうか？

長い夜になりそうだった。日記に書かれていることを想像して、セルヴァズは漠然とした不安に駆られた。内容があまりに凄惨で読むのも辛いものだったらどうしようと思ったのだ。以前、捜査の最中に屋根裏部屋でそういった日記を見つけたことがあり（山あいの町に住むアリス・フェランという少女の日記だ）、その日記の言葉は今でも脳裡《のうり》に焼きついている。もし、これがそんな日記だったら？

最初の二ページは何も書かれていなかったので、セルヴァズは三ページ目からミラの日記を読みはじめた。日記はミラがモスクワに到着した日から始まっていた。

二〇〇七年十一月二十日夕方――今朝、午前八時三十分にモスクワ、シェレメーチエヴォ国際空港に到着。降りたったのは、まだできたばかりのターミナルCで、これまでの陰鬱《いんうつ》で巨大なばかりのターミナルとは似ても似つかなかった。税関には長い列ができていて、これにはちょっといらついた。でも、レオはまったく気にかけていないようだった。出口では〈アンドロメダ計画〉のリーダーをしているゲンナジー・セミョーノフと、スターシティの担当者、ロマン・ルディーヌがわたしたちを待っていてくれた。

スターシティに行くバスも前とは違っていた。前回、一人で来たときは、ひどい排気ガスで悩まされたものだ。バスはいったんモスクワ市街方面に向かったあと、途中で進路を変え、北東に向かった。スターシティへと続く道を進むにつれ、並木の向こうに立つ別荘《ダーチャ》の数がしだいに増えてくる。丸太造りの家は簡素だが、しゃれていて、まるで青や赤に屋根が塗られたドールハウスのようだった。そこに住む人々は、この地を心から愛しているのだろう。その気持ちが伝わってきた。確かにモスクワの市街はほかの大都市と同じようにたくさんの車が走り、そのために空気が汚染されている。コンクリートのビルを建てるためにクレーンが林立しているし、できたビルの壁には広告のための巨大な看板が掲げられている。そうやって環境を破壊し景観を悪化させるのは、何もモスクワだけではない。だがそれでも郊外に出れば、木立のあいだに美しい家が立ち並ぶ光景を目にすることができるのだ。

バスのなかで、レオはセミョーノフやルディーヌとばかり話をしていた。わたしには話しかけない。というより、わたしのほうは見ようともしない。いったい何があったのだろう？レオの態度が理解できない。昨日だってそうだ。昨日モスクワに発《た》つ前、わたしたちはフランス国立宇宙研究センター《CNES》が主催する壮行パーティーに行こうとしていた。わたしは着替えも化粧も終えて、鏡の前に座っていた。そのとき、レオがうしろから近づいてきて、鏡のなかのわたしを見つめてこう言ったのだ。

「おい、そんな娼婦みたいな化粧でパーティーに出かけるつもりか？」

わたしは耳を疑った。レオがそんな言葉を口にするとは思ってもみなかったから。

「なんですって？」わたしは語気を荒くした。「お願い。そんな悪い冗談はやめて」

「確かに冗談だけどね。でも、化粧が濃いのは本当だ」

そう言うと、レオはわたしの肩に手を置いた。その手には優しさも温もりも感じられなかった。

わたしは茫然として、何も言い返すことができなかった。あんなレオは一度も見たことがなかったからだ。夢でも見ているみたいだった。あれはレオじゃない。わたしの知っているレオじゃなかった。だって、一緒に過ごすようになってから三カ月のあいだ、レオはいつだって優しくて、楽しくて、愛情にあふれていたのだから。いえ、これは何かの間違い。レオは本気であんなことを言う人じゃない。きっとただ虫の居所が悪かったのだ。わたしはレオが好き。愛している。思いやりがあって、頼りになる人。最初に出会ったときから、この人は運命の人だとわかった。これまでこんな気持ちを男の人に対して抱いたことはない。そう、だからあれは何かの間違いとしか思えない。

それに、わたしは今、そんなことに気をとられている場合ではない。わたしには大切な任務がある。今はそれだけに集中しなくてはならない。これから始まる九カ月間のために、二年間、準備をしてきたのだもの。これから始まる地獄のようなスケジュールの日々に備えて。それ以外のことで気持ちを乱している暇はない。でも、昨日のレオのあの言葉を思い出すと、バスのなかでも軍の検査を受けるときでも、やっぱり気になってしかたなかった。日記を書いている今もレオの言葉が気になって、不安がわきあがってくる。「おい、そんな娼婦みたいな化粧でパーティーに出かけるつもりか？」だなんて。いや、やめよう。レオは何か腹の立つことがあって、誰かに当たってみたかっただけなのだ。

二〇〇七年十一月二十日、夜——ズヴョーズドヌイ・ゴロドク、ロシア語で〝星の街〟のことだけど、訓練センターのあるこの施設全体のことを星の街《スターシティ》と呼ぶのは間違っているような気がする。ここはまっすぐに走る人気《ひとけ》のない道路の両側に、コンクリートの建物が並ぶ〝灰色の街〟だからだ。ロシアの豊かな森のなかに、団地の並ぶフランスの郊外の街が迷い込んでしまったみたいで、満天に星が輝くイメージにはほど遠い。ここにはショッピングセンター、映画館、学校、郵便局、それからディスコのようなものまである。まあ、それはここで訓練を受け、いずれは宇宙に飛びたつ飛行士たちのためのものだから、そういった施設があることはしかたがないのだけれど。それに、景観は悪くても施設そのものは充実していて、生活のための施設のほかにも、プラネタリウム、水中実験室、講義用の教室、人体実験用遠心力発生装置、〈ソユーズ〉のシミュレーターなど、訓練設備は第一級のものを揃えている。町全体の雰囲気が国際色豊かなのも楽しい。町を歩いていると、日本人やカナダ人、アメリカ人、ドイツ人、イタリア人など、いろいろな国から来た宇宙飛行士たちとすれちがうのだ。

クリニックホテルで検査を受けると、わたしたちは部屋が四つもあるドミトリーに入った。今日からここがわたしたちの居住スペースになる。レオはフランスの英雄なので、どんなわがままでも聞いてもらえるのだ。訓練のあいだ、恋人と同じドミトリーで暮らすことも、そのドミトリーが特別豪華であることもレオのおかげだった。わたしは一人でウォークイン・クローゼットが使えることにもなった。実は大きなスーツケースを三つも持ってきたので心配していたのだ。レオはわたしが持ってきたスーツケースを眺めて、にっこり笑った。このときだけはレオは以前の優しいレオに戻ったような気がした。

部屋は前回来たときに比べて、ずっと静かだった。以前は近くにある空軍基地からチェチェン共和国に向けて〈アントノフ〉や〈イリューシン〉といった大型輸送機が出発するときの轟音《ごうおん》が聞こえたものだが、チェチェン紛争がゲリラ化した今では正面からの戦闘はなくなり、輸送機は飛びたたなくなっている。スターシティの西側にある鉄道の音も聞こえない。レオはロシア人の〝古い仲間たち〟に会う約束があると言って、出かけてしまった。

わたしは一人で部屋の下に見える池の水面を見つめていた。その向こうには雪をかぶって凍てつく森がどこまでも続いている。カバノキやモミの森だ。夜の闇に広がる一面の雪景色を見ているうちに、わたしのなかにあるロシアの魂が揺さぶられたのだろうか。少しメランコリックな気持ちになった。いや、それともレオのせいか。昨日からのレオはやっぱりおかしい。いったい、何が起きたのだろう？　昨日はあんなひどいことを口にしたし、今日はわざとわたしを避けている。どうしてあんなに冷たい態度をとるのだろう？　怖い。こうしているだけで苦しい。もし今、レオから別れを告げられたら、わたしはきっと生きてはいけないだろう。

十一月二十一日——今日から訓練が始まった。まずはロシア語の集中レッスンだ。ロシア語は苦手なので、ここに来る前から不安に思っていたが、やっぱりその不安は的中してしまった。わたしのロシア語は救いようのないレベルなのだ。その点、レオはとても流暢《りゅうちょう》にロシア語を話す。レオによると、ロシア語はいちばん美しい言葉なのだそうだ。まあ、耳で聞く分にはそうかもしれない。でも勉強するとなると……。文法も複雑だし、なにしろあのやっかいな語尾変化がある。そのうえこれから数週間のうちに、技術に関する言葉はすべてロシア語で理解できるようにしなければならない。というのも訓練はロシア語で行われるからだ。それを思うだけで、今から落ち込んでしまう。

でも、授業の合間のランチは楽しかった。宇宙飛行士たちは誰もが食堂《ストロバヤ》でランチをとることになっているが、その席で、レオがわたしのことをみんなに紹介してくれたのだ。おととい までのレオに戻ったようだった。授業のあとのスキーも楽しかった。スターシティを囲む森の奥までみんなでスキー板を履いて、木立のなかを抜けていくのだけれど、昨日部屋から見たときには悲しげだったカバノキやモミが小道の両側に立ち並ぶ光景は美しかった。森は静まり返っていて、スキーの板が雪をかきわける音、みんなのたてる息づかい、たわんだ枝から雪が落ちる音が聞こえるほどだった。木立のトンネルを抜けて森の奥まで行くと、みんなでスキーを脱いで、雪合戦をしたり転げまわったりして、キャーキャー言ってはしゃいだ。

それからドミトリーに戻ってくると、わたしたちは愛しあった。レオはわたしを胸に抱いたままいろいろな話をしてくれた。初めて無重力状態に置かれた宇宙飛行士は、嬉しくて手足をあらゆる方向に動かすので、マリオネットのように見えるとか、身の回りの物がすぐに宙に浮かんでしまうので皆がいっせいに何かを探して、宇宙ステーションのなかを遊泳している光景が見られるとか。レオは「あるときなんか、私のところに三人の飛行士たちがふわふわと泳いでやってきたんだが、どうしてだと思う？　一人は腕時計を、二人目は歯ブラシを、三人目はイヤホンを追いかけてきたんだ」と言って笑った。

優しいレオが戻ってきた。大丈夫だ。これなら心配することはない。また未来を信じることができる。レオはここ二、三日、ただ虫の居所が悪かっただけなのだろう。その証拠にわたしに冷たくしたことは覚えてもいないようだった。

十一月二十八日――またレオの様子がおかしくなった。ロシア人たちに色目を使ったと言ってわたしを責めたのだ。今日はひさしぶりに飛行士たちのグループでディナーに出かけたのだけど、帰ってくるなりレオがわたしの部屋にやってきて「どうしてロシア人たちに色目を使ったんだ。おれが気づいてないと思っているのか？　この酔っぱらいの娼婦め！」と言ったのだ。レオがまたあの言葉を使ったのがショックだった。平手打ちされるよりひどい仕打ちだ。それに、わたしは酔っぱらうほどお酒は飲んでいない。いわばお約束で、一杯目のウォッカを飲みほしただけだ。それにひきかえ、レオはロシア人たちがびっくりするほどビールやウォッカをがぶがぶ飲んでいた。ここ一週間は予習や復習に忙しくて、ろくに外出だってしていない。だから、今日のディナーは楽しみにしていたのに。

いったい、どうしたんだろう？　レオがこんなふうに嫉妬するなんて。レオは今までそんなふうに嫉妬したことはない。だとしたら、わたしのほうが何かいけないことをしてしまったんだろうか？　ロシア人と話すときに距離が近すぎたとか。何気なくアプローチをかけられたときに、はっきり断らないで笑顔でいなしてしまったとか。でも、あからさまに拒否したら、やっぱり角が立つ。それに、ロシアの男ときたら、若い女性を見るとすぐにアプローチをかけてくるんだし。でも、それがわかっているのにはっきり断らなかったら、レオが誤解してやきもちを焼くのも無理はないかもしれない。

それにしても、あんなに怒るなんて……。世の中には確かに嫉妬深い男の人がいて、パーティーの席で妻が知らない男と話したというだけで家に帰ってから殴ったりすると聞いたことがある。でも、レオがそんな部類の男性だとは思えない。だって、レオはいつだって自信に満ちて、魅力的だもの。ロシア人に嫉妬する理由などない。フランス中の期待を背負って、ここにやってきたことで、ストレスを抱えているのだろうか。そのストレスがあんなかたちで出てきたのだろうか。それとも年齢のせいで、衰えを感じてきたのだろうか。体調が悪くて、訓練もうまくいかず、いつもの余裕をなくしてしまったとか……。そうじゃなかったら、まわりの男たちが自分よりもずっと若いので、引け目を感じているのかもしれない。

大丈夫。レオは嫉妬のあまり、恋人に暴力をふるう人ではない。レオ、愛してる。

そこまで読むと、セルヴァズは時計を見た。あと七分で夜中の十二時だった。思わず瞼をこする。窓の外に目をやると、月が雲間から顔をのぞかせていた。この調子だと夜を明かすことになりそうだが、それはしかたあるまい。最後までこの日記を読むことにしよう。

だが、その一方で、この日記を読むのは辛くもあった。フォンテーヌのせいで、ミラが傷つくのは最初からわかっている。だから、ミラが悩んでいる部分を読むと、しだいに息苦しくなってくるのだ。悲劇に向かって歯車が回りだしているのに、それをどうすることもできないもどかしさ……。マーラーの『交響曲第六番』を聴くときと同じだ。どのあたりで不安が芽生え、どのあたりで悲劇が起こるのか、あらかじめわかっていて、曲を聴きはじめるときの気持ち。そんな気持ちでページをめくっていかなければならない。

ふいに、どこかの部屋から笑い声が聞こえた。セルヴァズはびくっとして、しばらくのあいだ、両手で耳をふさいだ。

それから、再び、日記の世界に戻っていった。

浴室に入ると、ペットフードを入れる皿が置いてあるのが目についた。中身は入っていない。どうするか？　マーカスは考えた。方法はいろいろある。何を使ってもかまわないし、それだけの準備もしてある。いわゆる出たとこ勝負というやつだ。いずれにせよ、どんな方法を使っても、この仕事は赤子の手をひねるように簡単だ。まあ、相手は赤子ではないが……。そうつぶやくと、マーカスはにんまりした。

と、廊下のほうから足音がした。浴室の開いた扉から見ると、廊下は薄明るい。奥の寝室から射し込む月の光が廊下まで長くのびているのだ。足音は一定のリズムを刻んで聞こえてくる。チチチ、トン。チチチ、トン。最後のトンは添え木の音だ。ときおり、何かにぶつかる音、壁をこするような音も聞こえる。マーカスは少し相手を観察してやろうと思って、洗面所と浴槽を隔てるカーテンの陰に隠れた。浴室は入ってきたときから明かりがついたままになっているが、それはかまわない。相手に見られてもどうということはないからだ。むしろ、明るいほうが仕事を片づけやすい。

やがて、足音の主が姿を現した。尻尾をピンと立てて、ペットフードを入れる皿のほうに向かってくる。チチチ、トン。浴室はタイル張りなので、廊下を歩いていたときよりも、音は硬質になった。おそらく、腹が減っているのだろう。それでベッドからおりて、ここまでやってきたのだ。女主人が浴室にペットフードの皿を置いていたことを思い出して。犬は漏斗の形をしたもので頭を覆われている。口を使って、骨折した脚の包帯をはずさないようにするためだ。それが邪魔になって、ペットフードの皿に鼻を突っ込むことができない。もっとも、鼻を突っ込むことができても、皿は空っぽなのだから、どうすることもできない。しばらく、プラスチックの皿をかちゃかちゃ突きまわしたあと、犬はキューンと鼻を鳴らし、がっかりしたように尻尾をだらりと垂らした。

マーカスはカーテンを開けて、犬の前に姿を現すことにした。が、その前に、犬がこちらを向いた。きっと、カーテンの向こうに誰かがいるとにおいで気づいたのだろう。小さいくせに歯をむきだしにして、低くうなっている。感心にも、女主人を守ろうというのだ。

女主人のクリスティーヌを。犬はあいかわらず、うなりつづけている。尻尾を立て、姿勢を低くし、毛を逆立てて。マーカスは左手をポケットに入れ、右手でカーテンを開いた。犬に向かって言う。

「いい子だ、イギー。大丈夫だから、こっちにおいで」

犬は動かなかった。警戒した様子で鼻にしわを寄せ、ウーッと低いうなり声をあげている。マーカスは左手でポケットのなかにあるものをつかんだ。ドッグフードの小袋だ。それをポケットから出すと、袋を破って、中身を手のひらにあけた。浴室のなかにかすかにドッグフードのにおいが漂った。犬の嗅覚からすれば、このにおいは百倍にも感じられるだろう。

「ほら、いい子だ。イギー、これをやるぞ。おまえは腹が減っているんだろう?」優しげな声で、マーカスは言った。

すると、犬の様子が変わった。うなるのをやめて、どうしようか迷っている。だが、空腹には勝てなかったのだろう。尻尾を振って近づいてきた。マーカスはドッグフードをポケットにしまうと、イギーを抱きあげた。

十二月一日——午前六時、まだ夜明け前だ。十分疲れているのに眠ることができない。昨日、レオが言ったことが、どうしても頭から離れないからだ。

昨日は八時間の理論の講義に、二時間の通常トレーニングがあった。加えて回転椅子の訓練も——これは本当に人間が独楽《こま》のように回る肘掛椅子だ。額にはいくつも電極がつけられ、白衣を着た人々の指示がヘルメットのなかに聞こえてくる。「頭を前に倒して」「今度はうしろに」「頭を右に」「それから左に」全身から冷や汗が噴きだし、めまいがして失神するまで、この状態が続く。でも、わたしはがんばってずいぶん長く持ちこたえた。指示を出していたロシア人の医師がわたしの耐久力に驚いて、「たいていの男性よりずっとすごいスコアを出している」とほめてくれたくらいだ。

でも、レオは……。夜になってレオと顔を合わせたときそのことを得意げに話すと、レオは怒ったような顔をして、冷たい口調でこう言った。

「ロシア人にほめられたって？　あいつらはそうやっておまえの気を引こうとしているんだ。どうしてそれがわからない？　それに、あいつらがそんなふうにするのはおまえに隙があるからだ。もっと気をつけろ」と……。

十二月三日——雪がたっぷりと降った。そのおかげで街は静けさに包まれている。本当だったら、静謐《せいひつ》なこの景色を見て気持ちが安らいでもいいはずなのに……。でも今のわたしは、そんな穏やかな気持ちにはなれない。喜びも感じられない。レオの気持ちがまったくわからなくなってしまったのだ。わたしたちの距離はますます遠ざかるばかりだ。遠心力が働いているように。今日の訓練のあいだ、ついそんなことを思ってしまった。というのも、今日の訓練は遠心力発生装置を使ったものだったからだ。これは半径二十五メートルくらいの円形の部屋で行われる訓練で、その部屋の中央には太い回転軸があって、その軸から長さ十八メートルのアームが一本、壁に向かって伸びている。アームの先には人が一人入れるだけのキャビンがついていて、宇宙飛行士はそのなかに入る。すると、アームが回りだして遠心力が発生し、飛行士の体にはロケットが発進したときと同じように強い加速度、Gがかかる。この装置では三十Gまで遠心力加速度をあげることができるらしいが、もちろんそこまではしない。宇宙飛行士の訓練のためでも八Gが限度だからだ。実際、キャビンのなかでこの八Gを受けると、心臓が喉から飛びだしそうになり、巨人の手で握りつぶされるような感じがする。けれども、そんな状態でもわたしはレオのことを考えていた。わたしたちの今の関係をこの装置にたとえれば、レオは回転軸のところにいて、わたしはキャビンにいる。アームは愛だ。レオが回転すればするほど、わたしは遠心力で遠くに飛ばされそうになる。このアームがなければ、わたしたちの距離はどんどん遠ざかっていくのだと。いえ、このアームがなければ、わたしは宇宙の果てまで飛ばされて、二度とレオに会えなくなるのだと……。

仕事をすませると、マーカスは寝室に行って、クリスティーヌが眠っているベッドのそばに立った。本当だったら、これで帰ってもいい。明日の朝、この女が目を覚まして、仕事の結果に恐怖を覚えて、精神的に大きなダメージを受ければ、それで雇い主からの依頼はきちんと遂行したことになるからだ。だが、マーカスはそれだけですますつもりはなかった。このあとは自分のための用事をすませるのだ。そうして、この女をもっと深く傷つけてやる。絶望の底に沈むほどに。

マーカスは布団をめくった。月明かりの下に、クリスティーヌの寝姿が現れた。しだいに興奮が高まってくる。服は浴槽で脱いで、このベッドのそばには下着一枚で来た。腕時計とゴム手袋をして、あとはジッパー付きの透明な袋を持って……。

このホテルの部屋に忍び込むのは難しくなかった。その筋の専門家に訊くと、このホテルのカードキーには三十二ビットのブロック暗号が使われているので、解読は難しくなく、市販のマイクロコントローラと汎用カードを使って暗号を解読し、その情報を汎用カードに登録してやれば、簡単に開くということだった。また、ホテルのなかにいても怪しまれないように、あらかじめ別の部屋もとってあった。

懐中電灯を使って、マーカスはクリスティーヌの体を照らしていった。最初はスリップに包まれた腰のあたり。丸みを帯びた美しい尻が目に入った。そのまま長い足にそって、足の先まで舐めるように光を当てていく。興奮のあまり、早くも爆発しそうだった。だが、そのお楽しみはもう少し先に延ばすことにして、まずは備えつけの小さな冷蔵庫のほうに向かった。扉を開けると、白い光が目に飛び込んでくる。その光のなかにウォッカのミニボトルを見つけると、キャップをはずして直接、口をつけ、ゆっくりと三口で中身を飲みほした。口に含んだときは冷たかった酒が、熱く喉を焼いた。

時計を見ると、一時四十五分だった。

冷蔵庫の隣には書き物机がある。その机にウォッカの瓶を置いたとき、マーカスはそこにハンドバッグがあるのに気づいた。ほんの少し興味を持って、中身をデスクの上に広げてみる。銀行カード、ポイントカード、小銭入れ、ガムの箱、鍵、ボールペン、携帯電話。それから、角が折れた一枚の写真。湖に浮かぶように建てられたコテージで、クリスティーヌが微笑んでいる。いかにも幸せそうな笑顔だ。誰がこの写真を撮ったのだろう？　どこで？　マーカスは思った。だが、すぐに興味を失って、本来の仕事に戻ることにした。バッグの中身を全部元に戻すと、机の上に置いておいたジッパー付きの袋を取りあげる。それから、ジッパーを開けて、なかに入っていた物を一つずつ取りだしていった。注射器、カッターナイフ、麻酔薬のケタミンが入った五十ミリリットルのアンプル。それに、恐ろしい顔をしたゴム製のマスクだ。アンプルの先を折ると、マーカスは注射器の針をなかに差し込み、少し粘りけのある無色の液体を注射器のなかに吸いあげていった。わずかに塩素のにおいがした。トントンと注射器を叩いて、中身の空気を出す。針の先から少し液体がこぼれでた。

これで準備は完了だ。注射器を机の上に置くと、もう一度、冷蔵庫を開ける。そうして、二本目のウォッカのミニボトルを取りだすと、キャップをはずし、また三口で飲みほした。げっぷが出た。それから小便がしたくなったので、洗面所に向かった。鏡を見ると、そこには自信に満ちた自分の姿が映っていた。マーカスは鏡のなかの自分に向かって笑いかけ、笑顔のまま用を足した。そして、便器のそばから離れようとしたとき、犬の死体が横たわっているのが目に入った。

犬はあいかわらず頭に漏斗のようなものをつけていた。だが、そのすぐ下の喉のあたりがカッターの刃で深く切り裂かれている。毛の部分には血がべっとりと貼りついていた。倒れた頭の向きのせいで、血は漏斗のなかにも流れ込んでいた。漏斗は透明なので、血は首のほうから先にかけて幾筋にも広がり、まるで珊瑚《さんご》の赤い枝のように伸びていた。その漏斗のなかで、犬は両目を閉じて、舌をだらりと垂らしていた。あの女にはこのことは言わないでおこう。これからひどい目にあって、ようやく眠って目を覚ましたあとに、自分でこの死体を発見するのだ。そのとき、あの女がどんな顔をするかと思うと……。

その顔を想像してほくそえむと、マーカスは寝室に戻った。机の前に行って、マスクを手に取る。真っ赤な悪魔がしかめっ面をしたマスクだ。長い鼻に、とがった歯。頭には角がはえている。マスクの首の部分の穴を広げると、マーカスはすっぽりと、そのマスクをかぶった。肌がひんやりして、ゴムのにおいがした。顔が締めつけられて、苦しい。だが、どうにかマスクを調整すると、ベッドのそばに行って、マスクの開いた穴の奥からクリスティーヌを眺めた。

十二月七日――レオと一緒にこの別荘《ダーチャ》を見たとき、わたしはやっぱり素敵だと思った。外壁は模様が彫られた木材で、赤く塗られている。窓はどれも白い枠で囲まれている。屋根はアメリカの納屋みたいに二段勾配にしたマンサード屋根だ。それが雪で覆われた森の奥の空き地にひっそりと立っているのだ。まるでおとぎ話に出てくる家のように。

でも、その思いとは別に、わたしは戸惑ってもいた。ここで、レオと二人っきりで暮らすことに。もしこれがこのロシアの訓練センターに来る前だったら、こんな家にレオと二人で住めるなんて夢のようだと思っただろう。でも、ここに来てからのことを考えると……。何よりも、レオがわたしをほかの人たちから遠ざけようとしているのが気になった。この別荘《ダーチャ》は森のなかでもいちばん奥にあり、隣の別荘《ダーチャ》とは数百メートルも離れているのだ。

　これまで住んでいた四部屋のドミトリーの代わりに、レオがこの別荘《ダーチャ》を手に入れるのは難しいことではなかっただろう。なにしろ、レオはフランスの宇宙開発のスターなのだ。お金には余裕があるはずだし、国からも住居費を含めた滞在費が出ている。それに受け入れ側のロシアのほうも、宇宙飛行士たちのためにスターシティのまわりに別荘《ダーチャ》を建てはじめていた。最初の別荘《ダーチャ》はアメリカ人宇宙飛行士のためのものだった。

　レオはわたしにこの別荘《ダーチャ》が気に入ったかどうかも訊かなかった。これから二人で住むというのに。でも、それもしかたがないことなのかもしれない。わたしたちのあいだでは、もうちゃんとした言葉を交わすことはなくなっていたから。もちろん、愛を伝える言葉も……。「レオ、あなたを愛している」って、もっと何回も伝えればよかったのだろうか？　わたしの愛の言葉が足りなかったのだろうか？　そのせいで、レオはわたしのことを、自分のキャリアのために男を利用する女だと考えてしまったのだろうか？　わからない。わたしにはレオが何を考えているのか、見当もつかない。

　レオにとって、この別荘《ダーチャ》は愛情の証《あかし》なのだろうか？　そんな気もする。でも、わたしはスターシティでほかの宇宙飛行士たちと一緒に暮らすほうがよかった。もっと言えば、レオとは別に自分専用のドミトリーで暮らすほうが。フランスで自分たちの関係を大切にしながら、別々に暮らしていたときのように。あのときは本当に楽しかった。思いきって、そうしたいってレオに話してみようか？　でも、レオを前にしたらきっと怖気《おじけ》づいてしまう。

そう、昼間、この別荘《ダーチャ》を外から見ていたとき、レオは乱暴な口調でこう言った（しばらく前からレオの話し方は変わっていた）。

「なあ、ミラ。この家でおれがおまえと何をしたいと思っているか、わかるだろう？」

わたしが首を横に振ると、レオはわたしの手をとって家のなかに連れていき、まるで物を見るような、おもちゃを見るようないやらしい目つきでわたしを眺めた。そんなレオは見たことがなかった。それからわたしの腕を背中でねじあげると、力ずくでわたしを窓の縁に押しつけた。そうして、ジーンズのジッパーをさげて下着と一緒に膝のところまで一気に引きおろすと、いきなりうしろから入ってきたのだ。キスをすることもなく、耳に息を吹きかけることも、首筋に舌を這わせることもなく。ブラジャーの上から優しく胸を愛撫することもなく……。

やがて自分の欲求をさっさと満たすと、レオはすぐにわたしのそばから離れていった。涙が出てきて止まらなかった。窓の向こうの氷柱《つらら》が凍った涙のように見えた。ガラスにかかった自分の息が雫《しずく》となって落ちていった。

十二月九日――ついに、第二段階へと進んだ。訓練が宇宙ステーションのシミュレーターに搭乗する形で行われるようになったのだ。このシミュレーターを使えば、宇宙ステーションの内部で行うどんな作業も体験できる。大気圏を超えてすぐの宇宙船のシステム確認、エックス線による宇宙の観測、温度の調整、酸素と炭酸ガスの計測、軌道座標系での高度設定など、すべてが体験できるのだ。訓練ではこういった作業の基本的な手順を四時間にわたり何度も繰り返す。それだけではなく、不測の事態が起こったときにも対応できるように、教官がわざと起こしたトラブルにすばやく対処するシミュレーションも行われた。

いずれにせよ、この第二段階からわたしは〈アンドロメダ計画〉の正式な宇宙飛行士となり、自分のバックアップクルー（本来、飛ぶはずの飛行士が飛べなくなった場合に代わりに飛ぶ予備の飛行士）であるセルゲイという名の若いロシア人飛行士と一緒に訓練を受けることになった。訓練はこれまで以上に大変だった。指示はすべてロシア語だったし、テキストがあるわけではないので、言われたことはすべて記憶しなければならないからだ。

訓練のあいだ、レオは何度も様子を見にきた。わたしのことを心配してくれたからではない。バックアップクルーのセルゲイとわたしが何を話したのか知りたかったからだ。

十二月十二日――今日は次の訓練に進むための大切なテストだったというのに、万全の状態でのぞむことはできなかった。レオのせいだ。

昨日の夜、レオは夜中の二時頃に帰ってくると、眠っていたわたしを叩きおこし、部屋の中央に置いた椅子に座らせた。そうして、一緒に訓練をしているセルゲイや教官について、根掘り葉掘り尋ねてきた。要するに、わたしがセルゲイや教官とセックスをしたかどうか知りたかったらしい。レオは酔っぱらっていて、ウォッカとビールのにおいがした。それから、煙草と女性の化粧のにおいもした。わたしをさんざん詰問したあと、レオは突然わたしに襲いかかり、何度もわたしを求めてきた。そしてようやく気がすむと、「こんなことをして悪かった」と謝りはじめ、「でも、それはおまえがいけないんだ。おまえが男の気を引くようなことをしておれを安心させてくれないからだ」と、半泣きの状態で訴えた。わたしが行動を慎まないから自分はこんな態度をとってしまうのだと。つまり、わたしのせいだというわけだ。

結局、それが朝まで続いて、わたしはとうとう眠ることができなかった。幸い、今日のテストには合格し、明日からは新しい訓練に入れるからよいけれど。こんな状態はもう耐えられない。

十二月十三日——なんて特別な体験だろう。今日は宇宙遊泳のために水中訓練をした。訓練に使うプールは水深十二メートル。直径二十三メートル、水の量は五千トンだ。強い照明が水面に反射して、外からはなかの様子は見えないが、潜ってみると宇宙ステーションの実物大の模型の一部が沈められている。このプールに宇宙服をつけて入り、宇宙ステーションの外で作業をするときの訓練をするのだ。宇宙服には浮力と釣り合うように、それぞれの飛行士に合わせた重りがつけられている。これによって宇宙空間にいるのと同じような無重力状態を体験できるというわけだ。宇宙服に身を包むと、わたしはマリオネットのようにケーブルで吊るされ、プールへとおろされた。でも、無重力状態のなかではどんなふうに体を動かしたらいいのかわからない。だから、最初はアシスタントの潜水士たちの補助を受けながら、体の動かし方を学んでいく。それから任務を模した訓練に入るのだ。わたしの任務は分厚い手袋をしたまま、宇宙ステーションの甲板部に何本かのボルトを差し込み、とめてくることだった。難しい任務だったし、レオのことも気になっていたけれど、わたしはその任務をやりとげた。そのおかげで、希望がわいてきたような気がする。大丈夫。わたしは宇宙に行ける。なんとしてでも、夢を叶えるのだ。

十二月十八日、朝——もうレオのことが信じられない。これは悪夢だ。こんなことがあっていいはずがない。

レオがわたしを殴った。

昨日、別荘《ダーチャ》に戻ってきたときのことだ。携帯にメールが入って、「セルゲイから明日の訓練のことでメールが入った」とレオに言うと、レオの顔色が変わり、そのメールを見せろと言ってきた。もちろん、わたしは拒否した。でも、レオはわたしから無理やり携帯を取りあげようとして、わたしが嫌だと言うといきなり髪をつかんで、引きずり倒したのだ。「おまえはこの家におれと一緒にいるのが嫌なんだろう？　だから、ロシア人たちと仲良くしたがるんだ」と言って。そうして、床に這いつくばったわたしを足で何度も蹴った。「このあばずれ！　ロシア人のペニスをくわえやがって！　またやったら今度は殺すからな！」そう叫びながら。携帯はレオが壁に投げつけたので、壊れてひびが入ってしまった。

わたしは床に横たわったまま、泣いていた。レオは家を出ていってしまった。そのあと、どこで夜を過ごしたかはわからない。さっきベッドで目を覚ますと、隣はあいたままだった。体中が痛い。首も背中も……。今日は大事な訓練があるのに大丈夫だろうか？　今日一日、どうやって乗りきればいいのだろう？

暗闇のなか、クリスティーヌは目を覚ました。すぐに体を起こし、ベッドに座った姿勢であたりを見まわす。暗くて何も見えない。めまいがして、寒気もした。このまま意識を失いそうだった。まずは明かりをつけなければ……。クリスティーヌはヘッドランプのほうに手を伸ばすと、手さぐりでスイッチの場所を探した。だが、ようやくスイッチを見つけて電源を入れたのに、明かりはつかない。

そこではたと気づいた。寝る前はたしか窓のカーテンは開けっぱなしで、月光が射し込んでいたはずだ。浴室の電気もつけっぱなしにしておいた。それなのに、真っ暗だということは……。誰かが部屋に忍び込んで、寝室のカーテンを閉め、浴室の電気も消して、ヘッドランプのコンセントも抜いてしまったのだろうか？　一瞬にして息が詰まりそうになった。

暗闇に向かって、クリスティーヌは呼びかけた。

「ねえ、誰かいるの？　誰かいるのね？」

答えはない。心臓が激しく鼓動する。暗闇はぴくりとも動かない。が、次の瞬間、部屋の隅で明かりがついて、まぶしい光が顔を照らしてきた。誰かが懐中電灯の光をこちらに向けているようだ。クリスティーヌは左手で光をさえぎりながら、目をすがめて、そちらのほうを眺めた。小柄な人物の影が見えた。

あの男だ。レオとグランドホテル・トマ・ヴィルソンで会ったあと、エレベーターのところですれ違ったタトゥーの男。そして、マックスに脅しをかけてから、アパルトマンに侵入したという、あの男だ。アパルトマンに入ってきてCDをかけ、イギーをごみ箱に放り込んだ男。間違いない。はっきりした証拠はないが、直感がそう告げていた。ほかに誰がいるというのだろう。

光はこちらに近づいてくる。男の顔は見えない。この男はこれからわたしをどうしようというのだろう？　クリスティーヌは怯えた。叫び声をあげようと思ったが、恐怖のあまり、声が出ない。男はこれまで間接的な攻撃を仕掛けてくるだけだったが、今は違う。直接、自分の前に姿を現し、おそらくは……。嫌、やめて！　そんなことはされたくない！

クリスティーヌは心で叫んだ。嫌！　やめて！　クリスティーヌは目をつむった。現実に向きあいたくなかった。

「開けろ！　目を開けるんだ！」男が言った。

「嫌よ!」

「開けるんだ。さもないと、犬を殺すぞ」

「犬って? イギーのこと?」クリスティーヌはつぶやいた。

そういえば、イギーはどこにいるのだろう。ベッドの上にはいなかった。この状況なら、吠えたりうなったりするはずなのに、その声も聞こえない。

「お願い。そんなことはしないで。目は開けるから……」

そう言って、クリスティーヌはおそるおそる目を開いた。そして、恐怖の声をあげそうになった。目の前にいたのは人間ではなく、悪魔だったからだ。長い鼻にとがった歯。頭には角がはえている。真っ赤な顔をした悪魔だ。いや、違う。これはマスクだ。誰かがゴム製のマスクをかぶっているのだ。おそらく、あの男が……。クリスティーヌは布団を引きよせると、ベッドヘッドにぴったりと背中をつけた。

「どうして、こんなことをするの?」

「依頼を受けたからだ」男の声がした。「いや、正式に受けた仕事は終わっているから、これからすることは、おまけのようなものだ」

おまけ? 何をすると言うの? いや、それはもうわかっている。

「お願い、やめて……」

だが、その瞬間、男に手を引っぱられ、クリスティーヌはベッドの上にうつぶせにされた。ゴム手袋をはめた手が太腿に置かれた。その手はだんだん尻のほうにあがってくる。

と、男の手が肩をつかみ、今度はあおむけにされた。目の前に赤い悪魔の顔が迫ってくる。長い鼻をだらんと垂らした悪魔の顔が。クリスティーヌは思わず視線をそらした。すると、痩せた体にタトゥーが彫ってあるのが目に入った。聖母子像やロシア正教会の丸屋根のタトゥーだ。それを見て、クリスティーヌはコルデリアのことを思い出した。それから、エレベーターですれ違った男のことを。やっぱりあの男だ。「嫌よ、嫌、嫌」クリスティーヌは口を大きく開けた。だが、まったく声を出すことができない。口からはかすれた息のような音が漏れるだけだった。

男がスリップの裾をつかんで、両手で上へ持ちあげた。ひっくり返された布が頭の上まで来て、前が見えなくなった。男が完全にはスリップを脱がさなかったので、クリスティーヌは両手を頭の上にあげたままの状態になった。と、男がブラジャーをひきはがした。むきだしになった胸を手袋をした手でなでていく。ゆっくりと時間をかけて、胸の締まりや弾力を確かめるかのように。男が耳元でささやく声が聞こえた。

「乳房も乳首も最高だ。まったくいい体をしてるな。たまらないぜ」

と、次の瞬間、男の指が下着の隙間から入ってきて、無理やり外陰部に突っ込まれた。ぴくっと体が震えた。

クリスティーヌは膝を閉じようと、脚に力をこめた。うめくように言う。

「やめて、やめて、やめて……。お願い、何もしないで……。お願い……」

男が指を抜いて、体の上にまたがった。頭の上にあげたスリップをおろす。クリスティーヌは男の顔を見た。マスクの向こうに無表情な目が見える。何もない空っぽの目だ。男はナイトテーブルの上に懐中電灯を置くと、その代わりに何かをつかんだ。それが何なのかがわかって、クリスティーヌは思わず声をあげた。

そのとたんに男の手が伸びてきて、口をふさがれた。ゴムのにおいがした。目の前で注射器の針がきらりと光った。男はこちらの手を取ると言った。

「今からケタミンって麻酔薬を注射してやる。別名は〈スペシャルK〉、幻覚作用があるんだ。こいつを注射すれば、びっくりするようなトリップができるぜ」

クリスティーヌは身をよじった。注射には恐怖しかなかった。だが、男は腕を取ると、静脈を探し、針を刺しいれた。注射器のプランジャーを押していく。恐ろしさのあまり、クリスティーヌは失神しそうになった。

「まずは五十ミリリットル。それから様子を見て、もう五十ミリリットルだ。今までにしたこともないようなトリップをさせてやる」

30　オペラ・セリア

十二月二十五日──今日はクリスマスだ。しんしんと雪が降りつづいている。次から次へと舞いおちてくる雪のかけらが木々のてっぺんや地面の上に降り積もっていく。その真っ白な雪の景色のなかで、森は静まり返っている。雪が降り積もるにつれて、静けさが増していくようだ。スターシティのドミトリーにはクリスマスツリーが飾られていた。昨日はおそらく遅くまでパーティーが続いて、みんな大騒ぎをしていたことだろう。でも、ここには何もない。クリスマスツリーもお祝いのパーティーも。わたしはもう精根尽きはててしまった。立ちあがる気力もない。

ここ数日、レオの攻撃は激しさを増すばかりだ。あれから肉体的な暴力をふるわれることはなかったが、その代わりに言葉の暴力がひどくなっている。レオははっきりとした悪意をもってわたしに言葉をぶつけてくる。それもみんなの前で。冗談に紛らわせて恋人をからかっているような形にするので、ほかの人はなかなか気がつかない。逆にレオは自分の言葉に同調するように、まわりをあおっているところもある。

このままでは辛すぎて、訓練を続けられなくなってしまう。いっそのこと、〈アンドロメダ計画〉のリーダーか、CNESの担当者に、レオのことを訴えてみようか？　いや、それはだめだ。そんなことをしてスキャンダルになったら、〈アンドロメダ計画〉そのものが中止になってしまうかもしれない。そうなったら、わたしが宇宙飛行士になるチャンスは二度と与えられないだろう。宇宙に行く――わたしはそれに人生のすべてをかけている。それなのに、レオのせいで、その夢をあきらめたりしてはいけない。ここはがんばって耐え抜かなければ。

一月二十七日――第三段階に入った。これからはそれぞれのチームごとに、チーム全体で一つの訓練を行う。メンバー全員が同じシミュレーターのなかに入る形で、一日を過ごすのだ。わたしたちのチームの船長《コマンダー》はパヴェル・コロビエフというロシア人だ。経験豊かな宇宙飛行士で、以前はテストパイロットをしていた人物だ。堅実で真面目な人柄なので、スターシティでの人望も厚い。わたしたちが乗る〈ソユーズ〉には、コマンダーのほかに航空機関士《フライトエンジニア》が二人いて、コマンダーを補佐する態勢になっている。今回はフランス・ロシア合同計画なので、このフライトエンジニアをフランス人飛行士が務めることになる。一人はレオで、もう一人はわたしだ。レオはコマンダーの左側に座り、宇宙船のシステム運用を担当する。わたしは実験担当なので操縦には関わらず、コマンダーの右側に座って空調の管理をしたり、エックス線による宇宙観測の作業を受けもったりした。シミュレーターのなかは狭く、三人が入ると、オイルサーディンの缶詰のようにぎっしりになる。でも、わたしはレオと二人きりでいるより、コマンダーのコロビエフと一緒に三人でいるほうがよかった。誰かがいれば直接ひどい言葉を投げつけられることはないからだ。いや、本当にそうだろうか？　というのも、レオはコロビエフに向かって、わたしとのセックスに関することを言うからだ。もちろん、冗談に紛らせて。レオは狭い船内でろくに体も動かせないことにいらいらしていて、たぶんそのせいもあったのだろう。悪意があるとは見せない形で、わたしを攻撃していた。苛立ちを隠して、表面的には陽気にふるまうと、男同士の気楽な会話という雰囲気でわたしに関する性的な冗談を口にするのだ。「ミラは体力があるからね。昨日だって朝まで訓練をしていたんだ。操縦桿《かん》を握りっぱなしで」とか。そのたびに、わたしは恥ずかしくて真っ赤になった。コロビエフは男性優位的な古いタイプの宇宙飛行士なので、レオの冗談を普通に受けいれて笑っていた。そう、レオはこうやって、しだいにまわりを味方につけていくのだ。このまま放っておくと、この種の攻撃はこれからますますひどくなる。そう思ったので、わたしはとうとう反撃することにした。「そうよね、レオ。あなたは朝まで持たないもの」それを聞くと、コロビエフは気まずそうな顔をして笑っていた。

一月二十八日、朝——昨日、あんなふうにレオに反撃したのがいけなかったのだろうか。レオにまた暴力をふるわれた。それだけじゃない。そのあとでレオがしたことを考えると……。レオはどうかしている。もう何を考えているかわからない。

昨日の訓練のあと、レオはコロビエフの耳元で何かをささやくと、どこかに行ってしまった。わたしはバックアップクルーのセルゲイと一杯、飲んだ。セルゲイはわたしに好意を持ってくれていて、ロシア人飛行士たちのなかでは珍しく、レオのわたしに対する態度はひどいと言ってくれていた。そのあと、わたしは一人で別荘《ダーチャ》に帰ったが、夜になっていたので、あたりはすっかり暗くなっていた。わたしたちの別荘《ダーチャ》は森のはずれにある。レオがわざわざスターシティからいちばん遠い場所を選んだからだ。

玄関の木製のステップをあがって家に入ると、わたしは部屋の明かりをつけようとした。ところが、その瞬間、喉元にひんやりしたナイフのようなものが当たった。

「明かりはつけるな」

レオの声がした。何かに取りつかれたような声だ。レオはわたしを部屋の隅に連れていくと、そこにあった小さなランプを灯した。レオの姿を見て、わたしは驚愕した。上半身は裸で、下はパンツ一枚だったからだ。レオはわたしをその場にひざまずかせ、目の前でナイフをちらつかせながら言った。

「よくもコロビエフの前で、おれを侮辱してくれたな。おれのことをほとんど〝不能〟呼ばわりするとは！　おまえなんか、殺してやる！」

わたしは怖くなって懇願した。

「やめて！　レオ、お願い。わたしが悪かったわ。もう二度とあんなことは言わないから」

でも、レオは右手にナイフを握ったまま左手でわたしの髪の毛をつかむと、根元から引き抜くかのように引っぱりあげた。そうして左手にナイフを持ちかえると、わたしの頬に平手打ちを食らわせた。衝撃で歯が折れるかと思った。このままレオに殺される——わたしは覚悟した。でも、そこで思いがけないことが起こった。レオがわたしの右手にナイフを持たせると、その手を自分の手で包み込み、ナイフの刃を自分自身の股関節のあたりに押しあてたのだ。レオの股のあいだから血が流れだした。

「くそっ！　おれを刺したな。こんなことをしたら、どうなるかわかっているんだろうな？おれが責任者に訴えたら、おまえは宇宙に行けなくなるぞ！」

そう言いながら、レオはスマホを取りだして、わたしの写真を撮った。血のついたナイフを握ったわたしの写真を……。それから、自分の股関節にスマホを向け、脚のあいだから血が流れている写真も撮った。

「いいか。〈アンドロメダ計画〉のメンバーからはずされたくなかったら、今後は誰の前だろうと、おれを侮辱する言葉は口にしないことだ」

その後、レオは浴室に行って、血を洗いながすと、寝室に入って内側から鍵をかけてしまった。「おまえみたいな娼婦とは一緒に眠りたくない」と言って。しかたなく、わたしは居間のソファで寝ることにした。レオが寝室から放り投げてきた薄い毛布一枚をかぶって。部屋は冷えきっていた。わたしは凍えながら、夜を過ごし、さっき目を覚ましたところだ。なんだか熱があるみたいだ。どうすればいいのだろう。風邪をひいたら訓練が受けられなくなってしまう。ほかの飛行士にうつしたら大変だからだ。訓練はわたしのバックアップクルーのセルゲイがコロビエフやレオと一緒に受けることになるだろう。そんなことになったら……。お願い、それだけはやめて。ほかのことはともかく、それだけは……。

注射器をナイトテーブルの上に戻すと、男が下着を脱がしにかかり、入ってくるのがわかった。クリスティーヌは抵抗しようとした。だが、体が動かない。すぐ目の前にある悪魔の顔を見つめているだけだった。ゴム製のマスクを……。そのうちに部屋が回りはじめた。回りながら、天井や壁の色がどんどん変わっていく。オレンジっぽい赤、蛍光グリーン、少し緑がかった強烈なブルー、それからフーシャピンク、紫、レモン色……。次から次へと新しい色が現れ、その色が前の色に重なり、また次の色が現れると、前の色は隙間から垂れて流れていく。めくるめく色の変化のなかで、クリスティーヌは思った。これがトリップなのだろうか？　男が言っていた幻覚作用？　感覚は色に呑み込まれていたが、意識は妙に冴えていた。

二月十五日、朝——レオはロシア人の宇宙飛行士たちにわたしに関するおかしな噂を流しているのではないだろうか？　というのも、最近、ロシア人飛行士たちの態度が変わったからだ。これまでのように紳士的にふるまうのではなく、わたしがまるで誰とでも寝る女かのように接してくる。昨日なんて、あの真面目なコロビエフまでが訓練中に何気なくわたしのお尻に触れてきた。わたしが通りかかると、ロシア人飛行士たちが意味ありげに目を見かわしたり、いやらしい視線を送ってくることもある。軽蔑した表情で、わたしから目をそらす人もいた。
昨晩、レオは酔っぱらって、真夜中近くに帰ってきた。ウォッカとビールが混じった、酒くさいにおいがした。でも、それ以上に強烈だったのは香水の香りだ。ズボンを脱いでわたしに襲いかかると、レオは言った。「今日はバレンタインデーだからな。娼婦と寝てきた。優しい女だったよ。おまえとは違ってな」

クリスティーヌはめまいがした。色の洪水《こうずい》はなくなって、目の前にはまた悪魔のマスクがある。醜いマスクだ。鼻が長く垂れていて、なんだかおかしい。変な鼻――そう思うと、なぜだかわからないが、笑いたくなった。おかしい。変なの。おかしい。クリスティーヌはくすくすと笑いだした。視界はぼんやりしている。でも、そのなかで垂れた鼻だけがくっきりと浮かびあがっていた。あれから、どのくらい時間がたったのだろう。時間の感覚がまったくなくなっている。と、目の前から悪魔の鼻が消えた。代わりにタトゥーをした男の胸が覆いかぶさってくる。クリスティーヌは顔を下に向けた。奥のほうに、ペニスがぼんやり霞《かす》んでいるように見えた。

五月十七日――日記を書けないまま、三カ月が過ぎてしまった。そのあいだ、レオのハラスメントはいっこうにやむことがなかった。こんなにも長いあいだ、どうやって耐えることができたのだろう？　不思議だ。いえ、不思議じゃない。わたしはともかく宇宙に行きたいのだから。そのためだったら、いくらでもがんばれる。

でも、そうは言っても、レオと一緒の生活が苦しいことに変わりはない。わたしたちのフランス・ロシア合同宇宙開発計画は、〈アンドロメダ計画〉と名づけられているけれど、昨日、何気なくネットを見ていたら、アンドロメダというのがギリシア神話に登場する女性で、怪物への生贄《いけにえ》として、海岸の岩に鎖でつながれていた女性だとわかって、なんとも言えない気持ちになってしまった。アンドロメダはエチオピアの王妃として生まれた絶世の美女で、母親のカシオペアが「娘の美貌は神にも勝る」と言ったため、神々の逆鱗《げきりん》に触れ、生贄にされてしまったのだ。といっても、まさにその怪物に襲われそうになったときに、ゴルゴンの三姉妹の一人、メドゥーサを退治してきたペルセウスが通りかかったため、この絶体絶命の危機から救いだしてもらえたのだが。わたしはどうだろう？　誰かこの状態からわたしを救いだしてくれる人はいないのだろうか？

突然、クリスティーヌは体が溶けていくのを感じた。まるで熱せられた蠟《ろう》のようだ。体の上では悪魔が規則正しく腰を動かしている。その下で、自分の体はだんだん形を失って、とろとろと流れだしている。突然、お腹の底から笑いがこみあげてきた。クリスティーヌは大声をあげて笑った。自分の声ではないようなおかしな声が耳に響く。頭のなかは燃えるように熱いのに、首から下は冷たかった。そのとき、急に体が自由になったかと思うと、自分が肉体から抜けだし、ベッドの上に浮かんでいることに気づいた。そのまましばらく空中にいようと思ったが、それも怖くなって、もう一度、体のなかに戻った。そこで、ふと顔の向きを変えると、すぐ近くに姉のマドレーヌがいた。ベッドの端に座っている。こちらを見ると、マドレーヌは言った。「これでわたしがどんな気持ちだったか、わかるでしょ？　望まないことをされて、もしかしたら赤ん坊が生まれてきてしまうかもしれなかったの」その言葉に、クリスティーヌは泣きたくなった。「マディ、マディ、ごめんなさい。そうだったのね。気がつかなくて、ごめんなさい」泣きながら繰り返した。が、その瞬間、天井が猛烈な速度で遠のいていき、四方の壁が広がりはじめた。部屋はどんどん大きくなり、自分のほうは逆に小さくなっていく。それと同時に時間もさかのぼっていくような気がした。プールの光景が浮かんでくる。裸でプールにいたマドレーヌの姿。それから、パパに似た、やっぱり裸の男の人の影……。悪夢だ。これは悪夢だ。それとも、幻覚か。クリスティーヌはベッドのなかで高熱にうかされていた少女に戻っていた。

六月十日――セルゲイがわたしのことを心配して、「最近、元気がないようだけど、レオのことに関係があるのか？」と尋ねてくれた。実際、わたしがかなりまいっているのは、スターシティでは誰もが気づいていて、このままでは訓練に耐えられなくなるのではないかと噂になっているという。セルゲイはレオの態度がおかしいことにかなり前から勘づいていて、わたしに元気がないのはそのせいではないかと疑っていたらしい。彼はわたしを愛しているのだ。わたしはとうとう思いきって、これまで誰にも打ち明けなかったこの半年間の出来事をセルゲイに話した。するとセルゲイは憤慨して、レオに一発お見舞いしてやると言った。いや、自分が直接手を出すとまずいので、従兄弟に頼んで、レオを痛い目にあわせてやると。わたしはちょっと心配になった。もしレオが大怪我でもしたら、チームのメンバー全員が計画からはずされてしまうからだ。アメリカと違って、ロシアの宇宙飛行計画はチーム単位で候補を考える。バックアップクルーによる替えがきかなくなれば、ほかのチームとそっくり入れ替えになるのだ。そして、わたしたちのチームではレオの替えはいない。フランス・ロシア合同の〈アンドロメダ計画〉は、フランス宇宙航空界のエースであるレオがいないと成立しないからだ。そのことをセルゲイに伝えると、彼は「従兄弟にはやりすぎないように釘を刺しておくから心配するな」と言って、「あのモキの野郎、一度、思い知らせてやる」と、また怒りを露わにした。モキというのはスターシティでのレオのあだ名だ。たぶん、レオが冗談で仲間をからかってばかりいるので、moqueur（モケール――からかい好きの人）と冗談半分に言い返されていたのが、短くなってＭＯＫＩ――モキとなったのだ。ああ、だけど、セルゲイの従兄弟がレオにひどいことをしなければいいのだけど……。

セルヴァズはベッドヘッドにもたれてこの日記を読んでいたが、ここまで読むと体を起こし、もう一度、最後の部分を読みなおした。それからページを開けたまま、日記を灰色の毛布の上に置き、ベッドから出て、壁ぎわの小さなデスクまで歩いていった。デスクの引き出しにはデグランジュが渡してくれたセリア・ジャブロンカのピンク色の手帳が入っている。急いで、その手帳を取りだして、ページを繰っていくと、探していたものはいくつも見つかった。〈モキ　午後五時半〉〈モキ　午後七時〉〈モキ　午後六時半〉〈モキ　午後六時〉……。

「モキ、おまえをつかまえたぞ」セルヴァズはひとりごちた。そしてベッドに戻って、また日記の続きを読みはじめた。

六月二十五日――レオは病院にいた。スキンヘッドの連中に襲われたのだという。襲われた場所は、なんとストリップショーをする店の前だった。モスクワにはそういった店がいくつかあって、特別に料金を支払うと、ストリッパーと寝られるのだ。レオは足の爪先を骨折していた。ほかには歯を二、三本、折られていたが、それほど大怪我というわけではなかった。スターシティにはちんぴらの喧嘩に巻き込まれたと報告したらしい。でも、セルゲイの従兄弟がやったのに違いない。わたしはレオに会いに病院へ行った。レオは一言も口をきかなかった。ただ、黙ってわたしを見つめていた。その目には憎しみがこもっていた。わたしは思わず膝が震えるのを感じた。

これは悪夢？　それとも幻覚？　クリスティーヌは妙にはっきりした意識で考えた。ここは森の奥だ。目の前には枯葉が舞いあがっている。どこからか危険が近づいているのか、森の動物たちがいっせいに逃げはじめている。ここはホテルの部屋？　いや、やっぱり森の空き地だ。寒い。凍てつくような風が木立を揺らしている。黒い影が空や大地を覆い、あたりが暗くなった。何か危険が近づいてきているのだ。この森から逃げだしたい。あの動物たちのように……。けれども、体が動かなかった。森の空き地にぽつんと置かれたベッドの上で、誰かに押さえつけられているせいだ。クリスティーヌは自分に覆いかぶさっている男を払いのけようとした。だが、男に殴られ、ようやく現実に戻ってきた。赤い悪魔のマスクをした男が黙々と腰を動かしている。

七月一日――モスクワはとても暑かった。昨日、わたしはセルゲイと一緒にゴーリキー公園に出かけた。公園は人でいっぱいだった。砂場でビーチバレーをして遊ぶ若者たちや、子どもを連れた家族、サイクリングをする学生や、ローラーブレードを楽しむ人々。アトラクションに乗るための長い列もできていた。セルゲイはボート遊びをしようと言ったが、わたしは断った。レオが病院にいるというのに、こんなところにセルゲイといるのをスターシティの人たちに見られたらどうしようと思ったからだ。そのあとで、わたしがベンチに座っていると、セルゲイがわたしの手を取った。わたしはその手を振りほどこうとは思わなかった。

七月三日――レオが昨日、退院した。松葉杖だった。ロシア人の飛行士たちは、「これならすぐに訓練に戻ることができる」と言って、レオを励ましていた。実際、医師によると、怪我はそれほどたいしたことがなかったので、二週間ほどで復帰できるという。スキャンダルを避けるためか、事件について詳しい調査は行われなかった。あるいは、行われたけれど、発表されなかったのか……。

戻ってきたレオはおとなしくなっていた。襲われたときに、「ミラに暴力をふるうな」とでも言われたのだろうか？　レオに訓練の話を訊かれて、わたしは「あなたがいないあいだとりあえず代役を頼んで訓練を続けている」と答えた。「いずれあなたが復帰して、チームとしてミッションを果たせるように」と。すると、レオは「そうだ。ミッションだ。それが大切だ」と言った。そして、まるで何事もなかったかのように、わたしたちはまた同じ家で暮らしはじめた。でも、わたしの心のなかには、すでにレオに対する憎しみが芽生えていた。憎しみと軽蔑が。それでも、レオと一緒にいるのは、〝宇宙に行きたい〟――その思いがあるからだけだ。

射精を終えると、男は体にのしかかってきて、耳元でささやいた。「おれはポジティブだ」と。「なんですって？」そう訊き返すと、男ははっきりと言った。「おれは陽性《ポジティブ》なんだ」クリスティーヌは耳を疑った。この男はレイプをするだけでは飽きたらず、ＨＩＶに感染させることまでするのか。奈落の底に突き落とされたような気がした。深い穴のなかをどこまでも落ちていく。自分が落ちていく、その姿がはっきり見えた。それと同時に、心臓の鼓動が遅くなってきたような気がした。それはしだいにゆっくりになり、最後には……。

七月四日――恐ろしいことが起きた。セルゲイが車に轢《ひ》かれて死んだのだ。うしろから来た車にはねとばされて、道路に激しく頭部を打ちつけたのだという。だが、セルゲイをはねた運転手は見つからなかった。その知らせを聞いた瞬間、わたしはレオが関係していると思った。レオが自分でやったのか、それとも誰かにやらせたのか。いずれにせよ、わたしが帰ってきたとき、レオは家にいなかった。今もいない。もう夜中の十二時を過ぎているというのに。レオは今、どこにいるのだろう？　自分が襲われたのはセルゲイの差し金だと知ってしまったのだろうか？　でも、どうやって？　もしレオが知ってしまったとしたら、わたしが頼んだと思うだろうか？　そうしたら、わたしはどうなるのだろう？　怖い……。

七月五日、朝――昨日の夜、眠れないまま、窓から外を見ていると、森のなかに明かりが一つ見えた。レオだ。レオが懐中電灯で夜道を照らしながら、別荘《ダーチャ》に戻ってきたのだ。懐中電灯の光はだんだん大きくなっていった。それと同時に、「ミラ！　ミラ！」とわたしを呼ぶ声がした。わたしは心から怖くなった。レオがセルゲイを殺したのだとしたら、わたしも殺されるかもしれない。わたしは反射的に玄関に鍵をかけ、寝室に閉じこもった。すると、しばらくして、玄関の扉のノブをがちゃがちゃ言わせる音が聞こえてきた。わたしは寝室のなかでじっと息をひそめていた。と、今度はレオの声が聞こえた。

「ミラ、このドアを開けろ！　開けろ！　開けるんだ」

そうやって、レオは何分かのあいだ、扉を叩いたり、蹴ったりしていたが、やがて、その音がしなくなった。どうしたのだろう？　あきらめてスターシティに戻ったのだろうか？　わたしは思った。が、その瞬間、寝室の窓ガラスが割れる音がした。わたしは急いで寝室を飛びだし、玄関に向かった。逃げなければ。レオから逃げなければ……。心のなかはその思いでいっぱいだった。

ようやく玄関までたどり着いて、扉を開こうとした瞬間、うしろから肩をつかまれた。振り向くと、そこにはレオの顔があった。

「ミラ。こんな夜中にどこに行こうと言うんだ。こんなことをして、おれから逃げられると思ってるのか？　だめだよ、ミラ。おまえはおれのものだ。おまえが望むかどうかにかかわらず、おれたちは永遠に結ばれているんだ」

わたしは恐ろしさのあまり震えあがった。そのとき、空気を切り裂くような轟音が夜空に響きわたった。近くにある空軍基地から〈イリューシン〉が飛びたったのだ。レオはわたしの顔を自分のほうに引きよせると、その轟音のなか、わたしの耳にささやいた。

「いいか、おまえは絶対に、おれから逃れることはできない。どこに行こうと、おれはおまえを追いかける。宇宙の果てまでもな。それでもおまえがおれのものにならないと言うなら、そのときはおまえを殺す。そして、おれもすぐに命を絶つつもりだ」と……。

時計を見ると、明け方の四時だった。セルヴァズは日記を閉じて、ひと休みすることにした。ミラの苦しみが自分にも伝染して、そのまま読みつづけることができなかった。自分の愛した男から、こんなかたちで精神的、肉体的暴力をふるわれるとは。まさに悪夢の日々だったに違いない。セルヴァズは深く同情した。それと同時に、こんなひどいことをしたレオナール・フォンテーヌに腹が立った。フォンテーヌは悪い噂を流したり、直接、罵倒したり、あるいは肉体的な暴力をふるったり、ありとあらゆるかたちでミラを揺さぶり、脅しをかけ、服従させようとした。世の中にはこんなひどい男がいるのか？　いや、実際にいるのだ。そして、この男ならセリア・ジャブロンカにも同じようなハラスメントをして、自殺に追い込みかねない。

ポットでお湯をわかして、インスタントコーヒーを淹れると、セルヴァズは窓のほうに目をやった。外では、あいかわらず雪がちらついている。コーヒーを手にまたベッドの上に座り、セルヴァズは日記の続きを読みはじめた。

セルゲイが死んで、そのあとフォンテーヌに脅されたところで、ミラは自分の置かれた状況を受けいれたらしい。つまり、フォンテーヌから逃げるのはやめて、ただ自分の夢である宇宙飛行を実現させることにしたのだ。日記にはしばらくのあいだ、「どんなに辛いことがあっても、わたしは我慢して宇宙に行ってやる」というミラの決意が綴られていた。でもまた、フォンテーヌも任務のほうを優先して、ミラを攻撃するのは控えていたらしい。では、二人のあいだには何があったのだろう？　最終的には取りさげたものの、ミラはフォンテーヌを訴えている。ミラをそうさせた出来事とは、いったいなんだったのか？　やがて、日記が〝七月二十二日〟まで来たとき、セルヴァズは自分の目を疑った。そこにはとうてい信じられないようなことが書いてあったのだ。宇宙への出発まであと一カ月という、その時期になって……。

はたして、こんなことがあってよいのだろうか？

31 グランドオペラ

七月二十二日――生理が来ない。これでもう四日目だ。今までだって遅れたことはあったけれど、せいぜい二日くらいだった。ああ、神様、それだけはお許しください。

セルヴァズは思わず日記から顔をあげた。まさか、そういう展開になったとは……。トマという名前だったろうか、母親の膝にのった金髪の男の子の顔が頭に浮かんだ。あの子はたしか、もうすぐ四歳になると言っていた。とすれば、生まれたのは二〇〇九年なので、話は合う。けれども、宇宙飛行士になるという夢があったのに、ミラはどうしてあの子を産んだのだろう。子どものために夢はあきらめたということか。それを知るためには、日記を読みつづけるしかない。セルヴァズは続きを読んだ。

でも、もし妊娠していたとしたら、それはわたしがいけない。レオと諍《いさか》いを起こすのが嫌で、無理やり迫ってきたときに拒まなかったからだ。そんなときはコンドームをつけてほしいと要求することもできなかったし、だいたいレオとそういったことをするつもりはなかったから、ピルものんでいなかった。神様、お願いです。ただの生理不順だと言ってください。そうじゃなかったら……そうじゃなかったら、どうしよう？　たとえあんな男の子どもでも、中絶するのは嫌。だけど、そうしたら宇宙飛行は？

七月二十五日――やっぱり妊娠していた。ポケットにはまだモスクワの薬局で買った妊娠検査薬が入っている。いまだに信じることができない。もしこのことがばれてしまったら、国際宇宙ステーション行きのメンバーになんて選ばれっこない。どんな任務だって無理だ。そうなったら、どうしたらいいか、わたしにはわからない。もしかしたら、検査薬の判定結果が間違っていたのだろうか。でも、疲れやすいとか、それらしい症状がどんどん出はじめている。今までこんなに疲労感を覚えたことはなかったのに。

七月二十六日――レオに検査薬を見つかってしまった。わたしがいないあいだに、わたしの机をごそごそと探しまわったみたいだ。今日、わたしが家に戻ると、レオが検査薬を手に居間で待っていた。そして、わたしを見るなりこう言った。

「これはなんだ？」

「見ればわかるでしょ。妊娠検査薬よ」わたしは答えた。

「で、結果は？」

「妊娠していたわ」

するとたちまち平手打ちが飛んできた。

「父親は誰だ？」

「あなたよ。ほかに誰がいるの？」

頬を押さえながらそう言うと、今度は反対側を叩かれた。わたしは思わずしゃがみこんだ。

「嘘をつけ！　おまえはここに来たときから、ロシア人飛行士たちに色目を使っていたからな。そいつらのうちの一人だろう？」

「いえ、あなたよ」わたしは言った。

そのとたん、レオは激高して、わたしの髪をつかんで立ちあがらせ、そばにあったソファに座らせた。

「よく聞け、この馬鹿女！　すぐに中絶するんだ。誰にも知られないようにな。もしおまえが妊娠したことがわかれば、宇宙には行けなくなる。セルゲイがいなくなったせいで、うちのチームにはもうバックアップクルーがいないからな。おまえがだめになったら、ほかのチームと交代ということになる」

レオにそう言われて、わたしは昨日から考えていたことをレオにも告げることにした。

「わたしは宇宙に行くわ。あなたと一緒にね。けど、中絶はしない。妊娠したまま、宇宙に行くつもりよ」

それを聞くと、レオはぎょっとした顔をした。

「馬鹿な。そんなことができるわけがないだろう？　今すぐ中絶するんだ。みんなには内緒で」

　でも、わたしは一歩も引くつもりはなかった。

「嫌よ、レオ。あなたに選択肢はないの。無理に中絶させようとするなら、これまでのことを全部ばらしてやるから。あなたからモラル・ハラストメントとDVの被害を受けたって。それから、セルゲイが交通事故で死んだのはあなたのせいだって言うわ。そうしたら、たちまちスキャンダルになって、宇宙には行けなくなる。わたしが子どもを産むと言った場合も同じよ。あなたが言ったように、うちにはもうバックアップクルーはいないから、わたしが行けなくなったら、チームごと交代になるの。だから、わたしたちは妊娠を隠して、このままの状態を続けるしかないのよ。宇宙に行きたいのならね」

「でも、宇宙ステーションには三カ月、滞在することになるんだぞ」

「それでも、最後までやりとおすしかないわ」

　わたしがそう言うと、レオは吐きすてるようにこう答えた。

「ちくしょう。だが、宇宙から戻ってきたら、子どもは堕《お》ろしてもらうぞ。おれの子どもを産むなんて認めないからな」

　本当にひどい男……。でも、わたしはひさしぶりに爽快な気分になっている。自分の行く道が決まったからだ。わたしは妊娠したまま宇宙に行く。そして、帰ってきたら、子どもを産むのだ。

八月十五日——出発まで、あと十日。カザフスタンのバイコヌール宇宙基地の近くにある宿舎に到着した。わたしたちが乗る〈ソユーズ〉は、この宇宙基地から発射されるのだ。宇宙飛行士たちがやってくることは、この街にとっては一大イベントとなっている。一九九一年にソビエト連邦が崩壊してからは、カザフスタンがこの基地を含む百キロ四方の土地をロシアにリースしていて、このリース契約はカザフスタンにとって大切なものになっている。だから、基地のスタッフや宿舎で働いている人たちはみんな宇宙飛行士に親切で、こまごまとした世話を焼いてくれる。訓練は片頭痛を理由にして、回転椅子など、避けられるものはできるだけ避けた。でも、頭のほうを下に十度傾けたベッドで寝る訓練は受けざるを得なかった。これは宇宙ステーションにおける無重力状態をシミュレートした訓練だ。無重力状態では血液などの体液が頭のほうにあがってくるので、飛行士たちはそれに慣れる必要があるのだ。

八月二十五日——出発まで、あと一日。今日を最後に地球とはしばらくお別れだ。『砂漠の白い太陽』というソ連時代につくられた古い映画を鑑賞する。ロシア人のガンマンがジョン・ウェインなみに活躍するソビエト版西部劇だ。とうとう出発の前日までこぎつけて、基地のスタッフたちはみんな満足そうだった。映画が終わると、わたしは宇宙に持っていくものの確認をした。保湿剤、ヘッドフォン。そう、飛行士たちは宇宙空間で自分の好きな音楽を聴くのだ。わたしはパソコンにmp3形式でオペラをダウンロードした。

レオとは話をしなかった。レオは一日中、硬い表情をして、わたしのほうを見もしない。でも、わたしはそんなことは気にしなかった。お腹にいる子どものおかげで、これまで感じたことがないほど自分が強くなったと感じている。わたしは見事、妊娠したことを隠しおおせた。そうして、明日、この子と一緒に宇宙に行く。部屋のドアを見ると、これまでに宇宙に飛びたった先輩たちのサインがしてある。気持ちが高まる。

八月二十六日――出発当日。さあ、とうとう出発の日がやってきた。七時三十分に起床。朝食後に医師の検診を受ける。そのとき、突然、子どものことが心配になり、冷や汗が出てきた。これまでも何度も心配になり、そのたびに大丈夫と自分に言い聞かせてきた。でも、いざ出発となったら、不安になるのは当たり前だ。この子はロケットが発射されたときのGに耐えられるだろうか？　でも、医師が心配そうに見ているのに気づいたので、にっこりと微笑んでみせた。検診後、わたしたちは、宿舎から三十キロほど離れた宇宙基地に出発した。

出発三時間前。この基地では、栗色の壁の部屋で宇宙服を着るのが、ある種の儀式になっているらしい。宇宙服は三十五キロもある。わたしたちはスタッフに囲まれ、録画され、注意深くチェックされた。それからバスに乗って、最後の注意事項などを聞くのだが、そのあいだも技術者たちが何度も何度も宇宙服を確認していた。なかなか緊張する時間だ。

バスを降りると、目の前には発射台があった。さんさんと降りそそぐ太陽の光のもと、発射台の下には宇宙飛行士たちの家族や友人が見送りにきていた。レオの家族もいる。でも、わたしには誰もいない。両親は五歳のときに交通事故で死んでしまったし、学校でもクラスメートと打ちとけることができなかった。一度だけ、たいして可愛くもない地味な子が友だちになりたいって、しつこくまとわりついてきたけれど、わたしのほうが拒否してしまった。大人になってからは恋もしたけれど、相手はいつも妻子持ちだった。レオのように……。レオは家族と抱擁すると、わたしのほうを見た。その目には憎悪が満ちていた。わたしががんばって、妊娠を隠したまま宇宙に行くという計画を実行に移し、それに成功してしまったからだ。ここまで来たら、誰にもわたしの夢を邪魔することはできない。わたしは勝ったのだ。

わたしたちは、宇宙服の内部を換気するための小さな換気装置《ベンチレーター》を手に、ペンギンのようによたよたと歩きながら、ゆっくりと発射台まで近づいていった。そうして搭乗口に続く階段をのぼり、もう一度、見送りの人たちに手を振った。ロケットは蒸気を噴射させ、ごうごうとうなりをあげながら、空に向かって飛びたつ瞬間を待っていた。わたしもこの瞬間を待っていた。長いあいだ、わたしの居場所は地球にはないと思ってきた。わたしの居場所は宇宙だと。ようやくその夢が叶うのだ。

そこまで読むと、セルヴァズは日記帳をいったんかたわらに置き、メモ帳を取りだした。日記を読みながら思ったことや感じたことを書いていく。あとで考察するときに、そういった感想が役に立つからだ。もちろん、疑問に思った点を記しておくのも忘れない。そういったものには疑問符を三つつけ、下線を引いた。それから、また日記を読みはじめた。

十、九、八、七、六……。

私は鳥だ。私は天使だ。

いや、その前に私は虫だ。もうじき空にはばたくことができると、その瞬間を待ちながら、さなぎのなかでじっとしている虫だ。そう、わたしは膝を抱えた姿勢で座席に固定されて、ロケットが宙に飛びだすのを待っていた。

五、四、三、二、一……。

エンジンが点火され、ロケットは轟音をあげながら、燃料ガスを噴射した。衝撃。お尻を突きあげられるような感覚がある。打ちあげ。その百十八秒後、三段ロケットのうち、最初の補助ロケットが切りはなされる。速度、秒速千六百七十メートル。三百十四秒後、再び大きな衝撃。ロケットの二段目を切りはなす。速度、秒速三千六百八十メートル。振動が続く。速度、秒速三千八百九メートル。五百五十四秒後、三段目のロケットの切りはなし。速度、秒速七千九百メートル。

最後に金属の大きな音とともに、お尻に衝撃を感じたかと思うと、〈ソユーズ〉は軌道に入った。そのあとは静寂の世界だ。宇宙服のなかを循環する空気の音以外は何も聞こえない。まわりはきらめく星だ。宇宙船のなかは無重力の状態だ。いろいろな物が自由に船内を浮遊していた。わたしは窓から外を見た。さっきまで、わたしがいた場所――つまり、地球を……。地球は青く、冷たく輝いていた。大陸と海、そこにかかる雲が見える。でも、そのまわりの宇宙は黒一色だ。地球のまわりには真っ暗な虚空が広がっていた。

「きれいだろ?」となりにいた船長のコロビエフがカザフスタン訛《なま》りで言って、しきりに話しかけてきた。だが、わたしはほとんど聞いていなかった。コロビエフの言葉も、宇宙服のなかの管を通る空気の音も耳に入ってこなかった。私はほぼ九十分で巡ってくる地球の夜と昼の光景に夢中になっていた。太陽に輝く海や草原。星をちりばめたような大都市の夜景……。

突然、いろんなことがどうでもいいように思えてきた。憎しみも、怒りも、恐怖も、ネガティブな感情は消えてなくなった。残っているのは、愛だけだ。

八月二十八日――国際宇宙ステーションとのドッキングに成功。ロシアのしきたりに従って、わたしたちは自分たちより前から宇宙ステーションに滞在しているロシア人飛行士一人とアメリカ人飛行士二人と、パンと塩を分けあった。

宇宙ステーションは飛行士たちがなかで活動できるスペース――すなわち与圧モジュールの総容積が九百三十五立方メートルあって、そのうち居住スペースは三百七十三立方メートルを占めている。与圧モジュールの内部では、水や空気を供給する〝生命維持システム〟が稼働し、それに必要な電力は数千枚のソーラーパネルによる太陽光発電によってまかなわれている。また、与圧モジュールは宇宙ステーションの中央を境にして、二つのモジュールに分かれている。アメリカ側モジュールとロシア側モジュールだ。アメリカ側のモジュールは、アメリカの実験棟〈デスティニー〉やヨーロッパの実験棟〈コロンバス〉というユニットから成り、ロシア側のモジュールは、基本機能モジュールである〈ザーリャ〉と居住モジュールである〈ズヴェズダ〉などのユニットで成っている。こういったモジュールは船首から船尾まで一直線に並び、〈ユニティ〉や〈ハーモニー〉などの結合モジュールで連結されていた。アメリカ側のモジュールはNASAの建設基準でつくられ、ロシア側のモジュールはロシア単独の宇宙ステーションだった〈ミール〉の方式でつくられている。ちなみに、アメリカ側のモジュールは船首に位置しているので宇宙ごみ《スペース・デブリ》の直撃を受けやすい。これに対して、ロシア側のモジュールは船尾に位置していた。わたしはレオやコロビエフとともに、このロシア側のモジュールに滞在することになる。

九月四日——宇宙ステーションに来てから一週間がたった。わたしは一日の大半を〈ズヴェズダ〉で過ごしている。もっと正確に言うと、〈ズヴェズダ〉のなかの作業部屋で……。ここはなんだかわけのわからないガラクタが置いてある、学生寮の部屋のような場所だ。それはともかく、ここに来てから、わたしはアメリカ側のモジュールに一度しか行ったことがない。ほとんどの食事は結合モジュールである〈ユニティ〉でとることになっているので、現在は倉庫として使われている全長十三メートルの〈ザーリャ〉を抜け、PMA（与圧結合アダプタ）1を通り、〈ユニティ〉まではよく行くけれど。でも、その先に足を踏みいれたことは一度しかない。レオとコロビエフはもう四度もアメリカ側モジュールに行って、向こうの飛行士たちと親交を深めているというのに……。あの二人は、わたしを孤立させ、アメリカ側の飛行士とあまり接触させないようにしているのではないだろうか。そんな疑いが頭をもたげてくる。あの二人はわたしが知らないところで、何か企んでいるのではないだろうか？　いや、二人というよりはレオだ。レオがまた裏で糸を引いて、わたしを罠に陥れようとしている。そんな気がしてしかたがない。

九月十一日――宇宙ステーションにいると、当然のことながら、地球では絶対に見ることができない景色を目にできる。たとえば、どこまでも果てしなく続く空間。これは夜空を見あげるのとはまったく違う景色だ。それから、もちろん、地球の景色。わたしは地球の地平線を眺めるのが好きだ。青い海、白い雲――雲はまるで波のように見える。それからアフリカの大地。地平線にはそういったものが次々と来ては消えていく。大都市の夜景もそうやって地平線の上に浮かびあがり、その向こうに消えていく。

けれども、地球を眺めるのは楽しいことばかりというわけでもない。宇宙から見ると、人間が地球にひどい仕打ちをしているのがよくわかるからだ。大規模な森林破壊、広大な地域にわたる砂漠。中国上空の大気汚染。海面に今も残るタンカーの原油流出事故の爪痕……。宇宙から見れば、すべてが手にとるようにわかるのだ。

九月十二日――どうしよう？　また困ったことが起こった。いつものように窓から地球を眺めていると、誰かがわたしのすぐそばまで近づいてきた。無重力状態では誰かにぴったり寄りそうのは難しいことなので、最初はレオがいたずらを仕掛けてきたのだと思った。ところが、近づいてきたのはコロビエフで、コロビエフは「レオはアメリカ人たちのモジュールに行っている。こちらのエリアにいるのはおれたちだけだ」と言うと、Tシャツの上から胸を触ってきたのだ。「どうだ？　ひとつ実験してみないか？　無重力状態でやってみたらどうなるかって」わたしはその場から逃げだそうとしたが、コロビエフはすぐにあとを追ってきた。わたしたちはしばらくのあいだ、宙返りをしながら、部屋のなかで追い、追われた。壁や天井に体をぶつけながら……。結局、わたしは逆さまになった状態でコロビエフにつかまり、その手からなんとか逃れようとした。そして、コロビエフがわたしの体をなでながら、キスをしてこようとしたとき、わたしはコロビエフの頰を思いきり叩いた。窓の向こうには逆さまの地球が見えた。コロビエフはびっくりした顔をして、わたしから離れていった。それから怒った様子で〈ザーリャ〉のほうへと立ち去った。

九月十三日――レオとコロビエフが眠っているすきに、わたしは今、日記をつけている。壁にしっかりと固定した寝袋に縮こまりながら……。ここでの生活にはだいぶ慣れてきた。最初のうちは妊娠のせいなのか、宇宙酔いのせいなのか、めまいと吐き気に悩まされていたが、しばらく前からそれも収まっている。部屋が狭いことや、機器が立てる騒音にもいらいらしないですむようになった。シャワーを浴びられないので、ウェットティッシュで体を拭くことも平気になったし、歯を磨いたあとに口のなかのものを吐きだささずに、そのまま飲み込むこともできるようになった。トイレの洗面台に体を固定することにも抵抗がなくなった。どこに行っても、なかが雑然としているのも気にならなくなった。でも、一つだけ、このロシア側のモジュールで、レオとコロビエフの三人で過ごすことだけには耐えられなくなってきた。最初はレオと二人だけではなく、コロビエフがいることでうまくいくだろうと考えていたのだけれど……。

そう、近頃、コロビエフの様子がおかしくなってきたのだ。レオと同じように。特に昨日の昼間、わたしが頬を叩いてからは……。わたしに対して、敵意を持っているのが明らかにわかる。その一方で、レオのほうもあいかわらず、わたしには冷たい態度をとっているので、雰囲気はもう最悪と言うしかなかった。二人は結託して、わたしを追いつめようとしている。今日なんかは、故障中だった尿の浄化装置を分解させておいて、二人してロシア語でからかうのだ。「小便女」とか言って……。わたしが〈ズヴェズダ〉のランニングマシーンでトレーニングをしようとしたり、自分のキャビンでひと休みしようとしたときにも、わざと用事を言いつけてきた。それにやっぱり、アメリカ側にいる飛行士たちからわたしを遠ざけようとしている。アメリカ側の飛行士たちがこちらのモジュールに来ることはほとんどなくなっている。わたしもあちら側にはほとんど行ったことがないし、レオやコロビエフも最近では行っていないようだ。レオたちはどうやらアメリカ側の飛行士たちと良好な関係を保っていないらしい。

九月十四日——今日、レオがコロビエフと話をしているのを立ち聞きして、びっくりした。レオたちがアメリカ側の飛行士たちとうまくいっていないのは、どうやらレオがコロビエフをたきつけているからのようだ。レオは「アメリカ側の飛行士の目的は、ロシア側の飛行士を挑発して、心理学的なデータを取ることだ。つまり、おれたちは実験材料にされているのだ」と吹き込んでいた。コロビエフはロシア側のリーダーだが、実のところ、レオの言葉に操られている。このあいだは、珍しく二人でアメリカ側のモジュールに行ったと思ったら、アメリカ側と喧嘩になって帰ってきたらしい。わたしは一緒に行っていないのでわからないが、いったい何があったのだろう？

九月十五日——昼間、とうとうレオやコロビエフと一緒にいるのに耐えられなくなって、わたしはアメリカ側のモジュールに行こうとした。そうしたら、レオに手をつかまれて、「どこに行くんだ？」と訊かれた。わたしが「向こう側の人たちに会いにいくの」と答えると、レオはコロビエフにどうするかと目で尋ねた。コロビエフは黙って首を横に振った。そこにはなんの表情も浮かんでいなかった。わたしはぞっとした。レオはあいかわらずわたしの手をつかんでいたが、コロビエフが首を横に振ったのを見ると言った。「だめだ。おまえはここにいるんだ」と……。こちらのエリアに閉じ込められて、この二人とずっと過ごさなければならないなんて、どうすればいいのだろう。

九月十九日――事態はだんだんひどくなっている。コロビエフがおおっぴらにわたしの体に触るようになってきたのだ。レオもそれを止めない。それどころか、卑猥な冗談を浴びせてきたり、自分でも触ってきたりする。ひどいセクハラだ。そんなセクハラを一日に何度も受けている。それで、今日、コロビエフにはっきりと抗議したら、コロビエフはわたしに対して怒鳴り声をあげた。感情が抑制できなくなったときのレオのように……。わたしは怖くて体が震えた。コロビエフはわたしの顔に平手打ちを食らわすと、こう言った。「わかっていると思うが、もし誰かにこのことを話したら、大変なことになるぞ」

九月二十一日――窓の外に目をやると、水平線から太陽が昇ってくるのが見えた。空が暗い紫から明るいバラ色に変わっていく。窓から強烈な光が射し込んでくる。宇宙は美しい。地球も美しい。でも、わたしの目からは涙が流れている。

九月二十三日――もう終わりだ。こんなことが起こってしまった以上、このまま何もなかったように過ごすことはできない。宇宙での滞在は終わりだ。わたしは……。わたしは……。いや、気を落ち着けて、起こったことを書こう。今晩、レオとコロビエフは酔っぱらっていた。もちろん、宇宙ステーションでお酒を飲むことは禁じられているが、ときどき宇宙飛行士たちが荷物に忍ばせて、運んでくることがあるのだ。厳しいコントロールをかいくぐって。

それで宇宙ステーションのあちこちに隠して、何かあると祝杯をあげたりする。今日はコロビエフの誕生日だった。二人はウォッカの瓶にストローを差して飲んでいた。

そのうちに、二人の様子が変わってきた。何やら奇妙な表情でわたしを見つめるのだ。二人でこっそり目を見かわしたりもしていた。何かを企んでいるように見えた。わたしは嫌な予感がした。やがて、二人はわたしにお酒を勧めてきた。コロビエフの四十三歳の誕生日なので、どうしてもつきあえと言う。しかたなく、わたしは一口だけ飲んだが、そのあいだ、二人はわたしをからかうような冗談を言いつづけていた。そして、わたしが「もう寝たい」と言って、二人のそばを離れようとすると、レオが絡んできた。「寝たいだって？　いいだろう。だが、誰と寝るんだ。おれとか？　それともコロビエフとか？　まったく、おまえはふしだらな女だ。スターシティにいた宇宙飛行士の半分とは寝ているんだからな。そうだろ？」わたしは何も答えなかった。すると、レオはコロビエフのほうを向いて言った。「おい、おまえもこの女と寝たのか？　まだか？　だったら、寝たいか？」

それを聞いて、わたしははっとした。急いでその場を離れようとした。でも、レオがわたしの手をつかんで離さなかった。コロビエフはわたしの顔を見つめている。レオがまたコロビエフに向かって言った。「やりたいか？　この女と」それを聞くと、コロビエフの目がぎらぎら光った。わたしは「やめて！」と大声で叫んだ。アメリカ側まで届くように……。でも、すぐに二人に口をふさがれて、体をつかまれた。わたしは思いきり抵抗した。三人とも体は宙に浮かんでいるので、自由に動くことはできない。しばらく、〈ズヴェズダ〉のなかで揉みあっていたが、二人の手から逃れることはできなかった。そして……。そのあとに起こったことは……。

わたしたちは宇宙ステーションのなかで、とんでもない実験をしたのだ。無重力空間でレイプをするにはどうすればいいかという実験を……。結局、酔っぱらった人でなしの男性飛行士が宇宙ステーションのなかで女性飛行士をレイプするには、二人がかりでないと難しいという実験結果が出た。これははたして、科学を進歩させるのに役立つだろうか？

もう終わりだ。

これ以上、宇宙に滞在することはできない。

わたしの夢はここで終わった。

事が行われているあいだ、わたしにはどうすることもできなかった。当たり前だ。あの状態の二人を止めることは誰にもできなかったに違いない。

わたしが何かできるようになったのは、そのあとのことだ。二人が眠りにつくのを待つと、わたしは〈ズヴェズダ〉を抜けだし、〈ザーリャ〉に移動した。無重力状態のなか、まわりにあるものをつかみながら……。二人が目を覚まして、追いかけてくるのではないかという恐怖に怯えながら……。そうして、ＰＭＡ（与圧結合アダプタ）1を抜け、〈ユニティ〉に入り、〈クエスト〉（エアロック）のそばを通り抜けて、ついにアメリカの飛行士二人とロシアの飛行士一人が寝ているところに着いた。最初に目に入ったのはアルカディという飛行士だ。アルカディはロシア人宇宙飛行士だったが、コロビエフともレオとも反りが合わないようだった。わたしはアルカディを起こし、それからアメリカ人飛行士二人も起こした。わたしを見ると、三人は一様に目を見開いて、驚いた表情をした。Tシャツも下着も破れて、顔は抵抗したときに殴られたため、目のあたりが腫れて、唇も切れていたからだ。三人に向かって、わたしは「大至急、管制センターと話したい」と告げた。

話を聞くと、三人はすぐに地上の管制センターに連絡してくれた。けれども、なにしろ前代未聞の出来事なので、管制センターはわたしの話を信じてくれなかった。地上と宇宙とのあいだで激しいやりとりが交わされた。結局、アルカディと二人のアメリカ人宇宙飛行士たちががんばってくれたおかげで、わたしは地球に帰ることになった。もちろん、帰るのは残念だったが、レオやコロビエフとこのまま宇宙ステーションで暮らすことはできない。残念だけど……。もう終わりだ。すべてが終わってしまったのだ。

九月二十四日――朝になって、レオとコロビエフがわたしを捜しにきた。アルカディやアメリカ人宇宙飛行士たちは、二人の言いなりにならず、しっかりわたしを守ってくれた。二人がごねたら、事態は悪化しかねなかったが、管制センターに報告が行ったという話を聞いて、二人とも状況は自分たちに有利ではないと、すぐに悟ったようだった。結局、地球に帰るまでのあいだ、わたしはアルカディやアメリカ人飛行士たちとともに、アメリカ側のモジュールで暮らすことになった。わたしの荷物はアルカディとアメリカ人飛行士たちが取りにいってくれた。レオとコロビエフは黙って渡したということだった。

一方、地上の管制センターは驚愕を隠せない様子だった。アルカディによると、この話が外に漏れたらどうなるだろうと、心配している人もいるようだった。わたしが帰ったあとの作業の分担をどうするかも、大きな問題になったらしい。宇宙ステーションでの作業は分担が厳密に決まっており、一人抜けると、すべてに影響が出てくるのだ。でも、わたしのほうはようやく安心することができた。去年の暮れにフランスを出発してから、初めてのことだった。

32
罵声

「目を覚ませ！　起きろよ、ちくしょう！」

マーカスはクリスティーヌの頰をはたいた。すると、ようやくクリスティーヌが瞼を開けた。だが、焦点の定まらないぼんやりとした目をしている。顔は汗まみれだ。マーカスはもう一度、クリスティーヌの頰を叩いた。

「おい！　わかるか！　どうしたんだよ、死んだかと思ったぜ。ちくしょう！　びびらせやがって」

マーカスはクリスティーヌの体を起こして、ベッドに座らせた。ところが、クリスティーヌはうっと声をあげたかと思うと、ベッドにつっぷしながら、胃のなかのものを床に吐いた。

「くそっ！」

こうなったら、もう一度、眠らせるしかない。マーカスはベッドからおりて、浴室へ向かうと、コップに入れた水と錠剤を手に、また寝室に戻った。

「たちの悪いトリップをしたもんだな。ほら、これをのめ。ぐっすり眠れるから」

そう言って、クリスティーヌの体をまた起こし、首を支える。首には、濡れた髪がまとわりついていた。

「ほら、口を開けるんだ」

クリスティーヌは抵抗しなかった。まだケタミンが効いているせいで、頭がぼんやりしているのだ。さすがレイプドラッグだと言われるだけのことはある。そう思いながら、マーカスは睡眠薬の錠剤をクリスティーヌの口に入れ、コップの水でのませた。クリスティーヌは薬をのむと、枕に頭をつけた。

「それでいい。しばらくしたら、眠れるからな」

クリスティーヌがまたうっと言いはじめた。吐物で喉を詰まらせないよう、マーカスはクリスティーヌの体を起こし、頭を上に向けた。ここで死んでもらっては困るのだ。雇い主はまだクリスティーヌが死ぬことを望んでいない。

そのうちに睡眠薬が効いてきたのか、クリスティーヌが眠りはじめた。マーカスはクリスティーヌの体をベッドに寝かせると、立ちあがって浴室に行った。イギーの死体を取りにいくためだ。クリスティーヌが目を覚ましたときに、すぐに犬が死んでいることに気づくように。ぐったりと動かなくなったイギーを連れて、寝室に戻ってくると、マーカスは冷蔵庫とベッドとのあいだに犬の死体を横たえた。冷蔵庫を開け、なかに入っていた酒を手にベッドに戻る。それを飲みほすと、また冷蔵庫に行った。ついでに浴室にも行って、ごみ箱を取ってくると、ベッドの上にぶちまけた。そうやって、しばらくあちこちをうろついたあと、最後にもう一度、犬の死体を眺め、マーカスはホテルの部屋から出ていった。

十二月七日――今朝、わたしはロワシー空港に到着した。雨が降っていた。ロワシーには誰も迎えにきてくれていなかった。当たり前だ。わたしには家族がいないし、欧州宇宙機関《ESA》やフランス国立宇宙研究センター《CNES》をはじめ、宇宙開発機関の人たちはわたしを厄介者扱いしているからだ。事態は悪いほうに進んでいた。地球に帰ると、わたしはまず警察に話を聞かれ、それからロシア連邦宇宙局の調査委員会の尋問を受けた。そのあいだはスターシティのドミトリーに缶詰めにされて、調査委員会が開かれている部屋に行くほかは、一歩も外に出ることが許されなかった。それが数週間も続いたのだ。調査委員会ではありとあらゆることを訊かれた。でも、いくらわたしが本当のことを言っても、委員たちは誰も信じてくれなかった。最初から嘘だと決めつけて、意地悪な質問をたくさんぶつけてきた。結局、わたしの申し立てはすべて作り話で、わたしは妄想性障害だとされた。セルゲイの死はただの事故で、レオが関係したとは考えられないとされ、宇宙ステーションでコロビエフとレオにレイプされたことは、ロシアとフランスの宇宙開発機関や、宇宙飛行士たちの信用を失墜させるために、わたしが作りあげたでたらめの話だとされた。

調査委員会と歩調を合わせるように、ロシア警察もコロビエフとレオによるレイプは事実無根だとし、捜査を始めるつもりはないと言った。わたしは精神科で検査を受けるように言われ、医師たちのあいだをたらいまわしにされた結果、やはり妄想性障害と診断された。あの医師たちのなかには一人として、わたしの言うことを真剣に聞いてくれた人はいなかった。最初からわたしを色眼鏡で見て、妄想症《パラノイア》にしてやろうと決めていたのだ。そのあとで、わたしはESAのモスクワ事務所に呼びだされた。そうして、「きみにはもう宇宙開発機関の仕事をしてもらうつもりはない。宇宙飛行士としてのキャリアもこれでおしまいだ」と告げられた。それを聞いて、わたしのなかで何かが音を立てて崩れていった。レオは宇宙関係の仕事を続けることになるという話だった。あんなことをしたのに、なんの罰も受けないだなんて……。わたしはその場で泣きくずれた。仕事もなく、未来もなく、お腹には子どもがいるのだ。泣きくずれるほかに、何ができただろう。

ミラの日記はそこで終わっていた。セルヴァズは日記帳を閉じた。ミラの身に起きたことがようやくわかった。ミラはやはりレイプされたのだ。だが、その場所が宇宙ステーションのなかだったとは……。それなら、ESAやCNESなどヨーロッパの宇宙開発機関、そしてロシアの宇宙開発機関が事件を揉み消そうとしたのもうなずける。宇宙開発計画を停滞させることにもなりかねない大スキャンダルになるからだ。しかし、ミラもずいぶん思いきったことをしたものだ。妊娠したまま宇宙に行くとは。たぶん、それだけ宇宙に行きたかったのだろう。長いあいだの夢を叶えるために……。

それにしても、レオナール・フォンテーヌというのはひどい男だ。有名な宇宙飛行士であるという立場を利用して、妻子があるのに、若い女性宇宙飛行士と関係を持ち、相手を支配するためにモラル・ハラスメントを行っていたのだから。おそらく、セリア・ジャブロンカに対しても、同じことをしたのだろう。モラル・ハラスメントによって、フォンテーヌはセリアを自殺に追いやったのだ。だが、どちらも刑事事件にならなかったことから、誰もこの二つの事件を結びつけることはなかった。それは当然だろう。神でもないかぎり、この二つの関連に気づく者はいないのだから。

いや、そうではない。それに気づいた者が一人いる。ホテルのカードキーと国際宇宙ステーションの写真を自分に送ってきた者だ。それは誰なのだろう？

ミラか？　レイプ事件でフォンテーヌが起訴されなかったことを不当に感じて、どうしても司法の場にひきずりだしたかったというなら、その可能性はある。だが、「あなたが送ってよこしたのでは？」と尋ねたとき、ミラはなんのことか見当もつかないといった顔をしていた。それに、今はカストルの町の郊外で、息子と二人でひっそりと暮らしている。セリア・ジャブロンカの自殺事件など知りもしなかっただろう。仮に何かのおりに事件のことが耳に入ったとしても、セリアとフォンテーヌが関係を持っていたことまで知っていたはずがない。

では、いったい誰なのだ？　その人物は何がしたいのだろう？　フォンテーヌが多くの女性に被害を与えていることを知らせて、フォンテーヌの社会的地位を失墜させたいのだろうか？　今のところ、捜査を進展させるには、その人物を捜すしかない。あとはフォンテーヌに直接、当たってみることだ。だが、ロシアの警察が事件として扱わなかった以上、宇宙ステーションのレイプの件で、フォンテーヌを告発するのは無理がある。それに、モラル・ハラスメントをするような人物なのだから、フォンテーヌは世間に対してずる賢く立ちまわり、自分の身を守ることにたけているだろう。フォンテーヌを追いつめるなら、こちらもずる賢くなる必要がある。どんな手を使ってでも、フォンテーヌを告発するだけのきちんとした材料を見つけなければ……。

そこまで考えると、セルヴァズはベッドに横になった。窓の外では黒い夜空に月が輝いている。月は微笑んでいるように見えた。心の暗雲が消え、気持ちが高揚してくるのがわかった。やっと戦う相手が見つかったのだ。そう思うと、朝が待ちどおしくてたまらなかった。今夜は眠れないだろう。

第二幕

ああ、なんてあなたはわたしを苦しめるのかしら。
ひどい。ひどすぎます。
(蝶々夫人、ふらっと倒れそうになる。
シャープレスが近づくが、立ちなおって)
いえ、大丈夫。なんでもありません。
死ぬかと思いましたけど……。
でも、大丈夫。すぐによくなりますから。

——『蝶々夫人』

33
夜の女王

クリスティーヌは目を覚ました。夜だった。

「誰？」

「しっ！」

「マドレーヌ、あなたなの？」

「そうよ」

「びっくりさせないで」

「大きな声を出さないの、クリス。誰だったらよかったの？」

「わたしのベッドで何してるの？」

「しっ……今夜、ここで寝てもいい？」

「いいけど」

「ありがとう、大好きよ。ほっぺにキスしてね。ほら、また寝てちょうだい」

「どうしてここで寝たいの？」

「だって、長いこと二人で一緒に寝てないでしょ。クリス、あなたは一緒に寝たいと思わないの？」

「パパのせい？」

「え？」

「ここに寝るのって、パパのせい？」

「なんの話をしてるの？」

「パパに見つけられたくないから、そうでしょ？」

「クリス……」

「わたし、見たの」

「いつ？」

「この前の夜」

「何を見たって言うの？」

「パパがお姉ちゃんの部屋に入っていくのを……」

「クリス、そのこと、誰かにしゃべった？」

「誰にもしゃべってないけど」

「クリス、いい？　ママには話しちゃだめ、いい？　絶対にだめ」

「どうして？」

「質問ばっかりするのはやめて。約束してね、お願いよ」

「わかった、約束する、マディ」

「パパはわたしが悪夢にうなされてたから、一緒に寝てくれていたの。それだけよ」

「どうしちゃったの？」

「え？」

「だって、泣いてるじゃない」

「泣いてなんかない！」

「じゃあ、わたしが悪夢にうなされたら、わたしもパパに一緒に寝てって言えばいいのね？」

「クリス、天に誓って、それは絶対にだめ。いい？　何があっても、パパと一緒に寝ちゃいけないの。約束してちょうだい」

「でも、どうして？」

「約束して！」

「わかった。わかったから……。約束する、マディ」

「いい？　悪い夢を見たら、わたしに言いにくるの」

「わかった」

「おやすみ」

「おやすみ、マディ」

クリスティーヌは目を覚ました。今度こそ本当に目が覚めた。今の自分は十三歳ではない。三十二歳だ。見ると、カーテンの隙間から、部屋のなかに日が射し込んでいる。部屋には明かりがついていた。通りを走る車の音が下のほうからあがってくる。クリスティーヌは伸びをして、その瞬間に顔をしかめた。体中に激痛が走ったのだ。まるで、象に押しつぶされたかと思うような痛みだった。クリスティーヌはしばらくのあいだ、天井を見つめ、それから頭を横にして、冷蔵庫のほうに顔を向けた。すると、そこには……。

34　悲劇のオペラ

なんなの？　これは……。

まさか……。いくらあいつでも、こんなことまでするなんて！

いったい……。

クリスティーヌは、あわてて目をつむった。

見たら、だめ、クリス。見たら、二度と忘れられなくなる。だから見ないで、クリス。お願い、見ないで。心の声が言った。

だが、クリスティーヌは目を開いた。何事も見ないことには始まらないと思って。けれども、頭のなかでは警告音が鳴り響いていた。もしさっきちらっと見たものが本当だったら……。頭がおかしくなりそうだった。

いいえ、だめ。気を確かに持つのよ。ここで頭がおかしくなったら、それこそやつらの思うつぼになる。クリスティーヌはしっかりと目を開いて、冷蔵庫とベッドのあいだの床を見つめた。そして、悲鳴をあげた。

そこにはイギーの死体があった。最初に見たときと同じように。イギーは首から血を流して、ぐったりと横たわっていた。漏斗の形をした保護具ははずされている。やつらはイギーを殺したのだ。

イギーのまわりには、ウォッカの小瓶やピーナッツ、ビール缶やポテトチップスなど、冷蔵庫にあったありとあらゆるものが散らばっていた。イギー……。思わず、顔をそむけて、自分の足のほうを見ると、ベッドの上にごみがぶちまけてあるのに気づいた。足の指に汚れたティッシュがのっている。クリスティーヌは足を振って、ティッシュを払いのけると、ベッドの上に跳ね起きた。

体が震えた。歯がガチガチ鳴った。急に吐き気がこみあげてきた。クリスティーヌはベッドからおりて、トイレに向かい、便器に向かって吐いた。だが、夜中に胃のなかにあるものはすべて吐いていたので、胃液が少し出てきただけで、あとは空っぽの胃が痙攣《けいれん》しただけだった。

トイレから戻ってあらためて見てみると、部屋は惨憺《さんたん》たるありさまだった。さっきは気づかなかったが、ひどい悪臭に包まれている気もする。アルコールや血液、精液、吐物、汗、いろいろなものが混ざって、そこに塩素の消毒液を加えたような、なんとも言えないにおいがする。そのにおいに耐えきれず、クリスティーヌは思わずあとずさりした。

だが、いつまでもそうしているわけにもいかない。まずは、汚された体を洗わなくては……。

クリスティーヌは浴室に急いだ。シャワーのコックをひねる。冷水だろうが温水だろうが、水の温度は気にもとめなかった。だいたい、体の感覚が麻痺《まひ》していて、冷たいか熱いかもわからない。ともかく、水圧をいちばん強くして、石鹼《せっけん》で時間をかけて、体の隅々まで洗った。そうしてシャワーから出ると、今度は歯茎《はぐき》から血が出るほど、激しい勢いで歯を磨いた。そのあとは、消毒用のうがい薬で、何度も何度もうがいをした。少しでも、あの男の痕跡を消したかった。悪魔のマスクをつけて、体中にタトゥーをした、あの小柄な男の痕跡を。だがそこで、それは無理だということに気づいた。どんなに丹念に体を洗っても、自分の体からあの男の痕跡を消すことはできない。

「おれはＨＩＶの陽性《ポジティブ》なんだ」あの男はそう言っていた。

その言葉を思い出して、クリスティーヌは打ちのめされた。足がふらつき、とっさに洗面台の縁をつかんで、体を支えなければいけないほどだった。いや、あの男は本当にそう言ったのだろうか。クスリをのまされたせいで、自分はいろいろな幻覚を見ていた。あれもその幻覚の一つではなかったのだろうか。

「そうよ。あれは幻覚よ。じゃなかったら、夢。わたしは悪夢を見ただけなのよ」

クリスティーヌは自分に言いきかせようとした。けれども、そうではないことは自分でもよくわかっていた。それを言ったときの、あの男の声が今でもはっきりと耳に残っている。その声はクリスマスのときに電話をかけてきた男の声と同じだった。

すぐに検査をしなければ。今すぐ病院に行って、医者に診てもらわなければ。すぐにホテルを引き払おう。

でも、イギーは？　イギーはどうすればいいのだろう？

イギーのことを思い出すと、お腹がきりきりと痛んだ。血まみれになって死んだ犬を連れて、外を歩くわけにはいかない。かといって、このホテルに置いていってしまうわけにもいかない。そんなことをしたら、部屋を掃除しにきた人がすぐに見つけてしまうだろう。それなら何かに包んで、ごみ箱に捨てる？　嫌よ。そんなことは絶対に嫌。イギーを汚いごみのように捨ててしまうなんて、絶対にできない。でもじゃあ、どうすればいい？

そのとき、頭に一つの考えが閃いた。そうだ。そうすればいいのよ。そうすれば、病院に行って検査をする必要も、イギーを連れて外に出る必要もない。そうだ。そうしよう。恐ろしい考えだが、恐怖はわいてこなかった。恐れる必要はない。やるべきことははっきりしていた。それしかない。この話は最初から〝この結末〟に向かっていたのだから……。

クリスティーヌは書き物机の前に座り、ホテルのレターヘッドのついた便箋を一枚、切りとった。だが、いざ文章を書きはじめると、手が震えて、うまく書けない。最初の文字は読めるようなものではなかった。しかたがない。その便箋を丸めてごみ箱に捨てると、クリスティーヌはもう一枚、便箋を切りとって、新たに書きはじめた。

いろいろご迷惑をおかけします。犬についてはクレール・ドリアンに連絡をとって、ボーモン＝シュル＝レーズの動物墓地に埋葬するよう手配してもらってください。

書きおわると、涙があふれてきた。涙を押さえながら浴室に向かうと、クリスティーヌはラベンダーの香りのする白いタオルを二枚、洗面台の脇に置いた。タオルはほかにも色のついたものがあったが、あえて白を選んだ。この場合、白がいちばんふさわしいような気がした。

次はイギーをここまで運んでこなければならない。クリスティーヌは寝室に戻って、イギーのところに行った。イギーを抱きあげると、頭がぐったりと下に垂れた。首の先に重いものがぶらさがっているようだった。

そのまま浴室に戻ると、クリスティーヌはイギーをシャワーの下に置き、シャワーヘッドを手に、ゆっくりと体を洗っていった。熱すぎも冷たすぎもしない、ちょうどよい温度にして。首の傷口には目をやらないようにして、毛についた血や排泄物の汚れをそっと洗い流していく。それから、シャンプーとリンスをした。イギーはまるで海水浴をしたあとに眠っているような表情をしていた。そうして、すっかりきれいにすると、クリスティーヌはイギーの体を洗面台の脇の白いタオルに寝かせ、濡れて絡まった毛をくしでとかしながら、ドライヤーで丹念に乾かしていった。

イギーはいつものイギーに戻った。キャラメル色に白が混ざった、縮れた毛。ちょっとめくれた白い唇。黒い鼻先……。傷口を隠すように、その体をタオルですっぽりくるむと、クリスティーヌはイギーを抱きしめ、その顔を見つめた。

それから、声をあげて泣いた。いつまでも、いつまでも……。

　これで最後の仕事は終わった。寝室に戻って、タオルにくるんだままイギーをベッドに寝かせ、クリスティーヌは窓辺に行った。窓枠の外には高さ五十センチくらいの石の柵があり、その柵の向こう側には奥行きにして二十センチくらい、かろうじて人が立てるだけのスペースがあった。クリスティーヌは窓枠にあがり、石の柵をまたいで、その狭いスペースに立った。左手は窓の桟《さん》をつかみ、右手は部屋の壁に手のひらをぴったりつけて……。下を見ると、めまいがして、足がすくんだ。ここは四階だ。下の通りを走る車が小さく見える。人も小さい。なぜだかわからないが、広場には誰もいなかった。誰かがいたら、四階の窓の外に女が一人、立っているのを見つけて、大騒ぎになることだろう。たぶん、すぐにそうなるに違いない。

　何をためらっているのよ。早く飛びおりちゃいなさいよ。ネガティブなほうの心の声が言った。

　クリスティーヌはその声に従うことにした。空は雲に覆われている。冷たい風が耳のそばを吹き抜けた。自分に関心を持っている人など誰もいない。もしいるとしたら、これから自殺しようとする女を見に集まってくる野次馬だけだろう。でも、それだって飛びおりるまでのことだ。飛びおりて死んでしまったら、あとは誰も気にかけない。誰もわたしがいなくなったことを悲しんでくれないだろう。唯一、わたしのことを頼りにしてくれて、わたしを慰めてくれたイギーだって、もうこの世界にはいないのだから。そう考えると、孤独に押しつぶされそうになった。そう、わたしは一人ぼっちだ。だとしたら、もう死ぬしかない。ここから飛びおりるしか……。

と、そのとき、また心の声がした。

だめよ。飛びおりちゃ、だめ！　ネガティブではないほうの心の声だ。そんなことをしたら、もう何も知ることができなくなるわ。あなたを本当に苦しめているのが誰なのか。誰がどうして、こんなことをしたのか。あなたは知りたくないの？　真相を知らずに死ぬことが、あなたの望みなの？

それを聞いて、クリスティーヌにはそれが誰の声かわかった。マドレーヌの声だ。ここ数年、ネガティブな心の声と同時に聞こえてくる声は姉の声だったのだ。ともすれば、ネガティブなことを考えがちな自分の心の声を否定し、自分を勇気づけてくれたのは……。

ただ一人、自分を愛してくれて、自分のことを思ってくれた……マドレーヌだったのだ。

お姉ちゃん……。クリスティーヌは窓の外に立ったまま、ぼんやりと姉のことを想った。

それから、今朝、目覚める前に見た夢のことを思い出した。あれは夢のなかでの出来事じゃない。本当にあったことだ。それから、プールのことも。かわいそうなマディ。あんなことがなければ、自分から死んだりしなかったろうに。もっと生きたかったろうに……。

が、そこで、はっと我に返った。そうだ、生きなければ……。今、自分を苦しめているのが誰なのか突きとめ、反撃するのだ。自分はずいぶんひどいことをされた。こんなことを許してしまってはいけない。相手にも同じ思いを味わわせるのだ。

そうよ、クリス。死んではだめ。生きるのよ。心のなかで姉が言った。あなたならできる。何があったか、自分一人の力で突きとめることができる。あなたに足りないものは一つだけ。怒りを感じること。そして、その怒りをぶつけることよ。

そうだ、姉の言うとおりだ。そう心のなかでつぶやくと、クリスティーヌは部屋の壁につけている右手に力をこめた。慎重に、慎重に、右足をあげて、石の柵をまたぎ、窓枠の上に置く。それから、うしろに重心をかけながら、左足も部屋のなかに入れた。そのときになって、窓の外に女が立っていることに気づいて、下からこちらを指さす人々の姿が見えた。

部屋の床に両足をつけると、クリスティーヌはたった今、自分が何をしようとしていたのか、はっきりとわかって恐ろしくなった。あのまま飛びおりていたら、全身を骨折し、頭から血を流して死んでいただろう。そんな自分の姿を想像するとぞっとしたが、それと同時に力がわいてくるのを感じた。そうだ。わたしは四階から飛びおりて、今頃は死んでいてもおかしくなかったのだ。だとしたら、思いきって生きてやろう。わたしを苦しめた連中を突きとめ、復讐してやるのだ。一度、なくした命だ。もう怖いものは何もない。こちらが死を恐れなければ、やつらだってこれまでのようにはいかない。やつらの最大のあやまちは、わたしを怒らせたことだ。そのせいで、わたしのなかに眠っていた本当の強さを引きだしてしまったことだ。わたしがもう少し弱い人間だったら、やつらの思いどおり、気持ちを揺さぶられ、心を操られて、自殺していただろう。だが最後の最後で、わたしは踏みとどまって、強い人間に生まれ変わった。

そうよ、クリス、あなたは強いのよ。心のなかでまた姉が言った。あなた自身が思っているよりも、もっともっと……。

先ほどまで空を覆っていた雲の一角が切れ、太陽が顔をのぞかせていた。その光に空中の埃が金色に輝いて、部屋の赤い絨毯《じゅうたん》の上できらきらと舞った。光は部屋の奥まで入り込み、隅に置いてあったイギーの持ち運び用ケージを照らした。ああ、イギー……。イギーのことを思うと、また涙があふれてきた。

クリスティーヌは泣いた。でも、これは弱虫の涙なんかではない。イギー、待ってて。あなたの分も復讐してあげるから。

散らかったごみを一つにまとめ、汚れたシーツを浴室に持っていくと、クリスティーヌは荷造りをして、部屋を出た。イギーはタオルにくるんだまま、持ち運び用ケージに入れた。フロントでホテルを引き払うことを告げると、係の女性が怪訝《けげん》そうな顔をした。

「何日かご滞在だと伺っておりましたが。何か問題でもございましたか？」

「いいえ。家に帰ることにしたんです。工事の人ががんばってくれまして、家の修理が終わったと連絡が入ったものですから。ええ、漏水《ろうすい》だったんです」

だが、係の女性はやはりいぶかしげに首をかしげた。そういえば、ホテルに着いたとき、この女性に宿泊の理由を「泥棒が入ったせいで、鍵を替えないといけないから」と説明していたのをクリスティーヌは思い出した。しかし、係の女性はそのことには触れなかった。

「そうですか。承知いたしました」

「請求書は母のほうに。ええ、ドリアン夫人にまわしてください。それから、犬が粗相をしたりしたもので、必要でしたら、クリーニング代も請求してください」

「承知しました。お部屋の冷蔵庫はご利用になられましたか?」

「ええ。それも請求書につけておいてください」

こうしてホテルをあとにすると、クリスティーヌはスーツケースを引いて、イギーの持ち運び用ケージを持ちながら、トゥールーズの通りを歩きはじめた。地下鉄に乗る気はしなかった。それよりも歩いて家まで帰ろう。どうせ時間はたっぷりあるのだ。

いい調子ね。姉の声が聞こえた。でも、何から始める?

もちろん、あそこからよ。クリスティーヌは答えた。真相を突きとめるなら、取っかかりになるのは一つしかない。コルデリアだ。


目が覚めると、体中にアドレナリンが充満しているのがわかった。セルヴァズはシャワーを浴びて、服を着ると、一階におりていった。食堂の隅にあるコーヒーメーカーでブラックコーヒーを淹れ、魔法瓶に詰める。それから、駐車場に向かった。

その一時間後、セルヴァズはトゥールーズ郊外のブラニャックまで来て、街を見おろす小高い丘の上に着いていた。この丘のふもとは高級住宅街になっていて、航空宇宙産業で働く人々が住んでいる。フランス国立宇宙研究センター《CNES》の職員やロケット工学の研究者、そして宇宙飛行士も。レオナール・フォンテーヌも、この住宅街に住んでいた。

車の座席で魔法瓶のコーヒーを飲みおわると、セルヴァズは座席に置いてあった双眼鏡を手に取った。だが双眼鏡は目に当てず、まずはそのまま丘の下の住宅街を眺めた。そして、朝靄のなか、窓に明かりのついた一軒の家を見つけた。まるでルートヴィヒ・ミース・ファン・デル・ローエ（二十世紀の建築を代表するドイツの建築家）がデザインしたような現代的な豪邸――レオナール・フォンテーヌの屋敷だった。屋敷はコンクリートの立方体を水平方向に組み合わせたような造りになっていて、上から見ると、四角い積み木を重ねたようにも見えた。屋根はたいらで、長方形の窓がついている。建物の隣にはプールがあり、その近くには厩舎まであった。住宅街の裏は広い牧草地になっているので、そこで乗馬をすることができるようだ。

と、明かりのついた部屋の窓に人影が映った。セルヴァズはすかさず双眼鏡を目に当て、その窓のほうに向けた。間違いない。写真で見たあの男、レオナール・フォンテーヌだ。フォンテーヌはバスローブ姿で、窓のそばに腰かけて、カップに入った飲み物を静かに口に運んでいた。それから、カップを手に隣の部屋に入ると、パソコンの前に座った。空はしだいに明るくなってきた。だが、まだ太陽は昇っていない。月がほんのりと暗さの残る西の空に傾いている。

フォンテーヌはしばらくのあいだコーヒーを飲みながら、パソコンに向かって何やら作業をしていた。あのパソコンの中身を見ることができれば……。セルヴァズは思った。そこにはフォンテーヌがモラル・ハラスメントをして、ミラにしろ、セリアにしろ、あるいはほかの女性にしろ、被害者の女性を追いつめていった証拠が残っているかもしれない。だが、どうやって中身を見ればいいのだろう。

空はますます明るくなってきた。セルヴァズは車が目につかないようにと、近くの林のなかに移動させた。双眼鏡を持ったまま車から降り、フォンテーヌの屋敷が見えるところまで行って、木の陰からそっと様子を観察する。煙草はやめていたが、無性に吸いたくなった。あの熱い煙を肺のなかに流し込みたい。車から降りて歩いたせいで、ズボンの裾が濡れていた。風が冷たく、首が寒い。セルヴァズはコートの襟を立てた。

七時二十八分になったところで、やっと太陽が昇った。だが、冷えきった大気を温めるにはほど遠い。そのとき、プールに通じる建物のガラス戸が開いて、フォンテーヌが姿を現した。あいかわらずバスローブ姿で、手にはカップを持っている。中身を淹れなおしたのだろう。カップからは湯気があがっていた。

そのカップの中身を飲みほすと、フォンテーヌはプールのまわりを半周して、更衣室に入っていった。雪は掃いてあるようだが、足元は濡れていて、すべりやすそうだ。プールはごみが入らないように、青いビニールカバーが掛けてある。カバーは電動の巻きとり式になっていて、スイッチ一つで開けることができる仕掛けになっていた。フォンテーヌがスイッチを入れたのだろう。モーター音がして、カバーが片側に巻きとられていった。どうするつもりだろうか。セルヴァズは次の展開を見守った。まさかこの冬の寒さのなかで、泳ぐなんてことはあるまい。

だが、更衣室から出てきたフォンテーヌの姿を見て、セルヴァズは仰天した。フォンテーヌは真っ裸だったのだ。水着さえつけていなかった。プールに飛び込むと、それから一時間ばかり、フォンテーヌはクロールをしたり、背泳をしたり、バタフライをしたりして泳ぎつづけた。さすがに水は温水らしく、よく見ると、プールの表面からはかすかに湯気が立っていたが、凍てつく空気のなかで人がプールで泳いでいるのを見ると、それだけで凍える思いがした。プールからあがると、フォンテーヌは更衣室に入り、またバスローブ姿で出てきた。そのまま屋敷に戻る。

セルヴァズはしばらく待った。フォンテーヌはこのまま家にいるつもりだろうか？　外出の予定はないのだろうか？　もし外に出かけるなら、そのときがチャンスだ。屋敷に忍び込んで、やつのパソコンの中身を探ることができるかもしれない。もし家族がいなければ、そして自分にそんなことをする勇気があるならの話だが。捜査令状も持たずに勝手に市民の家に入るのは犯罪行為だ。しかも、自分は休職中の身だ。見つかったら警察をくびになるのは間違いない。そんなことを考えていると、フォンテーヌが再び姿を現した。今度は厚めのセーターを着て、乗馬用のパンツとブーツを身につけている。フォンテーヌは厩舎のほうに向かうと、馬を外に出し、鞍をつけたり手綱をつけたりしはじめた。これから乗馬をするとなると、一時間は家に戻ってこないのではないだろうか？　一人で飲み物を飲んでいたところからすると、たぶん家族は家にいない。そう思うと、セルヴァズはあとのことは何も考えずに急いで、車に戻っていた。念のため、車は家の脇にとめておこう。

玄関の呼び鈴を鳴らして、誰かが出てきたら、道を聞くふりをすればいい。

丘をくだって、車を屋敷の脇にとめると、セルヴァズは玄関の呼び鈴を押した。家のなかで呼び鈴が鳴る音が聞こえてくる。だが、誰も出てこなかった。そのとき、うしろの木でカラスが鳴く声がして、セルヴァズは思わず飛びあがった。

家には誰もいない。こうなったら、あとはもうやるしかない。セルヴァズは迷わなかった。すぐに車に戻り、グローブボックスから泥棒が使う合鍵の束を取ってくる。以前、つかまえた泥棒からこの合鍵を使うとたいていの鍵は開けられると教わって、一式持っていたのだ。もちろん、フォンテーヌがセキュリティシステムを導入していれば一発でおしまいだ。たちまち警備会社に連絡が行き、刑事の職とはおさらばだ。しかし、フォンテーヌをつかまえるには、何か証拠を見つけるしかない。捜査令状を取ればいちばんよいのだが、今のところ、フォンテーヌに何かの嫌疑をかけることはできないだろう。なにしろ、ロシアの警察からも逃れたくらいなのだから。

玄関の前に立つと、セルヴァズは一つひとつ鍵を試していった。合鍵の束はいわゆる〝泥棒鍵〟というやつで、基本的な鍵の型をいくつか集めた泥棒専用の鍵だった。この鍵束を使えば、世の半分以上の鍵は容易に開けられるという。しかし、七本目まではなんの手ごたえもなかった。八本目も鍵は回らない。体中に汗が噴きだしてきた。通りに人影はない。だが偶然、誰かが通りかかったら……。九本目の鍵を差し込んだとき、何かいけそうな感触があった。ゆっくりと鍵を左に回す。すると——鍵はどこにも引っかからずにすんなりと回り、カチャッという音がした。アラームは鳴らない。セキュリティシステムは入っていないようだ。

セルヴァズは時間を確認した。フォンテーヌが馬で出かけていってから、十五分たっていた。あと四十五分。いや、逃げる時間を計算に入れたら、三十五分だ。しかも、それより前に帰ってきたら、侵入の現場を見つかることになる。だが、今さら迷っている暇はない。

静かにドアを押してなかに入ると、セルヴァズは玄関ホールを見まわした。壁はむきだしのコンクリートで何も飾っておらず、家全体をすっきりと見せていた。家具もほとんどない。廊下を行くと、浴室の扉が開いていて、シャワーブースが見えた。シャワーはイタリア製なのか、洗練されたデザインで、床には小石が敷きつめてある。洗面台もインテリア雑誌からそのまま飛びだしてきたようなしゃれたものだった。

やはり、セキュリティシステムは入っていないようだ。だが、そのまま廊下を進んで、キッチンまで来たとき、セルヴァズははっとした。ドッグフードの入った大きなボウルを見つけたのだ。この大きさからすると、きっと大型犬に違いない。冷や汗で背中にシャツが貼りつくのを感じた。犬は苦手なのだ。キッチンは調理台と流しが対面式で、その前にはカウンターがあり、広いリビングにつながっていた。いわゆるリビングキッチンだ。リビングは白と黒の色調で、天井が高く、壁ぎわに大きな暖炉がある。暖炉の上にはそれに負けないほど大きな壁掛け式のテレビがあった。反対側には高級そうなオーディオセットがあって、CDの棚がある。そこにはクラシックやジャズのCDが並んでいたが、見たところ、オペラはなかった。

だが、犬はどこだろう。セルヴァズは思った。どこかに犬がいるはずだ。そうつぶやいて、あたりを見まわすと、キッチンの上の中二階のスペースのあたりに目が留まった。中二階にはまるで宙に浮いたような黄色い半透明の螺旋《らせん》階段が続いている。犬はそこにいたのだ。思わず足がすくみ、心臓がどきどきした。

なんという種類の犬だろう？　とにかく大きな顔に短い鼻先、そして口の端からぶ厚い舌を垂らしている。そうだ。ブルマスティフだ。セルヴァズは思い出した。もともとはギリシアで番犬として用いられていた種類で、「ライオンをも嚙み殺すことができる」という触れ込みで、アレキサンダー大王に献上されたこともあると、何かの本で読んだことがある。

幸い、犬は眠っていた。リビングの前はプールだった。上からこの屋敷を見たときの記憶と照合すると、フォンテーヌが最初に飲み物を飲んでいたのはこのリビングだ。そうすると、パソコンのある部屋はこの隣だということになる。そう考えて、リビングを見わたすと、右手にドアがあった。あれだ。あれがパソコンのある部屋、たぶん書斎に通じるドアに違いない。セルヴァズは足音を立てないようにそこまで行くと、そっとドアを開けて、なかに入った。

パソコンはデスクの上にあった。電源は入っているようだが、スリープモードになっている。モニターは真っ暗だ。マウスを動かすと、スリープモードは解除されたが、パスワードを尋ねられた。だめだ。これではパソコンの中身を見ることができない。自宅のパソコンにパスワードをかけるなんて、よほど人に見られたくないものが入っているのだろうか。そう思うと、ますます中身を見たくてたまらなくなった。だが、パスワードを知らない以上、どうすることもできない。時計を見ると、フォンテーヌが乗馬に出かけてから、四十分がたっていた。もう帰らなくては。セルヴァズは引き払う決心をした。が、ふとデスクの端にあった本のタイトルに目が留まった。『忍びよる悪意　職場と夫婦のモラル・ハラスメント』。表紙に有刺鉄線が描かれたその本を、セルヴァズは手に取った。タイトルからすると、モラル・ハラスメントの被害を受けそうな人に警鐘を鳴らす本だと思われたが、加害者にとっても役に立ちそうな本だ。フォンテーヌがミラやセリアを精神的に追いつめていったのだとしたら、さぞかし参考になったことだろう。それにしても、こんな本をデスクの上に置きっぱなしにしているとは。大胆と言えば、大胆だ。いや、ここでそんなことを考えている暇はない。早く戻らなければ。と、けたたましい音が鳴り響いて、セルヴァズは心臓が縮みあがった。電話だ！　呼び出し音はしばらく鳴ったあと、留守番電話のメッセージに切り替わった。「ご用の方は発信音のあとにお話しください……」すぐに、張りつめたような女の声が聞こえてきた。「レオ。クリスティーヌよ。話があるの。電話をちょうだい」

クリスティーヌ？　初めて聞く名だ。いったい、誰なのだろう？　今、フォンテーヌとつきあっている女性だろうか？　ということは、このクリスティーヌという女が次の犠牲者なのだろうか？　セルヴァズは部屋を出て、リビングに戻った。そのとき、遠くのほうから、タッタッタ、タッタッタッタという軽やかな音が聞こえた。馬の足音だ。まずい！　フォンテーヌが戻ってきた。

セルヴァズは急いで書斎を出て、リビングに戻った。ガラス戸から見ると、ちょうど馬から降りて、馬を厩舎に入れようとしているフォンテーヌの姿が目に入った。ここまで来るにはあと五分ほど時間があるに違いない。だが、そう思って、玄関のほうに向かおうとした瞬間、目の前に犬がいるのに気がついた。犬はこちらを見ると、牙をむきだしにして、低いうなり声をあげた。セルヴァズは迷った。このまま犬の横をすり抜けていこうか。いや、そんなことをしたら、犬はたちまち襲いかかってくるに違いない。もしうまくすり抜けられたとしても、うしろから追ってきて、嚙みつかれるだろう。そうなったら、命さえ失いかねない。ここは犬とにらみあいをしながら、玄関までそろそろと進んでいき、隙を見て外に飛びだすしかない。そのあいだに、フォンテーヌがリビングのガラス戸から部屋に戻ってこなければの話だが。そう考えると、セルヴァズは壁に背をつけて、犬の目を見つめながら、少しずつ玄関のほうに向かっていった。犬は一定の距離を保ちつつ、こちらのあとをついてくる。キッチンの側から廊下に出ると、セルヴァズは少しだけほっとした。これでフォンテーヌがリビングに入ってきたときに、犬とにらみあいをしているのを見つかる心配はなくなった。あとはどこかのタイミングで玄関まで走っていって、ドアから飛びだせば……。だが、そこで、家の横手のほうから車のとまる音が聞こえた。家族が帰ってきたのだ。おそらく、フォンテーヌの妻だろう。すぐに外に出なければ、玄関から入ってきた妻とフォンテーヌに、挟みうちにされてしまう。セルヴァズは玄関のほうに大きく一歩、足を踏みだした。それを見ると、犬がひときわ大きくうなった。そして、今にもこちらに飛びかかろうと身をかがめた瞬間、「ダルカン！」とリビングから、犬を呼ぶ声がした。フォンテーヌの声だ。犬はこちらの存在は忘れたかのように、尻尾を振って、リビングに戻っていった。そのとき、車のドアを閉める音がした。急いで外に出なければ。玄関の外に出て、フォンテーヌの妻が近づいてくるのを待ち、道に迷ったので聞きにきたふりをするのだ。セルヴァズは廊下をかけ抜け、玄関の外に出ると、ドアを叩くふりをした。ちらっと門のほうを見ると、女が一人近づいてくる。なんとか間に合ったようだ。

「何かご用かしら？」

玄関まで来ると、女が尋ねた。年齢は四十代だろう。冬物のコートに手袋をして、自分に自信のありそうな、威圧的なタイプの女だった。セルヴァズは困ったような顔をつくって、女に言った。

「道に迷ってしまったものですから、ちょっとお尋ねしようと思って……。でも、ドアを叩いても誰もお出にならないので、どうしようかと思っていたところです。あのトゥールーズ市内に行くにはどうすれば？」

「トゥールーズ市内なら、この前の道を左に行ってください。すぐにわかりますよ」女は明らかに不審そうな顔で答えた。

「ありがとうございます」

そう言うと、セルヴァズは急いで門に向かっていった。きっと女がこちらをじっと見ているだろうと思ったが、そんなことまで考えていられなかった。ようやく自分の車に戻ると、ほっとため息をついた。車の前には女の車がとめてあったので、いったんバックしてその車をよけ、屋敷の前の道に出ると、女に言われたとおり、左に向かった。自分でもよく知っているトゥールーズ市内に向かう道だ。そうして、まだ心臓をドキドキさせながら、今回の捜索について考えた。クリスティーヌという女性の存在を知ったことは、おそらく収穫に数えていいだろう。フォンテーヌがモラル・ハラスメントに興味を示していたことがわかったのも収穫の一つだ。その反対に、フォンテーヌの妻に不審人物だと思われたのは間違いない。トゥールーズ市内に行く道を尋ねるなんて、よほど遠くから来た人間でないとあり得ない。特に車が地元のナンバーをつけているとあっては。それに、家に入ろうとしたときに、ドアの鍵がすでに開いていたことに気づいたとしたら……。いや、気づいたに決まっている。フォンテーヌの妻がこちらの車のナンバーを控えていなければよいのだが。セルヴァズは心配になった。だが、すぐに思いなおした。家に帰ってきて、たまたま脇の道にとまっていた車のナンバーを控えようとする人間なんて、めったにいるものではない。鍵のことだって、自分が閉め忘れたか、夫が開けたと思うだろう。ともかく、無事に窮地を脱することができて、自分はラッキーだったのだ。少なくとも、あの大きな犬に噛みつかれて、死なずにすんだということを考えたら……。

家に戻ると、クリスティーヌは寝室の窓からマックスの様子を眺めた。そばを通ったときには眠っていたようなので、声をかけなかったのだ。だが、お金の入ったコップの位置を見忘れたことを思い出し、上から確かめることにした。コップは眠っているマックスの頭のほう、左側にあった。不審人物を見かけたら、コップは右に置くことになっている。つまり自分が留守をしているあいだ、この建物には怪しい人間は誰も近づかなかったということだ。

クリスティーヌはリビングに入ると、まずイアンに電話をかけた。

「ちょっとお願いしたいことがあるんだけど」

「いいですよ。僕にできることでしたら」イアンは驚いたようだったが、すぐに好意的な返事をしてくれた。

「クリスマスの日、番組中におかしな人に電話をつないじゃったでしょう？　わたしが自殺を止めなかったと言って非難してきた人よ。その電話の録音をボイスメールに送ってくれないかしら？」

「わかりました。三十分くらい時間をもらえば大丈夫だと思いますよ。手に入ったら、こちらから電話します」

「ありがとう」

クリスティーヌは礼を言って、電話を切った。それから、リビングを見まわした。もう恐怖はなかった。どこにいても危険はつきまとってくるのだから、家にいたって関係ない。それに、敵は自分がいないあいだに、この家には来なかったようだ。オペラのCDも置いていなかった。クリスティーヌは持ち運び用のペットケージのなかから、タオルにくるんだイギーを抱きあげると、浴室に安置した。そこに電話がかかってきた。イアンからだ。

「もしもし、クリスティーヌさん？」

「ええ。頼んだものは手に入った？」

「はい」

「じゃあ、わたしの携帯にボイスメールを送って」

「わかりました。あの……」

「何？」

「大丈夫ですか？」

その言葉に、クリスティーヌは思わずイギーのことを話しそうになった。だが、かろうじて、それをこらえた。

「大丈夫よ。録音をありがとう」

「また電話してくれますね」

「どうして？」

「よくわからないけど、今度のことで、困っていそうだから……」

「ありがとう。お願いするわ」

イアンの心づかいに嬉しくなりながら、クリスティーヌは電話を切った。これでわたしの話が嘘ではないと、レオにもわかってもらえるだろう。レオは私立探偵の言葉を信用して、わたしの精神がおかしいとまでほのめかすのだから……。そう考えると、クリスティーヌはレオの携帯に電話をした。だが電源が切れていて、電話はつながらない。しかたなく、家の書斎のほうに電話をしてみた。ここならレオが出る確率が高い。けれども、呼び出し音が何度かすると、留守番電話のメッセージが流れた。「レオ。クリスティーヌよ。話があるの。電話をちょうだい」そう伝言を残すと、クリスティーヌは電話を切った。

どうしよう？　レオから電話があるまで待とうか？　でも、今は一刻も早く行動に移りたい。そこで、クリスティーヌはまた携帯を手にした。レオがつかまらないなら、もう一人のほうだ。これから先はわからないけれど、少なくとも、まだ正式に婚約は解消していないのだから、協力してもらってもいいだろう。もとはと言えば、一緒にいたときに起こった出来事が発端になったのだから。

「ジェラルド？」電話がつながると、クリスティーヌは言った。

だが、電話の向こうからは、困惑したような雰囲気が伝わってくるだけで、返事は戻ってこなかった。クリスティーヌはきっぱりとした口調で続けた。

「話したくないのはわかるわ。でも、これは聞いてもらわないと。あなたが知らないことが山ほどあるのよ。あなたが知ろうとしないことが」

「僕が知ろうとしないことだって？」怒ったような声でジェラルドが言った。

そうよ、怒りなさいよ。クリスティーヌは思った。ジェラルド、あなたはいつも自分が完璧で、非の打ちどころがなく、つねに理性的にふるまっていると思っているんだから。そうじゃないことを思い知らせてあげる。

「そうよ。あなたが知ろうとしないことはたくさんある。それを知ったら、自分が信じている世界が崩れてしまうから。だから、そういう情報はわざと見ないで、その反対の情報だけ集めるの。そういうの確証バイアスって言うのよ。だから、わたしが一つ証拠を示して、あなたが信じている世界は間違っているって教えてあげる」

「クリスティーヌ、いったい何を言いだすんだ。僕は……」

「お願い、聞いて。五分でいいから。できれば、直接、会って話したいの。それを聞いてくれたら、あとはあなたが自分で判断すればいい。それ以上はつきまとわないわ。約束する。五分だけよ。それくらいはしてくれてもいいはずでしょ」

ジェラルドはため息をついて答えた。

「いつ？」

クリスティーヌはほっと息をついて、待ち合わせの時間と場所を伝え、電話を切った。最後は懇願するような口調になってしまったが、それはそれでかまわない。ジェラルドは懇願されると嫌だと言えないのだ。今は自分の目的のために、利用できるものはなんでも利用するしかない。利用できる人は誰でも……。

待ち合わせの場所であるサン＝アントワーヌ・デュ・テ通りのカフェに入っていくと、ジェラルドはすでに来ていた。怒ったような顔で——でも、明らかにびくびくしている。まるで小さな男の子のようだ。

「元気？」

そう声をかけると、ジェラルドは顔をあげた。だが、何も言わなかった。ジェラルドの向かいの椅子を引き、クリスティーヌはそこに腰をおろした。ここにはろくに化粧もせずにやってきた。髪もきちんととかしていない。おそらく目は充血して、その下には隈《くま》ができているだろう。着ているものもジーンズに、例のフード付きのパーカーだ。だが、ジェラルドはそれに気づいた様子はなかった。早く話をすませて、一刻も早くこの場を立ち去りたいのだろう。

「ドゥニーズのところに警察が来たらしい」機先を制するつもりか、ジェラルドが言った。「きみが暴力をふるったとかいう研修生の件でね。殴られて、ひどい顔になった写真を見せられたそうだ」

「わたし、暴力なんてふるっていないわ」断固とした口調で、クリスティーヌは反論した。

すると、ジェラルドは突きはなすように言った。

「きみは病気なんだ。早く医者に診てもらったほうがいい」

この人もだ。この人もわたしの頭がおかしいことにしようとしている。

「病気なんかじゃないわ」クリスティーヌは答えた。

それを聞くと、ジェラルドは眼鏡の奥から、ちょっと軽蔑したような目でこちらを眺めた。クリスティーヌは携帯の電源を入れると、ボイスメールを開いた。イヤホンをつないで、ジェラルドに差しだす。

「クリスマスイヴの日に、わたしの郵便受けに手紙が入っていたことは覚えてるでしょう？　すべてはあれから始まったのよ」

「だって、あの手紙はきみが書いたんだろう。警察はそう考えているって、ドゥニーズが言っていたぞ」

「じゃあ訊くけど、どうしてわたしがそんな手紙を書かなくちゃいけないの？　理性的に考えてちょうだい」

「それはわからない。たぶん、きみが情緒不安定になっているから……」

「それはまた、ずいぶんと理性的な考えね。あんまり人を病気扱いしないでちょうだい」

だが、そう言ってから、驚いた。ジェラルドが怯えた様子を見せているのだ。本当に頭のおかしな人間を前にしていると思っているらしい。

「呆れた人ね」クリスティーヌは吐きすてるように言った。「わたしが正常だっていう証拠を見せてあげるから、これを聞きなさい」

ジェラルドはしばらくこちらを見つめていたが、そのうちに、しかたがないという顔でイヤホンを受け取り、耳に入れた。クリスティーヌはイアンが送ってくれたクリスマスの日の録音を流した。自殺を予告する手紙を読んだのに、それを止めようとしなかったと言って、非難の電話をしてきた音声の録音だ。ジェラルドは眉をひそめながら、録音に聞きいっている。ジェラルドが耳からイヤホンをはずしたので、クリスティーヌは言った。

「どうかしら？　これでもまだわたしの話がでたらめだって思う？　これは、十二月二十五日の放送分だから、郵便受けに手紙が入っていた翌日ってことになるわ。その日の放送だということは、ポッドキャストで確認できるはずよ」クリスティーヌは少しだけ、はったりをかました。「もし、わたしがあの手紙を自分で書いたなら、どうしてこの男はそのことを知っていたのかしら？」

ジェラルドはあいかわらず黙ったままだった。だが、だんだん確信が持てなくなってきたらしい。クリスティーヌは追い打ちをかけた。

「電話をかけてきた男があの手紙を手に入れて、わたしと関連づけて、ラジオ局にいたずら電話をしてきたということも考えられない。だって、あの手紙はあのあと、あなたの車のグローブボックスのなかにあったんだから」

ジェラルドは顔を赤らめて、おずおずと言った。

「きっと、ただの偶然だよ。男が話していたのは、あの自殺予告の手紙のことじゃない。もっと一般的に、この時期には自殺者が多いという話をしていたんだ。それなのに、ラジオ局はそういう人を救わないって……」

クリスティーヌは天を仰いだ。

「ああ、ジェラルド。どうしちゃったの？　少しは論理的になりなさいよ。自分に都合の悪い情報は、全部無視ってわけ？　わたしの頭がおかしいか、偶然のせいにして。それこそ確証バイアスだわ。今、聞いたでしょ？　男はまさしくこう言ったのよ。『せめてわたしたちに何かできることはありませんか、だと？　クリスマスイヴに、誰かが自殺するのを止めなかったくせに。おまえに助けを求めた人間を放っておいたくせに』って。この男はあの手紙のことを言っているのよ。ほかに何があるって言うの。少しは理性を働かせて、論理的に考えてごらんなさいよ」

ジェラルドは目をしばたたいた。確信がぐらついているのは明らかだ。だが、最後はそんなことは信じたくないというように、首を横に振った。

「わかった。手紙のことはきみが書いたんじゃないって認めよう。そのあと、放送局に非難の電話がかかってきたことも。でも、きみがドゥニーズに言ったことは……」

「ドゥニーズは、わたしがあなたにふさわしくないって言ったのよ。そんなこと言われて、黙っていられる？　『わたしの男にちょっかいを出さないで』くらい言うわよ」

「でも、きみはドゥニーズに対して、脅迫するようなメールを送ったじゃないか」

「そのメールもわたしが書いたものじゃないの。あなたに知られるのが嫌で、その場では認めちゃったけど、本当は違うの。あなただって、他人のメールアドレスを偽装してメールを送ることができるって知っているでしょ？　きっと、さっきの録音の男が送ったのよ。あの男はラジオ局に電話をしてきただけではなく、クリスマスの夜に、わたしの家にも電話をしてきたの。家にも侵入してきたし……。言ってみれば、そうね。まさにストーカーってやつだわ」

そこでいったん話をやめて、クリスティーヌはジェラルドを見つめた。ジェラルドはようやく信じてくれる気になったらしい。考え込むような顔をしている。

「いつなんだ？」やがて、ジェラルドがぼそっと言った。

「いつって、何が？」

「いつ、その男はきみの家に侵入したんだ？」

「イギーのことで、あなたに電話した夜よ。脚の骨を折って、ごみ箱に入れられていたのを見つけたの。あなたに相談しても、何も聞いてくれなかったけれど。あなたはわたしがドゥニーズに『ちょっかいを出さないで』って言ったことに怒って、しばらく『距離を置いたほうがいい』と言ったわ。あの日のことよ。覚えてる？」

「イギーは元気かい？」ジェラルドは話をそらすように言った。

「イギーは死んじゃったわ」

「なんだって？」

「イギーは殺されたのよ、ジェラルド。まだ家に遺体が置いてあるの。浴室のところに。嘘だと言うなら、見にきてくれればいいわ」

ジェラルドの目に動揺の色が浮かんだ。必死になって、頭を整理しようとしている。

「なんてことだ！　クリスティーヌ。警察に知らせないと……」

クリスティーヌは鼻で笑った。

「警察ですって？　警察はわたしのことを犯人だと思っているんでしょ？　研修生のコルデリアに暴力をふるった犯人だと。おまけに、自分で自殺予告の手紙を書いて騒ぎたてている、いかれた女だと。それはあなたが言ったことよ。あなただって、警察の話を聞いて、そう思ったんでしょ？　お願いだから、理性的に考えてよ。わたしが警察に知らせたら、どうなると思う？」

ジェラルドは何も言わなかった。完璧に自分の負けを認めたようだ。

「それで、どうするつもりなんだい？　僕に電話をかけてきたのは、僕の思い違いを正すためだけじゃなかったんだろう？」

「ええ」クリスティーヌはうなずいた。「わたしはこれから二つのことを探りださなければならないの。一つは、わたしにこんなことをするのは誰なのか。もう一つは、どうしてなのか。そのためには、あの女から出発して、裏にいる人間を探りだすしかない。あなたにはその手助けをしてほしいの」

「あの女っていうのは、コルデリアっていう研修生のことだな。僕は何をすればいい？」

「コルデリアを見張ってほしいの。こっそりあとをつけて、誰かに会うようだったら、それが誰か探ってちょうだい。わたしは逆にあいつらに見張られているから、自由に動けないのよ」

「さっき、裏にいる人間を探りだすって言ったけど、敵は研修生と家に侵入してきた男だ

いはずよ」

「もう一人、黒幕がいるはずよ。たぶん、その人間があの二人を雇ったんだわ。だって、それ以外に、あの二人がわたしを攻撃する理由がないもの。わたしのことをずいぶん知っているし。情報を収集する能力を持った人間が背後にいなければ、あそこまで調べられないはずよ」

それを聞くと、眼鏡越しにこちらを見て、ジェラルドが質問した。

「それはいったい誰なんだ？　誰か思いあたる節はないのかい？」

クリスティーヌは首を横に振った。

「よくわからない。ともかく、コルデリアを見張ってほしいの。どこかに行くようだったら、あとをつけて。それから、家に一人でいるようだったら、わたしに電話をして。わたしのほうから乗り込んで、黒幕の名前を吐かせてやるから」

「研修生はどこに住んでいるんだい？」

「レヌリーよ」

すると、ジェラルドは両手を前に伸ばして、こちらの手を包み込んだ。

「わかったよ。クリスティーヌ、これからすぐに行こう。これはきみに対する罪ほろぼしだ。悪かった。もっときみの話をきちんと聞いておけばよかった。イギーのことだって……。イギーがそんなことになって、僕も悲しく思っているよ」心のこもった声で言う。

それから、ちょっと胸をそらすと、虚勢を張るようにして、つけ加えた。「見てろよ。レヌリーがなんだ。不良がうようよしていたって、そんなものは蹴散らしてやる。こっちだって、ペーシュ・ダヴィッドで育ったんだからな」

クリスティーヌは微笑んだ。ペーシュ・ダヴィッドは比較的裕福な人が住む、閑静な住宅街だ。そこで生まれたお坊ちゃんらしく、ジェラルドは今日も育ちのよさが一目でわかる格好をしていた。眼鏡は賢そうに見えるが、地味ではなく、今、流行りのエレガントなタイプだ。冬用のコートは仕立てがよく、絹のグレーのマフラーも素敵だった。香水も高価なものをつけている。その香りを嗅いでいるうちに、クリスティーヌは思わずテーブルの上に身を乗りだして、キスをしたい気持ちになった。だが、まだ完全には相手を許していないことに気づいて、その気持ちを抑えた。代わりに言う。

「一つだけ、アドバイスしていいかしら？　レヌリーに行くなら、その格好はやめたほうがいいわ」

フォンテーヌの屋敷のある高級住宅街の先には、トゥールーズ・ブラニャック空港があり、そのまわりには航空産業を始めとする工業地帯がある。五分ごとに離陸する飛行機の音を聞きながら（ラッシュ時には一、二分間隔になった）、セルヴァズはあいかわらずフォンテーヌの家を監視していた。犬に追いつめられたり、家人に不審な思いをさせたりしながら、ほうほうの体《てい》で屋敷を離れたあと、また高級住宅街を見おろすことのできる丘の上に戻って、フォンテーヌが家から出てくるのを待っていたのだ。もちろん、フォンテーヌが出てくるかどうかはわからない。けれども、あの留守番電話に伝言を残したクリスティーヌという女がフォンテーヌの今の標的なら、メッセージを聞いて、会いにいくかもしれない。そうなったら、一気に捜査の展望が開ける可能性がある。だが、フォンテーヌはなかなか出てこなかった。セルヴァズは丘の下から見えにくい位置に車をとめて、もう数時間も待っていた。

それにしても……。ふと助手席に置いたミラの日記に目をやって、セルヴァズは思った。どうして、ミラはあの子を産んだのだろう？　カストルの郊外の家を訪ねたとき、母親の膝にちょこんと座ったパジャマ姿の金髪の男の子の顔が頭に浮かんでくる。いくらひどいことをされたといっても、ミラはレオナールを愛していたのだろう。だから、その子を産みたかった。そしてほとんど奇跡的に、宇宙に行く夢を叶えるのと、子どもを産むことを両立させると、あとは息子を大切に思いながら、二人でひっそり生きていくことにした。

ミラと、あのトマという息子のあいだには何ものにも代えがたい愛情があった。それは間違いない。それなのに、フォンテーヌのほうは……。ミラとの子どもを認知もせず、新しい愛人をつくっている。その前の愛人を自殺に追いやったばかりだというのに。いや、おそらく今度の愛人も、フォンテーヌの被害者になるはずだ。

セルヴァズはもう一度、フォンテーヌの屋敷を眺めた。コンクリート造りの平たい屋根の上には、ＧＯ ＳＰＡＣＥという文字が書かれている。どうしてこの男は宇宙に行くだけで満足できないのだろう？　次々と獲物を見つけては、モラル・ハラスメントをしないと気がすまないのだろう？　フォンテーヌは家からまだ出てこない。時刻は三時を回っていた。セルヴァズは携帯を取りだすと、エスペランデューに電話をかけた。

「もしもし、ちょっと調べてほしいことがあるんだが。最近、クリスティーヌとかいう名前で、告訴状か何かが提出されていないか、調べてくれないか？　暴力事件かハラスメント関連で……」

「クリスティーヌですって？　どこでその名前を見つけたんです？」驚いた声でエスペランデューが言った。

「どうした？　何かその名前に心あたりがあるのか？」

「いえ、なんでもありません。今の話は忘れてください」

「忘れろって……」

そう言いかけたとき、コンクリートの屋敷からフォンテーヌが出てくるのが見えた。どうやら出かけるらしく、車のほうに向かっている。

「その話はあとだ。また、連絡するよ」

セルヴァズは電話を切った。今は目の前の獲物を追う必要がある。

35　アンコール

救急外来の医師はどうやらインターンのようだった。褐色の肌の色からすると、おそらくインド系かパキスタン系だろう。まだ若いのに疲れきって、ストレスのたまった表情をしていた。どれだけ寝ていないのだろう。むしろ、この人のほうが医者に診てもらう必要があるかも……。そんなことを考えていると、医師が言った。

「急に心臓が苦しくなったということですが」

「いいえ、それは嘘なんです」クリスティーヌは暗い声で言った。

「どういうことです？」

「それが……ちょっとデリケートな話なんですが……」

「わかりました。お話しください」

そう言うと、医師は時間に余裕かあることを見せるためか、椅子にゆったりと座りなおして、白衣の胸ポケットの万年筆をいじりだした。廊下で診察を待っている人の数を考えれば、時間に余裕があるはずはない。だから、医師はこちらが落ち着いて話せるように気を遣ってくれたのだ。

「あの、実は、わたし……昨晩、避妊具をつけないで、男性と関係を持ってしまったんです。お酒も飲んでいましたし……」

「ドラッグもですか？」

「ええ」そう答えると、クリスティーヌは恥ずかしがっているように見せるために、わざと下を向いた。

「どんなドラッグですか？」

「いえ、それは関係ないんです。ここに来たのは、そういうことじゃなくて……。感染していないかどうかってことなんです。つまり……ＨＩＶに……」

「ああ、検査をなさりたいということですね？」

クリスティーヌはうなずいた。すると医師はしばらく考えてから、説明を始めた。

「まず三週間後にエライザ法と呼ばれるスクリーニング検査を受けていただきます。それより前ですと、検査をしても感染の有無がわからないんです。そのあとはまた三週間後、つまり今から六週間後に確認のための検査を行います。その結果が出るまでは、曝露後予《ばくろご》防のお薬を出します。つまり、ＨＩＶに感染したかもしれない行為のあと——これを曝露後と言うのですが——七十二時間以内に内服して、感染のリスクを低下させる薬のことです。ただ、これで十分なのか、それとも三剤以上の多剤併用療法にするか、検討しなければなりませんので、いくつか質問にお答えください」

「わかりました」

「では、男性と関係を持ったということですが、接触は口ですか、膣ですか、肛門ですか？」

「えーと……膣です」

「肛門はないということですね」医師は念を押すように訊いた。

「ありません」

「そのお相手の男性ですが、お知り合いですか？」

「いいえ……行きずりの人で……」クリスティーヌは顔を赤らめた。

「では、どうやって出会われたんですか？」

「バーで。ホテルに行く二時間前に……」

　そう言いながら、クリスティーヌは自分は医師にどう見られているのだろうかと思った。これではまるで、誰とでも寝る女みたいではないか。そう考えて、一瞬、嫌な気持ちになった。

「その男性とはバーで初めて出会われたとおっしゃいましたね？　もしそうなら、どうしてその男性がＨＩＶの感染者だと思われたのでしょうか？　何かそう思わせることがありましたか？」

「いいえ、相手は行きずりの人ですし、コンドームを使わなかったものですから……」クリスティーヌは答えた。

　だが、そうやって嘘の説明をしているうちに、腹が立ってきた。自分は知らない人とセックスをして楽しんだのではない。レイプされたのだ。そうして、あの男はことが終わったあと、「おれはＨＩＶの陽性《ポジティブ》なんだ」と言ったのだ。

「なるほど」医師は顔を赤らめながら言った。「では、感染を予防するために、抗レトロウィルス剤を何種類か処方します。こちらを四週間、服用してください。主治医の先生はいらっしゃいますか？」

「はい、でも……」

「その先生がなんと言おうと、関係ありません。ともかく、私の言ったとおりに服用を続けてください。いいですね？」

クリスティーヌはうなずいた。

「薬をのむのは食事中です。時間と量は絶対に守ってください。下痢や吐き気、めまいなどを引き起こすことがありますが、だからといって、薬をのむのはやめないでください。数日したら、そういったこともなくなってくると思いますから」

そう説明しながら、医師は処方箋を書いていった。

「わかりました」

「もし服薬を忘れたら……」書きおわってから言う。

「忘れません」クリスティーヌは答えた。

「いえ、もし忘れるようなことがあったら」医師は続けた。「思い出した時点でのまずに、次の服薬時間まで待ってください。そのときに、忘れた分と合わせて、二倍の量をのまないように。それから、薬をのんだあと、三十分以内に吐いたときは、もう一度、同じ量の薬を服用してください。三十分以上たっているときはのまないでください。併発症が起きる場合に備えて、あらかじめ血液検査もしておきましょう」

医師の言い方には噛んでふくめるようなところがあった。行きずりの男と簡単に寝るようないい加減な女なので、ちゃんと説明しないと薬がのめないと思っているのだろうか。

と、医師が困ったような、怒ったような複雑な表情で、こちらを見つめた。

「これからは気をつけてください。その……コンドームをつけるようにしてください。薬をのんでいるからといって、新たな感染を防げるわけではないし、陽性《ポジティブ》だったら、お相手の人たち……いえ、お相手にもうつってしまうのですから」

やっぱりそうだ。クリスティーヌは悲しい気持ちになった。この医師はわたしのことを男と見れば、手あたりしだい誘いをかける女だと思っているのだ。すると、医師が突然、優しい口調で言った。

「これは万が一のことを考えての処置です。感染していない可能性だって高いわけですから。ただ、不幸にしてお相手がＨＩＶに感染していた場合、この四週間、薬をのみつづけることが大切になるんです。そうじゃないと、一生、治療を余儀なくされることになりますので」

反対に、この薬をのみつづけたからといって、絶対に感染が防げると決まったわけではない。それは知識として知っていた。だが、クリスティーヌは「わかりました」と言って、医師の言葉にうなずいた。

病院を出ると、クリスティーヌはおととい立ち寄った護身用グッズや武器を売っている店に入った。〈REPLICANT《レプリカント》〉──ガラスのドアにはおしゃれな文字で、そう書かれていた。最初のRは小型機関銃の形になっている。ドアを開けると、おとといはカランコロンと鳴っただけだったのに、新年になって趣向を変えたのだろうか、今日はシカゴかリオデジャネイロのパトカーを思わせるようなサイレンが鳴った。

店のなかに入ると、ショーケースや棚にはさまざまな武器が陳列されていた。銃器は携帯許可の必要なライフルや自動拳銃、リボルバー、カービン銃、それから、エアガンやモデルガンが並べられ、それに伴う形で、銃弾も本物の殺傷能力のある弾丸からBB弾まで、あらゆる種類のものが揃えてあった。射撃用眼鏡や照準器、暗視装置などの関連商品も売られている。刃物は刀剣のほか、短刀やスローイングナイフ、斧、鉈、トマホーク（ネイティブ・アメリカンが使っていた斧の一種）、それに忍者の手裏剣まである。太古の昔から人が殺しあいに使ってきた道具だというのに、銃器や刃物はどれも美しかった。特に刀剣は繊細で、まるで芸術品のようだ。そのほかにも、店には護身用の催涙スプレーやスタンガン、クロスボウ、ぱちんこのようなスリングショット、タクティカルペンと呼ばれる武器として使えるボールペン、特殊警棒、ヌンチャク、吹き矢などが置いてあった。銃やナイフをぬいぐるみにした商品や、モンスター、グリズリー、ダークドッグ、シャーク、カラシニコフといった、もののしい名前のついた栄養ドリンクまであった。

　店長の太った男は、おととい と同じ野球帽をかぶっていた。あいかわらず汗のにおいを発散している。クリスティーヌはアメリカ中西部の小さな町に迷い込んでしまったような気がした。

「何かお探しですか?」男が尋ねた。風体にあわず、少年のようにかぼそい声だ。

「ええ」汗のにおいをかがないように、鼻の穴をすぼめながら、クリスティーヌは答えた。

　男はただの冷やかしなのか本当に買う気があるのか探るような目でしばらくこちらを見つめていたが、やがて言った。

「世の中、物騒になっていますからね。自分の身は自分で守らなくてはいけませんよ」

　クリスティーヌはうなずいた。男が続けた。

「そう、自分の身は自分で守らなくては。そのためには、法を犯したってかまわない。法律なんて、くそくらえだ!」だが、そこで自分の言葉が下品だったことに気づいたのか、申し訳ないといった笑顔を浮かべて言った。「いや、ですが、ご安心ください。この店には法に触れるような物は置いてありませんから」

　男の口は小さかった。だが唇が厚かったので、一生懸命話していると、鯉《こい》が口をぱくぱくさせているように見えた。

「つまり、誰でも買えるというわけ?」

「許可の必要なものもありますがね。十八歳以上なら大丈夫です。お客さんは十八歳以上ですよね？」

どうやら、この男にもそれなりのユーモアのセンスがあるらしい。と、男がショーケースの一つを指さした。そこにはジョン・ウーやタランティーノが監督した映画で殺し屋が使うような拳銃が並べられていた。

「そこにあるのは本物そっくりの銃ですが、殺傷能力はありません。ガスでBB弾を発射するガスガンとか、目覚まし時計に赤外線を発射して、アラームを止めるピストル型のリモコンです。でも、見た目は本物に見えるので、威嚇《いかく》用には十分、使えます」

つまり、銀行に押しいるときには、ぴったりの武器というわけだ。だが、銀行強盗をするつもりはない。クリスティーヌは首を横に振った。

「そういうのではなくて、わたし、これを探しているんです」

紙を取りだしながら言う。家を出る前にネットで調べて、買うべきものをリストアップしていたのだ。

「それならそうと、すぐに言ってもらえれば。どうぞ、こちらです」

ちょっと残念そうな顔でそう言うと、男はメモを見ながら、品物を一つひとつ、揃えていった。

十分後、クリスティーヌは黒いスポーツバッグを肩にかけて、店を出ていた。バッグには、〝マース〟という商品名のキーホルダー型の催涙スプレー、スタンガンの一種でワイヤー付きの針を発射して相手に五十万ボルトの電撃を与えることのできるテーザー銃（これはLEDランプ内蔵で、複数のカートリッジが装填可能だった）、〝ピラニア〟という望遠鏡型の特殊警棒（ステンレス製で、持ち手の部分はクロロプレンゴム、長さは伸ばすと五十三センチになる）など、いくつかの護身用グッズが詰められていた。時刻は午後の一時だった。カフェに入って、コーヒーを飲みながらひと休みすると、クリスティーヌは薬局に行って、粘着テープとカッターを買った。こんなものを買いそろえて、これから何をしようというのか？　そう思うと、何か滑稽《こっけい》な気がした。

薬局から出たところで、携帯が鳴った。ジェラルドからだ。

「研修生は今、一人だ。赤ん坊を抱いて、家に帰ってきたところだよ。誰も連れはいなかった」

「わかったわ。地下鉄のレヌリー駅から地上に出たところで落ちあいましょう。池のほとりよ」

駅のトイレで入念に化粧をすませ、顔をフードとサングラス、それからマフラーで隠すと、クリスティーヌはレヌリー駅の出口のエスカレーターをのぼっていった。だが、そこでぼんやりと立っているジェラルドの姿を見たとき、自分の格好はさておいて、思わず声をあげて笑いそうになった。ジェラルドはフードの付いたスウェットに黒のだぶだぶのズボン、それに豹《ひょう》のプリント付きのプーマのスニーカーを履いていて、スニーカー以外は、どれも四つはサイズが大きいだろうと思うほど、ぶかぶかだった。おまけに、フードの下には赤いひさしのキャップをかぶり、黒いサングラスをかけている。まるでアメリカのコメディ・アニメ、『サウスパーク』に出てくるラッパーのようだ。

「どこで、そんな服を見つけたの？」クリスティーヌは呆れながら訊いた。

「よう、姉ちゃん、おまえの服も悪くないぜ」ジェラルドはわざと不良っぽく答えた。

「やめてよ。ふざけないで」クリスティーヌは言った。「そんな格好をしていたら、かえって目立つじゃないの」

「うん、言われてみれば住人に不審に思われたかもしれない。変装した刑事が張り込みに来たと疑われたんじゃないかな」

「そんな刑事いないわよ。それより、コルデリアは確かに一人で帰ってきたのね」

「ああ、だから、今は家で赤ん坊と二人きりだ」

「確かめてくれてありがとう」クリスティーヌは礼を言った。それから、きっぱりと告げた。「あとはわたし一人でやるわ。だから、あなたは帰ってちょうだい」

その言葉に、ジェラルドはびっくりした顔をした。

「これからだっていうのに……。一人でやるって、きみは何をするつもりなんだい？」

「コルデリアのところに乗り込むの。そうして、黒幕の名前を吐かせてやるのよ」

「それなら、やっぱり僕も行くよ」

「だめよ。そんな格好をしていたら、たちまち不良に絡まれちゃうもの」

ジェラルドは不満そうに口をとがらせた。

「だって、一人で行くなんて、きみが心配だよ」

　クリスティーヌは首を横に振った。ジェラルドの気持ちは嬉しかったが、これからすることを考えると、どうしても一人で行かなければならない。

「大丈夫。準備はしてきたから。あなたは帰って」

　だが、ジェラルドは頑として聞かなかった。

「いや、僕はここに残る。三十分してもきみがここに戻ってこなかったら、助けにいくさ」

　クリスティーヌは肩をすくめた。

「わかったわ。でも、一時間ちょうだい」

　それを聞くと、ジェラルドは心配そうな表情であたりを見まわした。池には霧が立って、周囲は薄暗くなっている。

「そんなに長いあいだ、がんばれるかな」

「じゃあ、やっぱり帰ったほうがいいわ」クリスティーヌは笑いを抑えながら言った。「不良なんて、自分たちの仲間以外で、不良っぽく見える人がいたら、たちまち喧嘩を吹っかけてきて、ぼこぼこにしちゃうんだから」

　ジェラルドは一瞬、ぎょっとした顔をしたが、やがて一大決心をしたように答えた。

「ここで待ってるよ」

「わかったわ。とにかく必要なことを訊きだしたら、戻ってくるから」

そう言うと、クリスティーヌはジェラルドのもとを離れた。自分では平気そうなふりをしていたが、このあたりを歩くのはやはり不安だった。それこそ、いつ不良に絡まれるかわからない。手にはキーホルダー型の催涙スプレーを握り、ポケットにはテーザー銃が入れてあったが、不良のグループに取りかこまれたら、そんなものはなんの役にも立たないだろう。逆にバッグのなかに入っている粘着テープやカッターを取りあげられて、怖い目にあうことになる……。いや、そんなことを考えてはいけない。自分はどんな危険でも冒す覚悟をしたのだ。その覚悟があるから、どんなことでもできるはずなのだ。

幸い、建物の玄関ホールまでは、誰にも声をかけられずにたどり着くことができた。前回、建物の近くにたむろしていた不良っぽい少年たちも、玄関ホールでおしゃべりをしていた老人たちもいなかった。雪解けのぬかるんだ道を歩いてきたので、靴は汚れていた。その泥のついた靴跡を残しながら、クリスティーヌはエレベーターのほうに進んでいった。遠くから、規則正しくリズムを刻む低い音が聞こえてくる。どこかの部屋でオーディオを鳴らしているのだろう。いや、そうではない。自分の心臓の鼓動の音だ。

エレベーターの扉が閉まると、クリスティーヌはテーザー銃と催涙スプレーを取りだした。テーザー銃の先はなんとなく顎の形に似ていた。電池が入っているのを確かめると、クリスティーヌはストラップを手首にかけて、ストッパーをはずした。催涙スプレーのほうも、同じようにストラップを手首に巻きつける。〈レプリカント〉の店長は、催涙スプレーは風の吹き具合によって自分の顔にかかってしまう恐れがあると言って、スプレーよりもジェルタイプのものを勧めた。だが、クリスティーヌはスプレーのほうを選んだ。使い方が簡単なのと、室内で使うことがわかっていたからだ。あとはすべてがタイミングよく、スムースに運ぶことを願うだけだ。テレビや映画ではあるまいし、そんなことはなかなかないだろうけれど。

エレベーターを降りると、廊下にはあちらこちらの部屋からテレビの音が響いていた。19B。

コルデリアの部屋の前まで来ると、クリスティーヌは息を整えた。この前と同じように扉の向こうから音楽が聞こえてくる。心臓の鼓動が速まった。呼び鈴を押すと、さらに速くなった。部屋の奥からこちらに近づいてくる足音が聞こえる。クリスティーヌは大きく息を吸って、吐いた。

と、いきなり扉が開いた。

「ここで何してんだよ?」コルデリアの声がした。

コルデリアは身長が百八十センチはある。まずTシャツと短パンが目に入った。顔をあげると、コルデリアが上から見おろす形で、こちらをにらみつけていた。だが、その顔を見て、クリスティーヌは眉をひそめた。そこには殴られた跡がまだ残っていたからだ。からし色だったあざは今は黒く変わりつつある。目はあいかわらず充血していて、鼻はボクサーのようにひしゃげたままだった。いくら暴行の罪でこちらを訴えるつもりだったとはいえ、コルデリアは殴られることを承知していたのだろうか。きっと違うだろう。仲間の男、あのタトゥーの男にわけもわからず、いきなり殴られたのだ。

「ちょっと、聞いてる？　ここで何をしてんのかって言ってるんだけど」

クリスティーヌはフードを脱いで、サングラスをはずした。と、たちまちコルデリアの目に驚愕の色が浮かんだ。それはそうだろう。このときのために、わざわざ駅のトイレで入念に化粧をしてきたのだ。顔はファンデーションで白塗りにして、目のまわりはアイライナーとアイシャドーで真っ黒に塗って……。口も真っ黒な口紅で塗っていた。これは今からすることの決意表明だった。

「なんなのよ。何がしたいんだか、わかんないんだけど……」戸惑ったような声で、コルデリアが言った。目には怒りとともに不安の表情が浮かんでいる。

「あんたが来たってわかったら、あの人は……」

その言葉がまだ終わらないうちに、クリスティーヌはコルデリアの目に向かって催涙スプレーを吹きかけた。

「ちくしょう！　何するんだよ！」

コルデリアは両手で目を押さえながら、居間のほうに走っていった。クリスティーヌはマフラーを自分の口と鼻に当てると、玄関に入り、扉を閉めた。それから急いで居間に行った。コルデリアは前かがみの姿勢で、激しく咳き込みながら、涙をぬぐっている。クリスティーヌはそのうなじにテーザー銃を直接あてた。たちまち、五十万ボルトの電気が流れた。コルデリアは体を小刻みに震わせたかと思うと、その場に突っ伏した。クリスティーヌはなおもテーザー銃をあてつづけた。今度はTシャツの上から、肩甲骨《けんこう》のあいだにあてた。時間は五秒くらいだ。コルデリアは気を失いはしなかった。だが、あまりに激しい電気ショックに、起きあがることもできないようだった。

クリスティーヌは肩からスポーツバッグをおろして床に置いた。それから、ジッパーを開けて中身を出すと、気を強く持って、攻撃的な口調で言った。

「覚悟なさい。これからが本番よ」

そうだ、これからが本番なのだ。クリスティーヌは、コルデリアの体を横向きにすると、脚と腕を曲げて胎児のような格好をさせ、その姿勢が維持されるように、粘着テープでぐるぐる巻きにしていった。両方の手首と両方の足首も、しっかりととめる。それから、目と鼻と耳と口を除いて、首から上も残らず巻いた。口の部分は最後に十五センチくらいの長さに切ったものを上から貼りつけた。コルデリアの体は頭のてっぺん、膝と肘、鎖骨のあたりを除いて、全身をテープで覆われ、ミイラのようになった。必死で息をするミイラ——コルデリアは鼻でしか呼吸ができなくなり、激しく息を吸ったり、吐いたりしている。

クリスティーヌは望遠鏡型の特殊警棒を取りだすと、肩のあたりを殴った。コルデリアがうめき声をあげた。目だけをこちらに向けて、怒ったようににらみつけている。だが、もう一回、警棒で殴ってやると、その目には怯えの色が浮かんだ。クリスティーヌはソファの肘掛けの上に腰をおろして言った。

「痛かったわよね。ステンレス製だから、当たり前ね。肩の骨が折れていないといいけれど」

コルデリアが身をよじった。その拍子に、粘着テープに覆われていない、うなじの下のほうが見えた。そこにはテーザー銃による、軽い火傷《やけど》の跡があった。クリスティーヌは警棒の先で、火傷の跡をこすった。コルデリアは身を震わせた。

「背中のほうはもっとひどい火傷になっているかも」

「うぅ……」コルデリアがうめいた。

「黙りなさい」

そう言うと、クリスティーヌは立ちあがって、やはり粘着テープに覆われていない、コルデリアの膝頭を見つめた。青白い肌を通して、丸みを帯びた膝蓋骨の形がはっきりとわかる。どうしよう？　はたしてそこまでやる必要があるだろうか？　クリスティーヌは一瞬、ためらった。だが、すぐに思いなおした。ここで弱気になってはいけない。黒幕の名前を聞きだして、全員に復讐するまでは、何があっても非情になると、固く心に決めたではないか。そう自分に言いきかせて、特殊警棒を握りなおすと、クリスティーヌはコルデリアの膝頭めがけて思いきり振りおろした。何かが潰れるようなグシャッという音がした。コルデリアがまたうめき声をあげた。涙を流しながら、恐れと不安の入りまじった目でこちらを見ている。コルデリアの膝頭を粉々に砕いてしまったのだろうか？　クリスティーヌは心配になった。だが、それと同時に、こんなことができる自分を見なおしていた。すごいじゃない。あなたは今、自分の殻を破ったのよ。マドレーヌの声が聞こえた。

「いいこと？　今から口の粘着テープをはずしてあげるから、私の質問に答えるのよ」クリスティーヌは言った。「もし大声を出したり、助けを呼んだりしたら、今度はこれで前歯を全部へし折ってやるから。わかった？」

コルデリアは何度も首を縦に振って、うなずいた。力関係が変わった。今や完全に自分のほうが上になっている。クリスティーヌは前かがみになって、コルデリアの口に貼っていた粘着テープをべりっとはがした。コルデリアは顔をしかめたが、声は出さなかった。

「まさか、わたしがこんなことをするなんて思わなかったでしょう？　おあいにくさま。人は変わるのよ」クリスティーヌは言った。「そう、わたしは変わったの。あなたたちのせいでね」

それを聞いても、コルデリアは何も言わなかった。床に横たわったまま、慎重な様子で、ときおり警棒に目をやりながら、こちらの顔を眺めている。大声を出したら、本当に前歯を折られるかどうか、見定めるように。

「じゃあ、質問をするわね」クリスティーヌは口を開いた。「端的に訊くけど、あなたたちのうしろで糸を引いているのは誰なの？」

コルデリアは答えなかった。

「そう、わかったわ」

クリスティーヌは警棒をちらつかせると、その先でさっき殴ったのとは違う、もう一つの膝頭をつついた。コルデリアの目に恐怖が走った。

「お願い、それは訊かないで」懇願するように言う。

「もう一つの膝も粉々になってもいいの？」

「嫌！　でも、その質問には答えられない。だって、あいつは、あいつは恐ろしいやつなんだから。目的を達成するためなら、なんでもするような男なんだから……。あんたにしゃべったとわかったら、あたしまで殺される。あんたはあいつの怖さをわかってないよ」

「だから、誰なの？　そのあいつっていうのは」クリスティーヌは尋ねた。

「それは言えない。さっきからそう言ってるじゃない。お願い、ここから出ていって。あんたが今、あたしにしたことは誰にもしゃべらないから……」

クリスティーヌはため息をついた。コルデリアの口にもう一度、粘着テープを貼る。コルデリアは頭を激しく横に振った。その目は恐怖で見開いていた。

「あなたにしたことって、こんなこと？」

そう言うと、クリスティーヌはコルデリアの肩めがけて、警棒を振りおろした。少し力を加減したので、骨は折れなかったに違いない。コルデリアはぎゅっと目を閉じ、また開いた。そこには恐れも不安もなく、あきらめの表情が浮かんでいた。ただ静かに大粒の涙をこぼしている。

クリスティーヌは、コルデリアの口に貼ったテープを再びはがした。

「これでもまだ言う気にならない？」

すると、コルデリアがこちらを見つめて言った。

「出ていってよ。お願い。本当に怖いんだから、あの男は。ねえ、これはあんたのことを思って言ってるの。へたに手を出したら、痛い目にあうよ」

「痛い目にならもう十分にあっているわ。あなたたちのせいでね」クリスティーヌは言った。

それにしても、コルデリアがこんなに怖がるなんて、いったいどんな男なのだろう？　でも、どんな男だって関係ない。自分はそいつを見つけだして、復讐してやるのだ。そのためには、なんとしてでもコルデリアの口を割らせなければ。こうなったら、最後の手段を使うしかない。ああ、でも、本当にその手段を使う前に、コルデリアがしゃべってくれますように。

そう心のなかでつぶやきながら、クリスティーヌは黒いスポーツバッグからカッターナイフを取りだした。コルデリアの目にまた恐怖の色が浮かんだ。

「アントンは眠っているの？　あなたの大切な赤ちゃんよね？」できるだけ冷たい声で、クリスティーヌは言った。

コルデリアの顔つきが変わった。

「まさか、そんなことを……。あの子に少しでも手を触れたりしたら、あんたのこと、殺してやるから」

クリスティーヌは肩をすくめた。コルデリアが言葉を続けた。

「でも、あんたはそんなことはしない。ねえ、そうだよね？　はったりをかましているだけだ。だって、あんたはそんな人間じゃない。そんなひどいことができる人間じゃない」

「確かに以前はそうだったわ」クリスティーヌは答えた。「でも、今は違う。さっきも言ったでしょ? あなたたちがわたしを変えたの。いくらでもひどいことができる人間にね。あなたたちのせいで、わたしはもう死んだの。だから、なんだってできるのよ。嘘だと思うなら、見ていてちょうだい」

そう言うと、クリスティーヌは立ちあがって、隣の部屋に向かった。

「やめて! お願い!」うしろから声が聞こえる。

だが、それにはかまわず、クリスティーヌは少し開いていた扉を押した。赤ん坊はベビーベッドですやすやと眠っていた。頭の上には三日月や星のモビールがついたベッドメリーが吊るされている。手元にはガラガラが置いてあった。

赤ん坊に近づくと、クリスティーヌはうっかりカッターナイフを落とさないように、強く握りしめた。赤ん坊を傷つけるなんて、もちろん、そんなことはできるはずがない。コルデリアの言ったとおり、はったりに決まっている。でももし、これだけやってもコルデリアが話す気にならなかったら……。そう考えると、恐ろしさで手が震えた。お願い、そんなことになる前に、なんとかしゃべって。クリスティーヌは心のなかで祈った。

「ちくしょう! その子を傷つけたら、本当にただじゃおかないから!」コルデリアの叫ぶ声が聞こえた。

カッターナイフを持った手をうしろに回すと、クリスティーヌは空いているほうの手で、赤ん坊の腕に触れた。腕は丸々としていて、ピンク色だった。肌が柔らかい。その柔らかい腕を、クリスティーヌは親指と人差し指でつねった。最初は軽く――それから、力をこめて。と、赤ん坊が目を覚まして、大声で泣きはじめた。クリスティーヌはますます指に力をこめた。赤ん坊はもっと大きな泣き声をあげた。

「お願い！　戻ってきて！　お願いだから！」コルデリアの声が聞こえた。もはや悲鳴のようだ。「お願い。あんたに話すから。お願い……」

クリスティーヌはカッターのナイフをしまうと、居間に戻った。コルデリアは粘着テープでがんじがらめにされたまま、目から涙をこぼし、しゃくりあげていた。赤ん坊も、まだ隣の部屋で泣いている。クリスティーヌは思わずコルデリアに同情しそうになったが、急いで気を引きしめた。だめよ。今は怒りの感情を持ちつづけるの。前にマドレーヌが言ったように。

「じゃあ、言いなさい。誰なの？　あなたたちのうしろで糸を引いているのは」

コルデリアはしばらくのあいだ、怯えた表情でこちらを見ていたが、やがて言った。

「あたしは名前を知らないんだけど、ある日、そいつがマーカスに連絡をしてきて、金は出すから、いくつか仕事をしてくれって言ったらしいよ。で、最初はあんたの家の郵便受けに手紙を入れて、あとからラジオ局に電話をすればいいっていう話だったんだけど。だんだん、指示が細かくなってきて、あんたの家に忍び込んでＣＤを置いてこいとか、セクハラのメールを受け取ったと言って、上司に訴えろとか……。それから、あんたを怖がらせるために、あんたの犬を……」そう言いながら、コルデリアは目に涙を浮かべていた。

「あんたの犬の脚を折れって。あたしは嫌だって言ったんだけど、マーカスがやるって言うから。だって、最後には大金を積んでくれたからね。ほんとに大金なんだ。でも、悪かったと思ってる。そこまでやるとは、あたしも思ってなかったんだ。嘘じゃない。それに、あんたの家に入ったのはマーカスだけ。あたしは何もやってない……」

「マーカスって誰なの？」クリスティーヌは口を挟んだ。

「あたしの彼氏だよ」

「じゃあ、昨日、ホテルにやってきて、わたしをレイプしたのは、そのマーカスなのね。わたしをレイプして、犬を殺したのは」

コルデリアの顔に驚きの表情が浮かんだ。

「なんだって？　あいつは……あいつはただ、犬を殺せばいいだけだったのに……」

そう言うと、今度は憎しみの表情を浮かべて、こちらを見つめる。だが、それにはかまわず、クリスティーヌは本題に切り込んだ。

「で、マーカスは黒幕の名前を知っているの？」

「たぶんね。連絡を受けるのはいつもマーカスだから。あたしには教えてくれなかったけど」

「どんなタイプなのか、マーカスから聞いていない？」

コルデリアは首を横に振った。が、突然、ローテーブルの上に置いてあったパソコンを顎で示しながら、言った。

「そうだ。たしか、そこのパソコンに写真があったはずだよ。やつが車に乗り込むときに、こっそり盗み撮りしたって、マーカスが言ってた。『目的を達したら、やつはおれたちを消そうとするかもしれない。そのときの用心に』って。ファイルの名前は……」

　クリスティーヌはローテーブルの上に目をやった。これまでは特に気にしていなかったが、確かにそこには電源の入ったパソコンがあった。これを見ると、いよいよ黒幕がわかる。だが、そう思った瞬間、なぜだかわからないが、その黒幕の名は知りたくないと思った。

「〝X〟だよ。画面にアイコンがあるだろ？　〝X〟って名前のやつ」コルデリアが言った。

　クリスティーヌはパソコンを自分のほうに向けると、カーソルを動かして、〝X〟という名前のファイルの上に重ねた。さっきの思いはまだ続いていた。黒幕が誰かは知りたくない。けれども、ここであと戻りはできない。クリスティーヌはアイコンをダブルクリックした。すぐにファイルが開いて、六枚ほどの写真が現れた
　その写真を見る前から、クリスティーヌにはそれが誰なのか、わかっていた。写真を見たのは、さっきからの予感が当たっていると確かめるためだけだった。

　心のなかが空っぽになって、もはや何を感じているのかもわからない。自分がなくなってしまった気がした。

　レオ……。そこにはレオが写っていた。

36　バルコニー

そのとき、玄関のドアが開く音が聞こえた。

「コルディ？　いるのか？」男の声がする。

クリスティーヌはバッグのもとに急ぎ、なかから催涙スプレーとテーザー銃を取りだした。

「マーカス、助けて！」コルデリアが叫んだ。

居間に男が一人、飛び込んできた。間違いない。あの男だ。かなり背が低くて、首や腕にタトゥーをしている。わたしをレイプしたうえ、HIVに感染させたかもしれない男だ。そう思うと、全身に怒りが充満して、恐怖を感じるより先に、クリスティーヌは男に向かって、催涙スプレーを吹きかけていた。男が手でさえぎるような仕草をしたせいで、残念ながら、スプレーは目にかからなかった。だが、鼻と口には入ったようで、男は激しく咳き込んでいる。テーザー銃の引き金を引くと、クリスティーヌはプラスとマイナスの二本の電極を男の首に打ち込んだ。たちまち五十万ボルトの電気が流れた。男の体が硬直し、震えだした。クリスティーヌはなおも五秒ほど電気を流しつづけたが、バッテリーが切れてきたのがわかったので、近くにあった特殊警棒をつかむと、男の膝頭をめった打ちにした。それから、最後に股間を狙って、警棒を振りおろしたが、それは男が体をよじったせいで、的をはずしてしまった。

それでも、これだけダメージを与えれば、逃げだすには十分だ。クリスティーヌは黒いスポーツバッグに警棒とテーザー銃、スプレー、そしてカッターナイフを詰め込むと、ジッパーを閉めて、肩にかついだ。そのまま、一目散に玄関に向かって走る。

「ちくしょう！　見てろよ。マーカスがあんたのこと、殺してやるんだから！」うしろからコルデリアの声がした。

だがそのときには、クリスティーヌはもう玄関の扉を閉めて、エレベーターのほうに向かっていた。心臓がばくばくしていた。幸い、エレベーターはすぐに扉が開いた。マーカスがあとを追ってくる様子はない。それでも下に着いたら、マーカスが待ちかまえているのではないかと思うと、気が気ではなかった。一秒が一分にも一時間にも感じられるような長い時間のあと、ようやくエレベーターは一階に着いた。マーカスはいない。クリスティーヌは一つ大きく息をすると、フードをかぶり、サングラスをして、マフラーで口を隠し、地下鉄の駅に向かって歩きはじめた。時刻はまだ三時だったので、通りは明るかった。不良少年たちもたむろしていない。団地を抜けて、池の近くまで来ると、地下鉄の入り口のそばにラッパーのような格好をしたジェラルドが立っているのが見えた。だが、一人ではなく、二人の若者に囲まれている。クリスティーヌはあわててスポーツバッグからテーザー銃を取りだし、安全装置をはずして、ポケットにしのばせた。バッテリーはまだ少しは残っているはずだ。

すぐにでもテーザー銃を抜きだせるようにポケットに手を入れながら、クリスティーヌは用心深くジェラルドに近づいていった。と、ジェラルドがこちらを見て、言った。

「やあ、クリスティーヌ、用事はすんだかい？　紹介するよ。航空宇宙高等学院の学生たちだ。僕の教え子でね。偶然、ここで会って、きみが来るまでのあいだ、おしゃべりをしてもらうことにしたんだ」

「こんにちは」学生たちが挨拶をした。

「こんにちは」クリスティーヌも挨拶を返した。

「じゃあ、僕たちはこれで」学生の一人が言った。

「ありがとう。きみたち、就職のときは、いつでも僕に履歴書を送ってくれていいよ」

「ありがとうございます」

そう言うと、学生たちは団地のほうに去っていった。その姿が見えなくなると、ジェラルドが尋ねた。

「で、きみのほうはうまくいったのかい？」

クリスティーヌはうなずいた。ジェラルドの目が好奇心で輝いた。

「ということは、黒幕の名前がわかったのか？」

クリスティーヌはもう一度、うなずいた。だが、その名前のことを思うと、胸が痛んだ。

また心が空っぽになりそうになる。
そのとき、パーカーのポケットのなかで携帯が振動した。急いで手に取り、画面を見たが、メッセージは着信していない。ということは、もう一つのプリペイド式の携帯だ。鼓動が速まった。プリペイド式の携帯はレオとの連絡用にしか使っていない。つまり、これはレオからの着信だということだ。今、突きとめたばかりの黒幕の……。クリスティーヌはもう一つのポケットからプリペイド式の携帯を取りだすと、メールの画面を開いた。はたして、そこにはレオからのメッセージがあった。

コンパンのマクドナルドで会おう。　レオ

クリスティーヌは画面をじっと見つめた。いったい、どういうことだろう。たった今してきたことを、マーカスとコルデリアがもう報告したということか？　いや、コルデリアは心からレオのことを恐れていた。もし黒幕がレオだとばらしたら、自分まで殺されると言って。でも、コルデリアのところに行って戻ってきたところにメッセージを送ってくるなんて、やっぱり偶然だとは思えない。もしかしたら、あとをつけていたのだろうか？　それとも、コルデリアのところに行ったのとは関係なく、何か別の罠を仕掛けてきた？　そうだとしたら、どうしてマクドナルドなのだろう？　そんな場所で会ったら人目につくし、お店のなかだって、若者や家族連れでいっぱいの時間だろうし。どんな罠を仕掛けてきたというのだろう？

と、ジェラルドに肩を叩かれた。心配そうな顔をしている。

「どうしたんだい？　誰からのメッセージ？　何か困ったことでも？」

「わたし、行かなきゃ」

そう言うと、クリスティーヌは地下鉄の入り口に向かった。

「待ってくれ。僕も行くよ」ジェラルドが言った。

「だめよ。わたし一人で行かなきゃならないの。また連絡するわ」

ジェラルドの言葉を背中に、クリスティーヌはエスカレーターの脇の階段を駆けおりた。

ジェラルドはついてこなかった。

コンパン・カファレリ駅のトイレで化粧を直すと、クリスティーヌは階段をのぼり、すぐ目の前のマクドナルドに入った。ここのマクドナルドは内装がちょっとモダンアート風で、空間幾何学の教科書に載っていそうなデザインになっている。そのなかを進んでいくと、奥のほうにレオの姿を見つけた。レオは大きな編み目のタートルネックのセーターに、グレーのウールのコートをはおっていた。テーブルの上には、チーズが溶けて、マスタードやケチャップがしたたりおちるグラン・ベーコンチーズバーガーがのっている。クリスティーヌはレオをにらみつけるようにして、テーブルを挟んだ向かい側の椅子に腰をおろした。ここは椅子もアート風で、背もたれがオールを垂直にした形をしていた。

「こんにちは、レオ」なるべく感情を表に出さないようにして、クリスティーヌは言った。

レオはこちらが店に入ったときから、ずっとその様子を見ていたようで、心配そうな表情をしていた。やはり、マーカスから報告が行ったのだろうか？　それで、自分が黒幕であることがばれてしまったことを知り、こちらの出方を心配しているのだろうか？　レオはいったん視線をハンバーガーのほうに落とすと、すぐに顔をあげて言った。

「申し訳なかった」

クリスティーヌは戸惑った。いきなり、そんなかたちでこれまでのことを謝ってくるなんて、想像もしていなかったからだ。これはやっぱり罠だろうか。それとも……。ＤＶの加害者は相手にひどいことをしたあと許しを乞い、それなのに、その後も暴行を繰り返すという。これはそちらのパターンなのだろうか。

レオが続けた。

「このあいだの電話だけれど、あんなことを言うべきじゃなかった。ずいぶんひどいことを言ったと思うよ」

クリスティーヌは何も答えなかった。レオが何をしたいのか、見当がつかなかったからだ。レオが言葉を続けた。

「でも、それには理由があったんだ」

そう言うと、レオはあたりを見まわした。誰かに聞かれていないか、確かめるためだろう。それを見て、クリスティーヌはレオが待ちあわせにこの場所を選んだ理由がわかった気がした。まわりがにぎやかなぶん、内密の話がしやすいのだ。すぐ隣の席にでもいなければ、こちらの話を盗み聞きすることは不可能だろう。そう思って、自分もあたりを見まわすと、隣の席では十歳前後の男の子と女の子が、最後に残ったチキンマックナゲットをめぐって、兄妹喧嘩をしている。そのそばでは、マンゴー&パッションのスムージーをストローで吸いながら、母親がおざなりに仲裁していた。

「盗聴されているんじゃないかと思って」

「盗聴ですって?」クリスティーヌはびっくりして、言葉を挟んだ。

「そうだ。それに、時間が必要だったんだ」

クリスティーヌはレオの目をのぞきこんだ。そこには天井の照明が反射していた。よく見ると、自分の顔も映っている。

「なんのための時間?」

「きみが言っていた黒幕が誰か、確信を得るための時間だ。盗聴もその人物にされている恐れがあった」

黒幕って……。その黒幕はあなたじゃない! クリスティーヌは思わず叫びそうになった。いえ、ここは感情的になってはいけない。おそらく、レオはマーカスからの報告を受けて、黒幕が誰かばれてしまったことを知ったのだろう。それで、黒幕が別にいるようなふりをして、こちらの頭を攪乱《かくらん》する作戦に出たのだ。

「コリンヌ・デリアは知っているね? きみが言っていたラジオ局の研修生、コルデリアだ」

　クリスティーヌはうなずいた。

「じゃあ、マーカスという男は？」

　クリスティーヌはもう一度、うなずいた。その名前はさっき知ったばかりだ。だが、その二人の名前を出して、いったいレオは話をどこに持っていくつもりだろう。

「実は、前に話した私立探偵を使って、黒幕だと疑っている人物のあとをつけさせたら、その二人にたどり着いてね。きみの話にもコルデリアという名前の研修生が出てきたから、確信が強まったところなんだ。コリンヌ・デリアはコルデリアの本名だろう？」

　クリスティーヌは今度はうなずかなかった。じっと、レオの顔を見つめる。黒幕だと疑っている人物のあとをつけさせたら、マーカスとコルデリアにたどり着いた？　そんなもっともらしい作り話をされても、とうてい信じることはできない。黒幕はレオなのだから、あとをつけさせるも何も、最初からマーカスとコルデリアのことは知っていたはずだ。クリスティーヌは反撃に出ることにした。

「わたし、さっき二人に会ってきたばかりなの。マーカスとコルデリアに」

　すると、レオは驚いたような顔をした。おそらく演技だろう。とはいえ、なかなか堂に入っている。

「いつ？」

「一時間くらい前よ」クリスティーヌは答えた。

「どうしてまた？」

「黒幕の名前を訊きだすためよ。コルデリアを痛めつけたら、教えてくれたわ」

「それは誰なんだ？」

クリスティーヌは腹を立てた。この期に及んで、まだしらを切るつもり？　それなら、はっきりと言ってやる。

「あなたよ」

レオは呆気にとられた顔をした。これも演技だろう。まったく見事なものだ。

「どうして、私がそんなことをしなければならないんだ？」

「わたしがジェラルドと婚約をして、あなたを捨てたからよ。あなたはプライドを傷つけられた。それでわたしに復讐しようとしたのよ」

レオは茫然としている。もう逃がさない。クリスティーヌは追い打ちをかけた。

「わたしたち、暮れにグランドホテル・トマ・ヴィルソンで会ったでしょう？　あなたと別れたあと、ホテルのエレベーターのところで、誰とすれ違ったと思う？　マーカスよ。背が低くて、首のあたりにタトゥーをしていたから、間違いないわ。マーカスはエレベーターに乗ろうとしていた。どうしてだと思う？　あなたに会うためよ。あなたはそこでマーカスに指示を与えたのよ。わたしを、わたしを……」

言っているうちに、最後は昨夜、マーカスにされたことを思い出して、言葉にならなくなった。

「私がマーカスに指示をした？　まさかそんなことがあるわけないじゃないか」あいかわらず驚いたような声でレオが言った。「たぶん、きみはつけられていたんだよ。携帯が盗聴されていたかもしれないし」

「そうされないように、携帯はプリペイド式のものを買ったもの。何度もあとを振り返って、あとをつけられていないかどうか確かめたのよ」怒りをこめて、クリスティーヌは言った。

するとレオはやれやれと言うふうに、肩をすくめて答えた。

「クリスティーヌ、いくら用心したって、きみはプロのスパイじゃないんだ。やつらにしたら、きみに気がつかれないよう、あとをつけるなんて簡単なことだ。きみの荷物に位置情報を知らせる発信機を忍ばせたかもしれないし」

「話をごまかさないでよ」クリスティーヌは言った。「問題はわたしが用心していたかどうかじゃない。あなたが黒幕だっていうことよ。いいこと？　赤ん坊を殺すって、わたしが脅迫したら、コルデリアが全部白状したのよ」

「今、なんて言った？　どうやって脅迫したって？」レオが大声をあげた。

「なんだっていいでしょ。ともかく脅迫したら、教えてくれたの。マーカスが黒幕の男の写真を隠し撮りしたから、パソコンを見ればわかるって。それはあなたの写真だったわ」

それを聞くと、レオは首を横に振った。これまでに見たこともないような悲しげな顔をしている。真実を突きつけられて、ついに観念したからだろうか。その顔は一気に十歳も年をとったかのように見えた。やがて、レオがこちらをじっと見つめて言った。

「わかったよ。すべて話そう。少し長くなるよ」

レオの話を聞きおわると、クリスティーヌは混乱した。もう何がなんだかわからない。最初に思ったのは、自分が黒幕だということを隠すために、レオが作り話をしたということだ。だが、それにしては細部が具体的で、つじつまが合っていた。もっとも、真正の嘘つきというのは、細かいところまで整合性のある嘘をつけるということだけれど……。モラル・ハラスメントの加害者はそういった嘘を巧みにつけると、何かの本で読んだことがある。

その一方で、レオの話を信用するならば、レオの言う黒幕の人物こそがモラル・ハラスメントの加害者だった。その人物はこの数年間、レオにつきまとい、レオと近づきになった女性を攻撃し、ひどい目にあわせてきたのだ。それはもう残酷なやり方で。そうなると、自分もそれと同じやり方で、その黒幕の人物から攻撃を受けてきたことになる。だが……。いくら憎しみや嫉妬に駆られて悪意を抱いたからといって、それだけであんなにひどいことができるだろうか？　人間というのは、地獄の悪魔のようなことができるのだろうか？　これまでまったく知らなかった世界だった。だが、クリスティーヌはすぐにかぶりを振った。いいえ、できるかもしれない。一度、地獄を見た人間になら……。

「それで、その黒幕というのは誰なの？」レオの話を信じていいのかどうかわからないまま、クリスティーヌは尋ねた。

「いや、それはまだ言えない。いくつか確かめなければいけないことがあるんだ。証拠もつかまずに、人を糾弾することはできないからね。今はさっき話した探偵がその人物をマークしている。女性なんだけど、優秀な探偵だ。今日も午前中に調査の結果を家まで報告に来てくれたよ。玄関のところで、道に迷ったという男に会ったということだが、それはやつらの仲間ではない。別の種類の人間だ」

そう言うと、レオはしばらく考え込むような顔をした。それから、こちらを向いて、真剣な表情で尋ねた。

「きみは預金口座にいくらくらい金を持っている？　私は三万ユーロくらい自由になる金があるんだが……」

「預金じゃないけど、生命保険を解約すれば二万ユーロくらいになるわ」質問の意図がつかめないまま、クリスティーヌは答えた。

するとレオがきっぱりとした声で言った。

「そいつを解約するんだ。明日すぐに、朝一番でね。お金が入用になるかもしれないから」

「なんのために？」

「自由を買い戻すためにだよ、クリスティーヌ。この件にけりをつけて、黒幕の毒牙から逃れるためだ。私の考えどおりになれば、私たちはこの窮地を脱することができる」

コンパンから自宅までは二キロも離れていない。レオと別れると、クリスティーヌは歩いて帰ることにした。外は雨だった。ときおり車が通ると、ヘッドライトが雨に濡れた道路を照らしていく。

パーカーのフードを目深にかぶり、スポーツバッグを肩にかついで歩道を歩きながら、クリスティーヌは考えた。レオの言ったことは本当だろうか？　レオはセリアという女性写真家の話もしていた。その女性は、レオが妻と離婚するから結婚してほしいと告げたあとに自殺をしたというのだ。精神的にかなり追いつめられていたらしい。レオはしばらく前から自分に距離を置きはじめていたので、おかしいと思っていたようだったが、その女性が自殺をしたときに、もしかしたらその黒幕の人物から嫌がらせを受けていたのではないかと、ふと思ったという。そうして、こちらの話を聞いて、その女性を自殺に追いやったのも、今度の事件も、背後にはその人物がいると確信したようだ。そこで、私立探偵に調査を依頼したのだ。

ああ、でも、レオは奥さんと離婚しようとしていたのだ。クリスティーヌは思った。レオの話によると、セリアという女性とつきあっていたとき、レオは奥さんや子どもと別居していたらしい。最初のうちは子どものことを考えて、離婚だけはしていなかったが、セリアとつきあうようになって、とうとう別れる決心をしたというのだ。ちょっと待って！　クリスティーヌは突然、あることに気づいた。奥さんと別居しているなら、昼間、電話をかけたとき、わざわざ書斎の電話番号にかけなくてもよかったのだ。家にはレオしかいないのだから。レオの話が本当だとすると、午後にレオが電話をかけてきたのは、留守番電話に残した伝言を聞いたからだということになる。そもそも、もしセリアとつきあって結婚まで考えていたのだとしたら、わたしがジェラルドと婚約したからといって、嫉妬する必要はない。いや、セリアという女性の話はやっぱりレオの作り話で、その女性を自殺に追いやったのはレオなのではないだろうか。セリアがレオと別れたいと言ったせいで、プライドを傷つけられて……。

いったい、どちらが正しいのだろう？　レオの話とコルデリアの話と、どちらを信じればいいのだろう？　クリスティーヌはわからなくなった。

いつしか道はラングドック通りに入っていた。ここまで来れば家まではもう二百メートルほどだ。クリスティーヌはカルム広場のほうに向かって、通りを歩いていった。学生たちが集まっているカフェの脇を通りすぎ、家のある通りに入る。立派な邸宅や風格のある建物が並ぶ通りだ。と、遠くのほうに青い光が二つ、くるくる回転して、建物を照らしているのが目に入った。光が当たるたびに、バルコニーや刳《く》り形装飾、円形の台座に彫られた彫刻が浮かびあがる。なんだろうと思って近づいてみると、光の正体はすぐにわかった。パトカーの回転灯だ。パトカーが二台、通りをふさいで、通行止めにしているのだ。何か事件があったに違いない。その証拠に周囲の建物はどの窓にも明かりがつき、バルコニーに出てきた人々がまるで劇場のボックス席からお芝居を見るように、下の様子を眺めていた。ちょうど自分が住んでいる建物の下あたりだ。

近くまで行くと、歩道には立ち入り禁止のテープが張られていた。クリスティーヌはフードを脱ぐと、野次馬の整理をしていた警官に声をかけた。

「あの、この向かいの建物に住んでいるんですけれど」数メートル先の入り口を指さす。

「そうですか。では、ちょっと待っていてください」

そう言うと、警官はテープをくぐり、おそらく刑事だろう、私服の男のほうに近づいていった。警官が何やら言うと、私服の男はこちらを振り返った。その顔を見て、クリスティーヌはぎくりとした。私服の男は、暮れに自分を取り調べた警部補——あのボーリューという刑事だったのだ。ボーリューはすぐにこちらにやってくると、言った。

「スタンメイエルさん。お帰りをお待ちしていましたよ」

その声はぞっとするほど冷たかった。雨のせいで、もじゃもじゃの髪からしたたる水滴が鼻の先を濡らしている。ネクタイはいつものとおり悪趣味だったが、それだけではなく、雑巾《ぞうきん》のように水を吸っていた。目には回転灯のブルーの光が映っている。

「あの男のことはご存知ですね？」

そう言うと、ボーリューはプードルのようにとがった顎の先で、歩道の上の段ボールを示した。クリスティーヌは驚愕した。マックス……。そこにはマックスが血を流して横たわっていたのだ。パトカーからは無線で交信する声が聞こえてくる。ヘッドライトに照らされて、きらきらと輝く雨が美しかった。その雨のなか、マックスは目を見開いて、天を見据えていた。今からこの地上をおさらばして、天に昇っていくのだと言わんばかりに。マックスのまわりでは、鑑識官なのだろう、白いつなぎを着て、靴を青いカバーで覆った人々が写真を撮ったり、遺留品の捜索をしたりしていた。

「ご存知ですね？」ボーリューがまた尋ねた。

「ええ。マックスです」

「マックス？」

「苗字は知りませんが。何度か話したことがあるんです。昔、国語の教師をしていたと言っていました。その後、スキャンダルに巻き込まれて、路上生活を始めたとか。いったい、何があったんです？」

おそらく、マーカスの仕業だ。そう思いながらも、クリスティーヌは尋ねた。だが、ボーリューは肩をすくめただけで、その質問には答えなかった。反対にこちらをまじまじと見つめて言う。

「そいつの名前はマックスではありません」

「なんですって？」

「ジョルジュ・ド・ナシメントという名前です。教師をしていたことなんて一度もありません。なにしろ、未成年の頃から三十年くらい路上で暮らしていたんですから。やつは薬物の常用者だったんです。おかげで、体はボロボロですよ。ＨＩＶには感染していませんでしたが、Ｂ型肝炎とＣ型肝炎にはやられていたようです。ほかの薬物依存の連中と注射器を共用したせいで感染したんでしょう。このところ、かなり弱っていたみたいですね。これでまだ四十七歳だったんですよ。そうは見えなかったでしょうが」

そう言うと、ボーリューはため息をついた。まるで薬物との果てしない戦いに疲れたかのように。ボーリューが続けた。

「教師なんかじゃありません。でも、本は好きだったようです。それから、クラシック音楽も。きっと拾った本で知識を得たんでしょうね。クスリをやっているところを捕まえて、署に引っぱってくると、バロック音楽やオペラについての蘊蓄《うんちく》を語っていましたよ。そのおかげで、こちらがオペラのタイトルや中身を覚えてしまうくらいに。あなたには教師をしていると言ったんですか？　まあ、見栄を張りたかったのでしょう」

その話を聞いて、クリスティーヌはマックスを部屋にあげたとき、ポケットから本がのぞいていたことを思い出した。あれはたしかトルストイの小説だった。そういえば、さっき鑑識の人が持っていたビニール袋のなかに本が入っていた。本には血がついていた。クリスティーヌはぞっとした。そして、その気持ちを振り払うように尋ねた。

「あの、結婚はしていたんでしょうか？　わたしには妻子がいると言っていたんですが」

ボーリューは首を振った。

「いいえ。結婚はしていないはずです」鼻に降りかかる雨をぬぐいながら言う。

「じゃあ、どうしてそんな嘘を……」

「やっぱり見栄を張りたかったのでしょう。それにもともと作り話が好きなんですよ。あなたと同じようにね」

そう言うと、ボーリューは急にまた最初と同じように冷たい顔になった。

「それよりも、あなたはどうしてこの男と——ジョルジュと知り合いになったのです。近所の人たちの話によると、よくこの場所で話していたそうじゃありませんか。それだけではない。部屋にまであげたことがあるとか」

近所の人たち——とボーリューは言ったが、人たちではなく、隣のミシェルだろう。そう思うと、腹が立ってきた。だがそれは抑えて、クリスティーヌはさっきの質問を繰り返した。

「それで、何があったんです？」

「ナイフで刺されたんですよ。時間はまだはっきりしていませんが、おそらく昨日の深夜に。なにしろ、路上生活者ですからね。今日の昼頃に、段ボールに血が流れているのを通行人が見つけるまで、死んでいるとわからなかったんですよ。その通行人からの通報で、我々がここに来て調べているというわけです」

クリスティーヌは頭のなかで時間を計算した。マックスを殺したのは、マーカスに違いない。だが、マーカスは昨日の夜中から朝方にかけてイギーを殺し、自分をレイプしている。ということは、たぶんその前にこの通りにやってきて、マックスをナイフで刺したのだ。それだけじゃない。今朝、自分が見かけたときには、マックスはもう死んでいたのだ。眠っているとばかり思い込んでいたので、それに気がつかなかっただけで……。そう考えると、全身が粟立った。と、いきなりボーリューが尋ねてきた。

「スタンメイエルさん、あなたは昨夜、ご在宅でしたか？」

「いいえ」

「どこにいらしていたんです？」

「グランドホテル・ド・ロペラです。おとといからそこに泊まっていました」

「どうしてです？　家がここにあるのに」

「あなたには関係ないでしょう」

「いいえ、関係があります」そう言うと、ボーリューはこちらをじっと見つめた。その目には明らかに疑いの色が浮かんでいた。「なにしろ、このあたりでジョルジュと知り合いだと言えるのは、あなただけですからね。あなたはよくジョルジュと話していただけではなく、自分の部屋にまであげている。おかしいとは思いませんか？　ジョルジュはホームレスで、服も汚れているし、シャワーも浴びていないから、においもする。そんな人間をわざわざ部屋にあげるなんて。昔からの知り合いというわけではありませんよね？　それとも……」

　クリスティーヌは言葉を探した。ここはうまく言いつくろわないと、本当のことを話さなければならなくなる。けれどもマーカスの話をしたところで、この刑事は絶対に信じてくれないだろう。じゃあ、なんと言えば？　すると、ボーリューが助け舟を出してきた。

「今年の冬は雪が多くて寒いですからね。部屋の窓からジョルジュを見て、同情したのでしょう。こんな寒いときに、路上で暮らすのはさぞかし辛いだろうと。それで、部屋にあげて、温かい食事と飲み物をごちそうしてあげたくなった――そういうことでしょうか？」

「ええ、そういうことです」クリスティーヌはほっとして答えた。

だが、その瞬間、ボーリューの口調がきつくなった。

「馬鹿なことを言わないでください。そんな話は警察には通用しませんよ。あなたは何かを隠している。ジョルジュの死に関係のある何かを。そんなことは話し方や態度を見ればすぐにわかる。それに、相手が訴えを取りさげたとはいえ、あなたはつい最近も女性にひどい暴力をふるったばかりだ。だとしたら、あなたがジョルジュを刺したのではないと、誰が言えるでしょう？　まずはアリバイからきちんと調べさせてもらいますよ。だいたい、あなたの言動には不審な点が多すぎる。いったい、何を企んでいるのか。いいですか？　そいつを突きとめるまで、私はあなたにつきまといますよ」

そう言ってこちらをにらみつけると、ボーリューは鼻を鳴らした。おそらくそれが軽蔑の表現なのだろう。今や警察も敵だった。自分は黒幕を相手にするだけではく、警察とも戦わなければならない。だが、クリスティーヌは一歩も引く気はなかった。

「話はそれだけですか？」

「ええ、今のところは」

「それでは失礼します」

そうきっぱり告げると、クリスティーヌは道路を渡り、建物の入り口のところに立った。

今しがたの刑事の言葉を思い出し、腹の底から怒りがわきあがってくる。怒りのあまり、指先が震えて、暗証番号を押しなおさなければならないほどだった。

セルヴァズはハンカチを取りだして、鼻をかんだ。ワイシャツの襟を濡らす雨のせいで、寒気がした。それにしても、あの女は誰なのだろう？　この事件に関係があるのだろうか？　フォンテーヌと別れて、ここまで歩いてきたと思ったら、ボーリューと話しはじめ、最後はボーリューを憤然とさせるなんて。思うに、あの女がフォンテーヌの留守番電話に伝言を残したクリスティーヌという女なのだろう。そういえば、昼間、警察に電話をしたとき、エスペランデューもクリスティーヌという名前に心あたりがあるようなことを言っていた。

今日の午後、車で出かけたフォンテーヌのあとを尾行すると、フォンテーヌはコンパン・カファレリの駅を出たところにあるマクドナルドに入った。そこにあの女がやってきたのだ。店内は混んでいたので、近くの席に行くことはできなかったが、二人は張りつめた様子で言葉を交わしていた。たぶん、この二人は男と女の関係にある。セルヴァズは直感した。だとすると、フォンテーヌの次の犠牲者はあの女なのか？　そう思いながら見ていると。女が立ちあがって、店を出ていった。フォンテーヌのほうは、座席に残ったまま、困ったような、不安そうな表情を浮かべていた。どうするか？　セルヴァズは一瞬、迷ったのち、女のあとをつけることにした。フォンテーヌについては、自宅も職場もわかっている。だが、女のことは何も知らない。そこで、車はコンパンに置いたまま、徒歩で女を尾行し、ここまで来たのだ。

それにしても、フォンテーヌが犯罪に関わっている証拠を求めて女のあとを追ってきたら、何かの犯行現場にたどり着いてしまうとは。おそらく殺人事件だろう。ボーリューがあれほど熱心に尋問していたところを見ると、やはりあの女が事件に関係していることは間違いない。あの女の名前がクリスティーヌというなら、エスペランデューが「クリスティーヌですって？ どこでその名前を見つけたんです？」と言って、それからあわてて「今の話は忘れてください」とごまかした理由もわかる。あの時点で、女の名前はすでに捜査線上に浮かびあがっていたのだ。被害者の身元ももう割れているだろう。ああ、この事件の担当がエスペランデューかサミラだったらよかったのに。よりによってボーリューとは。同じ犯罪捜査部でも別の班なので、ボーリューとはそれほど心を通わせているわけではなかった。

近くに検事がいないことを確かめると、セルヴァズは立ち入り禁止のテープをくぐり、制服の警察官にベルトにつけた警察バッジを見せた。それから女が通りを渡って、建物に入るのを見とどけると、ボーリューに近づいていった。と、こちらを見て、ボーリューから先に声をかけてきた。

「どうしたんです、警部？ たしか休職中なのでは」

「いや、この建物に住んでいる友人が電話をしてきてね。私がこの近くにいると言ったら、何があったのか教えてほしいと言うもんだから」

ボーリューはそんな言葉は信じられないと言わんばかりに、こちらをじろじろと眺めた。

「何があったか知りたければ、ローカルニュースを見るように言ってください」

そう口にして、すぐ近くでテレビカメラを構えている男を示す。カメラの上には大きな傘が差しかけられていた。立ち入り禁止のテープの向こうでは、スマートフォンを手にした野次馬たちが鈴なりになって、現場の様子を録画している。それを見ていると、セルヴァズは腹が立つのを感じた。ボーリューが煙草を取りだし、一本どうかと勧めてきた。

「いや、いいよ。ありがとう。煙草はやめたんだ。それより、何があったんだ?」

「ホームレスがナイフで刺されたんですよ。昨夜、遅くね。でも、いつでも歩道で寝ているもんだから、誰も気がつかなかったんです。通行人の一人が段ボールに血がついているのを見るまでは……。ジョルジュという名前の男です。薬物依存で、よく留置場に入っていたでしょう? 覚えてませんか?」

セルヴァズは曖昧にうなずいた。

「この通りで寝ていたのか?」

「最近はそうだったようです」

沈黙が流れた。セルヴァズはくしゃみをすると、またハンカチを取りだした。世間話のようにして尋ねる。

「そういえば、さっき一緒に話していた女性は誰だい?」

それを聞くと、ボーリューは探るような目をした。

「何か興味でも？」

セルズァズは「別に」と言うように、肩をすくめて見せた。ボーリューは話しても問題ないと思ったのだろう。自分から言葉を続けた。

「ちょっといかれた女でしてね。最近、あの女の取り調べをしたんですが、それが奇妙なんです。おかしな手紙が来たと言ったり、嫌がらせを受けていると警察に訴えに来て。でも、実はあの女のほうが嫌がらせをしたり、職場の同僚の女性に暴行を加えたりしているんですよ。それに、あの女はこの事件の被害者とも親しく言葉を交わしていて。二度くらい、部屋にあげたこともあるんです。何か怪しすぎますよ」

「その暴行とは？」

「あの女は〈ラジオ５〉で仕事をしていたんですが、その下で働いていた研修生の女性が暴力をふるわれたと言って、訴えてきたんですよ。どうやら、最初は二人でレズビアンごっこを楽しんでいたのが、おかしなことになったようで。色恋沙汰《ざた》が金銭沙汰になったんです。あの女は金を払って、被害者と事に及んだものの、あとから金が惜しくなって、そいつを取り返そうと、暴力をふるったというわけで……。まったく、今の世の中、どうなっているんですかね」

「あの女のほうが嫌がらせを受けて、訴えたというのは？」

セルヴァズは興味を持って尋ねた。嫌がらせを受けていたとしたら、フォンテーヌからかもしれないと思ったからだ。もしそうなら、フォンテーヌの尻尾がつかめるかもしれない。

「それがまた奇妙な話でしてね」ボーリューが言った。「あの女は二回、警察に来たことがあるんですが、一回目は住んでいる建物の自分の郵便受けに自殺予告の手紙が入っていたということで、調査を依頼しにきたんです。なに、その手紙は狂言で、あの女自身が書いたに決まっていますがね。二度目は誰かから嫌がらせを受けているということで、やってきました。自殺予告の手紙に関する電話がラジオ局や家にかかってくるとか、玄関マットに誰かが小便をしていったとか。それで、その電話をかけてきたり、小便をした男は同一人物で、そいつが飼い犬の脚の骨を折ったとか。おまけに、その男はラジオ局の研修生とぐるで、その男の正体を確かめるために研修生のところに行ったら、逆にクスリを盛られて、裸にされて、レズビアンの動画を撮られたって言うんですから、もう信じられませんよ。そんな動画、自分が楽しみのために撮らせたに決まっているじゃないですか。それから、さっき言った暴行事件があって。研修生が訴えを取りさげたため、あの女を釈放することになってしまいましたが。それで、今度はこの殺人事件です。あの女はジョルジュと親しく話していたんだから、この事件に関わっているのは間違いないんです」

そう言うと、ボーリューは向かいの建物を見あげた。あの女の住んでいる建物だ。セルヴァズも顔をあげた。ほとんどの窓に明かりがついていて、バルコニーに人が出ているのが目に入る。まるでベニスのフェニーチェ劇場の公演初日の立見席のようだ。だが、そのなかにさっきの女の顔はない。

「で、その女の名前は？」セルヴァズは尋ねた。

「スタンメイエルです。クリスティーヌ・スタンメイエル」

セルヴァズはうなずいた。やはり自分の考えに間違いはなかった。昼間、フォンテーヌの留守番電話に伝言を残したのはさっきの女で、あの女はフォンテーヌの次の標的なのだ。

「もしかして、警察に来たときに、あの女はオペラに関する話をしたか？」

「なんですって？」

「オペラだよ。何か、それに関連するようなことを言わなかったか？」

その言葉に、ボーリューは丸く飛びでた目をいっぱいに開いて、じっとこちらを見つめていたが、やがてずぶ濡れになった趣味の悪いネクタイに手をやって言った。

「なんでそんなことを知っているんです？　あの女、自分のいないあいだに、嫌がらせをしている男が家に侵入して、オペラのＣＤをかけたり、ＣＤを置いていったりしたと言っていました。警部、ここに来たのは偶然じゃありませんね？」

「そのとおりだ」

「じゃあ、知っていることがあったら、私に教えてください。この事件の責任者は私なんです」

セルヴァズはもう一度、建物を見あげた。雨どいの端から水があふれて、滝のように流れ落ちているのが見える。

「わかった。知っていることはなんでも話そう。その代わりに、まずあの女と話をさせてくれ。何を話したかは、あとできちんと報告するから。私はあの女——クリスティーヌが言っていることは本当のような気がするんだ。嫌がらせを受けたと、警察に言ってきたことは……」

それを聞くと、ボーリユーの飛びでた目がさらに飛びだしたように見えた。

「あの女の言ったことが本当ですって？　警部、ご冗談ですか？　それに今の警部の立場で尋問なんて許されるわけがない。尋問なら、私がします」

だが、セルヴァズは一歩も引かなかった。

「玄関の暗証番号は知っているか？」

「そんなこと、教えられるわけが……」

「ボーリユー、きみにはまだ事件の全体像が見えていないんだよ。状況がわかっていないんだ。班は違うが、同じ犯罪捜査部だ。きみもよく知っているだろう？　これまで私が間違ったことがあるか？　失敗したことがあるか？　それに私はきみの仕事を邪魔しようとしているわけじゃない。この事件を自分の手で解決して、手柄にしようとも思っていない。そんなことができるはずもない。私は今、休職中なんだから。責任者はあくまでもきみだ。私はあの女を尋問しにいくわけじゃない。二つ、三つ、質問をしにいくだけだ」

ボーリユーはなおもためらう様子を見せていたが、セルヴァズがじっと見つめると、首を縦に振った。

「一九四五です」

リビングに入ると、クリスティーヌはすぐに天井の明かりをつけた。その瞬間に確信した。自分のいないあいだに、誰かがこの部屋に来ている。なぜかはわからないが、ともかくそんな気がするのだ。クリスティーヌは息を殺しながら、部屋のなかを見まわした。そして、すぐにローテーブルの上にCDが置いてあるのを見つけた。マーカスだ。だが、いつここにやってきたのだろう。今朝、ホテルからこの家に戻ってきたときには、そんなものは置いてなかった。誰かが家に侵入した痕跡もなかった。ということは、ジェラルドに電話をして出かけたあとのことだ。それにしても、大胆なことをする。昨日の夜、この前の通りでマックス――じゃなくて、ジョルジュを殺したのに、それから一日もたたないうちに、犯行現場に戻ってくるなんて。マーカスはジョルジュを殺すと、警察の現場検証が始まる前にこの界隈を離れ、レヌリーのコルデリアのところに行ったのだ。ローテーブルに近づくと、クリスティーヌはCDのタイトルを見た。

ベンジャミン・ブリテン作曲の『ルクレティアの凌辱《りょうじょく》』だ。

きっと、ヒロインが自殺する話なのだろう。そう思って、CDを手に取ろうとしたとき、クリスティーヌはローテーブルの上に一枚の紙きれがあるのに気づいた。手書きの文字で何か書いてある。震える手で、その紙を取りあげると、クリスティーヌは文字を読んだ。

これでどんな運命がおまえを待ちうけているか、よくわかっただろう。ならば、おまえ自身の手でカタをつけたほうが早いのではないか。そろそろケリをつけようじゃないか。まだ無駄な抵抗をするようなら、今度はおまえの母親を標的にすることになる。

頭がクラクラした。敵はイギーを殺したり、自分をレイプしただけでは飽きたりず、また新たな攻撃を仕掛けてきたのだ。いや、これは明らかな脅迫だ。この手紙を下の刑事に見せれば……。そう思って、手紙の筆跡を見たとき、クリスティーヌは驚きのあまり、息が止まりそうになった。手紙の筆跡は自分のものとそっくりだったのだ。きっと巧妙に似せられたのに違いない。こんなものを刑事に見せたら、また自分で脅迫状を書いたと言われるだろう。またしても罠にはまるところだった。でも、幸いなことに、踏みとどまることができた。

おそらく以前の自分だったら、たちまちパニックに陥って、あわてふためいていたことだろう。だが、今の自分は違う。一度、地獄を見て、強くなったのだ。ふと、浴室に置いてあるイギーの遺体のことが頭に浮かんだ。そうだ。イギーを埋葬してやらなければ……。ありきたりの動物墓地ではなく、もっと自然にあふれた景色のよいところに。そうだ。イギーのためにも戦うのだ。クリスティーヌはあらためて思った。わたしは自殺しない。セリアという女性写真家のようにはならない。イギーのこと、セリアのことを考えると、全身に怒りがこみあげてきた。そうだ。わたしは自殺しない。最後まで戦って、敵を痛めつけてやるのだ。わたしをこんなに目にあわせた黒幕を……。

でも、その黒幕とは？　その黒幕がレオの言っていた人物だとしたら、マックスが殺されたことはレオにも伝えておかなければならない。相手はマーカスを使って残忍な攻撃を仕掛けてくるので、用心しないといけないと言って。レオの身にも危険が迫っていることを知らせなくては。それから、ジェラルドにも。でも、もし黒幕がコルデリアの言うようにレオだったら、自分はいったい、どうすればいいのだろう？

突然、静まり返ったアパルトマンに呼び鈴が鳴り響いた。クリスティーヌはびくりとした。おそるおそる玄関のほうを見る。

建物のまわりにこんなに警官がいるのに、直接、部屋にやってくるなんて、いくらなんでも大胆すぎないだろうか？　それとも何も考えていない、ただの血に飢えた狼なのか。そうだ。相手は血に飢えた狼なのだ。それは今までのやり方を見てもわかる。クリスティーヌは一瞬、ひるんだ。そして、思った。残虐なやり方で殺されるなら、いっそのこと、その前に窓から飛びおりてしまおうか？　オペラのヒロインたちのように。そうすれば、最後だけは自分の人生も美しく輝くだろう。自分は華々しいフィナーレを飾るのだ。

すると、耳元で誰かがささやく声がした。マドレーヌの声だ。

だめよ。クリス、勝手にいろんな想像するのはよしなさい。こんなに警官がいるところに出向いてくるなんて、相手だって馬鹿じゃないわよ。手紙はあなたに揺さぶりをかけただけだし、呼び鈴を鳴らしたのは誰かわからない。慎重に行動するのよ。そうすれば、大丈夫よ。

その声に励まされて、クリスティーヌは玄関に向かった。もしかしたら、マックス——いえ、ジョルジュを殺したと言って、警察が逮捕しにきたのかもしれない。途中、そんな弱気の虫が顔を出したが、なんとか玄関まで行くと、ドアスコープから外を見た。

そこには知らない男が立っていた。年齢は四十代、褐色のふさふさした髪に、無精ひげ、目の下には隈ができていた。頰はこけていて、あまり感じのいいタイプではない。だが、少なくとも、殺人者の顔でも変質者の顔でもなかった。

と、男がドアスコープに警察バッジをかざしたので、クリスティーヌは思わずあとずさりした。やはり、自分を捕まえにきたのか？

チェーンがかかっているのを確かめると、クリスティーヌは少しだけ扉を開けた。男は何度かまばたきし、用心深そうな目でこちらを見つめた。

「なんのご用でしょう？」クリスティーヌは尋ねた。

男はまたまばたきをした。警察バッジをベルトにつけながら、あいかわらずこちらを観察するように、じっと見つめている。が、敵意のある目つきではなかった。やがて、かすかに笑みを浮かべると、男が言った。

「トゥールーズ警察のマルタン・セルヴァズと言います。警部です。あなたのお話を伺いにきました。最初に言っておきますと、私はあなたの話を信じるつもりです」

37　アクセサリー

　肘掛椅子にもたれながら、セルヴァズはソファの上で眠っているクリスティーヌを眺めた。掛け布団を顎のところまでしっかりかけ、クリスティーヌは背中を丸めて、すやすやと眠っていた。おそらく、暮れから起こったことを一気に話して、疲れが出たのだろう。リビングに案内されて、意図的に「クリスティーヌ」と名前で呼びかけ、「あなたの話を信じる」と繰り返しているうちに、クリスティーヌはこの刑事なら信頼できると思ったのか、そもそもの始まりから細大漏らさず、すべてを話してくれた。その話を、セルヴァズは驚きをもって聞いていた。そして今、すぐそばで眠るクリスティーヌを見ながらその話を思い出すと、その気持ちはますます強くなった。最初の出来事が起こってから、ここ一週間ほど、おそらく辛いことや悲しいこと、恐ろしいことの連続で、心が休まる暇もなかっただろう。だが、この女性はそれに耐えたのだ。なんて強い女性だろう。もしかしたら、自分よりも強いかもしれない。

　クリスティーヌはフォンテーヌのことも話していた。二年前に市庁舎で開かれた宇宙関係者のパーティーから始まって、二年近くつきあい、婚約を機に別れたこと（それを聞いたとき、セルヴァズは怒りと驚きが同時にわきあがってくるのを感じた。ということは、フォンテーヌは同じパーティーで知り合った二人の女性と同時につきあっていたのだ)。それから、今度の嫌がらせが始まったあとで、フォンテーヌ本人に相談し、味方になってくれると思ったのに、今日の午後、コルデリアから黒幕がフォンテーヌだと聞いて、ショックを受けたこと。ところが、そのあとでフォンテーヌにマクドナルドで会って、黒幕は別にいると聞かされ、どちらが本当なのかわからず、途方に暮れていること。

だが、それについては、どちらが本当なのか、すでに答えは出ている。二時間前にクリスティーヌが開けてくれた、コート・ロティの素晴らしい赤ワインをグラスに注ぎながら、セルヴァズは考えた。自分のほうにはクリスティーヌが知らない情報があるからだ。ミラの日記だ。あの日記のことを考えたら、フォンテーヌとそのコルデリアという研修生のどちらが本当のことを言っているかは明らかだ。けれども、セルヴァズは日記のことをクリスティーヌには話さなかった。自分がフォンテーヌを追っていて、そのためにクリスティーヌに近づいたことを知られるのが嫌だったのだ。もちろん、これからクリスティーヌに真の意味での危険が迫るのなら、そのことを知らせて身の安全を確保してやらなければならない。だが、今しばらくはこのまま様子を見るつもりだった。

そのとき、ポケットで電話が鳴った。またボーリユーだろう。これで四回目だ。これまではメッセージを送ってきただけだったが、こちらが返信しなかったので、しびれを切らしたらしい。セルヴァズは立ちあがって、寝室に向かった。パトカーの回転灯の光が窓から入り、天井やベッドカバーを鮮やかなブルーに染めていた。

通話ボタンを押すと、いきなり怒鳴り声が聞こえてきた。

「警部、いい加減にしてくださいよ。いつまでそこにいるんですか？　質問が二つか三つあるだけだと言ったじゃありませんか」

「そう怒鳴らないでくれ。こっちは大きな声を出せないんだから」

「どうしてです？」

「クリスティーヌ――いや、スタンメイエルが眠っているからだ」

「なんですって？」

「知りたいことはすべて聞いた。ジョルジュを殺した犯人はスタンメイエルじゃない」

「どうしてわかるんです？」

「ほかに犯人の心あたりがあるからだ」

ボーリューのため息が聞こえた。

「警部、ご冗談でしょう？　休職中なのにひょっこり現れたかと思うと、こっちより事件のことをよく知っているなんて。こっちは近所中の聞き込みをしたんですよ。このあたりでジョルジュに接触していたのは、あの女しかいない。いや、それでもと言うなら、聞きましょう。誰が犯人なんです？」

「言っても、信じないだろうな」

「どういうことです？　思わせぶりはやめて、知ってるなら早く言ってください」

「レオナール・フォンテーヌだよ」

ほんの一瞬、沈黙が流れ、ボーリューが言った。

「あの……宇宙飛行士の?」

「そうだ」

「冗談でしょう? 冗談だと言ってください」

「いや、いたって真面目だ」

「警部、いったいどうなさったのかわかりませんが、私をからかっているなら……」

「からかってなどいないよ。レオナール・フォンテーヌは、きみの想像もつかないような人間なんだ。ある意味で、異常者だと言っていい。今度の事件は、すべてあの男が裏で手を引いているんだ。去年、グランドホテル・トマ・ヴィルソンで、セリア・ジャブロンカという女性写真家が自殺したことを覚えているだろう? あの女性はフォンテーヌの愛人で、フォンテーヌが自殺に追い込んだんだ。それから、その数年前には同じ宇宙飛行士だったミラ・ボルサンスキにDVやらモラル・ハラスメントやら、ひどいことをしている。同僚をそそのかして、レイプさせたりしてね。ボルサンスキはロシアのスターシティで訓練を受けているあいだと、国際宇宙ステーションに滞在しているあいだに、フォンテーヌから受けたことを克明に日記につけていた。そこにはフォンテーヌから殴られたことや、フォンテーヌとその仲間の宇宙飛行士からレイプされたことが、はっきりと記されている。残念ながら、その出来事はロシア連邦宇宙局や欧州宇宙機関《ESA》、フランス国立宇宙研究センター《CNES》

によって、なかったことにされてしまったがね。どの機関も正義を守るよりは、宇宙開発のほうを優先したというわけだ。だが、私は何があったか知っている。被害者であるミラ・ボルサンスキ本人から日記を託されたんだ。そして、問題のクリスティーヌ・スタンメイエルについてだが、フォンテーヌはセリア・ジャブロンカとつきあっていた同じ時期に、スタンメイエルとも交際している。今日だって、ここに戻ってくる前にスタンメイエルはフォンテーヌと会っていたんだ」

「どうしてそんなことを知っているんです？」

「私もそこにいたんだよ」

今度は、沈黙が長く続いた。ボーリューが何も言わないので、セルヴァズは話を続けた。

「これまではあの男を追いつめる手段がなかったんだが、フォンテーヌがジョルジュの殺しに関わっているとなれば、話は別だ。すべてが変わってくる」

ボーリューは舌打ちをした。

「本当に私のことをからかっていないでしょうね」

その言葉の途中で電子音がして、こちらの携帯にメッセージが入ったのがわかった。ボーリューが少し意気消沈した声で続けた。

「警部の言ったことが本当だとすると、嫌がらせの電話や玄関マットの小便のこと、それから犬の脚を折られたという話も本当だったのかもしれませんね」

「すべて本当だよ」セルヴァズは答えた。

「それで、私はどうすれば？」

セルヴァズは心のなかでうなずいた。ボーリューは切れ者といったタイプではないが、根は誠実で真面目な警察官だ。自分のするべきことがわかれば、上司の言うことや出世のことなど気にせず、警察官としての職務を果たすことができる。その意味では優秀な男だと言っていい。

「コリンヌ・デリアを追ってくれ。明日から、その女を尾行するんだ。コリンヌ・デリアにはマーカスという恋人がいるはずだから、そちらの男もマークしてくれ。だが、気をつけろよ。かなり危険な男らしい。おそらくやつがジョルジュを殺したのだろう。レオナール・フォンテーヌが直接、手を下すとは考えられないからな。いずれにせよ、コリンヌ・デリアとマーカスを締めあげれば、フォンテーヌが黒幕だという証言を得られるはずだ。きみはその線で捜査を進めてくれ」

「で、警部は？」

「私はスタンメイエルからもっと話を聞きだせないか、様子を見てみよう。フォンテーヌはどうやら情報を収集するのに、女探偵を使っているらしい。その女探偵について、何か手がかりになるようなことをフォンテーヌから聞いていないか、それとなく尋ねてみるよ。フォンテーヌはマーカスやコリンヌ・デリアに指示を与えるのに、その女探偵を連絡役にしている可能性もある」

「上にはなんて言えばいいんです？」

「何も言わないことだ。私は休職中の身だからね。それに、うっかりフォンテーヌの名前を出したら、宇宙関係の機関が口を出してきて、たちまちうやむやにされてしまうよ」

「でも、本当にフォンテーヌが犯人で、そんなことをしていたんだとすると、スタンメイエルさんには悪いことをしましたね。私はあの女性に厳しくあたりすぎたかもしれません」

「今度、会ったときに謝ればいいさ」

そう言って、セルヴァズは電話を切った。携帯の画面には着信したメッセージの数を示す、赤い〝1〟の数字があった。さっき、電話の途中で届いたメッセージだ。指でその部分を押すと、メッセージが開いた。マルゴからのものだ。

パパ、明日、朝八時に行くね。じゃあね。

セルヴァズは苦笑した。まったく、一方的にメッセージを送りつけてきて、こちらの都合さえ、尋ねてこないとは。こちらが出かけるとか、もう少し朝寝坊したいと思っているとかは考えないのだろうか？　まあ、いい。マルゴがこちらに対して、希望を訊いてくれたことなどないのだから。セルヴァズは簡単に〈ＯＫ〉と打って、返信した。これがいちばん早い。

折り返し、メッセージが戻ってきた。今度は絵文字だ。

もう一度、苦笑する。

まったく、絵文字だけとは……。

リビングに戻ると、クリスティーヌは目を覚ましていた。寝起きで家に警察官がいることを忘れたのか、こちらを見て、目に恐怖の色を浮かべた。が、すぐにその色は消えた。

「寝てしまったんですね。ずいぶん長く眠ってましたか？」

「それほどでもありません。まだ、一時間もたっていないでしょう」

それを聞くと、クリスティーヌは口をとがらせ、おどけたような顔をした。ほんの一瞬だったが、その顔は魅力的で、セルヴァズは美しいとさえ思った。ソファの上でボヴァリー夫人のように静かな顔で眠っていたときとは、また別種の美しさだ。

「寒いですね。少し暖房を強くしましょう」立ちあがりながら、クリスティーヌが言った。そうして、ローテーブルの上のワインボトルに目を留めると、笑いながらこちらを見た。

「おやおや、少し減っていますね」

「すみません。おやすみになっているあいだに、二杯ほどいただきました」

セルヴァズも笑いながら答えた。だが、ソファの上に薬の袋がいくつかあることに気づくと、真面目な口調で尋ねた。

「この薬を全部のんでいるんですか？」

クリスティーヌが顔を赤らめた。

「一時的になんですけれど、時間を決めて、ちゃんとのまなければいけないんです。これから、なんとかがんばるためにも……」

「そうですか」

セルヴァズはうなずくと、窓のところに行って、パトカーの回転灯に照らされた夜の通りを眺めた。窓ガラスには自分の顔が映っている。その顔は不安そうに見えた。いや、不安な気持ちになるのも無理はない。この夜の闇の向こうには、邪悪な男がいるのだ。邪悪で狡猾《こうかつ》な人間が……。ミラにしてもセリアにしても、世間一般の見方からすれば、強い女性だ。強くて、賢い女性だ。その女性たちが精神的に追いつめられ、一人は自殺してしまったのだ。相手はよほど狡猾だと考えなければならない。

窓辺から肘掛椅子のところに戻ると、クリスティーヌが思案するような顔をしていた。

「どうしたんです」セルヴァズは尋ねた。

「いえ、犬のお墓をどうしようかと思って……。動物墓地ではなく、見晴らしのいいところに埋葬してやりたいんです」

「それなら、いい場所を知っていますよ。素晴らしいところです。モンターニュ・ノワール山脈の端のほう、ちょうどサン・フェレオル湖を見おろすあたりです。春と秋が特にきれいなんですよ。冬も雪に埋もれるというほどではなく、美しい光景が楽しめます。あそこなら、埋葬する場所があると思いますが。トゥールーズからだと、車で一時間ちょっとです」

「一緒に行っていただけますか?」

「もちろんですとも。それで、犬は今どこに?」

「浴室です」

「そうですか。それではしばらく寝室のほうにいらしてください。冷凍室の中身は冷蔵室に移してかまいませんね」

「かまいませんけど……。はい、わかりました」

こちらのやろうとしていることがわかったのだろう。クリスティーヌは寝室に行った。

セルヴァズはリビングと一つになっているキッチンのほうに行くと、冷凍室の中身を冷蔵室に移した。チャーハンやピザはすぐに食べればなんとかなるが、〈フィリップ・フォル〉のシブレット味やオリーブオイル味、トリュフ味の甘くないアイスクリームは食べられなくなるだろう。だが、しかたがない。そうやって冷凍室を空にすると、セルヴァズは浴室から犬の死体を運んできて、冷凍室に入れた。体がそりかえっていたので、斜めにする必要があったが、どうにか収めることができた。即席の霊安室だ。

寝室にいるクリスティーヌに声をかけ、呼びもどす。それから、冷蔵庫のほうを示して、言った。

「一緒に山に行くときまで、冷凍室の引出しは開けないでください。いいですね?」

「わかりました」

その言葉を聞くと、セルヴァズは腕時計を見て、時間を確認した。

「私はもう帰らなければなりません。大丈夫です。今夜、やつがここに来ることはないでしょう。これだけ警官がいるのですから」

「でも、警察の人たちが帰ってしまったら？　わたし、やっぱり不安なんです。今日はここに泊まっていただけませんか？」

セルヴァズは考えた。警護の警官をつけるよう要請しようか？　しかし、今の自分にはその権限はない。なにしろ、病気休職中の身なのだ。そうなったら、ボーリューに頼むしかない。携帯でボーリューの番号を探しながら、セルヴァズは言った。

「明日の朝、用事がありましてね。朝、八時に家にいないといけないんです。今、この事件の担当に言って、警護をつけるよう要請してもらいますから」

だが、クリスティーヌは重ねて、頼んできた。

「それでは早起きなされば……。わたしの目覚ましを使ってくださればいいですから。お願いです」

セルヴァズは迷った末にうなずいた。

「いいでしょう、わかりました。でも、ベッドで寝かせてもらいますよ。私はソファで寝るのは嫌いなんです」

クリスティーヌは微笑んだ。

女は煙草に火をつけた。ライターの炎が明るく輝き、フロントガラスに自分の顔が映っ

りに車をとめて、ホームレスが殺される一部始終を見ていたのだ。

くなっていた。通りはしんと静まり返っている。昨夜と同じだ。昨夜、女はやはりこの通

りと車が駐車されているので、特に目立つことはない。警官や野次馬たちもとっくにいな

た。ホームレスの殺害現場までは百メートルと離れていないが、この通りは両側にびっし

　今日はカルム広場の立体駐車場に車をとめると、このあたりまで歩いてきて、ホームレスが血を流して死んでいると警察に通報し、パトカーのサイレンが聞こえる前に、駐車場の三階に戻った。そうして、また車でこの現場の近くに戻ってくると、かろうじて建物の入り口が見えるあたりに車をとめて、現場の様子を見守った。途中で一回、おそらく近所の聞き込みをするためだろう、二人の警官が車のほうにやってきたが、そのときは、今ここに着いたばかりだという顔をして、車から降りてドアに鍵をかけた。警官たちは、「今、お帰りですか?」と尋ねてきたが、そうだとうなずいて、「何があったんですか?」と訊くと、うるさそうに手を振って、近くの建物に入っていった。そこで車に戻ると、もう少し先に場所を移動し、また様子を見守った。そして、現場から警官や野次馬たちがいなくなったところで、この場所にやってきたのだ。

　朝の三時だった。クリスティーヌが戻ってきたのは夕方の六時くらいだった。クリスティーヌは路上でしばらく私服の警官と話すと、建物に入っていった。そのあと、あの刑事がやってきて、最初の警官と話したあと、建物のなかに入っていった。クリスティーヌを訪ねるためだ。それは間違いない。次から次へと煙草に火をつけながら、女はクリスティ

ーヌのことを考えた。ラジオ局を解雇されるように仕向け、婚約者との仲を裂き、犬を殺したり、ほかにもずいぶん揺さぶりをかけてやったのに、あの女はまだしぶとく持ちこたえている。まったく、したたかな女だ。今日などは、逆に攻撃を仕掛けてくるのだから……。コルデリアがひどい目にあったと電話をかけてきた。コルデリアもだいぶまいっているようで、どうにかしないといけないが、まあ、それは大丈夫だろう。マーカスにしても、コルデリアにしても、所詮は金で動く連中だからだ。金をはずんでやればいい。問題は、クリスティーヌを訪ねていった刑事のほうだ。万が一、あの刑事がクリスティーヌの味方になったら、厄介なことになる。クリスティーヌは強力なうしろだてを得て、気持ちが安定するだろう。そうなったら、もう自殺は期待できない。グランドホテル・トマ・ヴィルソンのカードキーや、国際宇宙ステーションの写真をあの刑事に送ったのは失敗だったかもしれない。だが、今は間違いだと思えても、あのときはそうするのが必要だと思ったのだ。もう一つの目的を達成するために……。あいつを懲らしめるために……。

ああ、でも、クリスティーヌは自殺しない。そう思うと、喉元に激しい憎しみがこみあげてくる。

いえ、落ち着かなければ……。

クリスティーヌのことは、もうそろそろカタをつけなければならない。もっと残酷なやり方で。そのとき、頭に名案が浮かんだ。あの女を失踪させよう。あの女の存在を消してやるのだ。自殺をさせることができなくなったのは残念だが、あの女が生きているのか、死んでいるのかわからない状態にするのも悪くない。そうやって、あの女は亡霊のような存在になるのだ。

女は最後の煙草に火をつけると、煙を肺に吸い込んだ。毒になるのはわかっているが、毒には毒の魅力がある。怒りや憎しみ、嫉妬と同じだ。

38　退場

七時に目覚ましが鳴ったとき、セルヴァズはすでにシャワーを浴びていた。マルゴとの約束に遅れたくなかったのだ。療養施設に来たときに自分がいなかったりしたら、マルゴは間違いなく、「どこでひと晩、過ごしたのか？」と訊いてくるだろう。

シャワーから出て、鏡で自分の顔を見ると、ひげが伸びていることに気づいた。本当は剃《そ》りたかったが、あいにく道具がない。服も昨日の雨でよれよれだった。施設に戻ったら、すぐにひげを剃って、小ざっぱりした服に着替えよう。そう決心すると、セルヴァズは濡れた髪を手でとかしながら、浴室から出た。クリスティーヌは対面式のキッチンで、カウンターの前に置かれたスツールに腰かけ、コーヒーを飲んでいた。リビングに入ると、セルヴァズは大理石のマントルピースの上に置かれた写真に気づいた。そこにはクリスティーヌと、眼鏡をかけた三十代くらいの男性が一緒に写っていた。夕陽が男性の眼鏡に反射して、二人はまぶしそうに目を細めながら、微笑んでいた。カウンターのほうを向くと、セルヴァズはクリスティーヌに声をかけた。

「この写真の男性は誰です？」

クリスティーヌは写真を見て答えた。

「ジェラルドです。わたしの……婚約者の」

「なるほど」

「結婚するかどうかはわかりませんけど」そう言うと、クリスティーヌはためらいがちに続けた。「まあ、どこのカップルにもある話です。いいときもあれば、悪いときもあるって感じで……。でも、ジェラルドはいい人なんです」

「何をしている人なんです？」

「研究をしているんです。宇宙の研究です」

それを聞くと、頭のなかで何かが鳴った。宇宙……。それから、眼鏡をかけた男性の顔……。だが、今はゆっくり考えている暇はない。コンパンに車を取りにもどって、それから施設に帰るとすると、時間はぎりぎりだ。

「私はもう行かないと」セルヴァズは言った。「ボーリュー警部補はご存知ですね。誰かが訪ねてきても、私かボーリュー警部補でなければ、扉を開けてはいけません。たとえ警察の者だと言って、身分証か警察バッジを見せても。そんなものは、どこでも手に入れられますからね。何かあったら、すぐに私に電話してください。電話番号はわかっていますね。私につながらないときは、ボーリュー警部補に電話してください。これが電話番号です」

「こちらのほうから、敵をおびきだすことはできないんでしょうか？　その……黒幕がレオが言っている人間にしろ、レオにしろ」クリスティーヌが尋ねた。

「いえ、それは危険です」セルヴァズは答えた。「いいですか？　用事がすんだら、またここに戻ってきますから、それまでは慎重に行動してください。戻ってきたら、一緒に戦略を練りましょう」

クリスティーヌは少し不満げにうなずいた。〝戦略〟という言葉は、少しものものしかったか――そう思いながら、セルヴァズはアパルトマンをあとにした。


今日は一月三日、木曜日だ。太陽はまったく姿を見せず、療養施設を囲む森には濃い霧が立ちこめていた。どこかでカラスの鳴く声が聞こえる。駐車場に車をとめると、セルヴァズは急いで、自分の部屋に戻った。幸い、まだマルゴは訪ねてきていなかった。

ベッドに座って、部屋の窓から駐車場を眺めていると、まもなくルーフが白で、ボディが赤いシトロエンDS3が入ってくるのが見えた。マルゴの車だ。階段をおりて、玄関の外に出ると、マルゴはちょうど車をロックしたところだった。こちらに気づくと、満面の笑みを浮かべて、手を振ってきた。今日はジーンズに、編み目の大きなセーターを着ている。背がすらりとして、脚も長い。

マルゴの姿を見ると、いつでも胸がきゅっと締めつけられる。セルヴァズはこの感覚が好きだった。

ここ数年でマルゴはずいぶん変わった。二年半前、マルサック高校の受験準備学級の一年生だったマルゴは、その学校の女性教師が殺害され、教え子の男子学生が逮捕されるという騒動のなかにいた（受験準備学級とは、高校卒業後、フランスのエリート教育機関グランド・ゼコールを受験するためのクラス）。当時は、ピアスにタトゥー、髪はただならぬ色に染めて、逆立てていた。初めてマルゴをマルサック高校の学生寮に連れていったときのことはよく覚えている。そこは自分も受験準備学級のときに暮らしたところで、厳しい寮生活をすることで有名だったが、マルゴは自分の部屋に入るなり、壁にホラー映画のポスターを張り、マリリン・マンソンの音楽をかけはじめた。アメリカのロックバンドだ。今はどんな音楽を聴いているのだろうか？　それはわからない。赤ん坊だったマルゴが高校生になるのはあっというまだったが、それから大人の女性になるのも一瞬のことだった。今はせっかく受験準備学級を修了したというのに、グランド・ゼコールは受験せず、社会に出たいと言って、就職活動をしていた。

「パパ」そう言うと、マルゴは挨拶のキスをした。

声も変わったなと、セルヴァズは思った。だが、顔つきはあまり変わらない。たけだけしい野生動物のような顔だ。それが反抗的な態度とあいまって、若い男たちには魅力的に映るらしい。挨拶がすむと、マルゴは手に持った小さな箱を差しだした。箱はプレゼント用に包装してある。

「なんだい？」セルヴァズは頬をゆるめて尋ねた。

「開けてよ」

冷たく湿った森の空気が首筋をなでた。

「おいで、なかに入ろう。ここはちょっと寒いから」

そう言うと、セルヴァズはマルゴを北側の小さな談話室に連れていった。そこなら誰もいないはずだ。談話室に入ると、二人は向かいあわせに座った。セルヴァズはさっそく包装紙を破った。

「すごいじゃないか」思わず声をあげる。

なかにはCDボックスが入っていた。二〇一〇年にEMIクラシックスから発売された十六枚組のマーラーの全曲集『マーラー・コンプリート・エディション』だ。ボックスの表紙は、クリムト風のかなり悪趣味な絵の上に、マーラーの横顔の写真が重ねられたものだ。二年半前にこの全集が出たときには、自分が好きなバーンスタインも、ハイティンクも、クーベリックも指揮をしていなかったので、買うのをやめたのだが、今、このCDに入っている指揮者や歌手の名前を見ると、指揮者ではジョン・バルビローリ、ブルーノ・ワルター、オットー・クレンペラー、歌手ではコントラルトのキャスリーン・フェリアー、メゾソプラノのクリスタ・ルートヴィヒ、バリトンのフィッシャー・ディースカウの名前があって、ほっとした。

「パパは、まだCDを聴いてる珍しい人種だからね」マルゴがからかうように言った。

「十六枚組とはね。そんなに退屈しているとでも思ったか？」

「一人で部屋に閉じこもっているんじゃないかと思って。で、どう？」

「何がだい？」

「CDだよ。気に入った？」

「もちろんだとも。とっても気に入ったよ。こんなに素晴らしいプレゼントはないよ。ありがとう」

喜び方が少しおおげさだったかと思ったが、マルゴはあえて気にしないことにしてくれたようだ。セルヴァズはマルゴにお礼のキスをした。

「この前よりも、調子よさそうだね」マルゴが言った。

「ああ、そうだろう」

「それでね、パパ、あたし、出かけるんだ」

セルヴァズは、思わず目を吊りあげた。

「出かけるって、どこに？」

「ケベックだよ。臨時雇いだけど、あっちで仕事を見つけたの」

不意打ちを食らって、セルヴァズは目の前が暗くなった。よりによってケベックとは。考えただけで、胃に穴が開く。ケベックまでマルゴに会いにいくとしたら、飛行機に乗らなければならない。飛行機は大の苦手なのだ。

「どうして、トゥールーズじゃだめなんだ。せめてフランスなら……」

だがそう言って、すぐに自分の質問が馬鹿げていたことに気づいた。この国には若い人のための職がないのだ。

「この半年間、職業紹介所に何回も通って、百四十回も履歴書を送ったよ。それで返事が来たのが十通。それも全部、断りの手紙だった。そういう状態なんだよ。で、先月、ケベックの会社、四社にメールを書いたら、四社ともすぐに返事をくれて、そのうち二つが採用通知だったの。もうこの国に未来はないよ。あたしはカナダに行く。四カ月以内にね。ワーキングホリデーの許可証で。だって、あたしがやりたかった広報の仕事なんだもん」

マルゴが広報の分野で働きたがっていることは前から知っていた。だが、それが具体的にはどんな職業なのか、よくわからなかった。パン屋とか警察官とか消防士とかエンジニアとか機械工ならわかる。みんな立派な職業だ。ディーラーもなんとなく見当がつくし、殺し屋も職業と言えば職業だろう。しかし、広報というのは？　それはいったい何をする仕事なのだ？

「期間はどのくらいなんだ？」セルヴァズは尋ねた。

「まずは一年。ワーキングホリデーの許可証だとね」

一年だと？　セルヴァズは自分が飛行機のエコノミークラスに乗って、震えている姿を想像した。窓の下には見渡すかぎり、雲と海が広がっていて、そちらのほうには顔を向けることができない。乱気流に見舞われて、飛行機が揺れるたびに、天を仰いで両手を組んで、キャビンアテンダントに哀れむような、見くだすような目で見られるのだ。

セルヴァズは下を向いた。マーラーの写真が目に入る。その瞬間、クリスティーヌのリビングに飾ってあった写真が頭に浮かんだ。あの写真を見て、〝宇宙〟という言葉を聞いたとき、頭のなかで何かが鳴ったのだが……。

「でも、もしヤング・プロフェッショナル・ワークの許可証がとれたら、ずっといることができるし、ゆくゆくは……」

ゆくゆくはなんなんだ？　セルヴァズはマルゴに永遠の別れを告げられたような気がした。

そのとき、写真の眼鏡をかけた男性の顔と〝宇宙〟という言葉がつながった。あの男性の顔は別の写真でも見たのだ。市庁舎で開かれた宇宙関係者のパーティーの写真で。そちらの顔には男性の横顔が写っていた。ＣＤのボックスのマーラーの写真のように。あのパーティーの写真では、眼鏡の男性はセリア・ジャブロンカに名刺を渡したところだった。

「パパ、聞いてる？」マルゴが言った。

「ああ、聞いているよ」セルヴァズは答えた。

だが、実際は考えに集中していた。あの眼鏡の男性はクリスティーヌの婚約者で、名前はたしかジェラルドと言った。そのジェラルドがフォンテーヌやセリア、そしてクリスティーヌが出席していたパーティーの席上にいた。これは何か意味があるのだろうか？　あるとしたら、どんな意味があるのだろう？　そうだ。少なくとも、ジェラルドはフォンテーヌと同様、セリアともクリスティーヌとも関わりがあったということになる。だとしたら、ジェラルドが一連の出来事の黒幕であるという可能性はないだろうか？　もちろん、ジェラルドはミラとのあいだに接点を持たないが、ミラのこととクリスティーヌやセリアのことは別の出来事である可能性もある。警察官なら何事もおろそかにせず、できるだけのことをしなければならない。

「ねえ、知ってる？」マルゴがまた言った。「向こうでは実績をあげると、すぐに責任のある仕事を任せてくれるんだ。だから、すぐに力がつくの。それで、みんな……」

と、そこで、ポケットの携帯が鳴った。

「ちょっとごめん」

そう言って、携帯を取りだすと、マルゴは怒ったような表情でこちらを見た。

電話はボーリューからだった。何かわかったのだろうか。首筋がぞくぞくした。

「どうした？」

「警部、厄介なことになりました。マーカスを見失ったんです。今朝、コリンヌ・デリアの家から出てきて地下鉄に向かったのであとをつけたんですが、途中で何回も電車を乗りかえた末に、最後はバルマグラモンの駐車場に車をとめていたのか、女がそこで待っていたのかわかりませんが、車に乗ってどこかに行ってしまったんです。車のナンバーを控えるのがやっとでした」

「わかった。また何かあったら知らせてくれ」そう言って、セルヴァズは電話を切った。

「どうしたの？　何かあったの？　また仕事を始めたの？　休職中だと思ってたんだけど」マルゴは言った。

その声には非難の調子が含まれていた。確かに娘が将来に関する大事な話をしているのに、仕事の話で中断させたのでは非難されてもしかたがない。マルゴの決断によっては、これからほとんど会えなくなってしまうかもしれないのに。そんな話をじっくり聞いてやれないとは、昔の自分に戻ってしまったようではないか。

「いや、何でもない。話を続けてくれ」セルヴァズは言った。

しかし、今聞いた仕事の話は何でもないことではなかった。セルヴァズは胃が締めつけられるような気がした。


浴室に入ると、クリスティーヌは扉の鍵をしっかりとかけ、洗面台の上に特殊警棒と催涙スプレー、テーザー銃を置いた。誰かが入ってきたときのための用心だ。これで少しは時間が稼げるだろう。それから、シャワールームに入ると、コックをひねって熱いお湯を浴びた。昨日、ひと晩、ソファで寝たせいで、体がこりかたまっていた。しばらくそうやって、ゆっくりと筋肉をほぐしていたが、そのうちに水の音とは違う音が聞こえたような気がして、シャワーを止めた。だが、それは排水管を伝って聞こえる、ほかの部屋の音のようだった。クリスティーヌはまたコックをひねり、熱いお湯を浴びた。そうして、タオルを体に巻いて、歯を磨こうとしたとき、携帯が鳴った。普段、使っているほうではなく、プリペイド式のほうだ。

レオからの電話だ。

どうしよう。迷った末に、クリスティーヌは電話に出た。

「クリスティーヌ。今どこだ？　家か？　すぐに会う必要がある」

「どうしたの？」

「あとで説明する。ともかく急いで相談しなければならないことがあるんだ。待ち合わせの時間と場所をメモしてくれ。きみにとっては、窮地を脱する最大のチャンスだ。だが、同時に危険もある。それと、パソコンに黒幕からメールが入るかもしれないけれど、それについてもあとで話す」

クリスティーヌは場所と時間をメモすると、電話を切った。レオは味方なのだろうか？　それともやっぱりレオが黒幕で、わたしを騙しておびきよせようとしているのだろうか？　あのセルヴァズという警官は慎重に行動しろと言ってたけれど、自分としては黒幕が誰なのか、早くつかみたい。ここはレオが味方であることに賭けてみよう。あの警官に連絡するという方法もあるけど、レオは誰にも話さないでくれと言っていた。それはわたしを騙すため？　いいえ、それでもいい。そこで、もしレオが黒幕だってわかったら、すっぱりあきらめて死ねばいいだけだ。そのくらいの覚悟がなければ、何もできない。

そのとき、また電話が鳴った。今度は普段、使っているほうの携帯だ。画面を見ると、母親からの電話だった。出ないでいると、留守番電話に切り替わり、伝言メッセージが入った。クリスティーヌは再生した。「もしもし、ママよ。今、テレビで見たけれど、あなたのアパルトマンの下で殺人事件が起きたんですって？　あなたは大丈夫なの？　心配だから、電話をちょうだい」再生が終わったところで、クリスティーヌはメッセージを削除するボタンを押した。それから服を着て、リビングに戻った。すると、キッチンカウンターの上に置いたパソコンにメールが着信した合図があった。レオが言っていた黒幕からのメッセージだろうか？　クリスティーヌはカウンターに急ぎ、スツールに腰をおろした。心臓が早鐘のように鳴った。

メールを開くと、そこにはこう書かれていた。

ごめんなさい。ジェラルドから聞いたわ。あなたのこと、誤解していたみたい。わたしが間違っていた。あなたに会って話さないといけないことがあるの。ジェラルドのことなんだけど、下に書いた住所のところまで来てくれない？　誰にも言わないでね。一日中、待っているから。

ドゥニーズ

ドゥニーズ？　つまり、黒幕はドゥニーズだったたっていうこと？

玄関まで見送りに出ると、マルゴが言った。

「パパ、会いに来てくれるよね？」

セルヴァズはすぐに返事ができなかった。飛行機の旅のことを考えたからだ。雲のなかに入って、乱気流で揺れるたびに、地上一万メートルの高さにいることを思い知らされる――そんな旅だ。その高さをシガーチューブのような金属の塊が落ちずに飛んでいるのは、強力なエンジンと数万リットルの燃料のおかげだが、もしそのエンジンが止まったり、燃料が漏れたりしたら？　そう考えると、やはり怖かった。

「ねえ、会いにきてくれるよね？」マルゴが繰り返した。

「もちろんだよ、マルゴ」

たとえ燃料が漏れなくても、モントリオール空港で大雪にでも見舞われた日には、地上がマイナス五度、上空はマイナス五十度、着陸もできず……キャビンアテンダントたちはしだいに神経質になり、機内の緊張感は高まり……円窓には風が吹きつけ、揺れもどんどんひどくなり……夜空を旋回しつづけ、そのうちにとうとう燃料が切れて……。

「もう一度、訊くが……」セルズァズはかすれ声で言った。「本当にカナダに行くと決心したんだね？」

「そうよ、パパ。あたし、決心したの」

マルゴが一度、決心したら、もうその決心を変えさせることはできない。娘のことはよくわかっていた。ふと、クリスティーヌのことが頭に浮かんだ。

「わかったよ。行っておいで」

「体を大切にしてね。パパ」

「出発前に、また会えるんだろう？」

「もちろん」

そう言うと、マルゴは駐車場に向かい、車に乗り込んだ。それから、巧みに車の向きを変えて、玄関の近くに寄せた。ウィンドウをさげ、軽く挨拶する。セルヴァズも軽く手をあげて応えた。車は療養施設の門を過ぎ、右に曲がって、行ってしまった。

そのとたん、事件のことが再び頭を占めた。携帯電話を取りだすと、セルヴァズはクリスティーヌに電話をかけた。だが、クリスティーヌは出ない。呼び出し音が続いたあと、電話は留守番電話に切り替わった。

通りは路上駐車をする車でいっぱいだった。しかたなく、駐車禁止の場所に車をとめると、セルヴァズは霧に包まれた歩道を走って、クリスティーヌの住む建物に急いだ。一九四五——玄関の暗証番号を押す。それから、エレベーターで四階に行き、クリスティーヌの部屋の前に立った。お願いだ、どうかなかにいてくれ。そう心で祈りながら、呼び鈴を押す。一回、二回。だが、返事はなかった。セルヴァズは扉をドンドンと叩いた。

「クリスティーヌ、クリスティーヌ」

やはり、返事はない。よほど、扉を蹴破ってやろうかと思ったが、かろうじてやめた。扉に耳をつける。何の物音もしない。ただ、自分の鼓動だけが聞こえた。

そのとき、隣の部屋の扉が開いて、甲高い声がした。

「スタンメイエルさんにご用ですか?」

見ると、白髪の小柄な女性がこちらをにらみつけている。

「そうです」

セルヴァズは警察バッジを見せた。女性の顔に非難の表情が浮かんだ。

「スタンメイエルさんなら、出かけましたよ」

「どこに行ったか、聞いていらっしゃいませんか？」

「さあ、どこに行こうと、興味がありませんので」女性はふんと鼻を鳴らして答えた。

「ありがとうございました」

口先だけで礼を言うと。セルヴァズはエレベーターに向かった。心は怒りでいっぱいだった。どうして、クリスティーヌは電話に出なかったんだ！　どうしてこちらに連絡もせずに出かけてしまったんだ！　どうしてボーリューはマーカスを見失ってしまったんだ！

エレベーターから降りても、怒りはまだ収まらない。建物を出ると、まるで血管のなかを血の代わりにアドレナリンが流れているかのように、セルヴァズはずんずん歩道を歩いていった。そして、車をとめていた場所まで来たとき、女性警官が駐車違反の紙をワイパーの下に挟もうとしているところに遭遇した。セルヴァズは大股で女性警官に近寄ると、何も言わずに警察バッジを見せた。女性警官はさっきの女性と同じく非難の表情でこちらを見ると、ワイパーから紙をはずして去っていった。まったく！　マルゴは遠くへ行ってしまうし、クリスティーヌはいなくなるし、マーカスは見失ってしまうし、ろくなことはない。おまけに、この霧だ。最低の朝だった。

午後になっても、クリスティーヌは見つからなかった。電話にも出ない。マーカスも行方をくらましたままだ。時間はどんどんたっていく。きっと何か悪いことが起こっているのに違いない。クリスティーヌはどこにいるのだろう？　フォンテーヌにおびきだされて、マーカスに誘拐されたのだろうか？　その可能性は否定できない。せめて、クリスティーヌの居場所がわかれば……。そうだ、携帯の位置情報だ。セルヴァズは車のなかから、ボーリューに電話をかけた。

「スタンメイエルの電話番号はわかっている。人命がかかっていると言って、スタンメイエルの携帯の位置情報が取得できるように、検事に申請して許可を取ってくれ。それから、位置情報サービス〈デヴェリウェア〉に連絡して、スタンメイエルの携帯の位置情報を提供してもらってくれ。それについては、捜査資料室長のレヴェックに頼むといい。あの男のほうが詳しいからな、事が早く進む。私からの依頼だと言ってくれ」

「わかりました」そう言うと、ボーリューは電話を切った。

これで、検事の許可がおり次第、捜査資料室長のレヴェックが電話会社に連絡して、〈デヴェリウェア〉に情報を提供する許可を出してもらうことになるだろう。レヴェックは三つの電話会社にそれぞれ融通をきかせてもらえる知り合いがいるので、この手続きは通常よりずっと早く進むはずだ。それから、〈デヴェリウェア〉にクリスティーヌの携帯の電話番号を知らせて、位置情報を検索してもらい、それをレヴェックに送信してもらう。〈デヴェリウェア〉は創設以来、警察と密接な協力関係にあるので、これについても問題はない。その結果、レヴェックはクリスティーヌの足跡をパソコンの画面上でリアルタイムで追うことができるようになるわけだ。おそらく、レヴェックを通せば、通常、三、四時間かかるところを三十分から四十分ほどで、すますことができるだろう。問題はレヴェックが事の緊急性を理解してくれるかどうかだ。そう考えると、セルヴァズは落ち着かない気分になった。このまま結果が出るのを待っている気にはなれない。セルヴァズは車のエンジンをかけた。いつのまにか、霧は晴れていて、顔を出した太陽が西の空に沈みかけていた。

もう一度、クリスティーヌの部屋の前で来ると、セルヴァズはトランクから出してきたバールを扉と枠のあいだに差し込んだ。フォンテーヌのところで使った合鍵の束を試すよりも、今はこのほうが早い。差し込んだバールを力いっぱい引くと、ガキッという音がして、上下の錠がはずれる音がした。さらにバールを深く差し込み、再び思いきり引くと、ノブのあたりがガチャガチャ言って、突然、またガキッという音がした。次の瞬間、扉が開き、セルヴァズは部屋に飛び込んだ。

「クリスティーヌ？」

返事はない。セルヴァズはリビングに急いだ。すると、ローテーブルの上にクリスティーヌの使っている携帯が見つかった。ということは、たとえ位置情報がわかったとしても……。

そのとき、ポケットで携帯が鳴ったので、セルヴァズは電話に出た。

「ボーリューです。携帯の位置情報で、スタンメイエルの居場所がわかりました。おそらく、自宅に戻っているようです」

「いや、自宅にはいないよ」セルヴァズは答えた。「携帯があるだけだ。スタンメイエルは、携帯を置いて、どこかに行ってしまったんだ。あるいは自宅から拉致されたか」

どうすればいいんだ。電話を切ると、セルヴァズは頭を抱えた。足元で地面が崩れていくような気がした。フォンテーヌがクリスティーヌを呼びだしたに違いない。そうでなければ、マーカスに命じてクリスティーヌを誘拐させたか。全部、自分のせいだ。クリスティーヌはフォンテーヌが黒幕かもしれないと疑っていたが、心から警戒していたわけではなかった。もっと自分が強く言っていたら……。

クリスティーヌは生きてはいないかもしれない。なぜだかわからないが、そんな気がした。窓から外を見ると、また雨が降りだしていた。

39　墓穴

濃い霧のなかで、道路に沿った木々が幻想的にざわめいていた。プラタナスの木だ。フォグランプの黄色い光に、どこまでも続く一本道だけが浮かびあがる。両側は畑や野原だ。家はまばらで数百メートルおきにしかない。すべてが静寂に包まれていた。空も大地も灰色の霧に覆われて、色彩もない。まるで死の世界だ。

クリスティーヌは自分のサーブ9－3を運転して、しばらく前からこの道を走っていた。と、フォグランプに照らされて、霧のなかに錆びついた大きな十字架が姿を現した。今はもう使われなくなった道標《みちしるべ》だ。このあたりだろうか？　クリスティーヌは車を減速させた。その拍子に十字架の下に動物の死骸が転がっていて、カラスがそれをついばんでいるのが見えた。ここではない。もう少し先だ。プリペイド式のほうの携帯の地図で現在地を確かめると、クリスティーヌは再びスピードをあげた。しばらく行くと、今度は冬枯れした大きなニレの木の下に、聖母マリアの像を収めた壁龕《へきがん》彫刻があった。マリア像は胸に卑猥ないたずら描きをされ、目のまわりを黒く塗られていた。それを見て、クリスティーヌはコルデリアのことを思い出した。

やがて数十メートル先に、三階建ての建物が見えてきた。ここだ。クリスティーヌは気を引きしめた。これから黒幕との最後の戦いが始まるのだ。やるかやられるかの大勝負。もしこの戦いに負けたら、自分は死ぬことになる。黒幕の名前を言って、自分のするべきことを教えてくれたとき、レオはそう言っていた。「これからすることには大変な危険が伴う。クリスティーヌ、きみにはそれをする覚悟があるか」と。自分はそれにうなずいた。レオが自分を騙しているなら、それはもうしかたがない。ここまで来たら、レオを信じるしかないのだ。あの刑事には悪いけれど。あの刑事は親切で優しかった。警察の人なのに、初めて自分の話が本当だと信じてくれた。それがどれほど嬉しかったか……。だから、あの人にだけは知らせたらどうかとレオに言ったのだけれど、レオは黒幕が自分から犯行を自白するまでは警察に知らせてはいけないと答えた。きみが姿を現したら、黒幕はきっときみを傷つけるために本当のことを言うはずだと。そして、もしきみが黒幕のその言葉をポケットに隠し持ったICレコーダーで録音すれば、それが何よりの証拠になると。そう、それがこれから黒幕のところに行って、やらなければならない大事な仕事の一つなのだ。ほかにもやらなければならない難しいことはあるが、まずは今度のことが、その黒幕の仕業だという証拠を手に入れなければならない。

そこまで考えると、クリスティーヌは不安になった。でも、もしやらなければならないことに失敗したら？　レオはわたしが最後までやるべきことをやりとげたら必ず助けにくると言っていた。でも、その前に失敗したら？　あるいはわたしが最後までやりとげたのに、レオが助けにくるのが間に合わなかったら？　そのとき、頭のなかでマドレーヌの声が聞こえた。

クリス、弱気になってはだめよ。今は余計なことを考えないの。一度、レオのことを信じることにしたんだから、最後まで信じなさい。

指定されたとおり、門を入ってしばらく行ったところにあるポプラの木立の前に車をとめると、クリスティーヌは深呼吸をした。そうだ。マドレーヌの言うとおりだ。今はレオを信じて、やりとげるしかない。それでだめなら死ねばいいだけだ。車のドアを開ける。ふと、今はトゥールーズの霊安室で眠っているはずのマックスの顔が頭に浮かんだ。あの人にあんなひどいことをするなんて！　そう思うと、心の底から怒りがわきあがってきた。見てらっしゃい。わたしは死なない。生きて、マックスの復讐をしてやる……。

そう気持ちを新たにすると、クリスティーヌは三階建ての家のほうに近づいた。家はほとんど立方体と言ってもいい形をしていて、窓も真四角だった。壁は厚く、四隅に二重の煙突があり、地上すれすれに地下室のための明かりとりの窓がついている。かなり古い家だ。おそらく、このあたりの裕福な農家が、ここで何世代にもわたって暮らしてきたのだろう。そんな歴史を感じさせるような家だった。玄関の石段をのぼっていくと、クリスティーヌは扉に手をかけた。扉には鍵がかかっていなかった。なかに入って、薄暗い廊下を進んでいく。どこかの部屋でオーディオを鳴らしているのだろう、美しいソプラノの声が聞こえる。

オペラだ。

廊下は長かった。そのまま突きあたりの部屋まで行くと、クリスティーヌは扉を開けた。そこは廊下とは対照的に、まばゆい光に照らされたリビングキッチンだった。キッチンの側には十人は座れそうな大きなテーブルあって、反対側の窓のあるほうが広いリビングになっている。リビングの中央にはローテーブルがあった。その向こうには、三人の男女が座っている。

クリスティーヌはその三人の男女を眺めた。マーカスとコルデリア、そして黒幕の女だ。黒幕の女は、もちろんドゥニーズではない。今朝のメールは、この黒幕が自分をおびきよせるために、アドレスを細工して、ドゥニーズの名前で送ってきたのだ。それはこの家に来る前からわかっていた。だが、クリスティーヌは騙されたふりをして、わざと訊いた。

「ドゥニーズはどこ？　わたしはドゥニーズに呼ばれてここに来たんだけど。いったい、これは……」

だが、その言葉を最後まで言いおわることはできなかった。テーブルの向こうから、足をひきずりながら、マーカスがやってきたかと思うと、顔に平手打ちを食らわしてきたのだ。クリスティーヌはうしろによろめいた。頬に手をやると、燃えるように熱かった。思わず、マーカスをにらみつける。

「昨日のお礼だぜ。まったく、警棒でおれの膝をめったうちにしやがって」

「よく言うわ。わたしをレイプして、ＨＩＶに感染させようとしたくせに。あなた、言ったわよね。『おれはＨＩＶの陽性《ポジティブ》なんだ』って」

そう言って、コルデリアのほうをちらっと見る。コルデリアの顔には驚愕の色が浮かんでいた。コルデリアはマーカスがＨＩＶに感染していることは知らなかったのだろう。いい気味だ。そう思って、隣の黒幕のほうに目をやると、そちらは嬉しそうに笑っていた。マーカスのほうは秘密をばらされても悪びれた様子はなく、再びこちらに近づいてくると、体を触ってきた。

「何をするのよ」

「心配するな。ここでやるつもりはないからな。ただの身体検査だ。携帯はどこだ？　ＧＰＳで居場所を突きとめられて、警察に乗り込まれるなんて、まっぴらだからな」

「ここよ」

クリスティーヌは自分から携帯を取りだすと、マーカスに渡した。マーカスはそれを床に叩きつけ、ブーツの底で踏みにじった。クリスティーヌはマーカスのブーツが蛇革で、ヒールの高さが八センチくらいあることに気づいた。どうりで自分のそばに来たとき、このあいだよりも背が高いと思ったはずだ。

マーカスがまた身体検査を始める前に、機先を制して、クリスティーヌはローテーブルの向こうにいる黒幕の女に言った。「あなたは誰？　ドゥニーズはどこなの？」

すると、女は不敵な笑みを浮かべ、ニットのショールを巻きつけなおした。女は筋肉のついた屈強そうな体つきをしていた。肩もがっしりしている。

「こんにちは、クリスティーヌ。やっと会えたわね」

どこかの部屋ではあいかわらず音楽が鳴っていて、オペラの歌声が聞こえる。風を受ける帆のように、いっぱいに張ったかと思うと、小さくすぼみ、またいっぱいに張りながら、クライマックスに向けて、盛りあがっていく。クリスティーヌはその歌声が直接、自分の血管のなかを流れているような気がした。

「ドゥニーズはどこなの？」クリスティーヌはわざともう一度、尋ねた。

「ドゥニーズなんていないわよ」

そう言うと、女は手元のリモコンを押して、キッチンのほうの照明をつけた。その光に、よく磨かれたステンレス製のシンクや、棚に並べられた鍋がきらきら輝いた。女が続けた。

「あのメッセージはわたしが送ったのよ。ドゥニーズは、この話にはなんの関係もないの。たぶん、今こうしているあいだにも、あなたのジェラルドとよろしくやっているはずよ。まったく、あの女もたいしたタマね。ジェラルドとあなたの関係がおかしくなる前から、モーションをかけて、ジェラルドに取りいっていたのよ。ジェラルドのほうも、まんざらではなかったみたい。あなたと婚約していたのにね。でも、あなた、ジェラルドを責めちゃいけないわ。ドゥニーズはものすごく魅力的だもの。あんな女を相手にしたら、そんじょそこらの女が勝てるわけがない。あなたくらいの女じゃ……」

クリスティーヌは胸がちくちくした。この女は相手の弱いところを突くやり方を知っている。これまでジェラルドがドゥニーズと仲良くしているのを見て、ジェラルドがドゥニーズをかばうのを聞いて、どんなに苦しめられたことか。ドゥニーズの容姿を思い浮かべて、どんなに嫉妬したことか。そのとき、また耳元でマドレーヌがささやく声がした。

だめよ、クリスティーヌ、相手のペースに巻き込まれちゃ。相手はそれが狙いなんだから。あなたの気持ちを動揺させることが狙いなのよ。

「あなたは誰なの？」クリスティーヌは気を取りなおして尋ねた。

「ミラ・ボルサンスキよ」

レオの言ったとおりだ。黒幕の名前はミラ・ボルサンスキ。レオと一緒に宇宙に行った女性宇宙飛行士だ。レオははっきりと言わなかったが、その任務のあいだにも、何かトラブルがあったらしい。ともかく、それでこの女はレオを恨み、レオのまわりにいる女性を恨んでいるのだ。レオはそう説明していた。女性宇宙飛行士……。そういえば、リビングの壁には、宇宙から見た地球の写真が何枚か飾られている。サイズは小さいが解像度のとても高い写真だ。その写真を見ていると、自分が宇宙の闇に浮かんでいて、地球の大陸や海、その海に浮かぶ島々、高い山とその下に続く氷河、サイクロンを神の高みから見おろしているような気分になった。

そのとき、誰かが階段をおりてくる音が聞こえた。ミラが呼んだ。

「トマ！　こっちにいらっしゃい」

すると、奥の扉が開いて、四歳くらいの男の子が入ってきた。男の子は栗色の目でこちらを見つめた。

「息子のトマよ。レオの子どもなの。トマ、ご挨拶は？」

「こんにちは」トマが言った。

クリスティーヌはなんと言ってよいかわからず、黙ってうなずいた。

「じゃあ、トマ、またお部屋に戻りなさい」

母親の言うことを素直に聞いて、子どもは部屋に戻っていった。クリスティーヌは、そのあとミラが言った「レオの子どもなの」という言葉を聞いて、胸をふさがれた。ミラとのあいだに子どもがいるなんて、レオは言っていなかった。いろいろと説明することがありすぎて、そこまで知らせる時間がなかっただけかもしれない。でも、その事実はショックだった。クリスティーヌは頭のなかが混乱して、何も考えられなくなってしまった。自分のなかのコンパスが狂って、進むべき方向がわからなくなってしまったようだ。

そのとき、マーカスが自分に拳銃の銃口を向けていることに気づいた。いよいよ、これからだ。レオの子どものことはまたあとで考えよう。今はやるべきことをやらなければ。

コンパスがまた正常に戻った。と、ミラが言った。

「この音楽が聞こえる？　そう、いつもオペラなのよ。これはワーグナーの楽劇、『神々の黄昏《たそがれ》』。ラストはかつてワルキューレの一人だったブリュンヒルデが恋人のジークフリートの火葬台に愛馬のグラーネとともに飛び込んで、みずから命を絶つの。そう、このオペラでも、ヒロインが自殺するのよ。ほかの多くのオペラと同じようにね。その点、クリスティーヌ、あなたはこの世に執着しすぎだわ。それがあなたのいけないところよ」

クリスティーヌは部屋を見まわした。隅のほうには黒く光るピアノがあって、楽譜たてには、開いたままの楽譜が置かれていた。その上にはスタンドに入った写真がいくつか飾られている。反対側には窓の下に大理石の暖炉があり、奥が耐熱ガラスになって、外が見えるようになっていた。今は暖炉の火が燃えていないので、外の霧が白く煙って見えた。

ミラが続けた。

「オペラというのは、純粋な感情の世界なの。情熱、悲しみ、苦しみ、狂気といった感情に満ちみちているわ。言葉はそれを表現するには無力すぎるのよ。歌曲だけがそれを表現できるの。特にアリアはそう。だって、アリアは登場人物が心情を叙情的に歌いあげるためのものだから。十八世紀のイタリア歌劇ではＡＢＡの三部形式のアリアが優勢になったけど、これはダ・カーポ・アリアと言って、第一部のＡが第三部で繰り返されるというものなの。もっとも、十八世紀の後半からはまったく同じものを繰り返すのではなく、いろいろと工夫して、ちょっとした変化を与えるようになったのだけれど。歌い手が技巧を凝らして、登場人物の心情を表現することだけに主眼が置かれたら、ドラマのほうがおろそかになってしまうから。そのドラマのほうで大切なのは台本ね。ストーリーは陳腐なものではなく、しかも、プロットの展開は早いほうがいい……」

そう、プロットの展開は早いほうがいい。そろそろ、ミラに自分がやってきたことを白状させなければ。そう決心すると、クリスティーヌはポケットのなかでＩＣレコーダーのボタンを押し、ミラに向かって言った。

「ということは、今度のことはあなたが台本を書いて、わたしを自殺に追い込もうとしたわけね？」

ミラは得意そうにうなずいた。クリスティーヌは続けた。

「それにしては、まずい台本を書いたものね。だいたい、玄関の扉におしっこをかけさせたり、犬の脚を折ったり、ポルノビデオを撮ったりするなんて、ちっとも芸術的じゃないわ。というよりも、はっきり言って、陳腐ね」

ミラの顔に動揺が走った。自分のやったことを批評されるのが嫌いなのだろう。

「オペラに出てくる、人の運命を操る女なら、殺人くらいさせなさいよ。犬を殺すくらいじゃなく」

「殺人なら、させたわ。わかっているでしょう？　マーカスを使って、あのジョルジュというホームレスを殺させたのはわたしなのよ。わたしはマーカスがナイフで首を切り裂くところを間近で見ていたわ。路上に駐車した車のなかからね」

掛かった。罠に掛けるのは意外と簡単だった。ミラは自分から殺人教唆を認めたのだ。この録音とわたしの証言があれば、警察もこの女を逮捕できるはずだ。あとは、もう少し、この女を追い込んでやろう。

「それで、わたしが動揺すると思った？」クリスティーヌは言った。「おあいにくさま。わたしはそんなに弱い女じゃないの。どんなにひどい嫌がらせをされたって、自分から死ぬようなやわな女じゃない。あのかわいそうなセリアとは違うのよ。セリアを自殺に追い込んだのは、もちろんあなたの仕業でしょう？」

「そうよ」ミラは答えた。その目には憎しみの色が浮かんでいる。「あの女、レオと結婚しようとするから、痛めつけてやったのよ。レオがあの女のことなんて、なんとも思っていないという証拠をたくさんつくって。メールやなんかでね。あの女、どんどん暗くなって、自信がなくなって……。それで、自分から死ぬように、ヒロインが自殺するオペラを送ってやったら、とうとうそうしてくれたわ。セリアが死んだときのこと、知ってる？あの女、オペラをがんがんかけながら、両方の手首を切って、喉に鏡の破片を突き刺して、そうして血だらけになって死んでいったのよ」

この発言はこの女を罪に問う、なんらかの証拠になるだろうか？　そう思いながら、クリスティーヌは口を開いた。

「それで、そのあとはわたしの番だったというわけ？　でも、どうして？　レオはセリアとは結婚するつもりだったけど、わたしには結婚の話はしなかった。それにジェラルドと婚約したから、一カ月前にはレオと別れていたのに」

「それはセリアが死んだあとも、レオがわたしのところに戻ってこなかったからよ。わたしはレオの子どもも産んでいるのに。セリアと結婚するために奥さんと離婚するなら、わたしと結婚したっていいじゃない。もともと、レオの結婚生活なんて、とっくにだめになっていたんだから。子どものために籍を残しておいたっていうだけの話でしょ。それなのに、レオはあなた一人に気持ちを傾けるようになって、わたしのほうは見向きもしなかった。今度はあなたと結婚するつもりじゃないかって思ったくらいよ。だから、あなたもセリアと同じ。わたしからレオを奪った性悪女なの」

「それで、マーカスをわたしの家に侵入させて、オペラのCDをかけたり、コルデリアに偽のセクシャル・ハラスメントの訴えをさせて、わたしから職を奪ったり、クスリをのませて、ポルノまがいの動画を撮ったり、マーカスにコルデリアの顔を殴らせて、わたしに暴行の罪を着せようとしたの？」

「そのとおりよ」ミラは認めた。「それくらいすれば、あなたがセリアと同じように自殺するかと思ってね。残念ながら、そうはならなかったけど」

これでまた一ポイント獲得だ。クリスティーヌは思った。マーカスとコルデリアがやったことは犯罪行為なんだから、それをさせたということは、やはり罪を認めたということになる。ミラが言葉を継いだ。

「それにしても、マーカスとコルデリアはよくやってくれたわ。もっとも、この二人はお金さえ出せば、なんでも言うことをきくんだけど。ねえ、知ってる？　マーカスはモスクワの友人たちの紹介で知り合ったの。スターシティにいたときに作った、大切な友人たちよ。あのときもずいぶんお世話になったわ。マーカスはその友人たちと同じロシアン・マフィアの組織に属していて、スパイのような訓練も受けたのよ。だから、どこかの家に忍び込んだり、拷問して自白をさせたり、パソコンに細工をして、メールアドレスを詐称するなんてことは簡単にできるの。しかも、さっきも言ったように、お金さえ払えば、理由も訊かずにやってくれるんだから」

そう言うと、ミラはマーカスの首のタトゥーをなでた。マーカスは嫌がるでもなく、されるがままになっていた。

「コルデリアのほうはマーカスの恋人だったから、この話に乗ってもらったんだけど」ミラは続けた。「あなたのラジオ局が研修生を募集していたので、偽の履歴書を作って、潜り込ませたの。ちょっとしたつてでも使ってね。まあ、もともと不良少女だから、このくらいのことは平気なのよ。その証拠に、マーカスと知り合ったのは、コルデリアが地下鉄のなかでマーカスの財布をすろうとして、逆に脅されたのが縁だったんですって。まったく素敵なカップルよね。コルデリアは人の弱味を握る才能があるの。あなたの上司のギヨモが仕事のあとでストリップショーを見にいくのが趣味だっていうのも、すぐに嗅ぎつけてね。それを知られているから、コルデリアがセクハラの被害を訴えたとき、ギヨモはむげにできなかったんじゃない？　それでコルデリアの肩を持ったのよ」

「でも、そこまでして、わたしに嫌がらせをしても――いえ、嫌がらせどころじゃないわね、マーカスにわたしの犬を殺させたりしたのだから。そのうえ、レイプまでされて――それでも、わたしは自殺しなかった。結局、あなたは失敗したんじゃない」クリスティーヌは挑発した。だが、ミラは落ち着いた声で答えた。

「そんなことはないわ。もう一つの目的はこれから達成できるもの」

「もう一つの目的って？」クリスティーヌは尋ねた。

「レオを刑務所に送り込むことよ。わたしね、日記を書いたのよ」

ミラは優しく話しだした。

「嘘の日記よ。スターシティで宇宙に行く訓練を受けているあいだと、国際宇宙ステーションに滞在しているあいだに、レオがどんなにひどいことをわたしにしたか、克明に綴った日記を書いたの。それをあの刑事に渡したの。あなたも知っている、あの刑事に」

「あの刑事って……」思わぬ話の展開に、クリスティーヌは戸惑った。

「昨日、あなたの部屋を訪ねていったでしょ? セルヴァズという刑事よ。あの日記を読めば、誰もがレオを犯罪者だと思うわ。女性宇宙飛行士にひどいことをして、それなのに、ロシアやフランス、ヨーロッパの宇宙開発機関が国家の利益を守るために、その事件を握りつぶしたんだって」

「つまり、そうやって、レオを犯罪者に仕立てあげるつもりなの? でも、その件は結局、ロシアの警察もフランスの警察も取りあげなかったんでしょ? 当たり前だわ。その話はあなたの作り話だから、証拠なんてないはずだもの」

「そうよ」ミラは認めた。「だから、セリアの自殺の件と、あなたの件をレオのせいにしようとしているんじゃない。あのセルヴァズという刑事には、セリアが自殺したホテルのカードキーと国際宇宙ステーションの写真を送ったわ。セリアの自殺にレオが関わっていると思わせるように。あなたの件でレオを黒幕に仕立てたのもわたしよ。ほら、昨日、コルデリアのパソコンで黒幕の写真を見たでしょ? レオの写真を。あれはわたしがマーカスとコルデリアに言って、パソコンに保存しておくよう命令したものなの。〝X〟というファイル名をつけてね。あの刑事は日記を読んで、レオを疑っているはずだから、セリアやあなたにしたことの件や、人を使ってジョルジュを殺させた件で、きっとレオを逮捕してくれるわ」

「でも、レオが逮捕されたら、あなたも困るんじゃないの？　あなたのもとから離れていってしまうんだから」クリスティーヌは指摘した。

「いいえ、その反対よ。警察に逮捕されたら、レオは誰からも見放されて、一人ぼっちになってしまう。そうしたら、わたしはトマを連れて、刑務所までレオに会いにいくの。レオは喜ぶわ。そんなことを繰り返しているうちに、だんだんレオの心もほぐれて、もうわたししかいないって思ってくれるでしょう。そうやって、レオを取り戻していくのよ。レオはきっとわたしのことを愛してくれるはず。最初のようにね」

「そううまくいくかしら。あの人は奥さんと離婚する決心をしても、あなたと結婚はしなかったのよ。それに子どものことだって認知しなかったんじゃないの？」

「何を言うの！」

ミラの顔つきが変わった。だが、クリスティーヌはかまわず続けた。

「それに、あなたの計画は失敗するわ。だって、今、聞いた話をわたし、警察に証言するもの。あのセルヴァズという刑事に言うわ」

するとミラはせせら笑った。

「馬鹿ね。あなたをこのまま生かして返すとでも思っているの。あなたのことは今日カタをつけるって決めていたの。マーカス、頼んだものを持ってきてくれた？」

いよいよね。クリスティーヌは思った。予想どおりの展開だ。自分がやるべきことをすべてやったら、レオは助けに来てくれると言っていた。あとはそれを信じるだけだ。

「はい、ここに」マーカスが言った。

スウェットのポケットから、アンプル剤を取りだしたのが見える。スウェットにはアフロ・アメリカンのラッパー、リル・ウェインの顔がプリントしてあった。

ミラがローテーブルの上にあった水差しを手に取り、グラスに半分ほど水を注いだ。アンプルを割って、中身をグラスに入れる。それから、スプーンでかき混ぜると、言った。

「さあ、これを飲むのよ」

クリスティーヌはためらった。レオは本当に来てくれるのだろうか？　いや、来てくれると信じなければ……。

「飲むんだ」頭に銃口を突きつけながら、今度はマーカスが言った。「いいか、三つ、数えるうちに飲め。一、二……」

クリスティーヌは叫んだ。

「こんなことをしても無駄よ。あなたたちのしたことは、最後にはわかってしまうんだから。レオだって、あなたのことを疑いだしているし。それに何より、あの刑事があなたたちのことを突きとめるわ」

「三」

その言葉と同時に、クリスティーヌはグラスを口元に運び、一息に飲んだ。

それを見ると、ミラが残忍な笑みを浮かべて言った。

「薬がきいてくるまでにまだ少し時間がありそうね。お墓まで運ぶのは面倒だから、自分で歩いてもらいましょう」

クリスティーヌは唇を噛んだ。神様、この女は頭がいかれています。ああ、レオ。どうか早く来て！　ふと気になって、マーカスのほうを見ると、黙って、こちらに銃を向けている。これから起きることになど、まったく関心がなさそうに。金さえ払われていれば、どうでもいいという感じだった。コルデリアも表情一つ変えずにいた。こちらも、これから起きることには無関心のようだった。

「行くわよ」

ミラが腕時計を見て、それからマーカスのほうを見ると、コルデリアがステンレスのシンクの横にある木製の扉を開けた。おそらく昔からこの建物についていた扉だろう。石の壁に取りつけられた、背の低いがっしりした扉だった。

外に出ると、霧はもうだいぶ晴れていた。わずかに近くの森の木々の梢《こずえ》に薄くかかっているだけだ。森まではコンクリート製のぶどう棚が続いていて、冬枯れした野ブドウが乾いて灰色になった蔓《つる》を絡めていた。まわりは灌木《かんぼく》の茂みで、深紅の椿や黄色いキヅタ、白いクリスマスローズが咲いていた。緑の苔《こけ》の生えた縁石で囲まれた小さな池もある。そんななか、クリスティーヌはミラのあとに続いて、ところどころはがれた敷石の上を歩いていった。敷石の脇には雑草が生えていた。レオ……。クリスティーヌは足を止めた。すると、マーカスが銃口を背中に当てて言った。

「歩け!」

「何をするつもりなの?」

「歩けと言ってるんだ」

道はやがて森に入った。ようやく顔を出した太陽が西の空に沈みかけている。木漏れ日が、血をまきちらしたかのように赤く地面を照らしていた。太陽は近くを流れる小川も照らし、水面を赤銅《しやくどう》色に染めていた。木々の根元は落葉で覆われ、腐植土のにおいがした。レオはどこにいるのだろう? ちゃんとあとをついてきているのだろうか?

「進むんだ」こちらの足が止まったので、またマーカスが言った。

しばらく行くと、道はゆるやかなのぼり坂になった。濡れた落葉に足をすべらせながら、クリスティーヌは進んでいった。空にまた雲がかかり、雨が再び降りはじめた。

「どこまで行くの?」クリスティーヌは尋ねた。

「もうすぐだ。いいから、歩け!」

その時はだんだん近づいてくる。お願い、レオ、来て。クリスティーヌ心のなかでつぶやいた。

やがて下り坂になって、小さな窪地におりていった。そこにはあまり木が茂っていなかった。見ると、窪地の真ん中には最近、掘られたばかりの細長い穴があいている。人が一人、横になって入れるくらいの穴だ。穴のそばにはシャベルが置いてあった。

「嫌よ。絶対に嫌！」クリスティーヌは大声を出した。

するとマーカスがこちらに銃口を向けた。

「さあ、穴のなかに入って、横になるんだ」

「だめよ。まだ……」

「まだ、なんだ？」マーカスが尋ねた。

「なんでもないわ」

「さあ、入れ」そう言って、マーカスが今度はうしろにまわり、銃口を背中に突きつけた。

クリスティーヌは銃で背中を押されるようにして、穴のなかに入った。深さは一メートルくらいだろうか？　そのまま穴の底に横たわる。土のにおいが鼻孔に広がった。このまま埋められてしまったら……。顔の上に、あの土をふりかけられたら……。そう思うと、たちまち、恐怖がこみあげてきた。

「やめて！　やめて！」

「どう？　これでも芸術的じゃないと言えて？　オペラのラストとしては素晴らしい場面だわ。ここでヒロインが不幸な身の上を嘆きながら死んでいく歌をうたい、まわりではコーラスがヒロインの運命に同情して、悲しみの歌をうたうの。さあ、いよいよクライマックスよ。マーカス、やっておしまいなさい」

いよいよその時が来た。ああ、レオ、お願い、来て。やるべきことをやったら助けにくるって、約束してくれたでしょう？　お願い！　クリスティーヌは目をつむった。

だが、何も起こらない。目を開けると、マーカスがミラに銃を渡しているのが見えた。最後はミラに撃たせようというのか。

「あんたがやるんだ」マーカスが言った。

「わたしが？　ちゃんと自分の仕事をなさい。そのためにお金を払ったんだから」

レオ、来て、お願い！　早く来て！　クリスティーヌは心のなかで叫んだ。

「いや、ここまで来たら、あんたの仕事だ」

「わかったわ。たまには運命の女神として、みずから手を下すのも悪くないかもしれない」そう言って、ミラはマーカスから拳銃を受け取った。

「弾は二つだ。失敗しないようにな」

ミラが穴の縁にかがんで、銃を構えた。残忍そうなミラの顔と、こちらに向けられた銃の先が見えた。クリスティーヌは目を閉じた。ああ、レオ、どこにいるの？　お願い、早く来て。レオ……。レオ……。

その瞬間、銃声が鳴り響いた。

引き金を引くと、ミラはあらためて穴のなかをのぞきこんだ。銃弾を二発、間違いなく、クリスティーヌの胸に撃ち込んでやった。そのたびに、白いニットのセーターが血に染まり、ちょうど二輪の赤い花が咲いたようになっている。と、クリスティーヌの口から一筋の血が流れた。

これでカタがついた。このままここに埋めてしまえば、クリスティーヌは失踪したことになる。生きているのか、死んでいるのかわからないまま、この世から姿を消してしまうのだ。亡霊のように。あとはレオを刑務所に送り込んで、ゆっくりと取り返していけばいい。もともとレオはわたしのものなのだから……。

そのとき、マーカスがまわりの土をシャベルですくって、クリスティーヌの上にかけながら言った。

「やればできるじゃないか。これであんたも立派な人殺しだ。あとはコルデリアとこいつを埋めておくから、あんたは家に戻ってくれ。それから、金を振り込むのを忘れないようにな。そのために、あんたに手を汚させたんだから」

ミラは黙ってうなずくと、その場をあとにした。いずれ、この二人も始末してやる——そう思いながら。

第三幕

彼女がどれほど悲嘆に暮れることか。
それを慰めるものなどないことはわかります。
しかし、子どもの将来を思うなら
こちらで引き取り、面倒を見てやるほうがいいのです。

――『蝶々夫人』

40　ダ・カーポ・アリア

クリスティーヌの行方がわからなくなってから、かれこれ十日ほどが過ぎていた。そのあいだ、セルヴァズはレオナール・フォンテーヌの動向を見張っていた。今朝もそうだ。晴れているとはいえ、この寒空のなか、フォンテーヌはまた全裸で泳いでいる。双眼鏡からのぞくと、がっしりとした背中や筋肉のついた脚が、湯気の立つ温水のなかをしなやかに進むのが見えた。やがてセルヴァズは氷のように冷えた車に戻り、双眼鏡をグローブボックスにしまって、ゆっくりと車を動かした。

レオナール・フォンテーヌと直接対峙《たいじ》するのは、まだ時期尚早だろう。だが遅かれ早かれ、その日は来る。それはわかっていた。こちらにもっと切り札が集まり、有利になったところで、対決することになるだろう。

それにしても、クリスティーヌ・スタンメイエルはどこに消えてしまったのだろうか。

高速道路に入り、前を走る車の青白いライトに目を凝らしながら、セルヴァズは考えた。こうなると、頭にちらちらと浮かぶ言葉を認めざるを得なかった。クリスティーヌは死んでいる。きっと殺され、どこかに埋められてしまったのだろう。警察はあの朝、クリステイーヌがどこに行ったのか、あるいはどこに拉致されたのか、その足取りをなんとかしてつかもうとしたが、何もつかめなかった。パソコンに残されていたメールの住所にも行ってみたが、そこは空き家だった。あの日の朝以来、誰もクリスティーヌの姿を見ていなかった。婚約者のジェラルドも、両親も、〈ラジオ5〉の元同僚も誰も。クリスティーヌが行方不明になったことによって、この件は事件として捜査されることになった。そしてマーカスこと本名エゴール・ネムツォフとコリンヌ・デリアの二人が参考人として呼ばれ、長時間取り調べが行われた。だが、二人とも何も吐かず、進展はまったくなかった。

自分も取り調べの場にいられればよかったのだが。セルヴァズは残念でしかたなかった。とはいえ、捜査の詳細はエスペランデューとサミラが報告してくれていた。それからボーリューもあれから協力的になり、何かと動きを教えてくれた。どうやらこれまでのことに良心の呵責《かしゃく》を感じているらしい。今ではボーリューも、クリスティーヌの失踪にはマーカスことエゴール・ネムツォフが関与していると確信しているようだった。

ミラ、セリア、クリスティーヌ——フォンテーヌの愛人だった女たち。セルヴァズはこの三人の女たちのことを考えた。ミラの日記、パーティーでフォンテーヌと一緒に写っていたセリア・ジャブロンカの写真、クリスティーヌから聞いた話。なかでも、ミラの日記に書かれていた内容はやりきれなかった。あの日記を読んだあと、セルヴァズはフォンテーヌを見張り、こっそり屋敷に侵入したが、あのときデスクにあったモラル・ハラスメント関連の本を見て確信していた。黒幕はフォンテーヌに違いない、と。そしてそれを裏づけるかのように、今やクリスティーヌが行方不明になっている。とはいえ、この程度の情報では、予審判事を動かすことはできないだろう。重大事件としてフォンテーヌの家宅捜索を許可する判事などいるはずがない。黒幕はフォンテーヌに違いないのに、証拠が足りない。堂々巡りだった。こうなったら、どうにかしてフォンテーヌが何か尻尾を出すように仕向けなければ。だが、どうやって？　相手は慎重でしたたかな男だった。

ミラはトマを幼稚園へと送っていった。幼稚園の園庭に入ると、リュック姿のトマは「行ってきます」と手を振り、プラタナスの木の下を友だち目指して駆けていった。それを見届けてから、ミラは車に戻った。今日は金曜日。毎週金曜日は仕事が休みだ。ミラはSUV車のエンジンをかけ、いつも買い物をする大型スーパーマーケットに向かった。

そうしてスーパーに着くと、カートを押しながら、小一時間ほどかけてゆっくりと売り場を見てまわった。金曜日の朝だというのに、売り場には大勢の客がいた。ときには人をかきわけ、人にぶつかったりぶつかられたりしながら、ミラは売り場を歩いた。買い物リストをチェックしながらカートに品物を入れていく。といっても、毎週買うものは同じだった。ただし、今日はクロ・ヴージョの赤ワインを一本、奮発することにした。明日は市《いち》が立つことだし、何かとっておきのご馳走でも調達して、極上のワインと合わせよう。

リストにあるものを全部カートに入れると、ミラはレジに向かい、いちばん短い列に並んだ。それでも前には十五人ほど客がいて、レジが近づく頃にはうしろにやはり十五人ほどが並んでいた。やがて順番が来ると、鼻にピアスをして前髪を青く染めたレジ係の若い女性が商品のバーコードを次々と機械にかざし、ミラは支払いを済ませた。そしてレジの先にある品物を受け取るため、防犯ゲートをくぐった。だがその瞬間、けたたましい音が鳴った。その音にレジ係はさっと顔をあげ、こちらをじっと見ながら言った。

「もう一度ゲートを通ってください」

何よ、誤作動だっていうのに。ミラはため息をつき、再びゲートを通った。が、アラーム音はまた鳴った。レジ係は厳しい顔つきでこちらを見て告げた。

「戻ってきてください！」声が苛立っている。「本当に何もポケットに入ってないんですか？」

その口調はもはや質問ではなかった。ミラは自分の列の客だけでなく、近くの列の客もこちらを見ていることに気がついた。屈辱のあまり、頰が真っ赤になる。

それでも念のため、ミラはコートのポケットに手を入れてみた。これで疑いも晴れるはず……。だが、ポケットの奥で何かが指に当たった。出してみると、それはプラスチックカード型の商品券だった。香水専用のもので、値段は百五十ユーロもする。レジ係の顔がますます険しくなった。ミラはうろたえた。

「わたしじゃないわ！　どうして、こんなものがポケットに入っていたのか……」

「買うのか、買わないのか、どっちです？」

レジ係は冷たく言って、こちらをにらんだ。万引きを疑っているのは間違いないが、まだ大勢の客が待っているので、これ以上時間を無駄にしたくないようだった。よりによって、このわたしを疑うだなんて！　ミラは猛烈に腹が立ってきた。

「言ったでしょ、わたしじゃないって！　どうしてポケットに入っていたのか、わからないのよ！」そう言い放ち、レジ係をにらみ返す。

「はい、はい、わかりました。じゃあ、そのカードをこっちに渡してください。で、もう一回ゲートを通って」

もはや命令口調だ。ミラは怒りをこらえてカード型の商品券をレジ係に渡し、少しばかり緊張しながら、再びゲートを通った。

はたして、アラームはまた鳴った。

ミラは動揺した。あわててもう一方のポケットを探ると、プラスチックカード型の商品券がもう一枚出てきた。列のうしろから、どよめきが聞こえてくる。

「ああ、もう！」レジ係が叫んだ。

そしてキッとこちらをにらみつけると、内線電話をかけ、手短に状況を説明した。うしろの列にいる人々が口々に何か言っている。「どうも万引きのようですよ」という声も聞こえてきた。まもなく、黒人の大柄な警備員が急ぎ足でやってきた。警備員はこちらを一《いち》瞥《べつ》すると、レジ係のほうを向き、話を聞いている。

ミラはしだいに足がガクガクと震え、頭がクラクラしてくるのを感じた。何十人もの視線がこちらに注がれている。

「こっちに来てください」警備員が言った。

「だから、わたしじゃないんです！　どうして商品券が二枚も……」

「どうぞこっちに来てください。騒がないで、冷静に話しましょう」

そこに別の警備員もやってきた。

「どうしたんだ？」

こちらは年配の白人だった。大柄というよりずんぐりした体形で、制服はピチピチだ。男は、もう一人の警備員が小声で状況を説明しているあいだ、陰険そうな小さな目でこちらをじろじろ眺めていた。そして話が終わると、無遠慮な手つきで腕をつかんだ。ミラはその手を振り払った。

「放してちょうだい！」

「あんた、気取ってる場合じゃないだろ。口答えしてないで、さっさとついて来るんだ」

スーパーの駐車場で、ミラは震える両手をハンドルに置いた。怒りと羞恥《しゅうち》心で息が詰まりそうだった。あれから警備員に店長のところに連れていかれ、窓もない部屋であれこれ訊かれたのだ。結局、警察には突きだされなかったが、それは店のブラックリストに載っておらず、盗まれた商品券を二枚とも返したからという理由だった。要するに、万引きの初犯らしいから大目に見てやるということだ。そんな話に誰が納得できるだろうか。だが、「わたしを万引き犯だと思ってるんですか？」とは言ってみたものの、警備員たちと店長の三人からかかる重圧は大きく、最後にはそれに負けてしまった。

まったく、なんてこと！　思い出しても屈辱ではらわたが煮えくり返ってくる。店に戻って火でもつけてやろうか。それとも、マーカスに依頼して店長を脅してもらおうか。そんなことを考えながら、ミラはエンジンをかけ、駐車していた場所から車を出した。だがそのとたん、クラクションの音が大きく響き、身が縮んだ。考えごとに没頭していたせいで、右からプリウスが来ていたことにまったく気づいていなかった。

その夜、ミラは物音で目を覚ました。どうもどこかの雨戸が開いているようだ。暗闇のなか、ギィーッと錆びた蝶番《ちょうつがい》の音がしたかと思うと、バタンとぶつかる耳ざわりな音が聞こえてくる。枕元の時計に目をやると、零時四十五分だった。ミラはしかたなくベッドを出て、一階へとおりていった。雨戸の音がギィーッ、バタンとどこかで鳴る以外、家のなかはしんとしている。でも、雨戸はたしか全部閉めたはずだけど。そういぶかりながら、ミラは開いている雨戸を探した。広々とした家なので、七分ほどかかってからようやくリビングの雨戸が一つ開いているのが見つかった。窓の外で枝が風に揺れ、影絵のように窓に映っている。雨戸を閉めるため、ミラは窓を開けた。すぐさま冬にしてはやけに生暖かい風が、草木のにおいを運びながら、顔をなでた。風に負けないように雨戸をしっかりとつかんで閉めると、ミラは再び寝室に戻った。だが眠ろうとしても、スーパーでの出来事が思い出されて眠れない。この自分があんな辱《はずかし》めを受けるなんて！　貶《おとし》められた気持ちだった。思い出すと、怒りがわき、眠気が吹き飛んでしまう。

それでもようやくまどろみはじめた頃、また雨戸がギィーッ、バタンと鳴った。ミラは裸足のベッドの上で身を起こした。少しして再び雨戸が鳴った。不安がこみあげ、ミラは裸足のまま一階におりた。ただし今回は、ナイトテーブルにしまっていた護身用の拳銃を手にして。開いていたのは、さっきとは違う雨戸だった。風にあおられ、雨戸は開いたり閉じたりして、そのたびに壁を打っている。雨戸をつかもうとして、外に身を乗りだすと、冬にしては生暖かい風が再び顔をなでた。ミラは再び雨戸を閉めた。その後、雨戸は二度と音を立てなかった。けれども午前三時まで、ミラは寝つけなかった。

週末は特に何も起こらなかった。だが週の明けた月曜日、ミラはまた嫌な出来事に見舞われ、困惑した。仕事から帰ろうとして会社の駐車場に行くと、とめていた車のタイヤが四つともパンクさせられていたのだ。数年前から、ミラは〈タレス・アレーニア・スペース〉という企業で働いていた。人工衛星の分野では世界屈指の大手企業だ。オフィスはトゥールーズ南西部のミライユ地区にあり、高速道路のA64号線からもそう遠くない。仕事は広報とメディア担当だった。自分の性格からすれば、社内に敵がいるというのはわからなくもない。あまり譲歩せず、歯に衣《きぬ》着せぬ物言いをするので、煙たがる同僚は少なからずいるのだろう。だが二千二百人もの社員の車がとまる巨大な駐車場で、たった一台の車を見つけだし、タイヤを四本ともパンクさせるなんて。わざわざそんなことをする同僚がいるだろうか。

なんだかんだで、家に着いたのはいつもより二時間も遅かった。そのせいで、急きょベビーシッターに電話して、トマを幼稚園に迎えにいってもらわなくてはならなかった。いったい、なんなのよ！　家に帰っても、怒りが冷めやらない。そこで、夜、いつものようにトマに絵本の読み聞かせをしたあと、ミラは気持ちを静めるため、書斎でお気に入りのオペラを聴くことにした。ヴェルディの『ドン・カルロ』だ。これもまた障害だらけの恋物語だった。ミラはオペラのそういうところが好きだった。オペラは自分自身の人生を、いや、あらゆる人の人生を映しだしている。きっと人はみんな、ただ一つのことを求めてもがいているのだ。お金や権力や成功を手中に収めるのも、結局はそのただ一つの目的を叶えるためで、誰もが子どもの頃から求めてやまないものを得るためなのだろう。つまり、みんな、愛されることを求めてやまないのだ。

ＣＤをプレーヤーに入れると、ミラは座り心地のいい肘掛椅子に腰かけた。椅子は音がいちばんよく聞こえる場所に置いてある。とはいえ、こんな時間に、エリプソンの球形スピーカー〈プラネットＬ〉を最大音量にして聞くわけにはいかなかった。そこでミラはボーズのヘッドフォンをつけると、リモコンのボタンを押して、目を閉じた。

そしてゆっくりと呼吸をしながら、音楽が始まる前の甘美な静寂を味わった。やがて最初の音が鳴り――ミラははっとして目を開けた。

違う！　これは『ドン・カルロ』じゃない！

もう少し音楽を聴きつづける。

それはドニゼッティの『ランメルモールのルチア』だった。これも叶わぬ悲劇の恋の果てに、ヒロインのルチアが死ぬ話だ。きっとCDをしまうときに、ケースをうっかり間違えたのだろう。

そう考えると、ミラは立ちあがって、CDの棚に近づいた。そして『ランメルモールのルチア』のケースを探して、手に取った。だがケースを開くと、思わず困惑してなかを見つめた。そこに入っていたのは『ホフマン物語』だったからだ。どうも何かがおかしい。

気持ちがざわつくのを感じながら、ミラは別のケースを開けてみた。すると、『アルジェのイタリア女』のケースには『椿姫』が入っていた。シェーンベルクの『モーゼとアロン』には『タンホイザー』が、『優雅なインドの国々』には『カヴァレリア・ルスティカーナ』が入っている。

そして十分後、床には何十個ものケースが散乱していた。ケースとCDが一致するものは一つもなかった。しかも『ドン・カルロ』はまだ見つかっていない。

頭がどうかしてしまったのだろうか。ミラは不安になった。それとも……。

それとも、留守のあいだに誰かが家に侵入したのだろうか。

まだ侵入者がそばにいるような気がして、ミラはあたりを見まわした。それから、事態を理解した。そういうことか。スーパーで万引き犯扱いされたり、雨戸が真夜中に勝手に開いたり、車のタイヤをパンクさせられたり。そして今夜はCDをでたらめに入れ替えられたり。これはつまり、誰かが自分に復讐しようとしているのだ。あの女が――クリスティーヌ・スタンメイエルが死んだから、その復讐なのだろう。あの女が味わった苦痛をこちらにも舐めさせようという魂胆に違いない。そう、あの女に話してやった、ＡＢＡの三部形式のダ・カーポ・アリアのように。第一部のＡを第三部で繰り返そうというつもりだろう。

そのとき、ミラははっとした。トマ！　いつもの夜と同じく、枕元のランプだけつけて、トマを一人で寝かしていた。トマは無事だろうか。ミラは階段を駆けのぼった。よかった。トマは親指を口にくわえたまま、枕に頭をのせてすやすやと眠っていた。小さなランプのほのかな光が枕元を照らし、部屋には子ども用のシャンプーの香りが立ちこめている。雨戸がきちんと閉まっているかどうかを確かめたあと、ミラはトマに寄りそい、パジャマがずれて少し出ている肩をそっとなでた。トマはまだこんなに小さくてか細い。自分が守ってやらなくては……。

やがてランプを消して出ていこうとしたとき、ミラは掛け布団の上に本が開いたままになっていることに気がついた。さっき読み聞かせをしたあと、絵本はちゃんと本棚に戻したはずだけれど。いぶかりながら、ミラは本を手にして閉じた。そしてタイトルを見て、思わずあとずさった。

それはトマの絵本ではなかった。カトリーヌ・クレマンの『オペラ、あるいは女たちの破滅』という本だった。自分の蔵書のなかでもオペラ関係の本は大きなスペースを占めているが、そのなかの一冊だ。だが、オペラの本をトマの寝室に持ってきたことなど絶対にないはずだった。そもそも、四歳の子どもに読み聞かせるような内容ではないのだ。ともかく本を戻してこよう。ミラはそれ以上考えるのをひとまずやめて、階段をおりようとした。が、ふいに本の詳しい内容を思い出し、ギョッとして立ち尽くした。

この本には、不幸な女たちのことが書かれていた。落ちぶれ、傷つき、捨てられた女。裏切られ、愚弄《ぐろう》され、殺された女。精神の限界まで追いつめられ、死に追いやられた女。オペラの愛好家たちは、こうした女たちの不幸をずっと愛してきた。オペラでは、女性はいつも死ぬ。オペラでは、女性はいつも不幸だ。オペラでは、女性は悲劇的な最期を遂げる。例外はまずない。王女だろうが庶民だろうが、母親だろうが娼婦だろうが、みんな同じだ。オペラとは、ヒロインが必ず悲劇的な死を迎えるものなのだ――そんな内容を思い出すにつれ、不安が高まってきた。

その夜、寝る前に、ミラは家のなかを二周して出入り口の鍵を確かめ、雨戸がきちんと閉まっているかどうかを確認した。だが、それでも眠れたのはほんの一、二時間だった。冬の風が雨戸を打つ音が朝まで耳に響いていた。

翌朝、ミラは「三十九度の熱があるので休む」と職場に電話をした。そして、防犯装置を設置してくれる業者をインターネットで探すと、製品やその性能、会社の信用を比較し、何本か電話をかけた。最終的に選んだのは、家の要所要所に動作感知器をつけるという防犯セットだった。それによると家に侵入があった場合、一二〇デシベルの強力な音で非常ベルが鳴り、すぐさま遠隔監視センターに情報が送られるという。その際、家に確認の電話がかかってくるが、もし電話で安全確認ができなかったときは、警備会社の警備員がすぐにやってくるらしかった。また、侵入者の画像が記録され、家主の携帯と監視センターに送信されるという。さらに、警報装置のスイッチを入れたかどうか外出先で心配になったときも、遠隔操作で確認できるようだった。

業者は午後にやってきた。白髪頭の小柄な男でずいぶんと年配に見えたが、慣れた話ぶりで安心感があった。業者の男はあっという間に装置を取りつけると、遠隔操作センターやこちらの携帯電話との動作確認を行った。そうして「これで安心してぐっすり眠れますよ」と言って、青い小型トラックに乗り、帰っていった。

その言葉どおり、その夜、ミラは熟睡した。雨戸も音を立てなかった。そして翌朝、いつものようにトマを幼稚園に送り、自分は仕事へと向かった。

次の日の夜、ミラは階段の上の電球が切れていることに気がついた。スイッチを入れてもつかなかったのだ。だが、新しい電球に取り替えると、明かりは何事もなくついた。ミラはトマに絵本の『グリンチ』の読み聞かせをした。そしてトマが眠りにつくと、布団をかけてドアを閉めた。

その後、ミラは書斎に行き、『ドン・カルロ』のCDをかけた。あれからどうしても見つからなかったので、新しいものを買ってきたのだ。せっかくだから全幕を聴いてから、寝ることにしよう。

『ドン・カルロ』を聴きながら、ミラはレオとあのセルヴァズという刑事のことを考えた。あの刑事はいつ行動を起こすつもりだろうか。きっと、レオを追いつめるにはまだ証拠が足りないのだろう。だが、ミラは急ぐつもりはなかった。物事にはタイミングというものがあるからだ。それから、ミラはマーカスとコルデリアのことも考えた。あの二人も近々なんとかしないといけない。なにしろ、あの二人は厄介な証人なのだから。生きていてもらっては困る。

ミラはさらにこの一週間に起きた不快な出来事のことも考えた。これからどうやって反撃すればいいだろうか。もしかして一連の出来事の背後には、レオがいるのだろうか。確かにその可能性はある。クリスティーヌがレオに助けを求めていたことは知っていた。クリスティーヌは尾行をまこうとして小細工をしていたようだが、マーカスはちゃんとグランドホテル・トマ・ヴィルソンまであの女を追っていたのだから。おそらく、レオにはあの女が死んだとわかったのだろう。そして、それが誰の仕業なのかということも。もしかしたら、レオはこちらの目論見を見破ったのだろうか。

ミラはその可能性を吟味《ぎんみ》した。そして思った。いや、だからといって、レオに何ができるというのだろう。何もできるはずがない。どこから見ても、レオが怪しく見えるように仕向けたのだ。それに、こちらにはあの日記がある。レオはあんな日記があることさえ知らない。いずれにせよ、刑務所に入っても入らなくても、レオはわたしのものだ。わたしのものなのだ。だって、トマの父親なのだから。どんなかたちであれ、レオは最後にはわたしのところに戻ってくる。たとえレオ自身はまだそうなることに気づいていなくても……。

必要なら、レオを取り戻すことに一生をかけるつもりだった。だが、そこまでしなくても、レオはじきに自分のところに戻ってくるだろう。ミラはそう確信していた。なぜならこの自分がそれを望んでいるのだから。それまでのあいだはレオがこの家に近づかないように、あのセルヴァズという警官を焚《た》きつけて、せいぜいレオを見張らせておこう。レオがこの家のまわりをうろついていることがわかれば、事件への関与を示す証拠にもなる。一石二鳥だ。そう考えると、ミラはようやく気持ちが落ち着いた。不安な気持ちが消えていく。すべては自分の思いどおりに動いている。大丈夫、事態は掌握できている。

ちょうどCDの『ドン・カルロ』が終わろうとしていた。カルロ五世の墓が開き、暗闇からその幽霊が現れて、カルロを連れていく第五幕の最後の場面だ。「この修道院という場所でさえ、地上の苦しみはつきまとう。そなたの望む安らぎは、神の御許でしか望めない」

そんな歌声が響いてまもなく、『ドン・カルロ』は終わった。ミラはリビングの明かりを消すと、寝室に行って眠った。

だが午前二時頃、ミラは突然目を覚ました。強烈な腹痛と吐き気に襲われたのだ。なんとかトイレまで走って、食べたものを全部吐き、水を流した。それから、ゆっくりと呼吸した。肺がぜいぜいと鳴る。汗をびっしょりかいていた。前髪が額に貼りついている。と、また胃の奥から、こみあげてくるものを感じ、ミラは再びトイレに吐いた。その後も吐いては呼吸を整えることを繰り返した。二十分たっても、ミラはまだトイレのタイルの上にしゃがみ、目を閉じて震えていた。胃が痙攣しているようだった。どうしたのだろう。緊急医療サービスを呼んだほうがいいだろうか。いや、もう少し様子を見てみよう。苦しみながら、ミラは思った。

ポルシェ911の運転席から、レオナール・フォンテーヌはミラの家の様子をじっと見つめた。ミラの家の明かりは真夜中に灯ったが、しばらくしてまた消えていた。ここはミラの家から二百メートル近く離れている。あたりは真っ暗だった。手にした煙草の火だけが赤く光っている。少しして、レオナールはポルシェのエンジンをかけ、発車させた。砂利道をゆっくりと抜け、両側にプラタナスの木々が続く一本道に出る。プラタナスの木々のあいだを、レオナールは二速で走った。ヘッドライトはつけなかった。夜空には星が輝き、木々の枝から月明かりがこぼれて道を照らしていた。強い風が雲を払っていた。

やがて十分に離れたあたりで、レオナールはヘッドライトをつけ、徐々に加速した。ポルシェの水平対向六気筒エンジンの音は遠くまで響くだろうから、多少は音を聞かれたかもしれない。それにしても、警報装置をつけた程度で安心しているのなら、ミラもまたずいぶんとのんきなものだ。今どきの無線タイプの警報装置など簡単に突破できるというのに。インターネットで電波妨害機を買えば、すぐに破ることができるのだ。

いや、もはやミラのことはそう気にしなくていいだろう。問題はあの刑事のほうだ。ここしばらく、セルヴァズとかいうあの刑事は自分につきまとっている。どうやら、こちらが尾行に気づいているとは思っていないらしい。だが、あの刑事が自宅に侵入したときに出くわした女は実は妻ではない。クリスティーヌに話していた女探偵だった。優秀でいい仕事をするプロで、週に二回、自宅に報告をしにきてくれる。あのときも報告にきていたのだ。そして道に迷ったとかいう怪しい言いわけをした、あの刑事の車のナンバーをちゃんと忘れずにメモしてくれた。そこまで考えると、レオナールは気を引き締めた。そうだ、この先はさらに巧妙に立ち回らなければならない。もし自分がミラの家のまわりをうろついているところを、あの刑事に見られたらまずいことになる。どうやらあの刑事は、この自分がクリスティーヌの行方不明事件に関わっていると確信しているようなのだから。

41　ただ一人、迷い、捨てられて

階段の上の電球がまた切れた。こんなにすぐに切れるなんて、どこかがショートしているに違いない。そう思いながら、ミラは電球を交換した。翌日、別の電球が切れた。今度はいつも音楽を聴く書斎だった。その翌日、階段の電球が三たび切れ、その数日後にはリビングキッチンの電球が切れた。

なんなのよ！　むしゃくしゃして、ミラは思わずそばにあった置物を床に叩きつけた。修理業者に電話をしたが、三日後にしか来られないという。ようやくやってきた電気工は、スイッチやコンセントや計器盤、それに電球まで長い時間をかけて点検した。だが、その結果、どこにも異状はなかった。そんなはずはない！　ミラは電気工がいい加減な仕事をしたのだと思い、実際そう言ってやった。すると、電気工はむっとした顔で「なら、お代はいりませんよ！」と言い、ドアをバタンと閉めて出ていった。

次の夜、ミラはまたお腹の調子が悪いのを感じた。食べ物に毒でも入れられたのかもしれない。そんな不安が頭をよぎり、冷蔵庫にあるものを全部捨てようとした。が、途中でその手を止めた。トマはお腹が痛くなることもなく、元気にしているからだ。夕食は二人ともまったく同じものを食べていた。

その後、ミラはベッドに入ったが、万が一に備えて、そばに大きなたらいを用意しておいた。午前二時半、腹痛はますます激しくなった。耐えがたい苦痛に、ミラはシーツの上で身をよじらせた。そして、用意していたたらいに吐いた。寝室に嫌なにおいが充満したが、もはや捨てにいく気力も体力もなかった。吐いたあとも苦痛は残り、よく眠れないうちに夜が明けた。

その日、ミラは憔悴《しょうすい》したまま職場に行き、一日中、死人のような顔で過ごした。何人かの同僚から「顔色が悪いよ」と声をかけられた。心配したのか、それともいい気味だと思ったのか。どちらにしても、ミラは無愛想に「おかまいなく」と応じた。

夕方、家に帰ると、ミラは警報装置が本当に作動するかどうかテストした。すると、すぐさま耳をつんざくような非常ベルが鳴った。アラーム解除のコードを入力すると、音は止まった。もう一度テストしても同じだった。警報装置はちゃんと作動した。その一分後、電話が鳴った。

「こちらは遠隔操作センターです。安全確認をしたいのですが」

ミラはまず合言葉を言った。合言葉は好きな映画のタイトルにしていた。

「ええ、『何がジェーンに起こったか？』ですね」それから続けた。「大丈夫です。なんでもありません。ちょっとうっかりしただけで」

「そうですか。わかりました」

「あの、ほかにも誰かが侵入しようとしたとか、そんな形跡はありませんか？」
「何かご心配でも？」
「いえ、別に。気にしないでください」

電灯はあいかわらず切れつづけた。吐き気がおさまる気配もない。今では毎晩、制吐剤をのんでいたし、夕食はネット注文で、毎回違うレストランから料理を配達してもらっていた。それなのに毎晩吐いている。ついにミラは夕食を抜くことにした。

スイッチを入れ、電気がつかないのを見るたびに、気が滅入った。何が起きているのかは、手に取るようによくわかった。誰かが自分の人生をめちゃくちゃにしようとしているのだ。自分がセリア・ジャブロンカやクリスティーヌ・スタンメイエルの人生をめちゃくちゃにしてやったように。だが、それがわかったところでなんの助けにもならなかった。反撃の方法を見つけなければどうしようもない。どう考えても、留守中、誰かが警報装置をかいくぐり、家に侵入しているようだった。

ともかく助けが必要だ。ミラはそう考え、マーカスとコルデリアに電話した。けれども二人とも電話に出なかった。留守電には二十以上のメッセージを残していた。そしてある土曜日の朝、ミラはしびれを切らしてトゥールーズのレヌリー地区に向かい、コルデリアの住む団地の19Bのドアを叩いた。ドアが開き、なかから知らない若い男が顔を出した。
「はい？」

「あの、コリンヌ・デリアさんはいませんか？」

男性はこちらの顔をじっと見てから、答えた。

「デリアさんなら引っ越しましたよ。聞いてないんですか？」

「あなたは？」

「新しい住人です。で、おたくは？」

ミラは立ち去った。

二月十四日、午前四時。セルヴァズは夢から覚めて飛び起きた。それは、国際宇宙ステーションにいる夢――無重力空間のなか、手足を不器用に動かしながら、モジュールからモジュールへと必死に逃げる夢だった。うしろから、女が追いかけていた。女はミラ・ボルサンスキだった。顔は別人だったが、間違いない。どうしてミラだとわかったのかは不明だが、とにかくわかったのだ。こちらを追いながら、ミラはずっと言っていた。「わたしを抱いて。早く抱いて。今すぐに！」どれだけ丁重に断っても、だめだった。「私は結婚しているんだ」と言っても、「いや、そういう気分じゃないんだ」とはっきり告げても、しつこかった。しまいには「女だけじゃなくて、男にだって断る権利はあるんだ」と言っても、ミラは宇宙ステーション中をどこまでも追ってきた。そして最後に、三十三年前に亡くなった母親の声がしたところで、目が覚めた。「マルタン、その女の人と何をしているの？」母親は顔をのぞかせ、そう言っていた。

おそらく寝る前にまたミラの日記を読んだせいで、あんな夢を見たのだろう。セルヴァズは考え、それから思い出した。そういえば、夢のなかでは逃げるあいだ、ずっとオペラが流れていた。

夢に出てきた母親の顔と声があまりに鮮明だったので、セルヴァズは悲しみにとらわれ、しばらくベッドの端に座ったままでいた。子ども時代は決して癒やされない。これは誰の言葉だったろう。

やがて、セルヴァズは立ちあがり、シャワーを浴びると、インスタントコーヒーを淹れた。外はまだ暗かった。風が吹いている。夜が明けるのを待ちながら、セルヴァズはさっき見た夢について考えた。ミラに追いかけられているあいだ、ずっとオペラが流れていたあの夢を……。あの夢は、眠っているあいだに心の無意識の部分が何かを構築し、それを伝えてきたのかもしれない。セルヴァズはこれまでちぐはぐだった要素を、あるべき場所にゆっくりと置いていった。そしてついに理解した。そういうことだったのか。

七時十五分になると待ちきれなくなり、セルヴァズは食堂におりていった。食堂には何人か先に座っていて、挨拶してくれた。濃いコーヒーを飲みながら、もう一度頭のなかを整理する。最初から目の前にあったのに、見えていなかったもののことを。そして七時三十分、セルヴァズは施設を出発した。徐々に晴れていく霧のなか、車を走らせていった。

プールのなかを、レオナール・フォンテーヌは競泳選手のようにしなやかに泳いでいった。音はほとんど立てていない。かきわけた水が顔や背中をすべっていくのが感じられる。と、プールサイドから声がした。

「おはようございます」

レオナールは泳ぐのをやめ、水から顔を出した。プールサイドに立つ男に目を向ける。男は四十代半ばくらいで、猫背気味だった。顔色はあまりよくない。ついに来たか。レオは男が誰だかすぐにわかった。だが、あえて尋ねた。

「どなたですか？　誰が入っていいと言ったんでしょう？」

「いえ、呼び鈴は鳴らしたんです。でも、お返事がなかったので、敷地に入らせてもらいました」

「なるほど。ところで、まだ最初の質問に答えてもらっていませんが」

男は警察バッジを取り出した。

「トゥールーズ警察の警部、セルヴァズです」

「許可はとっているのですか？　いくら塀《へい》がないからといって、無断で人の敷地内に入るのは……」

それを制するように、セルヴァズが片手をあげた。

「許可はありません。でも、誰がクリスティーヌ・スタンメイエルさんを殺害したのかがわかりました。ええ、残念ですが、きっともうクリスティーヌさんは死亡しています。それはあなたにもわかっているのでしょう？　ただし、これに関しては少なくとも一ついい知らせがあります。犯人はあなたじゃない。私はそう考えています」

レオナールはセルヴァズを見つめた。それから頭を振ると、ゆっくりとプールから出た。

「こちらへどうぞ」

レオナール・フォンテーヌに言われ、セルヴァズはリビングのガラス戸からなかに入った。だが、リビングに入るとすぐに心配になった。前回、この家に侵入したとき、犬とにらみあいになったことを思い出したからだ。もしあの大型犬がこちらのことを覚えていたら、襲いかかってくるのではないだろうか。しかし、それは杞憂《きゆう》だった。中二階からおりてきた犬は、特に何も覚えていないようで、ひとしきりフォンテーヌに甘えると、再び上の寝床へと戻っていった。暖炉の上の大きな壁掛け式のテレビには、英語ニュースが流れていた。ユーロニュースかBBCワールドニュースだろうか。

フォンテーヌはソファに座るように勧めると、コーヒーを淹れに対面式キッチンに向かった。肌ざわりのよさそうなアイボリー色のバスローブをはおっている。胸ポケットにはイニシャルが刺繍《ししゅう》されていた。少ししてフォンテーヌはカップを二つ持って戻り、ローテーブルの向こう側のクッションソファに腰かけた。そのあいだ、二人とも無言のままだった。セルヴァズはフォンテーヌの左足に大きな傷があるのに気がついた。ふくらはぎに半月形のギザギザした三十センチ近い傷があり、傷痕は盛りあがっている。フォンテーヌはこちらを見つめていた。さっきまで見えていた傲慢《ごうまん》さや力強さは影をひそめ、顔には動揺と悲しみだけが浮かんでいた。と、フォンテーヌが口を開いた。

「つまり、警部はクリスティーヌが死んだとお考えなのですね？」

「あなたもそう思っているのでしょう？」

フォンテーヌはうなずいた。一瞬、何か言おうとしたように見えたが、何も言わず、ただうなずくだけだった。

セルヴァズはポケットから例の日記を取りだして、ローテーブルに置いた。

「それはなんですか？」

「ミラ・ボルサンスキの日記です」

ミラ・ボルサンスキという名前に、フォンテーヌがかすかに反応した。フォンテーヌは、コーヒーカップをテーブルに置き、日記を手に取った。

「ミラ・ボルサンスキは、スターシティに滞在しているあいだ、ずっとこの日記をつけていたと言っています。どうぞ目を通してみてください」

フォンテーヌは驚いた顔でこちらを見ると、慎重な手つきで日記を開いた。そして読みはじめてすぐに、眉をひそめた。五分後には、こちらの存在を忘れてしまったかのように、日記を読みふけっていた。コーヒーはすっかり冷めていた。フォンテーヌは次々とページをめくっていき、ざっと読みすすめたかと思うと、ある部分はじっくりと読み、別の部分は飛ばしたり、前に戻ったりした。そうして読み終わると、日記を閉じながら、ひとこと言った。

「信じられない！」

「何が信じられないんですか？」

「わざわざこんなものを書いたことですよ。これは小説です！　ミラは職業を間違えたんだ！」

「つまり、ここに書かれていることは事実ではないと？」

フォンテーヌは憤慨しているようだった。

「もちろん、違います！」

その顔には、怒りと信じられない気持ちがないまぜになった表情が浮かんでいた。

「では、そちらから見た事実を話してもらえますか？」

セルヴァズが尋ねると、フォンテーヌはきっぱりと答えた。

「私から見た事実ではありません。事実とは実際に起きたことです。それは一つしかありません。今の世の中、嘘や事実の歪曲が当たり前のようになっていますが、それでも事実は事実です」

「お聞かせください」

「単純なことですよ。結論から言うと、ミラ・ボルサンスキは病んでいるんです。ずっとそうでした。どうやって、ミラが一連の心理検査をパスしたのか私にはわかりません。しかし、精神的に問題があっても、宇宙飛行士の試験に合格する例はあるようですからね。考えてみれば、私自身もミラがおかしいと気づくまでに時間がかかりました」

そう言うと、フォンテーヌはコーヒーをひと息に飲みほし、カップをテーブルに置いた。

セルヴァズは、フォンテーヌが左利きであることに気がついた。そして左手の薬指に指輪がないことにも。その代わりに、薬指には指輪の跡がくっきりと残っていた。締めつけ。それは結婚生活とはなんたるかを物語っているようだった。フォンテーヌが続けた。

「知り合った頃、ミラは溌剌《はつらつ》として美しかった。頭脳明晰《めいせき》で、前向きでとても魅力的な女性でした。まるで太陽のようで、あれでは恋をしないほうが無理でした。だが、問題は、あの種の人間が皆そうであるように、ミラが仮面をつけていたことです。どんなに明るく快活にふるまっていても、それはすべてうわべだけの芝居だったのです。ミラは話す相手によって、巧妙に態度を変えるのです。そのことに私はだいぶあとになってから気づきました。ミラは自分というものをしっかりと持った強い人間のように見えますが、実際には逆です。ミラ・ボルサンスキという人間の中身は空っぽです。ミラがしているのは相手の求めていることを瞬時に理解し、それを相手に与えるだけなのです。そして、それは相手を操り、支配するためです。あの事件以来、私はその種の人間について勉強し、その関係の本はすべて読んできました」

セルヴァズは、モラル・ハラスメントの本がフォンテーヌの机に置いてあったことを思い出した。

「私なりにミラとはどういう人間なのかを理解しようとしたんです。そうしてわかったのは、ミラがモラル・ハラスメントの加害者、もしくは人の心を操る異常な精神の持ち主《マニピュレーター》であるということでした。その種の人間は、初めのうちは明るくて感じがよく、外向的で気がきいて、にこやかで気前もいい。ちょっとしたプレゼントをくれることも珍しくなく、相手を持ちあげたり、こまごまと気を配ったりもしてくれます。そうなると、されたほうは、なんていい人だと思って、好きになるわけです。もちろん、にこやかでいい人がみんな、モラル・ハラスメントの加害者だとは言っていません。そうでない人もたくさんいます。ただ、モラル・ハラスメントの加害者はみんな、第一印象がいいということが言いたいんです。だが、時間がたつにつれて、彼らはしだいに本性を顕しはじめます。ただし、すでに被害者が加害者に精神的に支配されていると、向こうが理不尽に責めてきても、相手に非があるとは考えず、自分が悪いと思うようになってしまいます」

そこまで言うと、フォンテーヌは一度口をつぐみ、こちらを見た。セルヴァズはその目を見返し、うなずいた。フォンテーヌがまた続けた。

「言うまでもないとは思いますが、ミラは頭のいい女です。ええ、宇宙飛行士になるくらいですから。学生時代には、ひたすら勉強していたそうです。失敗を嫌悪しているんですよ。いつもクラスで一番で、大学でも友人たちがパーティーやデートにうつつを抜かしているあいだ、夜を徹して勉強していたそうです。医学部の一年目を終わる頃には、五百人中首席の成績でした。飛び級をしたので、まだ十七歳だったのに。そして十八歳のとき、ミラは婚約しました。というのも、ミラ・ボルサンスキには極度に孤独を恐れるという一面もあるからです。いつも誰かがそばにいないとだめなのです。自分を敬ってくれて、

『きみは素晴らしい』と言ってくれる人間が必要なのです」

フォンテーヌはそこで息をついた。セルヴァズはミラが人里離れた大きな田舎家に住んでいることを思い出した。あの事実は今の話と矛盾しないだろうか。そしてすぐに思い直した。いや、そんなことはない。トマがいるのだから。幼なくてあどけないトマ。あの子にとって、母親は誰よりもまぶしい太陽のような存在だろう。つまり、ミラには自分を敬ってくれる人間、思いどおりにできる人間がそばにいるということだ。フォンテーヌが話を続けた。

「ただし、婚約してもミラは試験でトップになるのに忙しく、婚約者の相手をする時間がなかった。だから、婚約者だった青年は婚約を解消して、ミラの元から去っていきました。ミラにしてみれば、初めての挫折です。きっと我慢ならなかったことでしょう。それまでずっと成功しかしていませんでしたから。実はその当時のことについて、少々調べてみたんですが……いったい、何があったと思います？　その元婚約者の青年は、確かな証拠があったとのことで、未成年の少女をレイプした罪で刑務所に入れられていました。だが、本人はずっと無実を訴えていた。刑務所で首を吊る日まで。そう、その青年は自殺したんです。ご存知のように、性犯罪者は他の囚人からひどい目にあわされます。青年は罪を着せられたうえ、まわりの囚人たちからむごい仕打ちを受けて、きっと耐えられなくなったのでしょう。一度、その青年がミラと一緒に写っている写真をご覧になるといいですよ。子羊のように優しそうな男性でした。あの青年はきっと最初から、ミラに食い尽くされる運命だったんです」

「でも、どうしてその青年が無実だと思うんです?」

「レイプされたと訴えた少女についても調べたからです。その結果、その少女は成人後、犯罪を繰り返していたことがわかりました。窃盗や脅迫、詐欺《さぎ》。数えきれないほどの犯罪歴があったのです。ミラがどうやってその少女に目をつけたのかはわかりませんが、きっとそれなりの金を握らせて、やらせたのでしょう」

セルヴァズは身震いした。そして、ミラの標的になったセリア・ジャブロンカとクリスティーヌ・スタンメイエルのことを思った。それにしても、そんな情報まで手に入れたとは。フォンテーヌは警察にコネがあるに違いない。

「とにかく」フォンテーヌが続けた。「そうやって婚約者だった青年に報復すると、ミラは成功に向けて、まっしぐらに走りだしました。それが幸せにもつながると思っていたのでしょう。ミラはいつでもどこでもずっと一番になろうとしていました。思えば出会った当時も、こちらの気を惹くためなら、なんでもしていました。だが、いったん狙った相手を手に入れると、徐々に化けの皮がはがれていくんです。つきあうようになってから、私にもミラが変わっていくのがわかりました。なにかと非難めいたことを口にするようになりましたから。二人きりのときは、しょっちゅう直接的な言葉で責めるようになりましたし、そうでないときも、私にだけわかるような陰険なやり方でこちらを非難してきました。しかも話のほとんどは根も葉もないことか、些細なことを大げさにあげつらっているだけなのです。さらに、ミラは私の妻や家族にも嫉妬するようになりました。ほかにも愛人がいると言って責めもしました。……ええ、わかっています。でも私は聖人じゃない。私は女性たちのことを愛し、彼女たちも愛を返してくれるんです。どの女性のことも、私なりのやり方で愛してきました。体だけが目当てだったわけではありません」

やはりきまり悪いのか、フォンテーヌは少し間《ま》を置いた。

「そういうわけで、ミラは私を非難するようになったのですが、モラル・ハラスメントの被害者というのは、ほとんどの場合、加害者にとがめられると自分が悪いのだと思い、罪悪感を抱くようです。加害者はその罪悪感につけこんで、被害者を支配するのです。でも私は途中から、むしろミラのほうがおかしいのではと気がつきました。ミラはいつものやり口が私に通用しないとわかると、感情をむきだしにして、ヒステリックに詰め寄ってきました。スターシティに出発した頃には、私たちの関係はすっかり冷え込んでいたものです。私のほうはもう終わりにしたいと思いはじめていましたが、身動きが取れなかった。恨んだミラが、妻にすべてを話し、家庭をめちゃくちゃにするのが怖かったからです。どうすればいいのか何度も考えましたが、解決策は見つかりませんでした。当時はしかたなくミラといたようなものです。ミラにもそれはわかっていたと思います」

話しながら、フォンテーヌのまなざしは暗くなっていた。つかのま、宇宙の英雄は打ち負かされ、途方にくれた顔になった。罪の意識も感じているようだった。生まれたときから、男がみんなそうであるように。フォンテーヌが再び口を開いた。

「ところが、スターシティでの生活が始まると、ミラは出会った頃のミラに戻りました。少なくとも最初のうちは、情熱的で人を魅了する太陽のようなミラに戻ったように思えました。ミラはそれまでの態度が悪かったことを認めて、謝ってきました。そして『あなたほど大切な人はいない。そのせいでついやりすぎてしまった』と甘い言葉をささやき、『もう二度とあんな態度はとらない。あなたの家庭を壊して、子どもたちから遠ざけるようなことも絶対にしない』とも誓いました。私はその謝罪を受けいれました。ミラが以前のような魅力的なミラに戻ると、やはり抗しがたいものがありましたから。そのときは、心を覆っていた雲が晴れたような気がしたものです。今思うと、自分でもそうなることを望んでいたのでしょう。フランスでミラがおかしかったのは、きっとストレスや不安のせいだと自分に言い聞かせたのです。本当に宇宙に行けるかどうかもわからないのに、何カ月も何年も訓練しつづけるのは辛いものですから。それに、愛する男とおおっぴらにつきあえなかったことも辛かったのだろうと思いました。いや、自分でも馬鹿だったと思いますよ。でも、私は償いたかったんです。うしろめたく思っていたので」

そう言って、フォンテーヌは視線をあげた。

「あなたの考えていることは、よくわかります。ええ、私はどうしようもなく馬鹿でした。いつかはミラと別れるつもりだった。でももう少しあとで、もっと穏やかに別れるつもりだったのです。それまでは、ミラのスターシティでの滞在がうまくいくように、できるだけ幸せに過ごせるように、なんでもしてやるつもりでした。もちろん、それは私に意気地がなかったせいです。自分の心に嘘をついて、時間稼ぎをしていただけです。再びミラに支配されていたのです。言っておきますが、普段の私は、簡単に人の言いなりになったりはしません。それだけミラが巧妙だったということです。

それにしても、ああ、もっと用心すべきだった……。ベッドでミラはピルをのんでいるから大丈夫といつも言っていました。ところが、ある日『妊娠した』と告げられたのです。そして『子どもは産むつもりだ』と。そのときになってようやく、私は理解しました。ミラは妊娠して私の子どもを産むために、スターシティに来てから急に優しくなったのです。ずっとそのつもりだったのです。それがわかって、私は猛烈に腹が立ち、ミラを罵りました。『きみのことは愛していなかった。もう終わりだ！　子どもは認知しない』と告げ、『訓練以外でもう会うことはない！』と言って、荷物と一緒に部屋から追いだしました。ミラはすぐにロシア人の教官のところに駆け込んだようです」

そこまで話すと、フォンテーヌは口をつぐみ、馬鹿げた話だとでもいうように頭を振った。

「いったいどうやったものか、再び現れたとき、ミラの顔にはあちこちに殴られた跡がありました。あざができて、唇が切れていたんです。ミラは私が殴ったのだと主張しました。そして、これが初めてではない、ずっと私から暴力をふるわれ、脅され、罵倒されているのだと。もちろん、大騒ぎになりましたよ。あのときは、これで宇宙に行けなくなったと観念したものです。妻にも知られ、子どもとも疎遠になるだろうと思いました。ところが、運がよかったことに、責任者がその件はなかったことにしてくれたのです。きっと出発準備がだいぶ進んでいたせいでしょう。それにそんな話が外に出ると、スターシティの評判はガタ落ちですからね。その後、ミラと私は別々の住居で暮らし、訓練は以前と同じように続きました。そのときはこう思っていました。宇宙に行きたいのなら、ロケット発射の日まではおとなしくしていなければならない。だが、国際宇宙ステーションに行ってしまえば、ほかの宇宙飛行士たちの手前、いくらミラでも私を支配しようとはしなくなるだろうと。しかし、それは思い違いもいいところでした。事態はさらに悪くなったのです」

フォンテーヌは沈んだ声で言った。

そのとき、玄関で大きな音がしたかと思うと、子どもが二人、リビングに駆け込んできた。十二歳くらいの女の子と六、七歳くらいの男の子だ。

「パパ！」

「お、来たな！」

二人はフォンテーヌの腕に飛び込んだ。フォンテーヌはうれしそうに目を細めながら、子どもたちを抱きしめている。

「ママはどうした？」フォンテーヌが子どもたちに尋ねた。

「明日、夕方の五時に迎えにくるって」

「そうか。上の部屋に荷物を置いておいで。パパも話が終わったら、すぐに行くから。そのあとは朝ごはんにワッフルを焼こう」

子どもたちは歓声をあげながら、リビングから出ていった。

「いい子たちですね」セルヴァズは言った。

「ええ、とてもいい子たちです」

「ところで、先ほど、国際宇宙ステーションで事態はさらに悪くなった、とおっしゃっていましたが」

「ああ、そうでした」

フォンテーヌは話に戻るのに少し時間がかかった。子どもたちのほうに気持ちが向いているようだ。早く子どもたちのところに行きたいのだろう。

「ミラは国際宇宙ステーションでも、先に来ていた宇宙飛行士三人を操りはじめたのです。スターシティであの死んだセルゲイを操っていたのと同じやり方で。国際宇宙ステーションには、先にアメリカ人二人とロシア人一人の宇宙飛行士が来ていました。そこに私たち三人、つまり船長のパヴェル・コロビエフとミラと私が合流したんですが、ミラは前からいる三人を操り、その三人があとから来たパヴェルと私のことを悪く思うように仕向けたのです。国際宇宙ステーションというのは、ロシア、アメリカ、ヨーロッパ、日本が建設したモジュールの集まりです。宇宙に浮かぶ巨大なレゴのようなもので、それぞれのモジュールが直線上に連結した細長い形をしています。ただし、当時はまだ日本の実験棟〈きぼう〉は設置されていませんでしたが（日本時間の二〇〇九年七月十九日に完成）。ロシアのモジュールは最後尾にあって、そこがパヴェルとミラと私の三人が眠ったり、一日の大半を過ごす場所でした。

といっても、みんな多少はステーション内を行ったり来たりするのですが。パヴェルと私は、ミラが私たちのいないところでほかの三人に何か言っているとは知りませんでした。ですが、三人の態度がだんだんと冷たくなったので、どうもおかしいとは思っていました。私たちは、最初のうち〈ユニティ〉という結合モジュールで全員一緒に食事をしていました。ところが、なぜか前からいた三人と私たち二人のあいだで、少しずつ緊張が高まっていったのです。いざこざが起きることも増えていきました。でも、その原因がミラだったとは、そのときはわかりませんでした。ミラは多くの時間を前からいた三人と過ごしていたので、きっとさりげなく私たちのことを悪く言っていたのでしょう。それとわからないように三人を巧妙に操って味方につけ、私たち二人を悪者に仕立てていったのだと思います。ミラはそういう女ですから。あの事件のあと、私は調査委員会の報告書を見せてもらい、その三人の証言も読むことができたんですが、やはり三人は自分たちがミラに操られていたことに、何も気づいていないようでした。なかなか実情を打ち明けようとしないミラをうながして、自分たちが話をさせたと思い込んでいるようでした。ミラの話では、私たちはミラを侮辱しつづけ、毎日のようにハラスメント行為をしていることになっていました。私たちがミラをほかの三人と接触しないようにさせているとか、いつでもミラを貶め、嘲笑しているとか、挙げ句のはてに体に触ったりしたとか。そんなでっちあげが並んでいましたよ！」

フォンテーヌは吐き捨てるように言った。

「私は、パヴェル・コロビエフほどまっすぐで、勇敢で、清廉潔白な男を知りません。女性に対してだって、あれほど礼儀正しい男はいないでしょう。あんな告発をされて、パヴェルは立ち直ることができませんでした」

そう言うと、フォンテーヌは子どもたちのいる上の階をちらっと見た。上からは、子どもたちが楽しそうにはしゃぐ声が聞こえてくる。

「実は、宇宙ステーションでも、ミラと私はお腹の子どもについて話し合いました。ミラは中絶するには遅すぎると言いましたが、私はやはり認知はできないと答えました。するとその夜（国際宇宙ステーションでは協定世界時を使用している）、ミラはレイプされたと訴えたんです。服を引き裂き、顔をあざだらけにして、アメリカ側のモジュールに駆け込んだんですよ！　医師の検査では、直腸にまで傷があったというじゃないですか！　まったく、どうやったんだか。ミラのことはどうも変だと思いはじめてはいましたが、まさかそこまでやるとは……。きっとパヴェルと私が寝ている隙にやったんでしょう。その後、アメリカ側の三人が大騒ぎしたので、私たち三人は地球に戻されたというわけです」

そう言うと同時に、フォンテーヌは立ちあがり、キッチンに行った。セルヴァズは黙ってその様子を目で追った。フォンテーヌは水の入ったグラスを手に戻ってくるとまた座り、厳しい目でこちらを見つめた。その目にはただならぬ怒り、いや憎しみがあふれていた。グラスを持つ手が震えていた。

「それから数週間、私たちは外界から隔離されて過ごしました。最終的に、調査委員会はパヴェルも私も無実だと認めました。しかし、あんなことがあったあとでは、被害者だろうとなんだろうと、宇宙飛行士としてのキャリアはおしまいです。特に私は……。なんだかんだ言って、ミラは私の愛人だったわけで、みんなそれを知っていましたから。あんなことが起きたのは、私にも多少責任があると思われていたのです。それ以来、私は各種のパーティーで宇宙センターの広告塔になっています。自分でちょっとした会社も立ち上げました。でも、私は宇宙が恋しい。ええ、そうです。二度と宇宙に行けなくなったとわかり、初めの頃は気が滅入って、何も手につかなかったほどでした。宇宙へのホームシックですよ。元宇宙飛行士にはわりとあることですが。宇宙に戻れないことを認めるのが辛いんです。しかも、私はあんなことで宇宙飛行士としてのキャリアを終えなければならなかった。本当に辛かったのです」

セルヴァズは大きくうなずいた。すると気を取り直したように、フォンテーヌが尋ねた。

「ところで、先ほど、クリスティーヌを殺した犯人がわかったとおっしゃっていましたね。つまり、ミラを疑っているということですか？」

「そうです」セルヴァズは答えた。

「なぜそう思われたのです？」

セルヴァズは、ミラの日記のあの一文をまた思い出した。ミラが国際宇宙ステーションで好きな音楽――オペラを聴くため、パソコンにオペラをダウンロードして準備したという部分だ。おそらくミラはつい書いてしまったのだろう。ほころびは思わぬところから出る。

「オペラですよ」セルヴァズは言った。

フォンテーヌがよくわからないという目を向けた。セルヴァズは続けた。

「今朝方、オペラの夢を見たんです。それで目が覚めたあと、ミラがオペラ好きで、宇宙でオペラを聴こうとしていたことが日記に書いてあったのを思い出しました。クリスティーヌ・スタンメイエルは、侵入者がいつもオペラのCDを置いていったと話していた。きっと犯人はオペラ好きなのだろうと思い、そこからミラとつながったんです」

それから、セルヴァズは心でそっとつけ加えた。この家に侵入したとき、あなたのCDの棚にオペラがないのを見た。だから、あなたを容疑者からはずしたのだ、と。

「なるほど。しかし、それだけではまだ弱いですね。今後、どう動くおつもりですか？」

フォンテーヌが言った。

「もちろん、ミラを捕まえます。ある程度、時間はかかるでしょうが、必ず捕まえてみせます。それには、まずミラの家とその周辺を捜査しなければなりません。ただ今のところ、判事を動かせるだけの十分な情報がなくて。できればあなたから情報を……」

フォンテーヌがいぶかしげな視線を投げかけた。セルヴァズは急いで言った。

「いいえ、考えていらっしゃることはわかります。でも、私を信じてください。お宅の犬と同じで、私も誰かに嚙みついたら、絶対に放さないんです。ミラはまだ気づいていませんが、私はもうミラのふくらはぎに嚙みついたようなものです。ただ、ここから先に進むには、少しだけ助けが必要でして。だから、フォンテーヌさん、どんなことでも構いません。何か情報を提供してもらえませんか。判事を動かせるだけの情報が欲しいんです」

フォンテーヌは鋭い目でまた見つめてきた。何を考えているのかを探ろうとする目つきだ。警戒の色も混じっている。しばらくして、フォンテーヌは言った。

「なぜ私があなたの欲しい情報を持っていると思われたのです?」

セルヴァズは立ちあがり、肩をすくめた。

「フォンテーヌさん、あなたは素晴らしい能力をお持ちです。そんなあなたに似つかわしくない役があるとすれば、それは被害者の役でしょう。あなたが被害者のままでいるとは思えない。情報の件、どうかよく考えてお知らせください。では、今日はこれで失礼します」


ミラは悲しみと絶望に襲われていた。二月に入ってから雨ばかりだった。風も強く、横なぐりの雨が朝から晩まで降りつづいている。空はどんよりと曇り、道はどこもかしこも水浸しだ。

先週は家の周囲を映すカメラを四つ追加していた。動作感知器もついていて、少しでも怪しい動きがあればすぐに録画される仕組みになっている。だが、これまでに録画されたものといえば、自分の車が行き来する様子だけだった。あいかわらず夜になると吐き気がしたし、電球はしょっちゅう切れて、そのたびに替えなければならなかった。

体重は今朝測ってみると、この五週間で八キロも減っていた。今では食欲はほとんどなくなり、睡眠不足も続いている。トマと遊んでいるときでさえ、以前ほど楽しくは感じられなかった。憂うつな気分が全身に張りついていた。鏡に映る姿は幽霊のようだった。目のまわりの黒い隈、げっそりとこけた頰、土気色《つちけ》の肌、そのなかで目だけが光っている。これでは『ラ・ボエーム』の終幕、第四幕に出てくる瀕死のヒロイン、ミミと同じだった。ひじの内側や手首のまわりには湿疹ができ、掻いていると血が出てきた。仕事でも失敗が増え、大事なメールに返事を忘れることもたびたび起こり、上司から叱責《しっせき》を受けていた。

その夜、ミラは保育ママ《ヌヌ》のところからトマを引き取り、自宅に帰ると、トマが夕食をとるのを見ていた。自分は何も食べず、砂糖を入れた紅茶だけですませていた。すると、トマがこちらを見て言った。

「ママ、大丈夫？」

「どうして？」

「だって、悲しそうだよ」

ミラはトマの髪をなで、懸命に笑顔をつくって涙をこらえた。

「あらあら、そんなことないわよ」

食事が終わると、ミラはいつものように読み聞かせをした。そしてトマが寝ついたあと、電気を消して、自分の寝室へと向かった。もう疲れきっていた。警報装置なんて、なんの役にも立っていない。それはわかりはじめていた。それでも寝る前に、ミラは警報装置がセットされているかどうかを確認した。それから、寝る前に睡眠薬を半錠のんですぐに眠りについた。

だがその夜ふけ、ミラは妙な感触で目を覚ました。どうも額に何かが落ちてくるようだ。冷たいものだった。夢かと思い、暗闇のなかで目を開けてみたが、やはり何かが額を打っている。そう思っているうちに、それは眉の上にぽとっと落ちてきた。水滴だった。ミラは腕を伸ばし、枕元のランプをつけた。顔を触ってみると、水は額から鼻、右の頬へと伝っていた。ミラは毛布で顔をふいて、天井を見た。そこには丸い大きなシミができていた。直径は五十センチほどだろうか。その真ん中で水滴がだんだんと大きくなっている。大粒の涙のような水滴がまた落ちてきそうだった。

上の浴室からだ。

ミラははっとして起きあがった。上の階には使っていない浴室があり、そこには古い浴槽があった。この家を買ったとき、一階に新しくてもっと設備のいい浴室をつくったのだ。上階の配管は古いから、水が漏れたのかもしれない。

そう信じたかった。だが、ミラはやはり護身用の拳銃を持っていくことにした。ナイトテーブルの引き出しを開け、拳銃を取り出す。それからベッドに腰かけると、深呼吸をした。睡眠薬のせいで、頭はまだ覚めきっていない。不安になるべきなのか、怒るべきなのかよくわからなかった。

やがて意を決して立ちあがると、ミラは寝室を出た。トマの寝室の前を通りすぎ、廊下を進んで、階段に向かった。窓の外では雨が降りつづいている。

ミラは階段の照明のスイッチを入れた。が、つかなかった。そのとたん、頭が怒りでいっぱいになった。なんなのよ！　幸い、天窓のおかげで真っ暗ではない。ミラは拳銃を手に階段を駆けのぼった。上に着くと、廊下を進み、奥の浴室に向かった。暗がりのなか、ドアを押す。ドアはきしみながら開いた。

スイッチを押すと、今度は明かりがついた。ミラはなかへと一歩入った。

と、足に水の冷たい感触がして、あわてて下を見ると、浴室の床が水浸しになっていた。水は二センチほど溜まっている。古い浴槽に目をやると、浴槽も水であふれていた。いくつか小さな虫の死骸が浮いている。ミラは急いで浴槽に行き、銅製の蛇口をゆっくりと閉めた。誰かが蛇口を開けていた。それも全開にして。

ミラはあたりを見た。そして、壁にあるものを目にしてギョッとした。理性が飛んでしまいそうだった。壁には赤いペンキで大きくこう書かれていた。

くたばれ、くそ女

きっと、これも蛇口を開けた人間の仕業だろう。文字からは赤いペンキが垂れ、埃のたまった白いタイルの上を流れていた。ほかの壁にも、たくさんの落書きがフェルトペンで書かれていた。

あばずれ　性悪　売女　メス豚　怪物　嘘つき　馬鹿女……

ミラは見えない手に平手打ちを食らった気がした。耳鳴りがしていた。ふいに体中が熱くなった。逃げないと！　一目散に階段を駆けおりる。寝室に戻って、クローゼットを開け、すぐに着替えた。旅行鞄を出し、手当たり次第に服や下着を放り込む。それから洗面所に走り、化粧品を適当にポーチに詰めると、急いでトマを起こしにいった。

「起きてちょうだい、トマ。出かけるわよ」

「どうしたの？」トマが目をぱちぱちさせながら言う。

ベッドサイドの子ども用目覚まし時計は、『アイス・エイジ４』のポスターの下でのんきに笑っている。黄色とピンクの文字盤部分には笑顔が描かれ、午前三時を指していた。

トマが体を起こして、目をこすった。ミラはたたみかけた。

「急いでね。今すぐ、おうちを出ないといけないから」

そうは言っても眠いのだろう。トマがまた横になりかけたので、ミラは肩を揺すった。

トマがビクッとして身を起こした。

「どうしたの？」

「ごめんね、トマ。でも、すぐにおうちを出なくちゃ。ほら、早く服を着て。急いで」

トマの目に怯えの色が浮かびはじめた。こちらの動揺が伝わってしまったのだろう。落ち着かなくては。トマはドアのほうを心配そうにちらちら見ている。と、トマが言った。

「誰かがうちのなかにいるんだよね、ママ？」

ミラは眉をひそめてトマを見た。

「いいえ、誰もいないわよ。どうしてそう思うの？」

「だって、夜に何回か、変な音が聞こえたよ」

トマの言葉に、ミラは恐怖がじわじわと体を襲うのを感じた。心が暴走して叫びそうだった。やっぱり警報装置なんてなんの役にも立たなかった。自分はこの家でトマと二人、なすすべもなくおかしな人間の攻撃にさらされているのだ。浴室に落書きをされても黙って見ているしかないのだ。ミラは急いでトマの掛け布団をめくった。

「ほら、早く！　起きるのよ！」

「ママ、どうしたの？　何があったの？」

トマはすっかり怯えていた。ミラはなんとか落ち着こうとして、無理に笑った。

「別にたいしたことじゃないの。雨がたくさん降ってるでしょ。だから、洪水になるかもしれなくて。それで、おうちにいられないのよ」

「洪水？　もうすぐ洪水になるの？」

「大丈夫。心配しないで。その前におうちを出るから。でも、あんまりゆっくりはしていられないの」

「僕、怖いよ」

ミラはトマをしっかりと抱きしめた。

「大丈夫、ママがいるから。トマはなんにも心配しなくていいのよ。いろいろと元に戻るまで、ホテルにいましょうね。なんでもなくなったら、戻ってくるから」

ミラは大急ぎでトマに服を着せ、靴下と靴を履かせた。そして二人で一階のリビングへとおり、テレビをつけた。だがもちろん、こんな時間に子ども向けの番組などあるはずがない。ミラはトマの好きなＤＶＤをかけた。

「じゃあ、ママは車を取ってくるわね」

トマはソファの上で丸くなり、眠そうにしている。ミラは廊下にかけてあったレインコートを着ると、玄関の鍵を開け、明かりをつけた。ここの明かりは切れていなかったようだ。外は土砂降りだった。あたりは真っ暗で、十数メートル先のガレージまで走るのは不安だった。でも、行くしかない。

息を深く吸って、ミラは走りだした。

すぐさま雨が全身を濡らした。雨は顔を洗い、耳や襟のなかにも入ってきた。ガレージに着くと、ミラは金属製の扉を引きあげた。レインコートのポケットから車のキーを取りだし、運転席に座って、ヘッドライトをつける。ヘッドライトに照らされて、雨が火花のようにきらめいた。エンジンをかけると、ミラは車をゆっくりと発進させ、玄関のそばにつけた。そのあいだも、雨は車の屋根を打ちつづけていた。

ミラはエンジンをかけたまま、車から降りて玄関ポーチへと走った。そのとき、エンジンがおかしな音を立て、止まった。あわてて車に戻り、エンジンをかけてみたが、まったく反応しない。もう一度やってみてもだめだった。何度やってもエンジンはかからない。どうすればいいの？　パニックが襲ってくる。もう逃げられない。自分たちはここに閉じ込められてしまった。ミラは一人残してきたトマを思い、ぞっとした。トマ！　トマは無事なの？　自分を追いつめようとしている人間は、まだ家のなかにいるかもしれない。ミラは車から飛びだすと、家に駆けもどった。雨の雫を散らしながら、長い廊下を走っていく。リビングのソファの上で、トマは親指を口にくわえて眠っていた。トマの瞼に、テレビの鮮やかな光が反射していた。

やっぱり警察に電話しよう。

ミラは心を決めた。今度ばかりは、警察に助けを求めないとどうしようもない。これまでは、できるだけこの家に警察を近づけないようにしていた。特に、家の裏手にあるあの森には……。でも、もはやそんなことは言っていられない。ミラは急いで電話を取った。だが、電話は死んでいた。きっと電話線を切られたのだろう。それなら、携帯電話だ。ミラは携帯を探した。いつもなら携帯はキッチンカウンターか、食事をするテーブルの上に置いている。けれども、見つからなかった。携帯はキッチンのどこにもなかった。

ひょっとして寝室だろうか。ナイトテーブルの上に置き忘れたのかもしれない。そう思って寝室を探してみたが、携帯はなかった。浴室にもどこにもなかった。そのときになってようやく、ミラは何かがおかしいことに気がついた。念のため、その日足を踏み入れた部屋を全部見てまわったが、それでも携帯は見つからない。こうなると認めるしかなかった。携帯は侵入者が持っていったのだ。

つまり、侵入者は今もここにいるということだ。きっと、これまでも片時も離れずにここにいたのだろう。

そう思ったとたん、全身がガタガタと震えはじめた。まるで心臓に冷や水を浴びせられたようだった。それは純然たる恐怖だった。ひょっとして、侵入者はずっと屋根裏部屋に潜んでいて、毎日自分たちが帰宅する様子に耳をそばだてていたのだろうか。自分たちの生活やおしゃべりに聞き耳を立て、寝静まった頃におりてきて、こちらが眠っている姿を見たり、体に触れたりしていたのだろうか。食べ物に毒を仕込んだり、知らないあいだにクスリをのませたりしていたのだろうか。

思わず叫びたくなった。だが、トマを怖がらせるわけにはいかない。ミラは護身用の拳銃を握りしめた。一瞬、破れかぶれな気持ちになり、このまま屋根裏部屋に行って侵入者と対決してやろうかとも考えた。しかしそんなことをすれば、待ち構えていた侵入者にあっさり殺されてしまうかもしれない。もし自分が死んでしまったら、トマをたった一人で侵入者の手中に残すことになってしまう。そう思うと、恐ろしくてどうにかなりそうで、結局、屋根裏部屋には行けなかった。

でも、どうすればいいのだろう。恐怖で足がすくんだ。宇宙にまで行ったこの自分が、ガタガタ震えているなんて。どんな試練にだって耐えてきたのに。いつだって強い人間だったのに……。ミラは自分を叱咤《しった》した。落ち着くのよ！　しっかりなさい！

だが、疲れすぎていた。限界だった。もう長いこと、ほとんど食事をしていないのだ。それに吐き気のせいで毎晩目が覚め、寝苦しい日が続いていた。でも、トマのために逃げなくては。母性本能が気持ちを奮い立たせた。そうよ、トマに指一本触れさせるものですか。子どもを守る母ライオンのように、わたしもトマを守らなくてはいけない。あたりはしんとしていた。雨の音だけが響いていた。トマはあいかわらずソファで眠っている。ミラはひとまず隣家に避難することにして、トマの冬物のダウンとマフラーを取りにいった。

隣家の農場までは、一キロほどの距離だった。自分一人なら、十分も歩けば着くだろう。だが、寝ぼけまなこのトマと一緒に歩くとなると、二十分はかかりそうだ。しかも真夜中で、雨も降っている。

リビングに戻ると、ミラはトマを優しく起こした。

「トマ、起きて。行くわよ」

トマはキョトンとした顔で、眠たそうな目をこすった。それから思い出したらしく言った。

「うん、洪水だったよね？」

「そうよ、行きましょうね」

ミラはできるだけ落ち着いた声で話した。トマは素直にダウンとマフラーを身に着けた。

ミラは自分もフードをかぶり、玄関まで行くとドアを開けた。トマは歩かせず、自分が背負うことに決めていた。

「ほら、ママの背中にしっかりつかまって」

トマが言われたとおり背中に乗ると、ミラは立ちあがり、玄関ポーチの階段をおりた。そしてそのまま家の敷地を抜け、真っ暗な街道へと駆けていった。

「ママ、どうして車に乗らないの？」

「故障してるのよ」

「どこに行くの」

「グルアールさんのところよ」

「ねえ、帰ろうよ。僕、怖いよ、ママ。お願い……」

「大丈夫、心配しないで。あと十分で、暖かくて安全なところに行けるから」

「ママ……」

背中でトマがしくしく泣きだした。

「ママ、怖いよ」

トマがまた言った。ママも怖いわ。認めたくはなかったが、心の一部がそう答えていた。いや、本当は怖いどころではなかった。恐怖におののいていた。

と、突然、雨がやんだ。ミラは空を見あげた。雲がだいぶ薄くなっている。雲の向こうにうっすらと月が顔をのぞかせ、道を淡く照らしている。ミラは目の前の街道を見た。両脇にプラタナスの続く道はまっすぐに延びている。あたりは静まり返っていた。道の脇に広がる草原は真っ暗闇だ。ミラは街道の真ん中を歩いた。背中ではトマが震えていた。ミラ自身も震えていた。寒さのせい、そして恐怖のせいだ。頭の上では、ごつごつとした木の枝が絡みあっている。ミラは涙が頬を伝うのを感じた。涙は口へと流れ、塩辛い味がした。本当はトマの前では泣きたくなかった。トマはおとなしくしているが、震えどおしなのは背中から伝わっていた。

「ママ、お願い。怖いよ。帰ろうよ」トマがまた怯えた小さな声で言った。

だがミラは歯を食いしばり、トマのお尻をしっかりと抱えなおして、ひたすら前に進んだ。百メートルほどは進んだだろうか。早くも疲れがのしかかっていた。とてもじゃないが、振り返って背後に誰かいるか、確かめる気にはなれなかった。しかもその誰かは自分を追いつめようとして、夜、こちらの知らないあいだに家のなかを動きまわっていたのだ。

それを思い出しただけで、足がすくみそうになる。いえ、こんなことじゃいけない。ミラは前を見据えた。前方のプラタナスの木々だけを見つめて、それ以外のことは考えないようにしよう。わかっていた。本当に怖いのは、誰がこんなことをしているのか、いつ、どんなふうに攻撃されるのか、わからないことだった。わけのわからないまま、これがずっと続くという漠然とした不安だけを持ちつづけるのが、怖いのだ。毎日、毎晩。憔悴《しょうすい》するまでそれは続く。そして最後には……。

最後に何が求められているかは知っていた。自分も同じことをしたのだから……。

歩きながら、いつしか目を閉じかけていた。目を覚まさなくては。ミラは頭を振った。そして足元に目を落とし、自分の靴の先だけを見ながら一歩一歩進んでいった。何も考えずに。だが、さっきまでとは何かが違っていた。道がずいぶんと明るい。ちょっとしたでこぼこや小さな亀裂が見え、くっきりとした影をつくっている。黄色い光がアスファルトを光らせていた。

「ママ！」トマが叫んだ。

その声に、ミラは顔をあげた。まぶしい光に目がくらみ、思わず瞬きをした。光の正体は車のヘッドライトだった。三百メートルほど先だろうか。車は道の右端にとまっていた。ヘッドライトは両脇のプラタナスとともに道全体を照らしていた。どういうこと？ミラは頭が混乱した。と、ヘッドライトが消え、あたりは暗くなった。再び淡い月明かりだけが周囲を照らした。風の音以外、何も聞こえない。鼓動が激しくなる。どうすればいいのだろう？落ち着いて考えようとする。だが、パニックが襲うだけだった。そのとき、ヘッドライトがまたついて、目がくらんだ。と思うまもなく、エンジンのかかる音がした。

「ママ！　ママ！」

背中でトマが泣き叫びはじめた。もはや理性は持ちこたえられなくなっていた。ミラはトマを地面におろすと、自宅のほうへと向きなおり、トマの手を取って叫んだ。

「走るわよ、トマ！　走って！」

うしろで車がうなりをあげていた。

42　最終楽章――これこそが悪事を働いた者の末路

二月十五日、セルヴァズが訪ねてきた日の翌日、レオナール・フォンテーヌはカルム広場のバーでセルヴァズと落ちあった。こちらから呼んで、来てもらったのだ。セルヴァズがやってくると、レオナールは飲んでいたビールを脇に置き、上着のポケットを探った。そして、テーブルの上に写真を何枚か置いて、セルヴァズの前にすべらせた。

「これは、私がお願いしたものでしょうか？」セルヴァズが尋ねた。

「ええ、ちょっとした情報です」レオナールは微笑みながら答えた。

セルヴァズが写真に身を乗りだした。すぐにミラの写真だとわかったらしい。食い入るように見つめている。提供したのは、ミラがコルデリアの住んでいたレヌリー地区の団地に入っていく写真。それに団地から出てくる写真だった。出てくる写真では、ミラは明らかに苛立った表情をしている。写真は望遠レンズで撮ったものだった。

「どうやって、これを手に入れたんです？」セルヴァズが訊いた。

レオナールは黙って微笑んだ。

「あなたが撮ったんですか？」セルヴァズがたたみかけた。

やはり微笑んだまま質問には答えず、レオナールは逆に尋ねてみた。

「ところで、マーカスとコルデリアはどこに行ったのかわかったのですか？」

「いえ」セルヴァズがじっとこちらの目を見ながら答えた。「跡形もなく消えました。おそらく、もうフランスにはいないのでしょう」

「そうですね。今頃はきっと、ロシアにでもいるんでしょう」

そう答えながら、レオナールはマーカス宛に振り込んだ二万ユーロのことを思った。そして、モスクワの友人にかけた電話のことを。その友人には、その筋の人間に友人がいた。まさかあんな電話をかける日が自分に来るとは……。ともかく、自分はルクセンブルクの口座に金を振り込み、仲介者にマーカスの乗る飛行機の便名と到着時刻を知らせたのだ。マーカスの死体が見つかることはないだろう。コルデリアのほうはまた別の飛行機に乗って、どこか遠い国に行くはずだ。

「もう一度伺いますが、これを撮ったのはあなたですか？」セルヴァズがまた言った。

「警部、誰が撮ったのかというのは、それほど大切ではないのでは？　むしろ大切なのは、欲しかったものが手に入ったことでしょう。あなたはマーカスとコルデリアの二人とミラとを結びつける証拠を手に入れた。現在、あの二人は逃亡中だが、あなた方警察はあの二人がクリスティーヌ・スタンメイエルの失踪に、いやおそらく殺人に関与しているとにらんでいる。そして、この写真があれば、予審判事を動かすことができる。これを見れば、予審判事は司法共助を要請し、それによって警察はミラの捜査にかかることができるでしょう」

「なるほど。いずれにせよ、近いうちにまた話をすることになりそうですね」

言いながら、セルヴァズが写真を手に立ちあがった。

「話ならもう十分にしたと思いますよ。でも、もちろん歓迎します。お望みのことを一緒に話しましょう。たとえば、宇宙の話なんかどうです？　面白いですよ」レオは答えた。

その言葉に、セルヴァズは愉快そうに笑い、「では、また」と言って去っていった。


早朝、ミラは玄関のドアを開け、外にさっと目をやった。あたり一帯に人影はない。暗い空き地の向こうにポプラの木立が見えるだけだ。どんよりとした天気だった。

ドアにしっかりと鍵をかけると、ミラは室内に戻った。すっかり憔悴していた。髪はぼさぼさで、着替えもしていない。バスローブ姿のままだ。少し前までは自分がゲームを支配していたのに。ミラは思い出して、胸が詰まった。もはやそれは遠い昔のことのように思えた。今や手持ちのカードは何もない気がした。どうしてこんなに短いあいだに立場が逆転してしまったのだろうか。いったい、いつの時点から何もかもが自分に不利に働くようになったのだろうか。

昨晩は怪しい車に追いかけられ、また家に戻らざるを得なかった。家に入るとすぐ、ミラは戸締まりをして、キッチンのテーブルの上に、いざというとき武器になりそうなものをかき集め、並べておいた。包丁、ハンマー、マッチ、護身用の拳銃、肉用の大きな二股フォーク。トマはそれを見ながら、怯えていた。目を不安げに大きく見開き、こちらを見つめていた。あまりに不安そうなので、軽い鎮静剤をごく少量のませてやらないといけないほどだった。それでも抱っこして、優しくあやしているうちに、トマはリビングのソファの上で寝入ってくれた。自分のほうは、気つけにジントニックを二杯飲み、夜が明けるまで眠らずに見張っていた。

そうして朝を迎えたところだった。今やすっかり消耗し、集中力も切れている。これでは戦略を立てることもできなかった。でも、それもしかたない。この数十日間、追いつめられつづけ、この数時間は特に恐ろしい目にあってきたのだから。ミラは二杯目のコーヒーを飲んだ。トマはまだ眠っていた。トマの目が覚めたら、グルアールさんの家に助けを求めにいくことにしよう。

そんなことをぼんやり考えていると、新聞配達のスクーターの音が聞こえてきた。ミラは急いで外に出ると、新聞配達の青年をつかまえて言った。

「あの、携帯電話を持ってませんか？　今、電話が故障中なんです。そのうえ、車まで故障してしまって。それで困っているんです」言いながら、玄関前の車を指さす。

「それはついてませんね」新聞配達の青年は携帯電話を渡してくれた。

「少し待っていてください。車の修理会社に電話してきますから」

そう言ってミラは一度家に入り、電話をした。再び外に出ると、青年は車を見ながらこう言った。

「燃料タンクを閉め忘れたんですか?」
「いいえ」
「となると、誰かがなかに何か入れたようですよ。たぶん、砂糖か砂ですね。こんなことをするなんて、相当いかれたやつだな」

しばらくしてやってきた修理工も、新聞配達の青年と同じことを言った。エンジンが故障しているという。ここでは直せないので、車を修理工場に移動させるということだった。修理工が帰っていくと、ミラは気力がますますしぼんでいくのを感じた。

トマはまだ眠っていた。ミラはぼさぼさの髪のまま、家のなかをうろうろと歩きまわった。スリッパの音が悲しげに響いた。疲れきっているのに、気持ちは極限まで張りつめ、休むこともできなかった。今日はトマを幼稚園には行かせず、家で休ませよう。職場にも休むと連絡しなければ。そう考えてから、ミラは手元に電話がないことを思い出した。さっき修理会社に連絡したときに、タクシーも頼んでおけばよかった。とにかくここで孤立したままではまずい。ミラはふと思いつき、パソコンからインターネットでタクシーを予約しようとした。だが、画面には「インターネットの接続がありません」の文字が浮かぶだけだった。考えてみれば、インターネット回線も電話線から引いているのだ。

どう考えても、誰かが自分の人生を破滅させたがっていた。そして、今のところそれは成功しつつある。

どうすればいいだろうか。

ミラはじっと考えた。そうだ、郵便配達員がもうすぐ来るはずだ。今度は郵便配達員に電話を借りよう。その後、ミラは郵便配達員が来るのを見逃さないよう、窓からずっと見張っていた。だが一向に現れない。だんだんといらいらが募ってくる。もしかして、今日は届ける郵便物がないのだろうか。誰も配達にこなかったら、どうすればいいのだろう。もはや隣家のグルアール宅に向かう力は残っていなかった。それにこんな姿で現れたら、どう思われるだろう。明日にしよう。もし配達員が来なかったら、明日助けを求めにいこう。そう、もう少し元気になったら。ただただ明日を待っているのは楽だった。もがくことなく、なりゆきに身を任せるのはなんて楽なのだろう。

「今日は幼稚園に行かないの、ママ？」

いつしかトマが目を覚ましていた。

「ええ、今日は行かないの。お休みよ。お部屋にいって、遊んでらっしゃい」

トマは素直に部屋へと向かった。ミラは再び窓から道を見張った。そこにようやく、郵便局の黄色いスクーターが近づいてきた。ミラは玄関に走りでると、郵便配達員に事情を説明し、電話を借りた。そして、まず職場に電話をして休むと言った。すると、電話に出た同僚は心配そうに言った。

「ミラ、どうしたの？」

「今度、説明するわ」

「でも、今月はこれで四回目よ」

ミラは歯切れの悪い言い訳をして、電話を切った。次に電話をしたのはタクシー会社だった。タクシーで街に出たら、車を借りて、新しい電話を手に入れなくては。この孤立状態からなんとか抜けださなければならない。

電話を返すと、配達員は郵便物を渡してくれた。だが、こちらがひどい姿をしているのを見て、とがめるような目つきをした。

少し出ていた太陽はまた雲に隠れていた。西から押し寄せた雲が空を覆い、雷が鳴りはじめていた。嵐の接近に過敏になっているのか、カラスの群れが空を旋回している。ミラは受け取った郵便物のなかに、差出人の書いていない封筒があるのを見つけた。それは少し前、クリスマスイヴの夜に、自分がクリスティーヌ・スタンメイエルの郵便受けに入れてやった手紙を思わせた。ミラは震える手で封筒を開けた。そして、なかを見て衝撃を受けた。中身は三枚の写真だった。掘り起こされた跡のある地面の写真。三枚ともほぼ同じ構図だった。クリスティーヌの死体が埋まっている場所だ……。

額から汗が流れた。

パニックになったまま、ミラは裏の森へと走りだした。風が吹き、雨が降りはじめるなか、例の窪地まで行った。だが、クリスティーヌを埋めた場所は木々の葉で隠されていた。誰も触った形跡はない。

そのとき、家の方角から大きなクラクションの音がした。

そうだ、タクシーだ！　すっかり忘れていた！

雨はますます強まっていた。二度目のクラクションが苛立たしげに鳴る。ミラは息を切らし、ずぶ濡れになりながら、急いで家に戻った。そうしてようやくタクシーまでたどり着くと、運転手は驚いた顔でこちらを見た。無理もない。泥だらけのサンダルに、濡れてぼさぼさの髪、しかもまだバスローブ姿なのだから。運転手がとがめるように大げさに腕時計に目をやったので、ミラは言った

「すみません。お願いしたのをすっかり忘れていたんです。このとおり、まだ支度ができていないので、お帰りください」

「ここまでの料金はどうしてくれるんだよ」運転手はぶすっとした顔で言い、頭を指差しながらさらに言った「お客さん、ここがどうかしちゃってるんじゃないの？」

「なんですって？　さっさと行きなさい！」ミラは憤慨して叫んだ。

運転手は勢いよく車をターンさせ、わざとこちらに泥水をはねかけると、窓から「くそ女！」と言い捨てて走り去った。

くそ女……。ミラは浴室の壁の落書きを思い出し、また暗い気持ちになった。

家に入ると、ミラは残りの郵便物に目を通した。すると、請求書やダイレクトメールに混じって、気になる手紙があった。オート＝ガロンヌ県の児童福祉相談所からのものだ。胸騒ぎを覚えながら、ミラは急いで封を切り、二つ折りにされた手紙を取りだした。手紙

はタイプで打たれていた。

拝啓

ネヴァック幼稚園のヴァレリー・デヴィーニュ園長及び、ピエール・シャブリヤック教諭から、ご子息のトマに対する身体的・精神的虐待の疑いの連絡を受け、ご連絡しています。これまでに何度か、ご子息には、登校時に肘や膝、顔に外傷が見受けられました（写真を同封します）。また、ここ最近、ご子息は欠席が続き、登園時にもやる気の欠如や心理的に不安定な態度が見受けられるとの報告も受けています。心理カウンセラーがご子息にお話を聞いたところ、お母さんが怖いと話していたとのことです。

これを受け、オート＝ガロンヌ県児童福祉相談所では、専門家による調査を決定しました。近いうちに、お話を伺うことになると思います。また、事態の深刻さに鑑み、共和国検事と家庭裁判所の判事による、ご子息の保護要請が当部署に来ています。ご子息の今後は司法の判断に委ねられることになりますが、具体的な保護の方法等につきまして、意見されることは可能です。ご子息本人にも意見を聞くことになります。ただし司法判断の際、ご意見が十分に反映されない場合もございます。ご理解のほど、よろしくお願い申し上げます。

敬具

手紙を読み終わると、ミラはしばらく茫然とした。信じられない。もう一度手紙に目を通す。手が震えた。写真は何枚か同封されていた。確かに、写真にはトマの腕や足や顔にできた青あざが写っている。でもトマは遊びざかりの子どもなのだ。遊んでいるときに、体のあちこちをぶつけたり、転んだりするのは当たり前ではないか。傷やあざのあるまま幼稚園に行かせたら、虐待を疑われるなんて……。ミラは笑い飛ばそうとした。だが、それはむせび泣きになった。

いつもの自分なら、すぐさま弁護士に電話をしただろう。もちろん、園長にも直接電話して、さんざんいたぶってやっただろう。毅然とした態度で怒りをぶつけ、相手にとことん罪悪感を抱かせて、平謝りさせていただろう。よりによって、この自分が虐待を疑われるなんてあり得ない。だが、今の自分は弱りきっていた。毅然とした態度などとても取れそうにない。そう、行動するのは明日にしよう。明日、元気になったら必要なことをしよう。今は疲れすぎている。そう思うと、ミラは手紙をキッチンのテーブルに置き、もう一杯ジントニックをあおった。そして薬棚から抗不安薬のベンゾジアゼピンの箱を取り出して、一気に三錠のみこんだ。

セルヴァズは手元のメモを読み返した。ミラに関する情報を集め、それをまとめたものだ。

〝ミラ・ボルサンスキ、一九七七年四月二十一日、パリで生まれる。一人娘だったが、両親は一九八二年八月二十一日に、自動車事故で死亡。その後は里親に引き取られ、のち施設に入る。学業は常に優秀。大学では航空医学を専攻し、博士号を取得した。

一九九五年四月二十一日、十八歳の誕生日に、周囲の反対を押しきって、婚約。しかし、半年後には婚約を解消。その二年後、元婚約者は刑務所内で自殺。未成年者への強姦事件で有罪判決を受け服役中だった。

二〇〇三年、ミラ・ボルサンスキはフランス国立宇宙研究センター《CNES》に宇宙飛行士として選出され、二〇〇五年、欧州宇宙機関《ESA》の宇宙飛行士の一員となる。心理検査にもすべて合格していた。

二〇〇七年十一月二十日、レオナール・フォンテーヌとともに、ロシアのスターシティへ出発。二〇〇八年には、フランスで二人目の女性宇宙飛行士として、〈ソユーズ〉に乗船。国際宇宙ステーションに滞在する〟

　もちろん、これだけでは情報としてはまだ乏しかった。だが、フォンテーヌの話とは一致していた。セルヴァズはミラの家を訪ねたときのことを思い出した。リビングキッチンへと続く長く薄暗い廊下、そして自分の前を歩くミラのうしろ姿。あのとき、自分は何か予感めいたものを感じただろうか？　いや、何も感じていなかった。

　セルヴァズは机に置いた携帯電話を見た。ボーリューは何をしているのだろう。そろそろ予審判事から捜査の要請が出てもいい頃だった。レオナール・フォンテーヌが提供してくれた写真は、ボーリューに渡していた。あれを持って、今、ボーリューは予審判事のところに行っているのだ。と、携帯が鳴った。

「セルヴァズだ」

「ボーリューです」

「どうだった？」

「大変でしたよ。なんたって相手は元宇宙飛行士で、しかもフランスで宇宙に行った二人目の女性ですからね。あの予審判事は保身に走るタイプなので、だいぶ渋ってました。けっこう言いあいましたよ。こっちも負けませんでしたがね。というわけで、うまくいきました。司法共助の要請を手に入れましたよ。これでミラの家を捜索できます。警部、今回はご一緒しますか？」

「そう言われたら、行くしかないな」

セルヴァズはさっと立ちあがった。

ミラは三杯目のジントニックを飲んでいた。トマ……。トマが連れていかれる。胸が引き裂かれそうだった。あの子が見知らぬ誰かに、里親に預けられるなんて。あんなにか弱いのに。わたしがいてやらないとだめなのに。そんなことになったら、どうなってしまうのだろう。わたしのトマ、わたしの宝物……。いえ、そんなことをさせるものか。ミラはなんとかして気持ちを奮い立たせた。誰にもあの子には指一本触れさせない。だって、あの子は父親に認知されていないのだもの。わたししか家族はいないのだもの。ミラはジントニックをぐっとあおった。杯を重ねるごとにジンの量が増え、だんだんと頭が働かなくなっていた。元気にならなくちゃ。ぼんやりする頭でミラは思った。明日になれば、元気になる。そうしたら、トマのために、わたしたちのために闘える。でも、今は疲れはてていた。

それからしばらくして、ミラはまた強い吐き気に襲われ、トイレに駆け込んだ。額から汗が出て髪が貼りついた。ミラは床にしゃがみ、しゃくりあげながら泣いた。

やがて吐き気がおさまると、そっとトマの寝室に行ってみた。ドアの隙間からトマを見る。トマはベッドに座り、テレビゲームで遊んでいた。集中しているが、楽しそうに笑っている。ミラは泣いた。涙はとめどなく流れた。リビングキッチンにおりると、ミラはテーブルの上に置いたままの包丁を、長いあいだじっと見つめた。それから、自分の手首を……。

外では、嵐が猛威を振るっていた。窓は雨に打たれ、ときおり稲妻が光っている。そのとき、玄関の呼び鈴が鳴った。ミラは身震いした。ついに目に見えない侵入者が勝利を宣言しにきたのだろうか。長い廊下を進んで玄関に行くと、ドア越しに声が聞こえた。

「ボルサンスキさん、警察です。開けてください」

警察。その言葉は剣のように心を貫いた。ミラはゆっくりとドアを開けた。雨の大きな音がした。ドアの前には、警官が何人か立っていた。警察バッジを突きつけている。プードルのような顔をした、もじゃもじゃ頭の警官がこちらを見据えていた。その警官は姿勢を正して、こう言った。

「予審判事からの司法共助の要請書を持っています」そして降りそそぐ雨をちらっと見て、続けた。「よろしければ、なかでお見せしますが」

ミラはほかに来ている警官もざっと見た。男性が三人と女性が一人だ。いや、もう一人いる。少し離れたところに、あの警官がいた。グランドホテル・トマ・ヴィルソンの一一七号室の部屋の鍵と、国際宇宙ステーションの写真を送ってやった男。あの日記を渡した男。雨のなか、その男——セルヴァズはじっと立ち、何を言おうとするでもなく、ただこちらを見つめていた。ミラはセルヴァズと目が合い、そのまま数秒間にらみあった。

その数秒間で、ミラは自分が負けたことを悟った。

その後、家のなかで、もじゃもじゃ頭の警官が紙に印刷された文字を読みあげた。だが、その言葉はもはや切れ切れの断片でしか頭に入ってこなかった。司法警察……以下に示す司法共助の名において……ミラ・ボルサンスキの家宅捜索を行うべく、任務を遂行する……。その説明が終わると、ミラは求められるがままにサインをした。それと同時に、警官たちは家中の部屋に散っていった。手袋をはめた手で、クッションを持ちあげ、本やCDケースを調べ、引き出しや棚、それにごみ箱まで、あらゆるものを開けてはなかを調べはじめている。

「ママ、この人たちは誰?」トマが駆け寄ってきた。

「なんでもないのよ、トマ。警察の人たちなの」トマをぎゅっと抱き寄せながら、ミラは言った。

「何か探しているの？」

「ええ。ママが来てくれるように頼んだの」ミラは嘘をついた。「わたしたちを助けてくれようとしてるのよ」

それから、ミラはまたセルヴァズを見た。一月一日の夜にここを訪ねてきた男。自分の日記を読んだ男。自分はこの男を操っていたはずだった。セルヴァズは家宅捜索には手を貸していなかった。その様子をじっと見ているだけで、ときおりトマのほうに悲しそうに目を向けている。ミラは一縷《いちる》の望みをかけて、セルヴァズのそばに行き、言ってみた。

「どうして、あなたの知っていることをこの人たちに話さないんですか？　あの日記をお見せしたのに」

「日記の内容は嘘だからですよ」セルヴァズが答えた。

その言葉に、ミラは足元がふらつくのを感じた。絶望が全身を覆っていった。頭が真っ白になり、もう何も考えられなかった。ミラはトマを抱きしめた。それから両手で顔を挟み、小さな額にキスをした。トマのつぶらな瞳と金髪の髪を見つめ、頭に焼きつけた。

「愛してるわ、それだけは忘れないでね。トマはママの宝物よ」

「ママ、大丈夫だよ。心配いらないよ」

トマは急に大人になったかのように言った。これからは自分がママを守るというように。

「そうね、大丈夫ね」

ミラは涙のにじむ目で言い、それからトマを優しく押しやった。トマを自分の転落の道連れにしてはいけない。そう思ったのだ。トマは心配そうな目でこちらを見ていた。賢い子だから、大変なことが起きているのがよくわかっているのだろう。

そのとき、不思議な顔立ちの女性警官が、森につながる扉からリビングに飛び込んできた。

「すぐ来てください！」

「どうした、サミラ？」

「裏の森に何かありそうです！」

警官の一人がトマと一緒に家に残り、ほかは全員、女性警官のあとについて外に出た。ミラもついていくことになった。雨がレインコートのフードを打ち、ねっとりとした地面と枯葉が靴底に貼りついてくる。そのなかを、一行は歩いた。ミラはどこまでもぬかるんだ道を歩きつづけているうちに、自分が胎児に戻ったような気がした。羊水につかっていた頃の安らぎを感じていた。そう、ようやく求めていた安らぎが得られていた。どこに向かっているのかは、もちろんわかっていた。ついにあれが見つかってしまうのだ。

森の奥の窪地に着くと、女性警官はやはり例の場所を示した。かぶせていた葉が取りはらわれ、つい最近掘り返された形跡のある長方形の地面がむきだしになっている。女性警官は問いかけるように、フードの下からこちらを見つめた。ほかの警官たちもこちらを見ている。ミラは全員の目から同じメッセージを感じた。こいつが犯人だ。どの目もそう言っていた。

「これはなんですか？」もじゃもじゃ頭の警官が尋ねた。

ミラは答えなかった。

「鑑識を呼んでくれ」セルヴァズが同情も敵意もない視線を向けながら言った。「それから検事にも知らせておいてくれ」

雷鳴が鳴り響いていた。セルヴァズは白いつなぎを着た鑑識官たちが仕事をする様子を見ていた。土を掘り起こす前に、鑑識官たちはまず土と葉を採取し、試験管に入れた。掘り起こすあいだも、フラッシュを焚いて現場の写真を撮ったり、巻き尺で穴の大きさを測ったりしていた。暗くなるのが早いので、照明もつけられた。まるで泥まみれの蛇のように、ケーブルが延びている。そして、今、その場にいる全員が、土が掘り起こされた穴の底を見つめていた。穴は……空っぽだった。何もなかった。

その場の全員が顔を見合わせ、それからセルヴァズのほうを見た。

「ちくしょう！」ボーリューが来た道を戻りながら言った。

それからしばらくして、運転席に座ったボーリューが言った。

「それにしても、穴のなかが空っぽだったとは」

ほかの人間は先に帰り、残っているのはセルヴァズとボーリューだけになっていた。

「いや、掘り起こしたのは無駄じゃなかったさ」雨の流れるフロントガラス越しにミラの家を見つめながら、セルヴァズは言った。

「それはそうですが。でも森のなかにあんな穴が掘られていたら、死体が埋まってるとしか思えませんよ。なぜ空っぽだったんでしょう？」

セルヴァズは肩をすくめた。

「わからないな」

「あの女、何か話すでしょうか？」ボーリューがミラの家を指さしながら言った。

「いや、話さないだろう」

「じゃあ、どうするんです？」

「待つんだよ」

「待つって、何を？」

「採取したものの結果が出るのを待つんだ。少しでもＤＮＡが検出されれば、証拠になる」

その夜、ミラは眠ろうとした。けれども、寝つけなかった。警察はだいぶ前に帰っていた。嵐はいっこうにおさまる気配がない。おさまるどころか、ますます激しくなっている。いや、あんなことがあったあとで眠れるわけがなかった。森の奥のあの穴が空っぽだったのだから。クリスティーヌの死体が埋まっているはずなのに……。どういうこと？　ミラはその意味を理解しようとした。だが、頭が混乱するばかりで、わけがわからない。あの女は、確かにこの手で殺したのに。引き金を引いたとき、体は衝撃で跳ねていたし、胸が血で染まったのもこの目で見た。そのあとマーカスが土をかけはじめたのもちゃんと見た。そして、あとのことは任せて家に戻ったのだ。

ひょっとして、マーカスが死体をどこかに移したのだろうか。でも、どんな目的で？　マーカスはいつか警察がこの家を捜索しにくることを予見していて、そこから自分のところまでたどられるのを恐れたのだろうか。だが、答えてもらおうにも、マーカスはいなかった。マーカスもコルデリアも二人してどこに消えたのだろう。

ミラは静寂に耳を澄ました。寒かった。体が震えた。布団のなかでひたすら身を丸めた。頭がぼんやりしていた。ブラインドの向こうで走る稲妻が、ときおり天井を光らせた。静かだった。なんの音も聞こえない。

そして――それは突然、聞こえてきた。

音は一階から響いていた。間違いない。オペラだった。数小節を聞いただけで、演目はすぐにわかった。『蝶々夫人』の第三幕。蝶々夫人が絶望に突き落とされる場面だ。待ち焦がれていたピンカートンがアメリカで結婚していたこと、子どもを引き取りにきたことを知り、蝶々夫人が最後に自殺する場面だった。ミラは体が凍りつくのを感じた。階下では、長崎領事シャープレス役のバリトンが歌っていた。

どうか蝶々夫人に話してください。

あの慈悲深い方をここにお連れしてください。蝶々夫人がピンカートンの奥方に会ってしまうのはしかたのないことでしょう。

奥方に会うことで、あの方が事実を理解できるなら、そのほうがいいかもしれません。


やがて、ピンカートン役のテノールが響いてきた。

だが、この部屋には死が満ちている。

ミラはその歌声に覚えがあった。このテノールはニコライ・ゲッダだ。ということは、指揮はカラヤンで、蝶々夫人はマリア・カラスが歌い、演じているものだろう。持っているCDの一枚だった。

ミラはベッドの上で身を起こした。歌声は闇を貫き、あたりに響いていた。トマ……。トマが起きてしまう。ミラは枕元のデジタル時計を見た。ちょうど午前三時五分から三時六分に変わったところだった。外でまた雷が鳴り、窓を震わせた。暗がりのなか、ミラは目を見開いた。『蝶々夫人』では、ピンカートンがこう歌いはじめていた。

　そう、今この瞬間に、
　私はどれほどの罪をおかしたのかを知りました。
　この苦しみはこれからずっとつきまとい、
　決して消えることはないでしょう。

その歌詞を聞きながら、ミラは泣きそうになった。

　さようなら、花咲く家よ。さようなら、いとしい場所よ。

ミラは布団を押しやり、ベッドから出て、バスローブをはおった。頭はぼんやりとし、体はふらふらしていた。ミラは夢遊病者のようにドアまで歩くと、廊下に出た。明かりのスイッチを押したが、電気はつかなかった。でも、もう何も感じない。
トマの寝室のドアは閉まっていた。
階段の上から下を見ると、どこかから淡い光が漏れていた。
どうやら一階のどこかで明かりがついているようだ。階段の電気のスイッチを入れたが、予想どおりつかなかった。かすかな光を頼りに、ミラはゆっくりと階段をおりた。心臓の鼓動が音楽のリズムと呼応していた。自分は舞台の袖にいて、これから舞台に向かっている。そんな気がした。

そう、暗がりのなか、これから何百人もの観客の視線が一斉に自分に注がれるのだ。素晴らしい舞台を期待されている。失敗は許されない。

一階までおりると、歌声はいっそうくっきりと響いていた。今は、蝶々夫人の身の回りの世話をする女性、スズキ役のルチア・ダニエリのメゾソプラノが聞こえている。

こんなにもお辛い知らせに、
あの方は泣き濡れることでしょう。

明かりはどこから漏れているのだろう。ミラは目を凝らした。どうも浴室のほうらしかった。リビングキッチンの反対側にある小さな廊下の先だ。浴室に向かう途中、ミラはキッチンに行って、ナイフを一本手に取った。オペラでは、いよいよ蝶々夫人が登場していた。

スズキ、スズキ。どこにいるの?

マリア・カラスの歌声はどこまでも美しく、悲しかった。外でまた雷が鳴った。天気までがこの舞台を盛りあげてくれている。そんなことを思いながら、ミラは浴室に続く小さな廊下を進んだ。明かりは廊下の左側のドアから漏れていた。思ったとおり、浴室だ。

あの方がここに戻っていらした！　でも、どこに隠れてしまったの？

ミラは片方の手でナイフを握り、もう片方の手でそっとドアを押した。浴室は、蠟《ろう》のにおいがしていた。頭がくらくらするようなにおいだった。見ると、十数本のろうそくが灯され、その炎が天井や壁を照らしながら揺れている。いや、照らしているのは天井や壁だけではない。炎は女の顔も照らしていた。死んだはずの女の顔を……。女は、静かだが決意を秘めた目でこちらを見つめていた。その瞳にろうそくの炎が映っていた。一瞬、ミラは自分の頭がおかしくなった気がした。そんなはずはない。きっと、これは蝶々夫人の幻覚だ。黒い着物を着て、顔におしろいをはたいた蝶々夫人。切れ長の目に、薄い唇。自分は蝶々夫人の幻覚を見ているのだ。

いや、やっぱりこれは幻覚じゃない。となると、幽霊だろうか。この女が生きているはずはないのだから……。幽霊は浴室に立ちこめる湯気の向こうに、ぼんやりと見えていた。男物の服を着ているようだ。そして、こちらに銃口を向けていた。

「こんばんは」

その幽霊――クリスティーヌが言った。そのそばで、マリア・カラスが歌いつづけていた。

あのご婦人は誰？　わたしに何かお話があるの？

違う、これは本物のクリスティーヌだ。幽霊なんかじゃない。でも、なぜクリスティーヌが生きてここに？　ミラは頭が混乱し、ただトマのことを心配した。こんなに大きな音でオペラをかけていたら、トマが目を覚ましてしまう。

「そのナイフは下に置いてちょうだい」クリスティーヌが言った。「それから服を脱いで、浴槽に入るのよ」

その気になれば、嫌だと言うことはできただろう。抵抗することもできた。だが、ミラはもうどうでもよくなっていた。ここしばらくのあいだに体は衰弱し、気力もすっかり削がれていた。そして、家中に響いている『蝶々夫人』の第三幕。何もかもが、クリスティーヌの言うとおりにしろと告げていた。もはや自分の意志などなかった。闘おうという気持ちもない。ひたすら疲れていた。いずれにせよ、クリスティーヌはこちらに銃を向けているのだ。ほかにどうしようもない。

ミラは床にナイフを置いた。ナイフはカタンと音を立てた。それから、ミラは服を脱ぎ、足元に落とした。立ちこめていた湯気が体を包んだ。浴槽にはお湯が張られていた。

「浴槽に入ってちょうだい」クリスティーヌが静かに言った。

しばらくのあいだ、ミラは動かずにいたが、やがて、浴槽のふちをまたいだ。入りながら、縁に大きなかみそりが置かれているのが目に入った。かみそりの長い刃が、ろうそくの炎が揺れるなかで光っている。ミラは全身をお湯に沈め、足を伸ばした。ほんの一瞬、お湯の温かさが心地よく感じられ、ほっとした。もがくことなくなりゆきに任せていると、解放されたような気持ちになった。再び羊水のなかに戻ったような気がしていた。でも――そうだ、わたしにはトマがいる。

「トマ！」ミラは叫んだ。

「心配しないで。トマは眠っているわ。それに、これからはわたしたちが面倒を見るから」クリスティーヌが言った。

「わたしたち？」

あいかわらず蝶々夫人が歌いつづけていた。

わたしからすべてを取りあげるおつもりなのですね。子どもまでも。

ああ、なんて不幸な母親なのでしょう。

血を分けた子どもを手放さなければならないなんて。

「そう、わたしたち。トマの父親とわたしの二人よ。トマのことは、わたしたち二人で面倒を見るわ」クリスティーヌが言った。「レオがあの子を引き取るから。あの子を認知して育てるって、レオはわたしに約束したの。これからは、トマはあなたとレオの両方の姓を名乗ることになる。いい学校に通わせて、最高の教育を受けさせてあげる。ミラ、本当は何があったのか、トマには決して言わないから安心して。母親がどんなことをしたのか、トマには絶対に話したりしない。レオが言ってくれることになっているの。ママは事故で死んだって。レオはそう誓ってくれた。でも、それには一つだけ条件がある……」

額から汗が流れてきた。ミラは目をしばたたいた。クリスティーヌの言葉は聞いていた。それが意味することを理解しようともしていた。やがて、少しずつ言葉が頭に入ってくると、クリスティーヌがなんの話をしているのかがわかってきた。同時に、その言葉が恐ろしい意味を持っていることにも気がついた。

「条件?」ミラは弱々しい声でつぶやいた。

クリスティーヌが、浴槽の縁に置かれたかみそりに視線を向けた。そういうことか。体が震えだした。だが、まだよくわからないことが多すぎる。

「でも、どういうこと?」ミラは言った。「わたし、あなたが死ぬところを見たのよ。だって、この手で撃ったんだから」

「あれは空砲だったの」

「けど、血が出ていた……」

「映画用の小道具よ。セーターの下に隠していたの。ヘモグロビンの小袋で、好きなときに破裂させることができるわ。簡単に手に入るのよ。わたしはただ、撃たれたときにそれらしくしていればよかった。口の血も、仕込んでいたカプセルを嚙んだだけ」

「でも……でも、マーカスは？」

「あなたがいなくなったら、すぐにあの穴から出してくれたわ。そうして、近くに隠れていたレオに引きわたしてくれたの。それから、マーカスがわたしにのませたアンプル剤だけど、あれはただのビタミン剤よ。どの薬局でも手に入るわ」そう言うと、クリスティーヌは微笑んだ。

「どういうこと？」

「マーカスはね、高く払うほうになびくのよ。知っておくべきだったわね、ミラ。だから、レオとわたしは貯金をはたいたの。あなたも言っていたじゃない。マーカスはお金さえ払えば、理由も訊かずにやってくれるって。マーカスを寝返らせるのはちっとも難しくなかった。お金をつくるために、生命保険を解約しなきゃいけなかったけど。実はあの朝、ドゥニーズの名前でメールを受け取る前に、レオが電話をくれていたの。そのあと、レオと会って、あのメールはあなたが仕掛けた罠だと教えてもらっていたのよ。マーカスは、あなたに指示された内容をレオにすぐ伝えたってわけ。それを聞いて、レオがこの計画を立てたの。だから、わたしはあなたがメールで指示した住所には行っていない。もしそこに行っていたら、この家に来るように指示した紙が貼ってあって、その紙を持ってここに来ることになっていたんでしょう？　でも目的地は初めからわかっていたから直接来たわ。あとね、マーカスが裏切るといけないから、レオはいつでもわたしを助けることができるよう、あそこにいたの。あなたの家にも、穴の近くにもね」

「彼はどこなの?」ミラは訊いた。

「彼って、レオのこと?レオなら、今夜はあの警官の動きを見張っているはずよ」

「じゃあ、マーカスは?」

「今頃、ロシアの土に還っているんじゃないかしら。モスクワ行きの飛行機代は出したけど、きっとロシアに着いてすぐに、手荒なお迎えを受けて、そのまま消されたでしょうね。だって、あいつはわたしにクスリを盛って、レイプまでしたのよ! そのせいでわたしはHIVに感染したかもしれない。それに、あいつはわたしの大切な犬も殺したの! でも、考えてみれば、マーカスはあなたの命令を実行しただけよね、そうなんでしょう?」

沈黙が続いた。ミラは、浴槽の縁のかみそりに目をやった。やろうと思えば、あのかみそりを使ってクリスティーヌに襲いかかれなくもない。だが、今の自分では相手より速く動けるとは思えなかった。ミラはレオのことを考え、それからトマのことを考えた。あの二人が――父と子がようやく一緒に暮らすところを。オペラの音楽はいったん弱くなり、それからクライマックスに向けて徐々に高まっていた。ミラは自分が舞台にいるような錯覚に再び陥った。ホールの聴衆はみんな、自分の歌声に聴きほれている。みんな、感動し、陶然としている。

おりしも、蝶々夫人の最後のあの感動的なアリアが始まろうとしていた。「名誉とともに生きられぬ者は、名誉をもって死すべし」蝶々夫人が決意を秘めて歌っている。

そうだ、そのとおりだ。

「じゃあ、壁の落書きも、あの吐き気も、タイヤのパンクも、スーパーでの万引き騒ぎも全部あなたの仕業なの？」ミラは力のない声で尋ねた。

もう疲れはてていた。

「ええ、スーパーではレオの雇った女探偵が、あなたのポケットにカード型の商品券をすべりこませたのよ」

「じゃあ、吐き気は？」

もうあらゆることに疲れはてていた。

「吐き気？」

「毎晩吐き気がして、眠れなかった。だから、食べ物を捨てたり、薬局で薬を買いなおしたりしたのよ。わたしとトマは同じものを食べていたのに、トマはどこも悪くなっていなかった」

クリスティーヌは、黙って銃口を浴槽の横の棚に向けた。ミラはそれを目で追った。どういうことだろう。初めはわからなかった。だが、突然理解した。そうか、バスソルトだ。バスソルトに毒を仕込んでいたのだ。トマを寝かせてから、ミラは毎晩、湯船につかっていたが、トマはシャワーだけですませていた。だから、トマには影響が出なかったのだ。

と、クリスティーヌがリモコンを手にし、『蝶々夫人』の音楽を止めて話しはじめた。

「この数週間、あなたの生活をずっと監視していたわ。家のなかに隠しカメラをつけておいたの。今って、なんでも買えるのね。リビングキッチンにマイクロカメラを一つ、寝室に一つ、この浴室に一つつけておいたの。それで、あれこれ仕掛けたってわけ。そうね、ミラ、あなたの習慣や癖なら、たぶんあなたより詳しくなったと思う。それから、せっかくつけた警報装置だけど、あれは笑っちゃうほどちゃちな代物よ。電波妨害機があれば一発で破れるの。インターネットで百ユーロも出せば買えるわ。今どきの泥棒は恵まれているわね」言いながら、クリスティーヌはポケットのたくさんついたズボンから、短いアンテナが三本ついた黒い長方形の箱を取り出した。

ミラは残っていた力を振り絞り、クリスティーヌに言葉をぶつけた。

「あなたのせい……あなたのせいで、わたしは息子を奪われそうなのよ！」

クリスティーヌは静かな目でしばらくこちらを見つめていた。それから、顔を近づけてくると、耳元でささやいた。

「そうね、虐待を疑われたのよね。ええ、それも知っているわ。だから、あなたはレオにトマを預けないといけないの。でも、そろそろおしゃべりはやめにしましょう」

そう言うと、クリスティーヌは銃口でかみそりを指した。

「今夜、あなたは自殺する。トマのことは心配しないで。レオとわたしがちゃんと育てるから。レオはあの子を認知する。約束するわ」

そこまで言うと、クリスティーヌは手袋をした手で流れる汗をふいて、続けた。

「もし自殺しないというなら、あなたは刑務所に行くことになる。あなたが犯罪をおかした証拠はＩＣレコーダーに録音されているから。それにわたしが証言すれば、あなたはすぐに捕まるでしょうね。もしあなたが刑務所に入ったら、トマは里親に預けられ、里親の家を転々とすることになる。そうなったら、トマはどんな気持ちがするかしら？　よく考えてみて。あなたはトマをそんな目にあわせてもいいの？　トマのためよ、ミラ。決断するの。あなたが決断するのよ」

長い沈黙が続いた。やがて、ミラはぽつりと言った。

「音楽をかけてくれる？　お願い。ラストを聴きたいの」

クリスティーヌがリモコンの再生ボタンを押した。最後の場面だった。歌手たちの歌声が絡みあいながら、舞台はフィナーレへと向かっていた。ミラはそれをじっと聴いていた。

「ミラ？」クリスティーヌがうながした。

「疲れたの」ミラは小さくつぶやいた。

「え？」

「わたし、疲れたの」

「もうすぐ解放されるわ」

オペラでは、蝶々夫人が幼い我が子に歌いかけていた。

坊や、坊や、

愛する坊や、あなたは小さな神様ね。ユリの花、バラの花ね。
あなたは知らなくていいの。でもね、これはあなたのため。
あなたの澄んだ瞳を守るために、
わたしは死ぬの。

二人は黙ってオペラの歌を聞いていた。やがて、ミラはかみそりを手に取った。顔から汗が流れていた。クリスティーヌは無言でこちらを見つめていた。

坊や、その澄んだ目で、
母の顔をよく見てちょうだいね。
いつまでも覚えていられるように。
どうかよく見てちょうだいね。
愛しい坊や、さようなら、さようなら。
わたしの愛しい坊や。

「疲れたの。わたし、本当に疲れたの」ミラはまたつぶやいた。
「ゆっくり休んで、ミラ」
「彼はわたしを愛していたの」

「そうね、そう言っていたわ」

ミラは微笑んだ。それから、ぼんやりと遠い目をしたまま、かみそりの刃を左腕に当てた。そして肘の内側に刃を入れると、手首に向けて刃を動かし、前腕を走る動脈を切った。ゆっくりと正確に。かみそりを持つ手を変え、右腕も同じようにした。さっきよりはぎこちない手つきで……。血がほとばしっていた。血は両腕から泉のように噴きでていた。みるみるうちに、浴槽の湯が真っ赤になった。

心臓が脈打つたびに、血は浴槽にあふれた。そして突然、脈が遅くなった。ミラは急に体が冷たくなったのを感じた。まるで凍っていくようだった。冬の池のように……。

悲しくも荘重な音楽が響いていた。幕は閉じようとしている。蝶々夫人が自害したことを知り、ピンカートンが叫んでいた。

蝶々！　蝶々！　蝶々！

それを聞きながら、ミラは最後の涙を流した。

それから五分ほどで、クリスティーヌは自分がいた痕跡を消し、立ち去れるようにした。残るは最後の仕事だけだ。ズボンのポケットからミラの携帯電話を出すと、クリスティーヌは緊急通報の17を押し、消え入りそうな声を出して言った。「お願い……早く……来てください……わたし……死にそうで……息子が一人に……なってしまう……」

「なんですって？　もう一度言ってください。もしもし？　もしもし？」

クリスティーヌは同じ言葉を繰り返してから、浴槽の縁に置かれたミラの冷たい手に携帯を握らせた。だがふと気配を感じ、ドアのほうを見てギョッとした。トマが目を見開いて、こちらを見つめている。けれども瞬きをすると、トマの姿は消えた。ドアの向こうには、闇が広がっているだけだった。きっと罪悪感のせいで幻影を見たのだろう。クリスティーヌは思った。ミラには言わなかったが、「虐待の疑いがあるのでトマを保護する」という児童福祉相談所の手紙は、自分が書いた偽物だったのだ。

浴室を出ると、クリスティーヌは湿っぽいバスケットシューズにビニールのカバーをかけて、階段をのぼった。トマの寝室のドアを少し開けてのぞいてみると、トマは親指をくわえながらすやすやと眠っていた。そのとき、いきなり吐き気が襲ってきた。クリスティーヌは階段を駆けおり、廊下を走って玄関のドアを出た。そうして外に出ると、大きく息を吸った。まだ吐くわけにはいかなかった。今ここで吐いてはいけない。

玄関のドアは開けっぱなしにしておいた。クリスティーヌは少し離れたところにとめていた車に戻り、なかで手袋と靴のカバーを取った。それからゆっくりと車を出し、プラタナスのある街道に入った。そのまま右車線を走り、少し先の小道に入って車をとめた。風はまだあるが、雨はやんでいる。月が雲の切れ間から姿を出していた。エンジンを切り、ヘッドライトを消すと、クリスティーヌは急いで車の外に出た。そして吐いた。これまでこらえていたものを吐きだすかのように。

肩で息をしながらも、クリスティーヌは激しい動悸を鎮めるため、できるだけゆっくりと呼吸をした。それから運転席に戻り、車のなかでじっと待った。嵐は遠ざかりつつあった。今では稲妻は夜空を彩る青白い燐光《りんこう》でしかなかった。雷鳴も遠くで小さく聞こえるだけだ。

十三分後、待っていたものが来た。サイレンの音がしたかと思うと、プラタナスの続く街道を憲兵隊のバンが猛スピードで走り抜けたのだ。そのバンがミラの家の前でとまるのを、クリスティーヌは双眼鏡で確認した。憲兵が三人、バンから降りて、ミラの家のなかへと走っていく。

それを見届けると、クリスティーヌは双眼鏡をグローブボックスにしまい、ミラーで自分の顔を見た。室内灯に照らされたその目は虚ろだった。瞳孔《どうこう》が開ききっていた。それが自分だとは思えなかった。

クリスティーヌは静かに車のドアを閉め、夜の闇へと車を走らせた。

エピローグ

人生に奇跡は起こる。朝、目を覚ますと、クリスティーヌはお腹をなでながらまた思った。妊娠五カ月になり、お腹はだいぶ大きくなっていた。この時期になると、脳や脊髄《せきずい》も形成されているはずだ。いつものように、クリスティーヌはお腹の子どもに「レオ」と呼びかけた。名前は「レオ」にしたかったから。でも、父親のレオは「マティス」か「ルイ」がいいと言い張っていて、名前をどうするか、意見はまだ一致していなかった。

ベッドに横になったまま、クリスティーヌは開いたフランス窓に顔を向けた。

季節は夏だった。まだ日の出から少ししかたっていないはずなのに、早くも暑かった。それでも食欲はあった。実際、食欲は猛烈にあった。いつでも何か食べていたいのだ。クリスティーヌは朝食のことを考えた。シリアルにコーヒー、フルーツジュース、ゆで卵、それからバターとジャムを塗ったパンも食べよう。想像しただけで唾が出てくる。そんな自分が嬉しくて、クリスティーヌは微笑んだ。気分はとてもよかった。妊娠初期のつわりや倦怠感もなくなって、今ではすっかり元気だった。

と、隣で眠るレオナールがもぞもぞと動き、目を開けた。

「もう起きていたのかい？」

レオがこちらを見た。それから、いつもの朝のようにお腹に手を伸ばしてきて言った。

「おはよう、マティス」

「レオよ」

「じゃあ、おはよう、ルイ」

「だから、レオだってば」

「まあいいじゃないか。それにしても、反応しないな」

「大丈夫、よく眠っているだけだから」

するとレオは今度は熱い目でこちらを見つめた。

「それなら、私たちが愛しあってもこの子は気づかないってことだね。クリスティーヌ、きみは素晴らしいよ。妊娠して、ますますきれいになった」

二人はキスをして、しばらくのあいだ抱きあった。部屋には夏の日が射していて、それに合わせて体温もあがった。だんだん汗をかきやすくなってきたみたいだ。クリスティーヌはレオナールと抱きあいながら思った。耳元では、レオがささやいていた。

「トマはまだまだ起きない。まだ朝の六時だし、時間はたっぷりあるよ」

「もう、しかたない人」

クリスティーヌは笑った。そして、ナイトテーブルへと身を乗りだし、引き出しからコンドームの箱を取り出した。それが何を意味するのかは、思い出さないようにした。あのいまわしい夜、マーカスがＨＩＶの陽性《ポジティブ》だと言っていたのは本当のことだった。感染の予防薬を服用していたものの、その後、ＨＩＶに感染していることを病院ではっきりと告げられたのだ。だから、レオと直接接触するのは絶対に避けなければいけなかった。レオが「子どもが欲しい」と言ったとき、クリスティーヌは長いあいだ、決心がつかなかった。だがいろいろ調べた結果、経過観察を欠かさず、妊娠中期に入る頃から、母体の抗レトロウイルス治療を続けさえすれば、ＨＩＶの母子感染の可能性は一パーセント以下と、極めて低くなることがわかった。多くの感染者がこの方法で母親になっているという。

そして子どもを授かるため、二人は人工授精という方法を取ることにした。クリスティーヌは、それまでの努力の日々を思い出した。毎朝寝起きに体温を測定したこと。排卵日になると、レオの精子を殺精子剤のついていないコンドームに採取し、それを自分の子宮内に注入したこと。そうして三度目の試みで、クリスティーヌは妊娠した。感染予防策として、出産は帝王切開ですることになっていた。子どもに授乳できないことも知っていた。

フランス窓を開け放ったまま、クリスティーヌはレオと愛しあった。そばの小道を誰かが通るかもしれないが、気にしなかった。クリスティーヌはレオの髪に指を埋め、レオに身を任せていた。レオは、こちらの体の下に枕を置いて、ゆっくりと優しく愛してくれた。お腹にいるレオ・ジュニアにも、この愛は伝わっているだろうか。希望と恐れと不安が融けあい、二人で分かちあっているこの愛が……。きっと伝わっているだろう。クリスティーヌは思った。自分たちはかつてないほど強く愛しあっているのだから。

世間から隠れていたあいだ、レオは誰の目にも触れないように、かくまってくれていた。二人でともに冒した危険、二人だけが知る秘密、そしてトマの存在が、思いがけないほど二人を強く結びつけていた。それだけではない。自分は変わった。あの試練を乗り越えたあと、別の人間に生まれ変わった。それは自分でも認めなければならない。たとえその事実が重くのしかかってくることがあっても。だが、レオはそんな生まれ変わった自分を愛してくれている。

レオとはもうすぐ正式に結婚することになっていた。あの事件のあと、レオがプロポーズしてくれたのだ。クリスティーヌはしみじみ思った。そう、人生に奇跡は起こる。

その朝も、セルヴァズは音楽を聴きながら目を覚ました。もちろんマーラーだ。曲は『嘆きの歌』。第一部は「森の伝説」だった。セルヴァズはふっと笑った。そういえば森にまつわる話なら、自分も面白い話を一つ知っている。つい最近知ったばかりだが……。マーラーのCDは娘のマルゴがプレゼントしてくれたものだった。マルゴは海の向こうに行ってしまい、今はトナカイやハイイロリスやカナダの雄鶏《おんどり》に囲まれて暮らしている。

外からパトカーのサイレンやバイクのエンジン音が聞こえてきた。セルヴァズはベッドに横になったまま、あたりをぼんやりと見た。一瞬、自分がどこにいるのかわからなくなった。療養施設の部屋ではない。そうだ、自分の寝室だ。自分のアパルトマンの寝室に戻っていたのだ。ベッドの上で身を起こすと、セルヴァズは伸びをした。これから出勤して仕事だ。シャワーを浴び、身支度を整えると、セルヴァズはブラックコーヒーを飲んだ。そして十五分後には、トゥールーズ署に向かった。

地下鉄を降り、エスカレーターをのぼって、運河沿いの遊歩道を歩くと、警察署の前に着いた。署の建物はレンガ造りで、入り口は回転扉になっている。その回転扉の左右と上を囲うように、建物正面の壁にはレリーフの装飾が施されていた。それを見ながら、セルヴァズは思った。このレリーフにはどんな意味があるのだろう。

夏の太陽の光が、ミディ運河沿いの木々の葉に降り注いでいた。何人もの人がジョギングをしている。署の職員たちが自転車を近くの鉄柵にくくりつけ、回転扉へと入っていく。ここから少し離れたところでは、きっと売春婦が家路へとつき、清掃員がコンドームや注射器だらけの草むらを清掃し、麻薬のディーラーがその日のあがりを計算していることだろう。そう、それがこの街の日常のオペラなのだ。車やバスのコーラス、ラッシュアワーのアリオーソ、てっとり早く稼げるお金というカデンツァ、犯罪というライトモチーフ。この街が奏でるそんな音楽を、セルヴァズは知り尽くしていた。これが自分の街、自分の音楽なのだ。一つ一つの音符まで頭に入っている。

オフィスに入ると、机に書類が置かれていた。

セルヴァズはそれにすばやく目を通し、駐車場へおりると、公用車のエンジンをかけた。そして北西へと進み、トゥールーズ郊外のブラニャックへと向かった。やがて小高い丘のふもとに、プールや厩舎のある豪邸が見えてきた。レオナール・フォンテーヌの家、今はクリスティーヌとトマも一緒に暮らしている家だ。

セルヴァズは、ポルシェ911がとまる草地のそばに車をとめ、車から降りた。すると、クリスティーヌがマグカップを手にしながら、玄関に出てきた。クリスティーヌはジーンズ姿にフード付きのスウェット、テニスシューズといういでたちだった。髪はボーイッシュなショートカットで、化粧っ気はまったくない。元々のすらりとした体形ともあいまって、その姿は中性的で、少年のような少女といった風情を醸しだしていた。とはいえ、お腹はだいぶ大きくなっているので、妊婦なのは一目でわかる。クリスティーヌは輝いていた。自信に満ち、自分の魅力と能力を信じている女性がそこにいた。

「コーヒーでもいかがですか?」クリスティーヌは言った。

セルヴァズは笑顔で応えた。なかに通され、リビングに行くと、ガラス戸の向こうのプールで、レオナール・フォンテーヌとトマが遊んでいるのが目に入った。トマがきゃっきゃと笑う声がリビングまで聞こえてくる。レオナール・フォンテーヌにバシャバシャと水をかけて、遊んでいるようだ。

「頼まれていたものを持ってきました」セルヴァズは言った。

クリスティーヌはこちらに背中を向け、コーヒーメーカーのほうを向いていたが、その肩がビクッとした。そしてややあってから、振り向いた。

セルヴァズは、書類を挟んだファイルをキッチンカウンターに置きながら、言い添えた。

「お姉さんの件ですが、おっしゃっていたとおりでした」

そのときふと、あの四月の日のことが思い出された。あの日、突然、クリスティーヌは「戻ってきました」と電話をかけてきたのだ。それからすぐに街なかのカフェで落ちあい、これまでどこにいたのかと尋ねたが、クリスティーヌは「何もかもを放りだして、一人になりたかったから、逃避行をしていた」と答えるだけだった。たくさん旅行をしたのだ、と。もちろん、そんな話は信じなかった。だが、構わなかった。ミラの件は自殺と断定され、捜査は打ち切りになっていたのだから。とはいえ、多少のかまはかけてみた。

「もし、あの夜、警察に電話をした人間の声とミラ・ボルサンスキの声を比較したら、同じ声紋が出るだろうか、なんて考えたりするんですよ」

そう言ってみたのだ。しかし、クリスティーヌは顔色一つ変えずに逆にこう尋ねてきた。

「ということは、あの件を殺人だとお考えなのですか？」

「いいえ。法医学者がはっきり言っていますからね。ミラ・ボルサンスキは自分の手で血管を切ったと。ただそうはいっても、誰かが瀕死のミラ・ボルサンスキを発見して、警察に電話した可能性は排除できません。その誰かは自分の存在を知られたくなかった。だから、ミラのふりをして電話したのかもしれない。きっと、子どものために。というのも、あの電話がなかったら、あの子はずっと一人で放置されていたかもしれませんから。で、電話をした誰かというのは、やはり女性だと思うのですが」

あのときはそう言って、クリスティーヌの様子をしばらく見ていたものだった。だが、クリスティーヌは感情をうまく隠せるようになっていて、何も読みとれなかった。

そんなことを思い出しながら、セルヴァズは出されたコーヒーを飲んだ。それから、キッチンカウンターに置いた書類のファイルをクリスティーヌのほうに少し押しやって、言った。

「お姉さんが火葬される前の検死結果なのですが、おっしゃるとおりでした。お姉さんは妊娠していました。ただ、父親が誰なのかは調べなかったようです。お姉さんの自殺と関係はあったはずですが、犯罪捜査ではなかったので。それから、当時はまだ一般的ではなかったので、DNA鑑定もされませんでした。お腹の子はお姉さんと一緒に火葬されています」

「誰が火葬を申請したのかわかりますか？」

「ええ」

セルヴァズはファイルから書類を取りだした。

「ここに書いてあります」

それは火葬許可証だった。クリスティーヌが書類を手に取った。


故人の火葬手続きの開始を許可する。葬儀資格者からの申請により、トゥールーズ大審裁判所に対し共和国検事が決定した。

申請者の欄には、クリスティーヌの父親の名前と主治医のアレルの名前が記されていた。

クリスティーヌはしばらく書類を見つめ、それから言った。

「ありがとうございます」

「実はもう一つ、お見せしたい書類があります」セルヴァズは、もう一枚、書類を出してクリスティーヌのほうに置いた。「ミラ・ボルサンスキの家宅捜索に関するものです。どうぞ読んでみてください。読んだら、捨ててもらってけっこうです。ちなみに、これは原本です」

「どういうことでしょうか？」

「とにかく読んでみてください」

クリスティーヌが身をかがめ、書類を読んだ。みるみるうちに体がこわばっていく。少しして、クリスティーヌは驚いた目でこちらを見た。

「どうして？　本当にいいんですか？」

「ええ、いいんです。どうしてそんなことが書いてあるのか、さっぱりわかりませんから。どっちにしても、この件はもう片がついていますしね」

クリスティーヌがしっかりと目を見ながら、また言った。

「ありがとうございます」

セルヴァズは肩をすくめると、そろそろ帰ることにして、玄関に向かった。クリスティーヌに手渡した二つめの書類は、警察の報告書の一部だった。そこには、ミラ・ボルサンスキの自宅裏の森の穴から、二つのＤＮＡが見つかったと書かれていた。一つはマーカスのもの、そしてもう一つはクリスティーヌ・スタンメイエルのものだった。

玄関を出ようとしたとき、セルヴァズは急に思い出して、クリスティーヌのほうを振り向いた。

「そういえば、亡くなった犬はどうされましたか？」

すると、クリスティーヌが微笑んだ。

「レオと二人で、教えていただいた場所に埋葬しました。おっしゃるとおり、とても美しいところでした」

帰り道、セルヴァズはバイパス道路を走っていた。渋滞の表示があったが、今のところこのあたりは順調に流れている。だが突然、ある考えに思い当たり、息を吞んだ。なんてことだ！　急いで路肩に入り、急停止する。うしろからクラクションが激しく鳴らされたが、気にしなかった。フロントガラスの向こうを見つめながら、セルヴァズは鼓動が激しくなるのを感じた。

二つのＤＮＡ。

そんなことがあり得るだろうか？　宙を見ていると、マリアンヌがこちらを見て、微笑んでいるのが見えた気がした。そう、宙のなかに彼女が見える。

まるで映画が巻き戻されていくかのようだった。二つのＤＮＡ……。そんなことがあり得るだろうか？　ああ、あり得る。そうか、そうだったんだ！

これまで祈ったことなどなかった。

だが、今だけは祈っていた。どうかそうであってほしい。

セルヴァズはアクセルを思いきり踏み込むと、祈りながらバイパス道路を猛スピードで走り抜けた。クラクションや罵声が響くなか、とてつもない希望に向かって、車を走らせていった。

署の中庭に車をとめると、セルヴァズは少し離れたところにある科学捜査研究所へと走った。そして必死の形相で研究所のドアを開け、目を丸くする職員を一人突き飛ばしながら、生物研究室へと向かった。

生物研究室長の科学捜査官、カトリーヌ・ラルシェは部屋にいた。約一年前にマリアンヌの心臓が送られてきたとき、血液のサンプルを持ち込んで、DNAの分析を依頼したのは、このカトリーヌだった。あのとき、事の重大さを理解して、カトリーヌは十二時間という驚異的な速さで分析をしてくれた。

「どうしたの、マルタン？」駆け込んできたセルヴァズを見て、カトリーヌはびっくりした顔になった。

「DNAのことで……」セルヴァズは息を切らしながら言った。

どのDNAのことかは、すぐにわかったようだ。カトリーヌの顔が曇った。セルヴァズはあわてて首を横に振った。

「いや、もう大丈夫だから、心配はいらない。実は、例のDNAのことで急ぎの話があるんだ」

「何？」

「去年、DNAを分析したのは血液からだっただろう？」

「ええ、あなたが血液を持ち込んで、息子のDNAと比べてほしいって言ったから、ユーゴのものと比べたのよ。残念だけど、間違いなくマリアンヌのものだった」

保冷箱に入った心臓の映像が頭をよぎった。ハルトマンが送ってきた心臓……。

「あの心臓だが、まだ保管してあるのかい？」

「もちろんよ。捜査中の案件の証拠だもの。法医学研究所に保管してあるわ。でも、どうして？」

法医学研究所はトゥールーズ南部のランゲイユ大学病院のなかにある。セルヴァズはカトリーヌの目を見て頼んだ。

「実は、もう一度分析しなおしてほしいんだ。今度は心臓の細胞を採取して」

「どういうこと？」

セルヴァズは自分の考えを説明した。話を聞くと、カトリーヌはすぐさま机に向かい、受話器を取りながら言った。

「なんてこと！　わかったわ。すぐに分析しましょう。法医学研究所に電話するわ」

そして、電話をかけはじめた。

劇場のバルコニー席で、ドゥニーズはそっと微笑んだ。舞台では、これを最後に引退を表明したソプラノ歌手、ナタリー・デセイが悲しい場面で別れの歌をうたっている。ナタリー・デセイは二十五年前にデビューを飾り、最後の舞台となる今夜、トゥールーズのキャピトル劇場の舞台に立っていた。演目はマスネの『マノン』だった。

ドゥニーズはお腹にそっと手をやった。もう五カ月目に入っている。季節はバカンス。ジェラルドと二人で、明日からタイに出発する予定だった。正式な結婚はしていないが、新婚旅行のようなものだ。ドゥニーズは、隣に座るジェラルドを見た。ついにジェラルドを手に入れることに成功した。わたしだけのジェラルド。ジェラルドのことは一目見たときから、自分のものにしたいと思っていた。そして、欲しいものは何がなんでも手に入れるのが自分の信条だった。

ジェラルドは真剣な表情でオペラに集中していた。舞台の明かりが眼鏡に反射している。そんなジェラルドを見ながら、ドゥニーズはさらに考えた。でも、ジェラルドにそこまでの価値はあったんだろうか。ちょっと買いかぶりすぎていたんじゃないだろうか。クリスティーヌがジェラルドを手放すまいとして必死になればなるほど、こちらもジェラルドを手に入れようとしてなんでもした。競争に勝たなくちゃと思っていた。でも、こうして望んだものが手に入り、誰ともジェラルドを取りあわなくなってみると、よくわからなくなっていた。ジェラルドは本当にそこまでするほど魅力のある男だったんだろうか。

もちろん、いい父親やいい夫にはなるのはわかっている。けれども、ジェラルドとの生活は、かつて夢見ていたものとは少し違っていた。だいたいベッドでだって……。ドゥニーズは思った。ジェラルドはなんというか淡白だった。その点、新しく来た研修生のヤニスは満足させてくれそうだ。ヤニスは東洋の王子のような褐色の肌で、まつげは長く、引き締まった素敵な体をしている。真っ白い歯を見せて、海賊みたいに野性的な笑顔を見せる。きっとベッドでは、スパイダーマンとジャック・スパロウを足して二で割ったような感じに違いない。女はそういうことに敏感なのだ。

とはいえ、ジェラルドを愛していることは間違いなかった。なんといっても、お腹にはジェラルドの子どもがいるのだ。そう、ジェラルドのことは愛している。愛してもいない男と、子どもなどつくるわけがない。それでも……。ドゥニーズはヤニスがこちらを見る目つきにときめいていた。ヤニスはなんとかして二人きりになろうとしたり、こちらが赤面してしまうくらい、大げさにほめちぎったりしてくれる。ただし、そんなに簡単に赤面したりはしないけれど。

ドゥニーズはオペラに集中しようとした。だが、できなかった。ヤニスのことが頭から離れない。引き締まった体、すらりとした脚にはいたダメージジーンズ、タトゥーのある日焼けしたたくましい腕。気がつくと、ヤニスのことばかり考えていた。いや、自分は母親になるのだ。お腹にはジェラルドの子どもがいる。望むものはすべて手に入れたのだ。

まあ、いい。そのうちなるようになるだろう。そのときが来れば……。明日からのタイ旅行を思って、ドゥニーズはため息をついた。タイで一カ月も過ごすなんて。出発する前から、早くも帰国が待ち遠しくなっていた。

コルデリアは、航空券とパスポートをグランドスタッフに手渡した。赤ん坊がいるので、優先的に搭乗させてくれていた。背中におぶったアントンは、すやすやと眠っている。それを見て、グランドスタッフが微笑んだ。

赤い小さなキャリーバッグを引きながら、コルデリアは飛行機までの通路を歩いた。そうして飛行機の搭乗口に着くと、にっこり笑って迎える客室乗務員を無視して、機内真ん中の座席へと向かった。29Dだ。トイレと非常口に近い通路側の席だった。コルデリアは閉所恐怖症だった。両側から人に挟まれるのは嫌だったし、窓側の席で子どもを膝にのせたまま、前から倒れてくる座席と横に座る人間に圧迫されるのも嫌だった。

コルデリアは無性に気が立っていた。飛行機に乗るときは、いつもそうだ。二十年間生きてきたが、飛行機に乗ったのは三度しかなかった。

あと十五分もすれば、モスクワを離れることになる。コルデリアはモスクワに着いてからのことを思い出した。モスクワに到着したとたん、怪しい奴らが自分たちを取り囲んだ。そしてマーカスをどこかに連れていき、自分はどこか遠くの国に行くようにと告げられた。遠くならどこでもいいから好きな国を選べとも言われた。そいつらが自分とアントンの航空券や新しいスーツケースを買い、必要な書類を揃えてくれたのだ。

きっとマーカスは殺されたのだろう。それはわかっていた。だが、いつかはこうなると覚悟していても、やはりショックだった。マーカスのような男は長生きできない。そうずっと自分に言い聞かせていたが、いざそうなってみると途方に暮れた。しかもまだ二十歳なのに子どもを抱え、これから一万五千ユーロの現金だけを持って、見知らぬ国に放りだされるのだ。気落ちするのは当然だった。

だが、コルデリアはしぶとい性格だった。まだ力を使い果たしてはいなかった。再び這《は》いあがるために、モスクワにいるあいだにできるだけのことはしていた。唇のピアスを取り、目立つタトゥーはレーザーで消した。そのためにレオナール・フォンテーヌからの報酬の二万ユーロのうち、五千ユーロを費やした。ただし、色のついたタトゥーは消せないので、消したのは黒いものだけだ。服も調達した。シンプルだが品のいい服を、ニクーリン・サーカス近くのツヴェトノイ・セントラル・マーケットで買ったのだ。今着ているグレーのスーツも、そのときに買ったものだった。高級志向の雑誌を研究して、髪型と化粧も変えた。ビジネスクラスやリッチなホテルの客としてふさわしいものにしたのだ。そう、できることなら飛行機はビジネスクラスに乗りたかった。ひょっとしたら、金持ちのカモがいたかもしれない。金をたんまり持っているカモを捕まえるには、エコノミークラスでは無理だろう。

その一方で、コルデリアはこれから向かう国の就職情報も事前に集めていた。モスクワにあるその国の大使館を通して、富裕層に家政婦やベビーシッターを斡旋《あっせん》している企業のリストを手に入れておいたのだ。コルデリアはそのリストに目を通してみた。バッグには偽の履歴書と紹介状が入っていた。もちろん、いつまでも他人の子どもの面倒を見たり、人の家の家事をしたりするつもりはない。だが、将来笑って暮らすには、そこを突破口にするしかなかった。きっとそれほど長くは働かなくてすむだろう。カモを一人か二人、見つけるまでの辛抱だ。

そんなことを考えていると、飛行機が離陸した。腰を押しつけられるような嫌な感覚がして、コルデリアは背もたれに首をぴったりとつけ、目を閉じた。自分の人生は容赦なく踏みつけにされた。だったら、他人の人生を踏みつけにして、何が悪いというのだろう。

家に着いて車から降りると、ギイ・スタンメイエルは頬をゆるませた。車は十万ユーロ以上する高級ハイブリッド車のフィスカー・カルマだ。今日はトゥールーズの街中を歩いていると、三人からサインを求められた。三人とも「ドリアンさん」と呼びかけていた。それはそうだろう。もし「スタンメイエルさん」と呼びかけられていたら、振り返ったかどうかわからない。長いあいだ、自分はギイ・ドリアンだったのだから。ギイ・ドリアン。きっと自分はこの名前で、フランスのテレビ・ラジオ業界のパイオニアとして名を残すのだろう。黄金時代のスターとして。この名前で百科事典やテレビ史、回想録に載ることになるのだろう。

隣人が小型トラクターで庭の芝生を刈っていた。その隣人に会釈をすると、ギイ・スタンメイエルは郵便受けの鍵を開けた。杭の上に取りつけたアメリカ風のおしゃれな郵便受けだ。家からは十メートルほどのところに設置していた。だが、なかに入っていた手紙を出してすぐ、おかしな封筒があることに気がついた。それは〝ギイ・スタンメイエル様〟とだけ書かれた茶色い封筒で、切手も住所もない手紙だった。なかの手紙を出してみると、新聞の文字を切り貼りしてこう書かれていた。

おまえはじきに自殺する。まだおまえ自身にはわかっていないが、おまえは必ず自殺する。必ず自殺させてやる。

差出人の名前はなかった。

セルヴァズはエスペランデューのところにいた。パソコン画面を見ながら、捜査について話をしていたのだ。そこに、生物研究室長のカトリーヌが飛び込んできた。その顔を見たとたん、セルヴァズは理解した。

マリアンヌのDNAではなかった！　あの心臓はマリアンヌのものではなかったのだ！　思ったとおり、カトリーヌが言った。

「あなたの言うとおりだったわ！　血液は確かにマリアンヌのものだったけれど、心臓は別の女性のものだった。心臓にものすごく小さい穴が開いていたの。そこからマリアンヌの血液を注入していたのよ！」

セルヴァズは茫然として、しばらく動けなかった。どう言えばいいのか、どう反応すればいいのかわからなかった。やがて、胸のなかで何かがふくらみはじめた。それは喜びでも安堵でもなかった。希望だった。かすかだが、希望が芽生えはじめていた。

くそっ、下劣なやつめ。

セルヴァズはオフィスを飛びだすと下におり、そのまま外に出た。夏の黄色い日射しがまぶしかった。今は一人になりたかった。運河沿いの遊歩道を歩きながら、無意識にポケットの煙草の箱に手が伸びる。箱から一本出すと、セルヴァズは煙草を口にくわえた。そして、久しぶりに火をつけた。

煙草の毒が甘美にゆっくりと肺に入ってくる。そのとき、セルヴァズは理解した。希望とは致命的な毒にもなる。

ハルトマン……。ジュネーブの元検事で、ヴァルニエ研究所に収容されていた男。姿こそ現さないが、やつはどこかに潜んでいるはずだった。もしかしたらここから数千キロ離れたところにいるのかもしれないし、そう遠くないところにいるのかもしれない。だが、一つだけ確かなのは、やつがいつもこちらのことを考えているということだ。やつ独特の愛情をもって。自分はあの悪魔のような男に何かしらの好意を持たれている。それは間違いなかった。でなければ、やつは本当にマリアンヌの心臓を送っていたはずだ。去年送られてきた心臓は、いわばやつからの招待状だったのだ。

セルヴァズは歩きつづけた。周囲には目もくれず、ひたすら歩きつづけた。照りつける太陽がときおり木々の葉の影を顔に落としていた。額に汗がにじんでいた。口は渇き、頭は熱くなっていた。歩きながら、セルヴァズはさらに考えた。

やつは望まぬ兄弟のようなもの、カインのようなものだ。残酷なことを平気でする。マリアンヌが生きているということは、つまりやつは今もマリアンヌをそばに置いているということだ。きっとある朝、目覚めると、また郵便受けにやつからの知らせが届いているのだろう。やつがこのまま黙っているはずはない。だが、自分はそれに立ち向かわなければならない。なぜならマリアンヌが待っているのだから。彼女を助けられるのは、この自分しかいないのだから。世界の七十億人のなかで、彼女を助けられるのは、自分一人だけなのだから。

自転車のベルの音で、セルヴァズは我に返り、周囲を見た。太陽がまぶしい光を木々に注いでいた。夏の暑い空気が肌に感じられた。大通りでは、車が騒がしく行き交っていた。セルヴァズは顔をくしゃくしゃにして、声を立てずに笑った。目に涙が光っていた。そう、これは人生の奇跡だ。人生に奇跡が起こったのだ。また再び。

マリアンヌ……。

謝辞

トゥールーズ警察犯罪捜査部のクリストフ・ギヨーモ、イヴ・ル・イール、ジョゼ・マリエ、パスカル・パサモンティに、そして本書を創り上げるためにスパーリング・パートナー役をしてくれたアンドレ・アドーブに、心からの感謝を伝えたい。

皆、この本のために惜しみなく時間を割いてくれた。もし本書に間違いがあったとしても、彼らに責任は一切ない。本書に記された数々の意見の責任も私に帰する。

また、ある種の現実感を作品に加味するため、以下の文献を参照し、貴重な情報をいただいた（邦訳情報を記したもの以外は未訳）。マリー＝フランス・イルゴイエンヌ『殴られる女たち——ドメスティック・バイオレンスの実態』（松本百合子訳、サンガ）及び『モラル・ハラスメント——人を傷つけずにはいられない』（高野優訳、紀伊國屋書店）。イザベル・ナザル＝アガ『こころの暴力 夫婦という密室で——支配されないための11章』（田口雪子訳、紀伊國屋書店）。ジャン＝ポール・ゲージュ『忍びよる悪意 職場と夫婦のモラル・ハラスメント』（La Perversité à l'œuvre : Le harcèlement moral dans l'entreprise et le couple）。クローディ・エニュレとヨレーヌ・ド・ラ・ビーニュ『宇宙に行ったフランス人女性』（Une Française dans l'espace）。ジャン＝ピエール・エニュレとシモン・アリックス『ある宇宙飛行士の宇宙日誌』（Carnet de bord d'un cosmonaute）。アルレーヌ＝アマール・イズラエルとジャン＝ルイ・フェル『宇宙探検』（L'Exploration spatiale）。ベティアン・ホルツマン・ケヴルズ『天国のような場所 宇宙に行った女性たちの物語』（Almost Heaven, the Story of Women in Space）。クリスティーヌ・デトレとアンヌ・シモン『身を守るために 新しい道徳的秩序に立ち向かう女性たち』（À leur corps défendant : Les femmes à l'épreuve du nouvel ordre moral）。フェルナン・クトーとミシェル・ヴァルディギエ『トゥールーズの昨日、今日、明日』（Toulouse hier, aujourd'hui, demain）。カトリーヌ・クレマン『オペラ、あるいは女たちの破滅』(L'Opéra ou la Défaite des femmes)。グスタフ・コビー『オペラのすべてモンテヴェルディから現在まで』(Tout l'opéra, de Monteverdi à nos jours)。アンリ・バロー『五つの偉大なオペラ』(Les Cinq grands opéras)。アラン・デュオー『オペラを愛する人々のための辞書』(Dictionnaire amoureux de l'opéra)。そして、『ロシアにおける犯罪者のタトゥー百科事典』(Russian Criminal Tattoo Encyclopaedia)。

カロリーヌ・セール、グウェナエル・ル＝ゴフ、クリステル・ギヨーモは、文章をよりよくする手助けをしてくれた。感謝したい。

素晴らしい仕事をしてくれたXO社とポケット社の編集部にも厚く御礼申し上げる。とりわけ、最初の読者になってくれたベルナール、カロリーヌ、エディットには大いに感謝を捧げたい。

繰り返すが、もし間違いがあればそれはすべて私の責任である。また、登場人物は純然たる創作であり、私がお会いしたテレビやラジオの司会者は、本書で描いた人物とはまったく違う人々であることをお伝えしておきたい。同様に、私の知る限り、ＥＳＡ（欧州宇宙機関）やＣＮＥＳ（フランス国立宇宙研究センター）が、なんであれ事実をもみ消そうとしたことはない。

セルヴァズの音楽の好みに関しては、ジャン＝ピエール・シャンベールに再び大変お世話になった。あの難しい音楽の小道をたどることができたのも、その道に詳しい彼のおかげである。

ジョルジュ・エシグには、マーラー自身による素晴らしい演奏がピアノロールに記録されていたことを教えてもらった。彼の協力にも感謝したい。

それから、グランドホテル・ド・ロペラの鍵は、本書では簡単に破られているが、当然ながら、実際には簡単に破られないことも明記しておく。

最後に、家族、友人、この本が出来上がるまでにお世話になったすべての人たちに感謝したい。そして最後の最後になったが、この本を読んでくれた読者の皆さんにお礼を申し上げたい。

訳者あとがき

本書『魔女の組曲（原題N'éteins pas la lumière）』は、『氷結』『死者の雨』に続くベルナール・ミニエのセルヴァズ警部シリーズ第三作である。

本作では、セルヴァズとともに、新キャラクターのクリスティーヌもダブル主人公の一人をつとめ、過酷な試練にさらされる。少しだけストーリーを紹介しよう。

クリスマスイヴの夜、ラジオ局のパーソナリティー、クリスティーヌは自宅の郵便受けに宛先も差出人もない自殺予告の手紙が入っているのを見つけた。それを皮切りに次々と恐ろしい出来事に見舞われ、順風満帆だったはずの人生をめちゃくちゃにされていく。同じ頃、病気休職中の警部セルヴァズの元には、匿名でホテルのカードキーが送られていた。誰がなんの目的でこんなことをするのか。セルヴァズは独自に調査を始め、送り主の意図へとせまっていく。この二つの流れがやがて一つになるのだが、じっくりと進む序盤がいつしか激流になり、気がつくと私たちは物語の大きな波に運ばれることになる。なぜセルヴァズは休職中なのか。そこにもとんでもない理由があるので、本編を読んでぎょっとしていただければと思う。

それにしても、本書でクリスティーヌが姿の見えない誰かにしだいに追いつめられていく過程には背筋が凍る思いがする。それはまさに「容赦がない」としか言いようがなく、主人公だろうが誰だろうが、手加減を加える気などさらさらないミニエの書きぶりに感動すら覚える。いや、そんな俯瞰ができるのは本作を読んでしばらくたったあとであり、読後は圧倒的な容赦のなさにひたすら心をかき乱される。それなのに、ある意味爽快でもあり、何か救われたようにも感じ……とこれ以上お伝えするとネタバレになりそうなのでやめておくが、このなんとも言えない感情――悲しいのか嬉しいのか怖いのかよくわからない気持ち――はぜひ本編を最後まで読んで味わっていただきたい。シリーズ三作目ではあるが、前二作が未読でも十分に楽しめる内容である。

シリーズを通しての主人公セルヴァズのほうは、本作では休職中ということもあり、ほぼずっと単独で動いている。とはいえ一人で動いても、いや、部下たちのフォローがなく一人だからか、あいかわらずの捜査魂を発揮し、思いたったら突き進みまくっている(休職中なのに!)。セルヴァズの緻密なようでいて猪突猛進、それでいてやっぱり最後はなんとかしてしまう捜査の様子は、これまで本シリーズを楽しく読んでくださった方々の期待を裏切らないだろう。本作では、娘のマルゴは少し顔を出す程度だが、それでもマルゴがセルヴァズを訪ねてくる場面は、ハラハラしどおしの本書のなかで心温まる場面である。前作でマルサック高校の受験準備学級にいたマルゴがどうなったか。ますます成長していくマルゴをセルヴァズと一緒に応援したい。

それから、本作の大きな特徴の一つとしてオペラをあげておこう。要所要所に出てくるオペラは、演目自体は美しいが、本作の文脈ではほとんど凶器として使われている。オペラがこんなふうに使われるとは……。特に、第三幕の『蝶々夫人』の効果には、胸を打たれるものがある。また「ダ・カーポ・アリア」は本書で初めて知った形式だが、音楽をこんなふうに小説に応用するのかと、そちらも興味深かった（詳細は本編で確かめてほしい）。なお、エピローグで実在のソプラノ歌手、ナタリー・デセイがオペラからの引退を表明し、最後にトゥールーズのキャピトル劇場でマスネの『マノン』を披露したのは、作中では夏の設定だが、実際には夏ではなく二〇一三年の十月である。「トゥールーズとオペラと二〇一三年」という得がたい条件が揃ったので、少し季節をずらしたのだろう。

ところで、セルヴァズはトゥールーズ警察の警部だが、トゥールーズの街が事件の舞台になるのは、三作目の本書が初めてである（一作目『氷結』と二作目『死者の雨』では、事件の主な舞台はそれぞれトゥールーズ近郊の町、サン＝マルタン・ド・コマンジュとマルサックだった）。ということで、トゥールーズという街についても少々紹介しておこう。

トゥールーズはフランス南西部の古都で、その起源は紀元前三世紀にさかのぼる。現在は人口約四十七万人、パリ、マルセイユ、リヨンに次ぐフランス第四の都市である。「バラ色の街」と呼ばれるように、れんが造りの街並みが美しく、本書で何度か出てくるキャピトル広場も、四方をれんが造りの建物に囲まれている。ちなみに、キャピトル広場はトゥールーズのランドマーク的な場所で、面積は一万二千平方メートル。広々とした広場であり、カフェやレストランがたくさんある。セルヴァズもそのうちのどこかで、想い人のシャルレーヌに会う前の朝、コーヒーを二杯飲んだようだ。

また、本文中にもあるように、トゥールーズは航空宇宙産業が盛んな都市でもある。その歴史は一九一八年、エールフランスの前身となるアエロポスタルがトゥールーズに設立されたところから始まる（『星の王子さま』で有名なサン＝テグジュペリも飛行士として活躍した会社）。そこからトゥールーズでは航空機産業が発達し、現在はエアバス本社などを有している。

そしてその流れで、宇宙関連の研究施設・企業も多数ある。なかでもフランス国立宇宙研究センター（ＣＮＥＳ）の研究部門、トゥールーズ宇宙センターがあるのは本書にも書かれているとおりである。トゥールーズ宇宙センターは広さ五十ヘクタール、登場人物のひとりジェラルドの勤める航空宇宙高等学院もこの敷地に入っている（つまり、セルヴァズはフランスの宇宙研究のかなりのお偉いさんに話を聞きにいき、お正月にもかかわらず電話をした。犬は怖いのに、ある種の権力に対しては強心臓だとつくづく思う）。ヨーロッパの全地球衛星測位システム《GNSS》「ガリレオ」もここで研究された。本書が書かれた時点ではまだ運用されていなかったが、二〇一六年十二月から運用が始まっており、人工衛星分野の大手「タレス・アレーニア・スペース」も実在の企業である。

さて、セルヴァズ警部シリーズは、現在本国フランスでは第五作まで刊行されている。

そこで四作目と五作目についても簡単に紹介したい。

まずシリーズ四作目の『Nuit（夜）』では、ノルウェーで起きた殺人事件をきっかけに、セルヴァズの仇敵である連続殺人鬼ハルトマンの痕跡が見つかる。四作目の焦点はずばりハルトマン。セルヴァズはオスロ警察の女性刑事と協力してハルトマンの行方を追うことになる。だが、事態は思いがけない展開を見せ……と書くとありがちに聞こえるかもしれないが、その思いがけなさには本当に予想を裏切られる。この作品は書籍専門の週刊誌、リーヴル・エブドのベストセラー調査で第一位に輝いている。それがうなずけるような味わい深い魅力を持つ、まさにフランス・ミステリーといったおもむきの作品である。

シリーズ五作目の『Sœurs（姉妹）』では、セルヴァズがトゥールーズ警察に赴任したばかりの一九九三年の事件から物語が始まる。それは姉妹二人が奇怪な殺され方をした事件で、その手口はあるミステリー作家の作品に出てくるものとよく似ていた。それから二十五年後の二〇一八年、今度はそのミステリー作家の妻が殺害されるという事件が起きる。この事件をきっかけにセルヴァズは姉妹殺害事件の捜査が間違っていたのではないかという疑念に駆られ、犯罪捜査部の面々を率いながら、やがて真相にせまっていく。

ミニエ作品のドラマ化情報についてもお伝えしておこう。本シリーズ一作目の『氷結』はテレビ局M6で二〇一七年にドラマ化されたが、現在はネットフリックスで配信中である。残念ながら日本語版はまだないが、『The Frozen Dead』（全六話）のタイトルで英語版を視聴することができる。いろいろな形でセルヴァズたちの世界を楽しんでいただければ幸いである。

なお、翻訳にあたっては、池田美琴さん、小野和香子さん、樋富直美さんに一部をご協力いただいた。

最後になったが、ここに感謝したい。本書の日本語版刊行のため力を尽くしてくださったすべての方々に深くお礼を申し上げたい。そして、本書を読んでくださったすべての方々に心から感謝したい。

二〇一九年十二月

訳者紹介　坂田雪子
神戸市外国語大学卒業。フランス語・英語翻訳家。おもな訳書に、ミニエ『死者の雨』(ハーパー BOOKS)、ジエベル『無垢なる者たちの煉獄』(竹書房)、共訳にピンカー『21世紀の啓蒙』(草思社)、ラルゴ『図説　死因百科』(紀伊國屋書店)など。

ハーパーBOOKS

魔女《まじょ》の組曲《くみきょく》　下

2020年1月20日発行　第1刷

著　者　ベルナール・ミニエ
訳　者　坂田雪子《さかたゆきこ》
発行人　鈴木幸辰
発行所　株式会社ハーパーコリンズ・ジャパン
東京都千代田区大手町1-5-1
03-6269-2883 (営業)
0570-008091 (読者サービス係)
印刷・製本　中央精版印刷株式会社

ISBN978-4-596-54130-7